Jaime

Pecho frío

Jaime Bayly nació en Perú en 1965. Es escritor,
periodista y personalidad de televisión. Galar-
donado con tres premios Emmy, lleva veintiocho años haciendo televisión en Lima, Santo
Domingo, Buenos Aires, Santiago, Bogotá y
Miami. Es autor de otras dieciséis novelas, entre
ellas *El niño terrible y la escritora maldita*. Tiene
tres hijas y vive en Miami.

También de Jaime Bayly

El niño terrible y la escritora maldita

Pecho frío

Pecho frío

Jaime Bayly

Vintage Español
Una división de Penguin Random House LLC
Nueva York

PRIMERA EDICIÓN VINTAGE ESPAÑOL, NOVIEMBRE 2018

Copyright © 2018 por Jaime Bayly

Información de catalogación de publicaciones disponible en
la Biblioteca del Congreso de los Estados Unidos.

Vintage Español ISBN en tapa blanda: 978-0-525-56496-6
eBook ISBN: 978-0-525-56497-3

www.vintageespanol.com

Impreso en los Estados Unidos de América
10   9   8   7   6   5   4   3   2   1

A Chivi Linda, por supuesto.

—¡Buenas tardes, bienvenidos al programa más divertido de la televisión peruana! —gritó Mama Güevos, famoso animador del espacio de juegos y concursos «Oh, qué bueno», que se emitía en directo, de lunes a viernes, de cuatro a seis de la tarde, en el canal 5.

Unas ochenta personas lo aplaudieron con entusiasmo, mientras él se desajustaba el nudo de la corbata y ensayaba caras graciosas frente a las cámaras. Mama Güevos tenía cuarenta años, era soltero, no tenía hijos, no se le conocían novias ni novios, llevaba cinco años animando ese programa, el número uno en el *rating* de las tardes, y la prensa del corazón especulaba que era el presentador mejor pagado de la televisión. Todo el mundo lo quería porque tenía un talento natural para hacer reír al público.

—Hoy, uno de ustedes va a jugar conmigo y, si tiene suerte, ¡se llevará grandes premios! —prosiguió Mama Güevos, dirigiéndose a la audiencia ahí sentada.

Todos habían entrado gratuitamente. Al mostrar sus documentos de identidad, acreditando que eran mayores de edad, firmando un papel comprometiéndose a no enjuiciar en ningún caso al canal y cediendo el uso de su imagen a la televisora, habían recibido un papel con un número: uno de esos números saldría sorteado y, quien lo tuviera consigo, podría jugar con Mama Güevos y, si la fortuna le sonreía, ganar muchos premios. Entre las personas sonrientes se encontraban, en la última fila, en una esquina, dos amigos que asistían por primera vez a un programa de televisión: Pecho Frío y Boca Chueca, cajeros del banco del Progreso, agencia de la calle Miguel Dasso, en el distrito de San Isidro.

—Señor de los Milagros, te pido que salga mi número —rezó Boca Chueca, mientras el animador Mama Güevos metía su mano derecha en una urna de plástico y revolvía los papeles con los números.

Pecho Frío, hombre tímido, ensimismado, de pocas palabras, se encomendó a San Martín de Porres y le imploró que no saliera su número, porque estaba aterrado de aparecer en televisión: nunca lo había hecho y aquella tarde no quería romper la buena costumbre de ser un empleado bancario de perfil bajo.

—Hoy voy a jugar ¡con el número treinta y siete! —gritó Mama Güevos, leyendo el pequeño papel que había extraído del bolo.

Boca Chueca miró su papel: era el treinta y seis. Pecho Frío leyó el suyo y quedó paralizado: era el treinta y siete.

—¿Quién tiene el treinta y siete? —preguntó el animador, porque nadie levantaba la mano.

—¡Acá, acá! —gritó Boca Chueca, señalando a su amigo y colega Pecho Frío, y entonces todo el público volteó, y los vieron sentados en la última fila y aplaudieron a Pecho Frío, que sonreía con pavor, y luego Mama Güevos gritó con autoridad:

—¡Que baje a jugar conmigo el ganador de esta tarde, el número treinta y siete!

Todos aplaudieron, le dieron ánimos, Boca Chueca palmoteó su espalda: no puedo ser tan ridículo de quedarme aquí sentado y no salir a jugar, qué va a pensar mi esposa, voy a quedar como un imbécil, pensó Pecho Frío, y luego se puso de pie, sintió que le temblaban las piernas y bajó despacio, sin apuro, tratando de no atropellarse en las escaleras ni caerse: no me importa perder, solo necesito no hacer el ridículo, no quedar como un tarado, se repetía, y no era capaz de sonreír, porque el miedo tensaba los músculos de su rostro. Mama Güevos estrechó su mano, le dio un abrazo, lo felicitó, le preguntó su nombre, su edad, su ocupación, las cosas generales de rigor, y le deseó suerte y luego comenzaron a jugar.

El primer juego consistía en saber capitales del mundo. El concursante debía contestar correctamente tres de cinco. Pecho Frío acertó cuatro: Austria, Viena; Finlandia, Helsinki; Egipto, El Cairo; y Nicaragua, Managua; solo falló en Canadá, pues dijo Montreal y era Ottawa. Como salió airoso de ese primer desafío, ganó un televisor con pantalla de cuarenta y ocho pulgadas, y la gente lo aplaudió y él se sintió más tranquilo, menos asustado, y procuró encontrar la mirada de su amigo Boca Chueca, y ahí estaba, al fondo, haciéndole con los dedos la señal de la victoria, animándolo a seguir ganando todo aquella tarde, su tarde de suerte.

Luego Mama Güevos lo sometió al segundo juego, que consistía en conocer el significado de ciertas palabras aparentemente difíciles o de uso infrecuente. Lo mismo que en el juego anterior, debía responder bien por lo menos tres de las cinco palabras. Le dijeron Archipiélago y no supo; Truchimán y no supo; Mefistofélico y no supo; Fragoroso y no supo; Cachafaz y dijo «acto sexual» y sonó la campana de incorrecto y el animador se rio y le aclaró que Cachafaz no era un acto sexual, sino «alguien descarado, pícaro». Era una pena, dijo, pero Pecho Frío había perdido el premio, una licuadora de cuatro velocidades y una tostadora de la misma marca, y Mama Güevos lo consoló, diciéndole que él tampoco sabía el significado de esas cinco palabras tan raras.

Por suerte, Pecho Frío siguió en carrera, no quedó eliminado. Pasó a la sección musical, que consistía en que sonara el comienzo de una canción y él tenía que reconocerla. En ese juego le fue bastante mejor: reconoció *Flaca*, de Aspiradora Humana; *Mi primer millón*, de Colombiano Errante; *Bailando*, de Papi Chulo; *Desesperada*, de Come Hombres; y *La Loba*, de Mariposa

Inmortal. Acertó todas, el animador lo abrazó, el público se rindió en aplausos, su amigo Boca Chueca se puso de pie y festejó con entusiasmo, Pecho Frío acababa de ganar ¡una motocicleta de fabricación japonesa!, aunque no sabía montar en motocicleta, ya vería luego qué hacer con ella.

Mama Güevos le mostró enseguida cinco tarjetas ocultas y le pidió que eligiera una para seguir jugando. Pecho Frío eligió la número tres. El conductor leyó, haciendo mohines y morisquetas: «Si quiere ganar un viaje para dos personas, todo pagado, a las playas paradisíacas de Punta Sal, en el norte, debe besar en la boca, por espacio de treinta segundos, cerrando los ojos, al animador de este programa».

Pecho Frío quedó petrificado: nunca había besado a un hombre en la boca, estaba felizmente casado con Culo Fino, ella seguramente estaría viendo el programa, ¡cómo carajos me piden que bese en la boca a Mama Güevos!, pensó. Luego escuchó el rugido entusiasmado del público:

—¡Beso, beso, beso, beso!

Y vio que su amigo Boca Chueca se había puesto de pie, enardecido, vibrante, fuera de sí, gritándole:

—¡Beso, beso, beso, beso!

No puedo besarlo, me da asco, voy a quedar como un mariconcito, qué me va a decir Culo Fino cuando vuelva a casa, pensó Pecho Frío.

—¿Te animas a besarme o no? —le preguntó, la mirada pícara y los ojos maliciosos, Mama Güevos, famoso por su descaro para besar a quien tuviera que besar, sin importarle lo que el público pudiera pensar de su identidad sexual: de hecho, mucha gente pensaba que era gay, porque no se había casado y no tenía hijos y cuando le tocaba besar a un concursante hombre, parecía que lo disfrutaba.

Pecho Frío movió apenas la cabeza, como negándose, y Mama Güevos lo animó:

12

—¡Mira que es solo medio minuto, y si me besas te vas con tu esposa a Punta Sal, todo pagado, tres noches en el hotel El Mirador de cinco estrellas! ¡No puedes perder el premio más importante de la noche! ¡No tengas miedo! ¡Es solo un beso!

Pero Pecho Frío tenía miedo, tenía pánico, no sabía qué hacer. Para él no era solo un beso, era hacer el ridículo en televisión, en vivo y en directo, ante miles o millones de espectadores, sin saber qué consecuencias tendría esa osadía, ese desafuero que le estaban proponiendo.

—¡Beso, beso, beso! —gritó, impacientándose, el público.

—¡Vamos, hombre, no seas cobarde, no tengo mal aliento! —lo acicateó Mama Güevos.

Pecho Frío pensó que su esposa se merecía un fin de semana en Punta Sal, hacía tiempo que no viajaban, no les alcanzaba la plata para darse esos lujos, su sueldo de empleado del banco era ajustado, y por ella, para viajar con ella, trató de ganar el juego, y le dijo a Mama Güevos:

—Bueno, ya, pero ¿solo un piquito, no?

—Claro, solo un piquito, beso sin lengua —prometió el animador.

Luego se acercó al concursante, quien cerró los ojos como si estuviera en el dentista y fueran a clavarle una inyección en la encía, en la lengua, algo tremendamente odioso, doloroso, y Mama Güevos besó en los labios a Pecho Frío, este con los ojos siempre cerrados, frío, impertérrito, sin moverse, como si fueran a fusilarlo, y en cambio Mama Güevos abrió los ojos, hizo un guiño a la cámara, el público se rio porque sabía que algo tremendo y divertido iba a ocurrir, y luego el animador le dio un beso con lengua, profundo, penetrante, a Pecho Frío, que sintió que estaban violándolo, metiéndole una culebra, una serpiente, una víbora que ahora se movía insaciable en su cavidad bucal y lo sometía al escarnio, las burlas, las risas de las decenas de personas que veían cómo Mama Güevos, siempre irreverente, siempre transgresor, le comía libidinosamente la boca y él se dejaba, casi como si le gustara: era solo medio minuto, pero Pecho Frío sintió como si ese beso hubiera durado una hora, y cuando el animador dejó de besarlo, abrió los ojos, dio un paso atrás, miró las caras eufóricas, festivas, de la gente, vio a los camarógrafos riéndose, alcanzó a mirar a Boca Chueca desternillándose a carcajadas y pensó he quedado como un mariconcito, todo el mundo piensa que me ha gustado el beso, este jijuna de Mama Güevos me prometió que sería solo un piquito y me comió la boca con lengua y todo, el muy puto, no debí confiar en él.

—¡Tengo que decirte que hace mucho tiempo que nadie me besaba tan rico! —bromeó Mama Güevos, y el público le celebró la travesura, y Pecho Frío no encontró consuelo en el premio que anunció a grito limpio el conductor del espacio:

—¡Has ganado un viaje todo pagado a Punta Sal, para dos personas!

Todos aplaudieron de pie, pero Pecho Frío no podía sonreír, no era capaz de sentirse feliz, le temblaban las piernas, los músculos de la cara, porque le aterraba una idea, una sola idea sombría: ¿y ahora qué me va a decir Culo Fino cuando llegue a la casa? ¿Estará contenta porque gané el premio mayor? ¿O me va a putear por haber tenido el mal gusto de besar al mañoso chucha de su madre de Mama Güevos?

Pecho Frío subió los peldaños lentamente, mientras el público lo aclamaba, y cuando llegó a su asiento, Boca Chueca lo abrazó y le dijo:

—¡Buena, compadre, qué tal chape le diste a Mama Güevos, un poco más y se te pone en cuatro!

—No debí chapármelo —dijo Pecho Frío, preocupado, culposo—. He quedado como un cabrazo.

—No seas huevón, es solo un juego —trató de subirle el ánimo su amigo, pero él siguió apesadumbrado y dijo, como hablando consigo mismo:

—Creo que ese Mama Güevos es un rosquete. Me metió la lengua sin asco. Y tenía aliento a cebiche, la concha de su madre.

Boca Chueca se rio y le dijo:

—¿Nos vamos a Puntal Sal, compadre?

—No seas pendejo —le dijo Pecho Frío—. Me voy con Culo Fino.

Luego de un silencio que se le hizo ominoso, preguntó:

—¿Tú crees que ella esté viendo el programa?

Pecho Frío y su esposa Culo Fino llevaban siete años casados religiosa y civilmente. No tenían hijos, no podían tenerlos, ella no podía quedar embarazada. Se querían mucho, rara vez discutían o peleaban. Ella trabajaba como profesora de religión en el colegio Monjas Machas. Era católica practicante. Iban a misa los domingos y comulgaban y se consideraban buenas personas, gente sin enemigos, ciudadanos tranquilos que cumplían con la ley, pagaban sus impuestos y se portaban bien. Vivían en un pequeño apartamento de cien metros cuadrados en la calle Palacios, distrito de Miraflores.

—¡Mi amor, nos vamos a Punta Sal! —anunció Pecho Frío, con una gran sonrisa, apenas entró en el apartamento, y caminó en dirección al cuarto donde Culo Fino estaba hablando por teléfono con el televisor encendido.

Ella colgó deprisa y lo miró seriamente y dijo:

—Irás tú. Yo no te acompaño ni loca.

Pecho Frío comprendió que estaba contrariada.

—¿Viste el programa de Mama Güevos? —preguntó.

—Sí, claro —respondió ella, disgustada—. Preferiría no haberlo visto.

Él se acercó y procuró abrazarla, pero ella se lo impidió con un gesto cortante, y dio un paso atrás, y dijo:

—Hiciste el ridículo. Me dejaste como una imbécil.

Pecho Frío se esforzó por ablandar la resistencia de su esposa y disolver sus rencores:

—Pero, mi amor, fue solo un piquito…

—¡No fue un piquito! —gritó ella—. ¡Dejaste que Mama Güevos te diese un chape con lengua y todo! ¡Fue un asco! ¡Todas mis amigas me han llamado y están indignadas! ¡No pueden creer lo bajo que has caído!

Pecho Frío pensó: me lo temía, sus amigas chismosas, intrigantes, la han malquistado conmigo, han echado sal en la herida, han envenenado las cosas, como siempre.

—¡Yo no quería besarlo, mi amor! —dijo él, y no parecía estar mintiendo—. ¡Te juro que lo hice solo para irnos de viaje a la playa!

Culo Fino era una mujer orgullosa, con un alto sentido del honor, primera de la clase en el colegio de monjas, primera en la universidad, donde estudió para profesora. Detestaba los escándalos, la farándula, los personajes bufonescos, ridículos, de la televisión. Por eso le dijo:

—Si de verdad me quisieras, ¡no debiste haberlo besado! ¡Por respeto a mí, a nuestro matrimonio, debiste decirle que no lo harías de ninguna manera!

Pecho Frío permaneció callado, compungido, derrotado, sin saber cómo defenderse.

—Pero te importó un pepino nuestro matrimonio, y quisiste dártelas de pendejito, de jugador, ¡y bien que te gustó chaparte al cabro asqueroso de Mama Güevos! —continuó Culo Fino, exasperada.

—¡No me gustó, te juro que no me gustó! —se defendió Pecho Frío—. ¡Tenía un aliento horrible a cebiche!

Culo Fino se sentó en el sofá, apagó el televisor, se llevó las manos al rostro y disimuló un sollozo en el que se entremezclaban la rabia y la vergüenza.

—No llores, mi amor —le rogó su esposo, y se puso de rodillas, y trató de acariciarle la cabeza, pero ella le empujó la mano, despechada—. Te pido perdón. Ven, dame un besito.

Pecho Frío trató de besar en los labios a su esposa, pero ella lo miró con indignación y le dio una bofetada, dejándole el carrillo enrojecido, y le dijo:

—¡Cómo se te ocurre que voy a besarte, después de que has besado a Mama Güevos, estúpido!

Ella se puso de pie y anunció:

—Me voy a dormir a casa de mi mami. Ni loca voy a dormir contigo esta noche.

Pecho Frío detestaba las peleas, las riñas, la tensión conyugal. Le daba vergüenza que su suegra supiera que habían peleado. Su medida del éxito era que los días pasaran parejos, iguales, sin sobresaltos, sin grandes alegrías ni grandes tristezas, en medio de una rutina tranquila, quizá no tan placentera, pero tranquila, predecible, gris. Por eso se estremeció cuando Culo Fino le dijo que se iría a dormir a casa de su madre y dijo:

—Mi amorcito, por favor, te lo ruego, no te vayas, yo voy a dormir acá en el sofá de la sala, no te voy a molestar, pero no quiero que vayas a contarle a tu mami que hemos peleado, me da vergüenza.

Culo Fino no era demasiado atractiva, pero tampoco fea: delgada, siempre haciendo dietas raras, llevaba anteojos, se dejaba el pelo negro bien largo, y si bien no era culona ni tetona, todo en ella guardaba cierta armonía y sabía mostrarlo o insinuarlo o administrarlo con bastante elegancia, tanta, que él se sentía profundamente afortunado de ser su marido. Culo Fino era una mujer de aspecto intelectual, que, sin embargo, dadas las circunstancias (varias cervezas, varias copas de champán) podía llegar a ser una sorpresa en la cama, solo, claro, cuando se encontraba desinhibida, porque sus convicciones religiosas generalmente la cohibían y le dictaban ciertos pudores y ciertas culpas que raramente conseguía dejar de lado, siempre gracias al alcohol.

—Está bien, tú duermes en el sofá —se replegó ella.

Pecho Frío lamentó haber asistido al maldito programa carnavalesco de Mama Güevos: no debí hacerle caso a Boca Chueca, ese huevón siempre me mete en problemas, ahora, ¿de qué carajo me sirve la invitación a Punta Sal, si mi señora no quiere ir conmigo ni a la bodega de la esquina?

Culo Fino dio un portazo y se encerró en su habitación. Pecho Frío gritó afectuosamente:

—¡Hasta mañana, mi amor!

Enseguida escuchó la voz seca, cínica de su esposa:

—¡Que sueñes con tu Mama Güevos, mariconcito!

Pecho Frío pensó, rencoroso, iracundo: si me encuentro en la calle con el mañoso de Mama Güevos, le rompo la cara.

Al día siguiente, Pecho Frío se levantó a las seis de la mañana con un fuerte dolor en la espalda porque había dormido en una postura inconveniente, tomó un desayuno ligero mientras su esposa dormía, se vistió de traje y corbata como mandaban los cánones del banco del Progreso y tomó un colectivo hasta el barrio de San Isidro. Dentro del vehículo, una camioneta con cuatro filas de asientos, sintió que una señora lo miraba fijamente, como si lo hubiera reconocido del programa de Mama Güevos, pero él puso cara de distraído, le esquivó la mirada y se hizo el desentendido.

Tan pronto como entró en la agencia bancaria de la calle Miguel Dasso, sus colegas, hombres y mujeres que, como él, llegaban puntualmente y marcaban su hora de llegada, le hicieron bromas, le tomaron el pelo, lo felicitaron. Todos parecían haber visto el beso del escándalo en el programa de Mama Güevos:

—¡Buena, Pecho Frío, te luciste!

—Dinos la verdad, ¿te gusta Mama Güevos, volverías a besarlo?

—No debiste cerrar los ojos cuando chaparon: pareció que estabas enamorándote, huevón.

—¿Y tu esposa, qué dice?

Pecho Frío sonreía forzadamente, como si nada de eso le importara, pero su rostro estaba tenso y su mirada asustadiza y las palmas de las manos sudorosas y el ceño fruncido porque sentía en el ambiente que toda esa nueva fama ridícula, farandulera, solo podía traer malas, nefastas consecuencias.

Durante la mañana, no fueron pocas las personas que se asomaron a la ventanilla de Pecho Frío a cumplir algún trámite bancario y lo reconocieron y le hicieron bromas y hasta le pidieron que se dejara tomar fotos. Pecho Frío sufría cada vez que le pedían una, trataba de negarse, pero sus compañeros del banco le animaban a tratar con la debida cortesía a los clientes y a dejarse retratar sin dejar de ser simpático. Pero él no estaba acostumbrado a la fama ni a las chanzas y chirigotas del público ni a que lo trataran como si fuera un hombre impúdico, descarado, provocador, que disfrutaba transgrediendo las reglas morales de la convivencia y desafiaba el orden establecido. Todo ello, para él, era un estrés que no sabía cómo manejar. Por eso le sudaban las manos, la frente, el pecho, casi como si estuviera jugando un partido de frontón, y cada cliente que lo reconocía y le pedía una foto era un suplicio más, una tortura que no cesaba.

Hasta que el gerente de la agencia bancaria, don Huele Pedos, lo llamó a su oficina, lo miró con una seriedad desusada, cerró la puerta y las cortinas para que nadie espiara, y pasó a decirle algo que ya Pecho Frío se temía:

—Mire, por orden del directorio, y especialmente del dueño, el señor Puto Amo, hemos decidido darle vacaciones forzadas, no remuneradas, por espacio de un mes.

Pecho Frío sintió un ramalazo helado recorriéndole la espalda, un estremecimiento gélido en las piernas y los pies, un aturdimiento general. Llevaba más de diez años trabajando en el banco del Progreso, era un empleado ejemplar, sin tacha, sin enemigos, y de pronto lo conminaban a irse a su casa un mes, sin cobrar. No es justo, pensó. No he hecho nada malo.

—¿Se puede saber por qué me están mandando de vacaciones? —preguntó, la voz débil, apocada, timorata, sabiendo que peor sería confrontar a Huele Pedos o impugnar la decisión del jefe máximo Puto Amo.

Huele Pedos se tomó su tiempo, tamborileó la mesa con unos dedos juguetones, neuróticos, se alisó el bigote de mafioso de pacotilla y dijo, tomándose su tiempo, hablando lentamente:

—Usted sabe bien que este banco defiende la moral, la decencia, el honor, las buenas costumbres. Usted sabe perfectamente que el dueño de este banco, don Puto Amo, es muy amigo del Cardenal Cuervo Triste. Usted sabe o debería saber que los empleados de este banco deben tener una conducta ética ejemplar, virtuosa, rectilínea, inmaculada. Usted sabe bien, Pecho Frío, que los empleados que atienden al público en ventanilla deben inspirar confianza y respeto entre nuestra clientela, y por eso están prohibidos de meterse en la farándula y protagonizar escándalos de cabaret. Usted sabe todo eso, ¿no es verdad?

Pecho Frío veía borroso, sentía que le temblaba el pecho escuálido, se enjugaba el sudor de la frente con un pañuelo marchito, quería romper a llorar.

—Sí, claro, tiene usted toda la razón, doctor —le dijo, sumiso, adulón, a Huele Pedos.

—Por eso nos vemos en la penosa obligación de mandarlo a su casa —continuó Huele Pedos, como si disfrutara de aquel momento pesaroso de su empleado—. Porque usted ha actuado en forma irresponsable e indecente y hasta diría que sucia, pecaminosa, asquerosa, en el programa del señor Mama Güevos, tanto que el propio dueño de nuestro banco, don Puto Amo, se ha enterado del escándalo que usted protagonizó, del beso contra natura, nefando, que se dio con Mama Güevos, y usted sabe que el dueño del banco es un señor muy religioso, de profunda fe, católico practicante, y está horrorizado, indignado, de que uno de sus empleados dé tan mal ejemplo en público: ¿cuántos niños que vieron ese beso cochino no se habrán vuelto maricas, a ver? ¿Cuántos hombres casados como usted no se habrán preguntado si no será más rico chapar con un hombre y no con sus esposas, dígame? ¿Es usted consciente del daño que ha hecho a la sociedad peruana con esa exhibición de inmoralidad, indecencia y mal gusto?

Pecho Frío estaba tan helado, tan abochornado, tan arrepentido de haber ido al programa de Mama Güevos, que no podía articular palabra, y solo temblaba, sudaba y asentía.

—Váyase ahora mismo a su casa —le ordenó Huele Pedos—. En tres semanas lo llamaremos para que regrese a trabajar.

Se pusieron de pie, se dieron la mano, Pecho Frío vio los retratos familiares de Huele Pedos con su esposa y sus hijos: en playas uruguayas, en la nieve chilena, en las ruinas de Machu Picchu: sin duda, un empleado ejemplar, no como yo, una vergüenza para este banco, pensó, culposo, derrotado.

—Y si lo reconocen en la calle y le piden fotos, le aconsejo que se niegue, que diga que usted no es la persona que creen haber reconocido —dijo Huele Pedos—. Porque si quiere hacer carrera de mariconcito famoso, entonces tendremos que despedirlo, y a lo mejor termina trabajando como asistente de Mama Güevos —añadió, y soltó una risa cruel, maliciosa, cínica, como de hiena hambrienta.

21

Pecho Frío salió del banco y caminó deprisa, la mirada gacha, caída, el cuerpo encorvado, y evitó mirar a la gente, y cuando le pasaron la voz y le pidieron una foto no se detuvo y siguió caminando a toda prisa, como si tuviera urgencia de llegar a algún lugar. Pero, en realidad, no sabía adónde ir, qué hacer, cómo ocultarle a Culo Fino que lo habían mandado a su casa de vacaciones forzadas, qué vergüenza, qué pesar.

Voy a ir al canal 5 y le voy a romper la cara al jijuna de Mama Güevos, pensó, rabioso, indignado.

Pecho Frío llegó a su casa temprano, se sacó los zapatos, comió un plátano y una manzana, y se echó en el sofá a ver televisión. Culo Fino no estaba, había ido a trabajar, regresaría a media tarde, apenas terminase de dictar sus clases de religión a las adolescentes del colegio de monjas. No tardó en quedarse dormido con el televisor encendido. Despertó bruscamente cuando su mujer le habló, casi gritándole, jalándole el pelo, como si quisiera pegarle:

—¿Qué haces acá tan temprano, huevón?

Pecho Frío se puso de pie. Odiaba que su esposa le dijera «huevón». No pudo mentir.

—Me dieron vacaciones en el banco —confesó.

Culo Fino lo miró desdeñosamente.

—Ya sabía —dijo.

Luego añadió:

—No sabes la vergüenza que me has hecho pasar en el colegio.

Pecho Frío caminó como si quisiera abrazarla, pedirle perdón, pero ella le hizo un gesto severo, dio un paso atrás y disuadió cualquier muestra de afecto.

—Todas las profesoras te vieron chapando con Mama Güevos —prosiguió—. Es un escándalo. Mis colegas me dicen que no pueden creer lo que hiciste.

—¡Son unas estúpidas! —gritó Pecho Frío—. ¿No entienden que lo hice para llevarte a Punta Sal?

—¡No, no entienden! —gritó más fuerte Culo Fino—. ¡Y no iré a Punta Sal, a ver si terminas de entenderlo!

Culo Fino entró en la habitación, sacó una maleta y empezó a meter su ropa en ella.

—¿Qué haces? —se asustó Pecho Frío.

—Me voy a casa de mi mami —dijo Culo Fino—. No aguanto verte. Necesito unos días sola, lejos de ti.

Pecho Frío sintió que se hundía en una ciénaga hedionda, que su vida predecible y ordenada era ahora un caos ingobernable. En tantos años casados, siete años felices, sin grandes sobresaltos, no se habían separado nunca, y ahora ella se iba, ofuscada, a dormir con su madre.

—Amorcito, te ruego que no te vayas— imploró él—. Te suplico que me perdones y me acompañes.

Culo Fino lo miró con frialdad y siguió empacando.

—Mira que me han sacado del banco un mes, no me dejes solo, por favor —dijo él.

Pero ella estaba demasiado indignada para calmarse. Apenas terminó de hacer maletas, cogió sus cosas, evitó darle un beso y le dijo:

—No me llames. No me busques. Necesito descansar de ti.

Pecho Frío se abalanzó sobre ella y quiso abrazarla, besarla, ponerse de rodillas, pero ella lo interrumpió con una sonora bofetada:

—¡No me toques, mañoso, depravado! —rugió, como una leona herida—. ¡Nunca pensé que me sacarías la vuelta con un hombre! ¡Y con el cochino degenerado de Mama Güevos!

Luego salió y dio un portazo.

Pecho Frío se tiró en el sofá y rompió a llorar.

Cuando recuperó el aliento y se calmó un poco, salió a la calle, tomó un taxi y le pidió al conductor que lo llevara al canal 5. Eran las tres y media, estaba por comenzar «Oh, qué bueno». Pecho Frío se identificó en la entrada, dijo que quería ser parte del público, pero le respondieron que el estudio estaba lleno, que no podía pasar, que no podía presentarse así, de la nada, y reclamar un asiento.

—Entonces me quedo aquí afuera y espero a Mama Güevos —dijo, furioso.

El guardia de seguridad frunció el ceño y le dijo:

—¿Es amigo del señor Mama Güevos?

—Sí —mintió Pecho Frío—. Somos conocidos de toda la vida.

Se quedó sentado en una escalera que daba acceso a la puerta principal del canal. Lo echaron de allí. Se paró detrás de los autos de lujo de los gerentes y animadores. Lo echaron los lava carros, alegando que estaba entorpeciéndoles el trabajo. Fue a tomar un café a la esquina, esperó, volvió poco antes de las seis, vio salir al público tan contento, nadie lo reconoció, suspiró aliviado y aguardó pacientemente a que saliera Mama Güevos.

Cuando lo vio, corrió hacia él, pero dos guardaespaldas lo mantuvieron a raya, y él gritó:

—Mama Güevos, hola, ¿te acuerdas de mí?

El animador lo miró con recelo y desconfianza, con extrañeza, como si fuese una araña o una cucaracha, con miedo y repugnancia, y le dijo:

—No sé quién eres, flaquito.

—¡Soy yo, Pecho Frío! ¡Nos dimos un beso en tu programa! ¡Gané el premio para ir a Punta Sal!

Mama Güevos lo miró desdeñosamente y le dijo:

—¿Y tú crees que me acuerdo de la puta cara de cada concursante que ha jugado conmigo en el programa, huevón?

Pecho Frío lo odió, quiso pegarle, pero se contuvo.

—Necesito pedirte un favor —gritó.

Mama Güevos abrió la puerta de su auto de lujo y lo miró con creciente impaciencia.

—Por culpa del beso me han dado vacaciones forzadas en el trabajo. Quizá puedo trabajar como asistente de tu programa.

Mama Güevos soltó una carcajada y le dijo:

—¿No quieres conducir el programa conmigo, mejor?

Luego entró en su carro e hizo unas señas rudas a sus custodios para que alejasen a ese individuo tan pesado que estaba pidiéndole unos favores absurdos.

—Mamá Güevos, por favor, ¡dame una mano! —rogó Pecho Frío, a punto de romper a llorar.

—¡No seas patético, huevón! —le gritó el animador, y se alejó raudamente, seguido por los dos hombres corpulentos que lo cuidaban a sol y sombra.

Pecho Frío se sintió vejado, humillado. Estaba a punto de echarse a llorar cuando alguien le tocó delicadamente el hombro y le preguntó:

—Disculpe, señor, ¿usted no es el concursante que chapó la otra tarde con Mama Güevos?

Era un joven muy delgado, enjuto, huesudo, de facciones delicadas y vestir atildado. Venía saliendo del estudio, había sido parte del público aquella tarde. Lo miraba con simpatía, hasta con ternura.

—Sí, soy yo —respondió Pecho Frío, aterrado.

—Encantado —le dijo el joven de aire delicado, dándole la mano—. Mi nombre es Lengua Larga. Soy secretario general del Movimiento Homosexual. Lo felicito. Lo que hizo en el programa de Mama Güevos fue muy valiente por su parte.

—Gracias, muchas gracias —respondió Pecho Frío.

—¿No quiere ir a tomar un café? —preguntó Lengua Larga.

Pecho Frío y Lengua Larga caminaron un par de cuadras y se sentaron a una mesa en el café más cercano al canal 5, allí donde solían acudir los gerentes y las estrellas de la televisora. Pecho Frío pidió un expreso doble y un pan con jamón y queso; Lengua Larga prefirió un capuchino sin azúcar y agua mineral.

—Es que estoy a dieta —dijo.

Antes de que llegaran las bebidas, le dijo a Pecho Frío, bajando la voz, delicadamente, casi susurrando:

—¿Puedo hacerte una pregunta personal?

Era un jovencito de apenas veintiún años, estudiante de periodismo en la universidad, con aire intelectual, gafas, el pelo corto, la ropa bien ajustada.

—Sí, claro —dijo Pecho Frío.

—¿Eres del ambiente, del gremio? —preguntó Lengua Larga.

Pecho Frío no entendió bien la pregunta y respondió:

—Soy del gremio bancario. Soy cajero del banco del Progreso, agencia de Miguel Dasso, a tus órdenes.

Lengua Larga soltó una risita pícara, maliciosa.

—No me refiero a eso —dijo—. Te pregunto si, como yo, eres gay.

Pecho Frío no se sorprendió porque Lengua Larga era bien amanerado y saltaba a la vista que era gay.

—No, flaquito —le dijo—. Estoy casado.

Lengua Larga no se dio por vencido tan rápidamente.

—Qué lindo eres —le dijo—. Tengo amigos gays que están casados. No por eso dejan de ser gays, claro. Pero muchos se casan para quedar bien con la familia o para no perder el trabajo.

Pecho Frío guardó prudente silencio.

—No sé si será tu caso —continuó Lengua Larga.

—No, no, yo me casé hace siete años con mi señora porque la amaba, estaba templado de ella —dijo Pecho Frío.

El mozo trajo el pedido, lo acomodó rápidamente y se retiró.

—¿Y todavía la amas? —insistió Lengua Larga, con el descaro y la franqueza que un hombre joven puede permitirse con alguien a quien acababa de conocer.

—Sí, por supuesto —dijo Pecho Frío—. Culo Fino es el amor de mi vida.

Lengua Larga bebió un sorbo de capuchino, hizo un gesto de disgusto porque se quemó la lengua y dijo:

—Te admiro mucho.

Nunca en sus treinta años de vida, siete de casado, alguien le había dicho al cajero bancario eso mismo:

—Te admiro mucho.

Por eso se quedó frío y preguntó:

—¿Por qué me admiras?

Lengua Larga respondió sin dudarlo:

—Porque, si no eres gay, tiene más mérito que besaras sin inhibiciones ni temores a Mama Güevos. Te felicito. Eres un ejemplo moral. Ojalá hubiera más hombres heterosexuales como tú.

—Gracias, gracias —dijo Pecho Frío, comiendo su pan con jamón y queso, pensando está tan rico que pediré otro.

—Eres una inspiración para mí —prosiguió Lengua Larga—. Este es un país muy homofóbico. La mayoría de concursantes se niegan a chapar con Mama Güevos por miedo al qué dirán. En cambio tú fuiste tan valiente…

—Sí, pero me arrepiento —lo interrumpió Pecho Frío.

Lengua Larga le preguntó por qué, y Pecho Frío le contó todo lo malo que le había pasado después del beso escandaloso: su esposa lo había cacheteado, se había ido a dormir a casa de su madre, en el banco lo habían amonestado severamente y conminado a tomar vacaciones obligatorias sin goce de haber.

—¡No puedo creerlo! —estalló, furioso, Lengua Larga—. ¿Te han mandado a tu casa un mes en el banco del Progreso?

—Así como lo oyes, flaquito.

—¡Eso es inaceptable, intolerable, un abuso, un acto de prepotencia homofóbica! —rugió con la voz finita y los modales sutiles Lengua Larga—. ¡No tienen derecho de hacerte eso, solo por haber dado un besito en la televisión!

—Pues es lo que me han hecho —dijo Pecho Frío—. Y claro que no es justo. Y tengo miedo de que en un mes me digan que no vuelva más, que estoy despedido.

—¡Increíble! —seguía histérico Lengua Larga—. ¡Las cosas que uno tiene que ver en este país ridículo, de opereta!

Pecho Frío no sabía qué carajo era un país de opereta, pero asintió y sonrió igual.

—¡Esto no puede quedar así! —prosiguió Lengua Larga—. ¡Tenemos que defender tus derechos!

—Gracias, flaquito, pero no tengo abogado ni plata para contratar uno —dijo Pecho Frío.

—No te preocupes por eso, en el Movimiento te vamos a ayudar —prometió Lengua Larga, y no parecía estar mintiendo.

Luego pidió la cuenta, pagó y salieron caminando.

—Déjame llevarte en taxi a tu casa —le dijo a Pecho Frío.

Subieron a un auto destartalado, color amarillo, se sentaron ambos en el asiento trasero y Lengua Larga le dijo:

—Si me autorizas, voy a hablar con la junta directiva del Movimiento Homosexual, con nuestros abogados, y te vamos a defender de los abusos que han cometido contra ti en el banco.

Pecho Frío se replegó, se quedó callado, no quería que el taxista oyera de nuevo la palabra «homosexual». Se sentía halagado de que Lengua Larga lo defendiera, pero no quería más líos, no quería agitar las aguas ya encrespadas, quería recuperar el cariño de su esposa y su empleo en el banco.

—No sé, flaquito, déjame pensarlo —dijo.

—Tómate tu tiempo —dijo Lengua Larga.

Luego lo tomó de la mano, lo miró a los ojos y le dijo:

—Pero cuenta conmigo, y con el Movimiento, incondicionalmente.

Llegando al viejo edificio de Miraflores donde vivía, Pecho Frío se despidió de Lengua Larga con un apretón de manos.

—Ya nos vemos, flaquito —le dijo.

Lo que no sabía es que lo vería tan pronto, y en la televisión.

Un par de días después Pecho Frío estaba solo en su apartamento viendo el noticiero «12 Horas» del canal 5 cuando el locutor Trola Mola, un joven con aires de monaguillo, anunció con voz engolada, el pelo tieso por el fijador, el gesto circunspecto como si fuera la víspera del fin del mundo:

—¡Despiden a empleado del banco del Progreso por darle un beso al animador de este canal Mama Güevos en su programa «Oh, qué bueno»!

Luego la camaleónica locutora Traga Leches lo secundó con voz histérica, aflautada:

—¡Movimiento Homosexual denunciará al banco del Progreso por discriminación homofóbica!

Enseguida, mientras en pantalla aparecían las imágenes del beso entre Pecho Frío y Mama Güevos, en cámara lenta, repetidas una y otra vez, hasta el cansancio, una reportera de voz chillona describió las circunstancias festivas en que todo ocurrió, solo una prueba juguetona a la que fue sometido el visitante ocasional al programa, y que cumplió con cierta renuencia, a fin de ganar el premio de un viaje a Punta Sal, nada que pareciera demasiado libertino o inmoral, y a continuación apareció el secretario general del Movimiento Homosexual, el lánguido y sutil Lengua Larga, diciendo, con indignación, pero al mismo tiempo con aplomo, como si estuviera disfrutando de ese momento de exhibición frente a las cámaras:

—He sostenido varias reuniones con el señor Pecho Frío, quien me ha contado en detalle el abuso homofóbico del que ha sido víctima, y nuestros abogados del Movimiento Homosexual consideran que se ha actuado en forma ilegal y arbitraria contra él, y por eso hemos planteado una demanda contra el dueño del banco del Progreso, el señor Puto Amo, exigiéndole que restituya en su puesto de trabajo a Pecho Frío y que le pague una indemnización de un millón de soles como compensación civil por los daños y perjuicios de que ha sido víctima.

La reportera fragorosa no tardó en preguntar:

—¿Qué otros daños ha sufrido el señor Pecho Frío?

Lengua Larga se tomó su tiempo antes de revelar:

—Daños morales. Daños sicológicos. Mi cliente está muy deprimido. Su esposa lo ha abandonado. Ha perdido su trabajo. En el Movimiento estamos muy preocupados por su salud mental. Tenemos miedo a que, debido al estado de abandono y soledad en que se halla, pueda atentar contra su vida.

—¿Cómo conoció usted a Pecho Frío? —preguntó sin demora la reportera, mientras, de nuevo, salían las imágenes en cámara lenta del beso, y Pecho Frío, arrellanado en el sillón de su casa, se encogía, se ovillaba, quería cerrar los ojos de la vergüenza, y le rogaba a Dios y a San Martín de Porres que su esposa Culo Fino y su suegra Chucha Seca no estuvieran viendo el telediario «12 Horas».

Lengua Larga no vaciló en responder:

—El señor Pecho Frío me buscó, solicitó una reunión conmigo, y por supuesto lo hemos atendido con el respeto y el aprecio que él merece. Y, si me permite añadir, lo consideramos ya parte del Movimiento.

Aparentemente la reportera quedó confundida y por eso preguntó:

—¿Es gay el señor Pecho Frío?

Lengua Larga soltó una risita disforzada, como si supiera algo que no quisiera revelar, como si fuera íntimo del señor Frío, y solo dijo, demorándose:

—Sobre eso no puedo decir nada. Será el señor Pecho Frío quien, en su momento, atenderá a la prensa y dirá cuál es su identidad sexual y cuáles son sus preferencias íntimas.

—¿Pero usted qué piensa? —insistió, morbosamente, la reportera.

—Yo pienso que el señor Pecho Frío ha sido víctima de una horrible discriminación homofóbica y que el magnate Puto Amo tendrá que pagar caro por ello.

Luego hizo un silencio calculado y añadió:

—Y también pienso que Pecho Frío, sea gay o no sea gay, es un hombre supremamente atractivo, que goza de la abierta simpatía de nuestro colectivo.

La reportera dio enseguida el pase a los estudios, y el locutor Trola Mola, un señorito presumido, con aires de escritor de vanguardia incomprendido, gafas gruesas, mirada impertérrita, sentenció:

—Nuestra solidaridad con el señor Pecho Frío. No nos parece justo lo que le han hecho.

La taimada locutora Traga Leches, que siempre quería quedarse con la última palabra, y competía no tan sutilmente con Trola Mola para ver quién era más avispado, más ingenioso, más sentencioso, se permitió añadir:

—Yo creo que Mama Güevos debería pronunciarse al respecto. Mínimo, que invite de nuevo a Pecho Frío a jugar en el programa y que le den más premios que le sirvan de consolación para mitigar el terrible momento laboral y sentimental que está viviendo.

—Bueno, ya esto está en manos de la justicia, no sé si es una buena idea que Mama Güevos se meta de nuevo en el lío —discrepó, fastidiado, Trola Mola.

—Ya está metido aunque no quiera —no dio su brazo a torcer Traga Leches—. Y él comenzó todo este escándalo. No me parece que deba lavarse las manos.

Traga Leches detestaba a Mama Güevos porque ella ganaba diez mil soles al mes y él, veinte mil. En cambio Trola Mola se jactaba de ser amigo del famoso animador y por eso zanjó la cuestión, diciendo:

—Seguiremos informando de esta gran primicia de «12 Horas»: ¿el cajero de un banco le ganará el juicio al dueño del banco, y se hará millonario?

Luego mandó a comerciales, sin mirar siquiera de soslayo a Traga Leches, quien le parecía insoportable.

Pecho Frío apagó el televisor. Este Lengua Larga, quién carajo se ha creído para meterle juicio a don Puto Amo, pensó, furioso. Y quién le dio permiso para denunciar todo en el noticiero, la concha de su madre, seguía enojándose. Poco después sonó el teléfono. Era su esposa Culo Fino:

—¿Te has vuelto loco, imbécil? ¿Cómo se te ocurre ir a contar todo a los mariconcitos del movimiento gay? Ya te jodiste, huevón. Puto Amo no te va a devolver tu trabajo. ¿Cómo puedes ser tan idiota de pensar que vas a ganarle un juicio, si es el hombre con más plata de este país?

Pecho Frío permanecía en silencio, avergonzado de todo. Ya no tenía sentido tratar de explicarle a Culo Fino que él no había querido denunciar a nadie, que Lengua Larga se había disparado por la libre, sin consultarle un carajo.

—Amorcito, te extraño, por favor regresa a nuestra casa —le dijo.

—No voy a regresar nunca, mariconazo —dijo ella, y colgó bruscamente.

Pecho Frío caminó a la cocina, abrió una botella de cerveza y pensó: Ahora sí estoy jodido, ahora sí me quedé sin trabajo y sin esposa, más le vale al rosquetón de

Lengua Larga que ganemos el millón de soles, y si ganamos, me voy a vivir a Chile, porque aquí en Lima voy a tener que andar escondiéndome, con la fama de maricón que me han hecho hoy en «12 Horas».

Luego tomó una cerveza del pico de la botella y eructó.

Después de desayunar y darse una ducha, y con el ánimo todavía decaído, pues no había dormido bien y veía el futuro como algo sombrío que traería un cúmulo de cosas malas, Pecho Frío salió a media mañana de su apartamento, pensando en comprar los periódicos. Se llevó una sorpresa cuando de pronto se le acercaron dos reporteros, extendiendo sus micrófonos, seguidos por sus camarógrafos, y no le dieron tiempo a escapar, volver tras sus pasos, esquivarlos, y ya estaba rodeado por ellos, sin salida, cuando el reportero del canal 4 le preguntó a quemarropa:

—Señor Pecho Frío, ¿es cierto que su esposa lo ha abandonado y le está pidiendo el divorcio, asqueada por el beso que usted dio en televisión con el polémico animador Mama Güevos?

Tratándose del canal de la competencia, el reportero del 4 no veía con simpatía al animador de canal 5, o exageraba esa antipatía para complacer a sus jefes.

—No, no, eso no es así —balbuceó Pecho Frío—. Mi señora está trabajando. Todo está bien entre nosotros. Ya nos hemos reconciliado.

—Se rumorea que ella le ha pedido el divorcio —insistió insidiosamente el reportero.

—Ya le dije que estamos bien —se enojó Pecho Frío—. No vamos a divorciarnos.

—¿Se arrepiente del beso a Mama Güevos? —preguntó la reportera del 5, en tono más amable que su colega.

Pecho Frío quería salir corriendo, esconderse en su apartamento, no hablar más con las sanguijuelas de la prensa, pero ya era tarde, ya era una figura pública, los reporteros sabían dónde vivía, no tenía escapatoria.

—Sí, me arrepiento —dijo—. Solo me ha traído problemas —añadió, con la voz quebrada, y tomó aire para no echarse a llorar.

—¿Quisiera decirle algo a Mama Güevos? —preguntó la periodista.

—Bueno, únicamente que no me han entregado todavía el premio que me prometieron —respondió Pecho Frío—. Estoy esperando a que me cumplan con el viaje.

—¿Con quién piensa viajar de vacaciones a Punta Sal, amigo Frío? —preguntó el reportero del 4.

—Con mi señora esposa, pues —se enfadó Pecho Frío, y miró severamente, como si quisiera darle un manotazo, al periodista que lo incordiaba con preguntas envenenadas—. Si no es con ella, ¿con quién más voy a ir?

Pero el reportero, avezado en esas lides, experto en minar la confianza de sus interlocutores, haciéndoles preguntas perniciosas, mal intencionadas, le respondió:

—Se rumorea que usted viajará a Punta Sal con uno de sus amigos del Movimiento Homosexual.

—¡Eso es falso! —levantó la voz Pecho Frío—. ¡Iré con mi señora o no iré a ninguna parte! ¡Y yo no tengo amigos en ese Movimiento que usted menciona!

A continuación la reportera del canal 5 le dijo:

—Pero el señor Lengua Larga ha denunciado que ellos son sus defensores legales y que están enjuiciando al dueño del banco del Progreso por haberlo despedido.

—¡A mí no me han despedido! —se enfureció Pecho Frío—. ¡Solo me han pedido que descanse unos días y me recupere de todo este escándalo, antes de reincorporarme a mi centro de labores!

—Pero es un descanso no pagado, no remunerado, señor —le dijo el periodista del canal 4—. Eso es lo que nos ha confirmado Lengua Larga.

—Miren, señores periodistas, les pido por favor que me dejen en paz. ¡No quiero ser famoso, entienden! ¡No quiero dar más entrevistas! ¡Estoy harto de todo este escándalo que ustedes han creado!

Los reporteros se miraron gozosamente, parecían disfrutar de ese estallido iracundo del pobre hombre al que habían puesto en su mira aquella mañana.

—¡Yo sigo siendo empleado del banco! ¡Y todo está bien con mi señora! ¡Y no quiero verlos más acá en la puerta de mi casa! ¡Adiós!

El reportero del canal 4, entrenado en el oficio de la mezquindad sistemática y la provocación maliciosa, le acercó todavía más el micrófono y le dijo, subiendo la voz:

—¿Es cierto que usted es homosexual?

Pecho Frío sintió que se iba a desmayar, que le temblaban las piernas, que la frente le sudaba frío.

—No, ¡no soy eso que usted dice! —respondió, y se alejó, caminando deprisa, pero el reportero, entrometido, lo persiguió y gritó su última pregunta:

—¿Es usted doble filo? ¿Patea con las dos piernas?

Pecho Frío siguió caminando tan rápido como pudo, y no por eso dejó de escuchar la última pregunta mañosa:

—¿Le gustaría volver a besar a Mama Güevos?

Furioso, con ganas de pegarle a alguien, Pecho Frío caminó y caminó, no se detuvo en el quiosco, no quiso comprar los periódicos, y por fin se metió a un café tranquilo, pidió una cerveza fría para relajarse, llamó por teléfono a Boca Chueca, su amigo y colega del banco, y le pidió que fuera de urgencia a tomarse una cerveza con él, pero Boca Chueca estuvo frío, cortante, y le dijo que no podía interrumpir su horario de trabajo en la agencia bancaria, y que mejor se verían al final de la tarde, cuando saliera del banco. Nadie me quiere ver, me he convertido en un apestado, un leproso, pensó Pecho Frío. Pagó la cuenta, tomó un taxi y se dirigió al local del Movimiento Homosexual, en Barranco, cerca del parque central de ese distrito. Nada más llegar, fue recibido afectuosamente por Lengua Larga, quien le dio un abrazo prolongado, pródigo en palmadas en la espalda y palabras almibaradas de bienvenida, y lo hizo pasar a la sala de reuniones, y mientras Pecho Frío pedía un café a la secretaria, Lengua Larga llamó a dos dirigentes del Movimiento y se los presentó a Pecho Frío ceremoniosamente:

—Te presento al señor Poto Roto, jefe máximo del Movimiento.

Se dieron la mano, cordialmente.

—Y te presento al señor Pelo Malo, secretario de asuntos legales.

Otro apretón de manos.

Luego se sentaron los cuatro alrededor de la mesa, mientras la secretaria preparaba el café.

—¿En qué podemos ayudarte, amigo? —preguntó Lengua Larga.

Pecho Frío habló nerviosa, atropelladamente:

—Primero que nada, no me ha gustado que hagan declaraciones a la televisión. No me conviene que este escándalo se haga más grande, y ustedes están agrandándolo. Yo quiero que no se hable más de esto, y les pido por favor que me ayuden.

Lengua Larga, Poto Roto y Pelo Malo lo miraron compasivamente, asintieron, siguieron dispuestos a escucharlo con toda paciencia.

—También quiero que sepan que no quiero enjuiciar al señor Puto Amo, ni al banco del Progreso. Eso me va a perjudicar mucho. Si insistimos en enjuiciarlos, me van a botar y ellos tienen mucho poder y seguro que van a coimear al juez y van a ganarme el juicio.

De nuevo lo miraron como si fuera un pobre crío llorón, que no sabía lo que estaba diciendo. La secretaria entró y dejó el café en una taza humeante.

—Y finalmente les ruego que no hablen con la prensa de mi caso, porque mucha gente piensa que soy homosexual, que soy miembro del Movimiento Homosexual, o que me he inscrito y ya me han dado mi carné, y quiero ser bien clarito en decirles que yo soy un hombre de los pies a la cabeza.

—Nosotros también somos muy hombres, amigo Pecho Frío —le dijo Pelo Malo, como si se sintiera ofendido—. Somos muy hombres y muy homosexuales, y ambas cosas, le aclaro, no son incompatibles ni están reñidas.

Pecho Frío no entendió qué carajo decía el abogado, pero pensó: es normal, los abogados siempre lo complican todo, y si eres marica, no puedes ser bien hombre, pues, huevón.

—Y lamento decirte, con todo respeto, que la demanda judicial ya ha sido planteada, y aunque tú tengas miedo, y entendemos tus temores, nosotros vamos a ir hasta las últimas consecuencias, y vamos a conseguirte un buen dinero como indemnización por los daños y perjuicios que te han causado los directivos homofóbicos del banco —sentenció Poto Roto.

—No tengas miedo —dijo Lengua Larga—. Vamos a ganar. Ya verás que vamos a ganar.

—¡Yo no quiero ganar! —se impacientó Pecho Frío—. ¡Yo quiero volver a mi vida normal! ¡Quiero seguir trabajando en el banco, quiero que mi señora regrese a vivir conmigo! ¡Y ustedes no me están ayudando un carajo!

Pelo Malo se permitió un consejo:

—Te veo tenso, amigo. Te recomiendo que te des una sesión de masajes con el quiropráctico chino que nos atiende a todos los de la junta directiva del Movimiento. Es un gurú de los masajes, el chino. Te va a sacar todo el estrés, todita la tensión.

Pecho Frío pensó: ese chino mañoso debe ser un mariconazo que quiere meterme el dedo, o la mano, o la pinga, ni cagando lo voy a llamar.

Lengua Larga tomó la palabra:

—Estábamos pensando, antes de que llegaras, que nos gustaría ofrecerte un trabajo aquí en el Movimiento, todo el tiempo que estés separado del banco sin goce de haber, todo el tiempo que pueda durar el juicio.

—¿Un trabajo? ¿Acá? Pero yo no soy del ambiente, del gremio… —dijo Pecho Frío, sorprendido.

—Eso no nos importa —respondió Lengua Larga.

—Puedes trabajar con nosotros, seas heterosexual, bisexual, homosexual, transgénero —añadió Poto Roto—. Nosotros somos un gran paraguas, un arcoíris —precisó, en tono amable.

Un arcoíris de grandes rosquetes ilustrados, pensó Pecho Frío.

—Te pagaríamos el doble de lo que ganabas en el banco —lo animó Poto Roto.

—¿Y de dónde sacan la plata? —se permitió preguntar Pecho Frío, con genuina curiosidad.

—Recibimos donaciones de muchas fundaciones extranjeras, defensoras de los derechos de las minorías sexuales oprimidas —sentenció Poto Roto.

Estos cabritos son bien pendejos para montar su negocio, pensó Pecho Frío.

—¿Te animas a trabajar con nosotros? —le sonrió Lengua Larga.

—Pero van a pensar que soy homosexual, si trabajo acá —dijo Pecho Frío.

—Que no te importe el qué dirán —sugirió Pelo Malo—. Lo importante es que seas feliz.

—No te conviene estar solo en tu casa, deprimido —insistió Lengua Larga.

—¿Y qué haría acá? —preguntó Pecho Frío.

—Puedes ser nuestro tesorero —dijo Poto Roto—. Como tienes experiencia en manejo de dinero, nos puedes ayudar a llevar las cuentas del Movimiento.

De pronto Pecho Frío se sintió tentado de aceptar, al menos temporalmente, mientras estuviese alejado del banco, muy a su pesar.

—Les pido por favor que me den unos días para pensarlo y consultarlo con mi señora —dijo.

—Claro, Pechito, tómate tu tiempo, no hay apuro —dijo Lengua Larga.

Luego lo acompañó a la puerta, detuvo un taxi, le dio un par de billetes para pagar la carrera y le dijo:

—¿Puedo pasar en la noche por tu apartamento? Quiero darte un regalito.

—Mejor llámame antes, no vaya a estar mi señora —dijo Pecho Frío.

Boca Chueca y Pecho Frío se reunieron en un café cercano a la agencia bancaria donde solían trabajar. Eligieron una mesa discreta, al fondo, en una esquina, cerca de los baños, y pidieron dos cervezas. Boca Chueca era más alto y robusto que su colega, llevaba casado ocho años, tenía tres hijos y todas las mañanas, antes de ir al banco, nadaba una hora en un club de su barrio y, al terminar la larga jornada laboral, pasaba una hora por el gimnasio, para endurecer los músculos y mantenerse en forma. Aunque no era un hombre guapo, tenía cierto éxito con las mujeres, llamaba la atención por su complexión fornida, pero a él le gustaba ser fiel a su esposa Fruta Fresca. Pecho Frío le contó las novedades, con tono de pasmo e incredulidad:

—Culo Fino sigue molesta. No quiere regresar conmigo. Me han ofrecido trabajo como tesorero del Movimiento Homosexual. Ya se presentó la demanda contra Puto Amo. Si gano, me darán un millón de soles. No sé qué carajo hacer para regresar al banco.

Boca Chueca no quiso mentirle a su amigo:

—No vas a regresar. Ya tomaron la decisión de despedirte. Y no te van a pagar indemnización.

Pecho Frío dio un golpe a la mesa:

—¡No es justo! —gritó.

—¿Cómo se te ocurre enjuiciar al banco, a Puto Amo, y encima denunciarlo en televisión? —dijo Boca Chueca, levantando la voz—. ¿Te has vuelto loco, huevón? ¿Qué pensabas, que los del banco se iban a mear de miedo y te iban a devolver tu chamba?

—No fue una decisión mía —se excusó, en tono contrito, Pecho Frío—. Fue una decisión del Movimiento. Ni me consultaron. Pusieron la demanda, hablaron con canal 5 y yo me enteré viendo el noticiero, hermanito.

Boca Chueca hizo un gesto de contrariedad, como si no le creyera:

—Bien huevón tú también de ir a contarles todo a los cabrazos esos. Te fuiste de boca, pues, compadre. ¿Desde cuándo eres tan amigo de esos mariconcitos, dime tú? Todos en el banco estamos alucinados contigo.

Pecho Frío pensó que le había venido una mala racha y que todo se iba al carajo y lo que podía estar mal, estaba peor.

—Hay gente en el banco que piensa que has hecho todo esto para anunciar que eres huacha floja.

—¿Qué? —se sorprendió Pecho Frío—. ¿Qué soy qué?

Boca Chueca habló en tono risueño:

—Huacha floja. Que tienes la pichina rota. Que se te quema el arroz. Que te suda la espalda. Que eres pato, patazo. Que…

—¡Basta! —gimió Pecho Frío—. ¡Cállate, por favor! ¡Me estás volviendo loco!

—¿Loco o loca? —insistió Boca Chueca, y celebró su impertinencia.

—No soy loca, huevón. Soy bien machito. Tú me conoces hace años. Tú fuiste conmigo al canal 5. Tú me diste ánimos para chapar con el concha de su madre de Mama Güevos. No me digas ahora que tú también piensas que soy del gremio.

Boca Chueca tomó un trago y dijo, bajando la voz:

—Yo te creo, hermanito. No te sulfures. Solo te cuento lo que están hablando en el banco.

En ese momento un joven y una joven, que iban al baño, reconocieron a Pecho Frío y le dijeron, tan contentos:

—Perdone, señor, ¿usted no es el que chapó con Mama Güevos?

Pecho Frío se quedó helado, paralizado, sin saber cómo responder.

—No, no soy, me han confundido —dijo.

Pero el mismo tiempo Boca Chueca lo delató:

—Sí, es él. Y lo han botado del banco solo por ese chape.

Los muchachos se rieron. Ella pidió educadamente:

—¿Podemos tomarnos una foto?

—Claro, claro —los animó Boca Chueca, sin esperar la respuesta de su colega y amigo.

Luego se puso de pie, tomó el celular de la chica y se dispuso a tomar la foto, mientras Pecho Frío se ponía de pie y ellos lo rodeaban afectuosamente, sonriendo.

—Sonríe, pues, hermanito —le dijo Boca Chueca a su amigo, que miraba todo con espanto e incredulidad, sin entender cómo, de pronto, se había convertido en alguien famoso a quien los muchachos de Lima reconocían.

Pecho Frío quiso sonreír pero le salió una mueca forzada, fatal. Boca Chueca tomó varias fotos. Enseguida la chica le pidió a Pecho Frío:

—¿Podemos darnos un piquito y tomarnos un *selfie*?

Pecho Frío asintió, demudado. El joven apuntó con el teléfono móvil y, cuando su amiga posó sus labios en los de Pecho Frío, disparó varias fotos. Pero la tortura para el pobre Pecho Frío no terminó allí. Traviesa, maliciosa, juguetona, la joven le dijo:

—¿Puede ser un piquito y *selfie* también con mi amigo?

Pecho Frío se indignó:

—No, no, yo no chapo con hombres.

—Ya, pues, hermanito, no te hagas el del culo angosto, que bien que chapaste rico con Mama Güevos.

Sin que pudiera oponer resistencia, Pecho Frío vio cómo el joven, desvergonzada, descaradamente, le daba un besito en los labios, y la chica tomaba la foto, y Boca Chueca reía, encantado. Los muchachos se dirigieron al baño, felices. Tenso, angustiado, Pecho Frío pidió la cuenta.

—No me acostumbro a ser famoso —le confió a su amigo.

—Y famoso por rosquetón —dijo Boca Chueca, riendo.

Al salir del café, se despidieron presurosamente, pues Pecho Frío estaba nervioso, indispuesto, con ganas de encerrarse en su apartamento, y Boca Chueca le dio un abrazo y le susurró al oído:

—Flaco, acepta la chamba con los mariconcitos porque al banco no vas a volver. Mejor asegúrate con tus nuevos amigos roscas.

—¡No son mis amigos, huevón! —se enojó Pecho Frío, y se alejó, caminando a toda prisa.

Llegando a su casa, se lavó la boca con Listerine, se dio una ducha furiosa, enjabonándose con virulencia, y, en calzoncillos y medias, llamó por teléfono a su esposa Culo Fino.

—Ya está durmiendo, no te puede atender, llámala mañana —le dijo su suegra, Chucha Seca, y le cortó bruscamente.

Mañana mismo voy a cuadrar al huevón de Mama Güevos, pensó, furioso, y se fue a la cama y no quiso poner el noticiero, temeroso de que hablaran de él.

El productor general del programa periodístico «La Ventana» del canal 5 llamó por teléfono a Pecho

Frío y le pidió una entrevista. Pecho Frío se negó. El productor volvió a llamar y le ofreció diez mil soles. Pecho Frío declinó. Más tarde el productor subió su oferta a veinte mil soles. Pecho Frío no tardó en aceptar: en el banco ganaba apenas cinco mil soles mensuales, es decir que por dar la entrevista ganaría el equivalente a cuatro meses de trabajo. De momento no quería entrar a trabajar en el Movimiento Homosexual, y necesitaba algo de dinero para no verse en la obligación de pedirle un préstamo a su suegra Chucha Seca, y por eso se resignó a recibir al equipo de «La Ventana» en su modesto apartamento de la calle Palacios en Miraflores y responder todas las preguntas que quisieran hacerle, a cambio de los veinte mil soles pactados. Es un buen negocio, pensó. Total, ya soy famoso, dé la entrevista o no. Y con esa plata me aguanto fácil medio año, y supongo que en medio año ya estará claro si regresé al banco, si gané el juicio o qué carajos.

Un viernes por la tarde, Pecho Frío recibió en su apartamento al equipo de «La Ventana». Acomodaron las cámaras, las luces, eligieron los mejores ángulos, lo maquillaron y la conductora estrella del programa, la aguda preguntona Vaca Flaca, releyó sus apuntes, probó el micrófono, se miró obsesivamente en un pequeño espejo portátil, se echó polvos en los carrillos y colorete en los labios, y dio inicio a la entrevista. Pecho Frío estaba nervioso, tomando Coca Cola de dieta, le sudaban las manos, los pies, la frente, pero la idea de cobrar veinte mil soles finalizada la entrevista le daba fuerzas para no desmayar y responder con aplomo el interrogatorio de Vaca Flaca, que tenía fama de ser una periodista acuciosa, inquisitiva, que preguntaba sin compasión ni piedad y no temía un intercambio áspero con sus víctimas. Pecho Frío se encomendó al Altísimo, a sus padres ya fallecidos, les pidió protección, y escuchó la primera pregunta de Vaca Flaca, formulada de un modo lento, casi ceremonioso:

—Díganos, por favor, quién es usted, señor Pecho Frío.

—Bueno, soy un hombre casado, sin hijos. Trabajo como cajero del banco del Progreso. Soy hincha de la U. Me gusta jugar frontón.

—¿Actualmente está casado?

—Sí, sí, cómo no.

—¿Dónde está su esposa?

—Está visitando a mi suegra.

—¿Se ha separado de usted?

—No. Desmiento eso categóricamente.

—¿Siguen viviendo juntos en este apartamento?

—Sí, sí, así mismo, señorita.

—¿Usted está enamorado de ella?

—Sí, por supuesto. Es el amor de mi vida.

—¿Cómo se llama ella?

—Culo Fino. Culo Fino Invicto.

—Y si usted la ama, ¿por qué besó tan ligera e irresponsablemente en televisión al polémico, controvertido animador Mama Güevos?

—Por el premio. Por el viaje a Punta Sal.

—¿A ella le pareció correcto ese beso?

—Bueno, la verdad, no le gustó.

—¿Estaba furiosa con usted?

—Sí, la verdad, sí. No le gustó el beso. Me dijo que no debí besar a Mama Güevos.

—¿Le pegó? ¿Lo insultó? ¿Se fueron a las manos?

—Me dio una cachetada nomás. Lo normal.

—¿Volvería a besar a Mama Güevos?

—No. Tajantemente, no.

—¿Por qué?

—Porque no me gustaría humillar de nuevo a mi señora. Y porque no me gustaría meterme en líos de nuevo con mis jefes del banco.

—¿Lo han despedido?

—No, me han mandado de vacaciones.

—¿Por qué? ¿Qué le dijeron?

—Consideran que he dado un mal ejemplo a la juventud, que he ensuciado la imagen del banco, que no me he comportado con la decencia que se espera de un empleado del banco.

—¿Y usted está de acuerdo con ellos?

—Sí. Y les pido disculpas. He vuelto a ver el beso y me ha dado vergüenza. Me ha parecido indecente, como ellos dicen.

—¿Considera entonces que se merece la sanción disciplinaria de la que ha sido víctima?

—Sí. Pero pido perdón públicamente. Y espero regresar pronto al banco.

—Pero usted está enjuiciando al banco.

—No, yo no. El Movimiento Homosexual, yo no.

—Pero el Movimiento Homosexual dice que lo representa a usted.

—Bueno, lo hacen porque quieren, yo no les he pedido eso.

—¿Cree que se merece un millón de soles de indemnización?

—No, yo no. Pero mi señora, sí. Y si el Movimiento gana el juicio, ese dinero será para mi esposa.

—Señor, míreme a los ojos. No me mienta.

—Sí, sí. Dígame, señorita.

—¿Es usted homosexual?

—No, no. Desmiento eso categóricamente.

—Señor Frío, no me mienta.

—No le miento, señorita.

—Míreme a los ojos. ¿Es usted homosexual en el clóset? ¿Tiene miedo de salir del armario?

—No, señorita. No estoy en ningún clóset.

—Señor, por respeto al público televidente, le pido que no me mienta. Usted está casado, pero ¿tiene un amante? ¿Le saca la vuelta a su esposa?

—No, señorita, qué ocurrencia. No le pongo cuernos a mi señora.

—Permítame mostrarle estas imágenes.

Pecho Frío mira en un monitor las imágenes: primero aparece en un café con Lengua Larga, luego en otro café con Boca Chueca.

—¿Son sus amantes?

—No, señorita. Desmiento.

—¿No es su amante el señor Lengua Larga?

—No, no. Recién lo he conocido. Es mi amigo, nada más.

—Lengua Larga nos ha dicho que es su amigo íntimo.

—Bueno, íntimo no sé, puede ser. Es un buen chico. Me está tratando de ayudar.

—¿Han copulado?

—¿Cómo dice?

—¿Han follado?

—No le entiendo, señorita.

—¿Se han ido a la cama juntos?

—No, oiga usted, cómo se le ocurre.

—¿Nunca ha tenido sexo con un hombre?

—No, claro que no, yo soy varón, soy macho, cien por ciento macho.

—Por favor, mire estas imágenes.

Vaca Flaca pasa en cámara lenta, con música truculenta, el beso entre Mama Güevos y Pecho Frío.

—¿Le parece que es usted un macho al cien por ciento?

—Bueno, en el beso no parece, pero fue solo un juego, lo hice por el viaje.

—¿O sea que usted, por ganar un premio menor, es capaz de sacarle la vuelta a su esposa?

—No, claro que no. Cómo se le ocurre.

—Pero el beso fue una sacada de vuelta.

—No, señorita, fue un juego que me propuso Mama Güevos y que no debí aceptar.

—¿Se arrepiente?

—Sí.

—¿Y entonces por qué fue a pedirle trabajo a Mama Güevos?

—Por desesperación. Porque necesito trabajar. Yo vivo de mi trabajo. Y estoy sin plata.

—¿Qué siente por Mama Güevos?

—Asco. Me da asco. Si lo veo, le rompo la cara.

—¿Por qué?

—Porque me ha jodido la vida. Por su culpa ahora estoy así, jodido, sin trabajo. Y con fama de homosexual.

—Bien ganada fama, señor. Quizá ya es hora de que salga del clóset.

—Ya le dije que no soy del ambiente, señorita. Amo a mi esposa.

—¿Y a quién más?

—A nadie más.

—¿No será que ama a su esposa y también a Lengua Larga, y que es usted un bisexual promiscuo?

—No diga eso, por favor. El público le va a creer.

—Señor, no me censure. Yo digo lo que quiero. Acá la que elige las preguntas soy yo.

—Claro, claro.

—Le doy una última oportunidad de sincerarse, señor Pecho Frío. ¿Es usted homosexual o bisexual?

—No. Ya le dije. No. ¿Cuántas veces más tengo que decirle?

—Muchos nos reservamos el derecho a la duda, señor. Si no es homosexual, ¿por qué cerró los ojos al besar a Mama Güevos, por qué lo besó con lengua y todo?

—No sé, no sé, me dejé llevar por la emoción.

—Llevo muchos años haciendo periodismo objetivo, señor. Y para mí fue evidente que usted gozó con el beso. Y que no era la primera vez que besaba a un varón.

—No es así, señorita Vaca Flaca. Fue la primera vez. Se lo juro por mi esposa Culo Fino.

—No mienta, por favor. Por respeto a mi público, y a mi carrera, no siga mintiendo.

—No estoy mintiendo, señorita.

—Eso fue todo por hoy, señor Pecho Frío. Gracias. Mucha suerte. Hasta pronto.

El productor general de «La Ventana» se acercó a Pecho Frío, le quitó el micrófono, le dio un apretón de manos y le dijo:

—Estuviste genial, compadre. Vamos a marcar treinta puntos de *rating*.

Luego le entregó un sobre.

—Acá te dejo la platita que acordamos —añadió—. Provecho, flaco. Bien ganada la tienes.

Con esta plata me voy más tarde a los baños turcos y me hago un masaje con la rusa, pensó Pecho Frío, y se despidió fríamente de Vaca Flaca, quien le susurró al oído:

—Cuando quieras salir del clóset, me llamas y me das la primicia, ¿ya?

Con el dinero que le pagaron por la entrevista a «La Ventana», y con los dos pasajes a Punta Sal y tres noches de hotel que le entregó la producción del programa «Oh, qué bueno», Pecho Frío se dirigió al apartamento de su suegra, tocó el timbre, se anunció por el intercomunicador y pidió que le abrieran. Pero su suegra Chucha Seca no le permitió entrar y poco después la voz de Culo Fino se oyó, cortante:

—¿Qué quieres? —preguntó, secamente.

—Que me acompañes a Punta Sal, mi amor —imploró Pecho Frío.

—Ni loca —dijo Culo Fino—. Anda con tus nuevos amigos mariconcitos.

—Amor, te lo ruego, vamos juntos —insistió él—. Mira que me han pagado veinte mil soles por la entrevista a «La Ventana». Estoy con plata. Quiero gastarla contigo.

—Métete tu plata al poto —lo interrumpió ella—. Estoy harta de verte en televisión. Nosotros nunca fuimos una pareja mediática. Y ahora te has convertido en un personaje ridículo de la farándula.

Hubo un silencio que Pecho Frío encontró opresivo, humillante.

—Amorcito, perdóname —rogó—. Por favor ven conmigo a Punta Sal.

—Imposible —dijo ella, tajante—. Las monjas del colegio me han pedido que no tenga ningún contacto contigo.

—Monjas de mierda —masculló él, derrotado.

—¿Qué dices?

—Nada, nada.

—Por favor no me busques, Pecho Frío. Yo te llamaré cuando tenga ganas de verte.

—Entonces me iré solo a la playa. Te voy a extrañar.

—Buen viaje. Y déjame en paz. Y por favor deja de salir en televisión, que me haces sufrir demasiado.

—Perdóname, bebita —dijo él, pero ella ya se había retirado.

Pecho Frío caminó ocho, diez cuadras, sin saber adónde ir. Llegó a un pequeño parque, se sentó en una banca y llamó a su colega y amigo Boca Chueca.

—Te invito a Punta Sal —le dijo—. Nos vamos tres días. Yo pago todo.

Boca Chueca se rio y dijo:

—No puedo, compadre. Tengo que trabajar en el banco.

—Entonces nos vamos solo por el fin de semana.

Boca Chueca se demoró en responder:

—Mil disculpas, hermanito, pero no creo que a mi señora le haría gracia. Prefiero portarme bien. No me conviene ir a Punta Sal contigo. Después van a estar chismeando sobre nosotros, tú me entiendes.

—¿Chismeando qué? —preguntó Pecho Frío.

—Que somos del gremio, que somos pareja, que estamos de luna de miel —dijo Boca Chueca, y se rio.

—Qué pena me das —le dijo Pecho Frío—. Pensé que eras mi amigo.

Enseguida cortó con brusquedad, arrepentido de haberlo llamado. Me iré solo, qué más me queda, se resignó.

Así fue: hizo maletas, confirmó su reservación en el hotel El Mirador de Punta Sal, escondió dieciocho mil soles dentro de sus zapatos y zapatillas, metió dos mil en su billetera, tomó un taxi y se dirigió al aeropuerto. Tres horas después, había llegado a la paradisíaca playa de Punta Sal. Era junio. En Lima hacía frío, estaba nublado, caía una garúa odiosa, pero en Punta Sal hacía un calor que encontró delicioso. Estos días de descanso y relax me van a hacer mucho bien, pensó. Apagó el celular, pidió en recepción que no le pasaran ninguna llamada, y se fue a caminar por la playa. No podía estar más a gusto: le habían asignado una cabaña frente al mar, dormía bien, comía rico, nadie parecía reconocerlo del beso escandaloso, se daba la gran vida. Llegó a pensar: menos mal que no vine con Culo Fino, ahora estaría criticándome todo el día, haciéndome la vida imposible. Luego meditó sobre su futuro: si no le permitían reincorporarse al banco, litigaría con toda determinación contra el dueño Puto Amo y, si conseguía la indemnización, podía vivir con esa plata diez años, gastando cien mil soles anuales, ocho mil mensuales, el doble de lo que estaba acostumbrado a ganar. ¡Diez años sin trabajar!, pensó. ¡Sería como ganarme la lotería! ¡Más les vale que me devuelvan mi chamba, porque de lo contrario seré implacable con esos hijos de puta y tendrán que pagarme por hacerme daño! Enseguida se dijo: voy a preguntarle a Lengua Larga si también podemos enjuiciar por daños y perjuicios al canal 5 y al animador Mama Güevos.

A media tarde, después de almorzar pescado fresco y darse un chapuzón en el mar, se dirigió al spa y pidió un masaje.

—¿Media hora o una hora? —le preguntaron.

—Una hora —respondió, con autoridad, no ya como cajero de un banco, sino como un magnate, un potentado.

—¿Solo la espalda o masaje completo, incluyendo facial?

—Completo, por favor.

Pasó a un apartado, le pidieron que se tendiera boca abajo, encendieron unas velas y una música relajante y le dijeron que la masajista llegaría en un momento. Poco después apareció una mujer que habló con acento extranjero:

—Mi nombre es Paja Rica. Puede decirme Paja o Pajita.

Cubiertas sus nalgas por una toalla diminuta, su rostro acomodado en un orificio que le permitía respirar con facilidad, tendido boca abajo, Pecho Frío le preguntó:

—¿Eres peruana?

—No —respondió ella—. Soy rusa. En realidad, bielorrusa.

Ay, chucha, estoy con suerte, pensó él: ojalá me haga un pajazo ruso, o bielorruso.

Mientras le daba unos masajes enérgicos, virulentos, ella le fue contando cómo había terminado viviendo en esa playa paradisíaca del norte peruano: había trabajado como aeromoza de una línea aérea rusa, se había enamorado de un argentino, había vivido un tiempo en Buenos Aires, se habían peleado, finalmente el destino o el azar la había traído a Lima, y luego a Punta Sal.

Cuando Pecho Frío se dio vuelta, ella cubrió sus genitales con una toalla pequeñita, y empezó a masajearle las piernas, el vientre, el bajo vientre, y él, que le había sido fiel a su esposa Culo Fino desde que se casaron, desde que empezaron a salir juntos, diez años atrás, unos muchachos todavía, estudiantes de la universidad, no pudo reprimir cierto cosquilleo placentero en la entrepierna y vio cómo su verga se alzaba y endurecía, ante los ojos tranquilos, comprensivos, de la masajista, que parecía familiarizada con esas expresiones de placer por parte de sus clientes.

De pronto ella lo miró fijamente y le preguntó:

—Perdone la pregunta, pero ¿usted no es el señor que besó en televisión a Mama Güevos?

Pecho Frío se quedó helado, no supo qué responder, su erección declinó y se le ablandó de inmediato: no puede ser que mi mala fama me persiga hasta acá, pensó, furioso.

—Sí, yo soy —dijo de mala gana.

Ella se rio y dijo:

—Vi el domingo su entrevista en «La Ventana». Me encantó. Lo felicito. Es usted un hombre muy valiente, de mente abierta.

Pecho Frío se quedó callado, no supo qué decir. Cerró los ojos y trató de relajarse para seguir disfrutando de la sesión de masajes, que, recordó, no era precisamente barata.

—¿Es cierto que usted está casado? —preguntó ella, con voz afectuosa.

—Sí, sí —dijo él, incómodo.

—¿Ha venido con su esposa?

—No, ella se quedó en Lima.

—¿Ha venido solito?

—Sí, solo, sí.

—¿Y es cierto que su esposa está molesta por el beso?

—Bueno, sí, un poquito molesta, para qué le voy a mentir.

—Pobrecito —dijo ella—. Solo fue un juego. Ella debe ser más comprensiva.

Luego empezó a masajear a Pecho Frío en los contornos de la entrepierna, en la parte interior de los muslos, y él cerró los ojos y pensó: Culo Fino nunca jamás me ha toqueteado así de rico. De pronto, no pudo evitarlo, tuvo una erección poderosa.

—Hemos terminado —anunció ella.

—Qué pena —dijo él—. Eres una artista del masaje.

—Gracias, señor —dijo ella.

Lo miró a los ojos con un brillo travieso, miró su prominente erección y preguntó:

—¿Puedo hacer algo más por usted?

Pecho Frío la miró con picardía y preguntó:

—Uy, sí, me encantaría. Y te dejaría una buena propina.

Ella habló como toda una profesional:

—Con mucho gusto, lo voy a ayudar a que se alivie de este punto de tensión —dijo, y deslizó su mano debajo de la toalla, y le acarició la verga.

Pecho Frío cerró los ojos y ella lo masturbó con maestría. Cuando terminó, mientras se lavaba las manos, le dijo:

—Pensé que era usted del otro equipo.

Pecho Frío le dio un beso en la mejilla y le dijo:

—Muchas gracias, Paja Rica. Eres un ángel. Mañana regreso.

Salió del spa y, mientras caminaba a su cabaña, pensó: menos mal que no vino la malgeniada de Culo Fino, estuvo riquísimo.

Pecho Frío despertó tarde, a mediodía, y, antes de ir a tomar desayuno en la cafetería del hotel, encendió su computadora y leyó sus correos.

«Señor Pecho Frío: Le comunicamos que, si desea reincorporarse a su trabajo en el banco, el primer lunes del mes entrante tiene que retirar la demanda judicial antojadiza, caprichosa, carente de todo fundamento legal, que ha presentado contra nosotros, alegando ser víctima de daños y perjuicios perpetrados por el banco. Caso contrario, de insistir en la demanda, le comunicaremos oportunamente que ha sido despedido por violar el código de ética de la institución. Atentamente, señor Huele Pedos».

Le voy a pedir a Lengua Larga que mejor se olvide del juicio, si al final es seguro que estos cabrones nos van a ganar, coimeando a quien tengan que coimear, pensó. Y enseguida leyó otro correo:

«Estimado señor Frío: Muchas gracias por la atenta entrevista que nos concedió. Nos alegra informarle que marcamos treinta y dos puntos de *rating*. Ha sido un éxito increíble. A pedido del público, nos encantaría hacerle un reportaje humano, a fondo, a corazón abierto, pero esta vez acompañado de su esposa y sus hijos. Por supuesto, le pagaríamos unos honorarios. Esperamos ansiosamente su respuesta. Y le rogamos que si le escriben de los programas de la competencia del canal 4, no les responda, le aseguramos que nosotros lo trataremos mejor. Muy cordialmente, señorita Vaca Flaca, directora y conductora del programa "La Ventana"».

Treinta y dos puntos de *rating*, ¡soy una estrella!, pensó Pecho Frío, eufórico. ¡Y quieren más! ¡Tengo que convencer a Culo Fino para darles una nota juntos, así la gente entiende que no soy cabrito y que estoy casado con una hembra rica! Pero, ¿de qué hijos me habla esta mal cogida de Vaca Flaca, si le dije clarito que no tengo hijos?

A continuación leyó el siguiente correo:

«Amigo Pecho Frío: ¿Cómo estás? ¿Qué ha sido de tu vida? Te he llamado varias veces pero no me contestas. ¿Estás bien? Por favor dime algo, que estoy preocupado por ti. Acá en el Movimiento todos te recordamos con muchísimo cariño. Por favor, acepta nuestra oferta y ven a trabajar con nosotros. En el banco no te merecen, son unos idiotas, tú estás para cosas mejores. Ojalá te animes a aceptar nuestra oferta. Acá el ambiente de trabajo es muy relajado, buena onda, cero estrés. Por favor, escríbeme o llámame, que me encantaría verte. Podemos ir a tomar unas cervezas a Barranco y ponernos al día con las últimas novedades. Te vi en "La Ventana", te amé, te adoré, estuviste genial, eres un divino, un bombón, te vas a convertir en un *sex symbol*, ya verás. Bueno, te mando muchos abrazos y besitos. Tu amigo, siempre, Lengua Larga».

Abrazos, todo bien, pero besitos, no te pases, flaco, pensó Pecho Frío. Y veo bien jodido que vaya a trabajar con ustedes, porque ahora estoy forrado de plata, y encima «La Ventana» me ofrece más plata por otra nota humana. Tengo que preguntarle a Lengua Larga para quién sería la plata si ganamos el juicio: ¿toda para mí, mitad-mitad con ellos, toda para ellos? Porque si ganamos y es toda para mí, me emborracho una noche y me ensarto a Lengua Larga como palo de anticucho para dejarlo bien contento, qué cague de risa.

Relajado, bien dormido, optimista, de buen humor, de pronto confiando en sus amplias posibilidades económicas y laborales, Pecho Frío caminó a la cafetería, se sentó a una mesa con vista al mar y pidió un desayuno completo, con huevos revueltos, salchichas, tocino y bastante pan con queso. Estaba comiendo pantagruélicamente, sin cuidar los modales, cuando fue interrumpido por una pareja que lo reconoció y le pidió una foto. Se puso de pie, de buena gana, se tomó varias fotos con ellos y los saludó, con aire ganador.

—No se deje pisotear por esos tarados del banco que lo han suspendido —le dijo ella, una chica linda, de veintitantos años—. Usted no ha hecho nada malo. Un beso en televisión es solo un beso en televisión.

—Ojalá mi señora pensara como tú —dijo Pecho Frío, y se despidió de ellos, amablemente.

Poco después se acercó una señorita, le extendió un libro grande, abierto, con anotaciones a mano, le explicó que se trataba del libro de huéspedes ilustres, y le pidió que escribiera algo. Encantado, Pecho Frío escribió:

«Muchísimas gracias por tantas atenciones. Si algún día me gano la lotería, me vengo a vivir a este hotel. Es un paraíso».

Más tarde, mientras tomaba un café con leche, vio pasar a Paja Rica, la masajista bielorrusa, y se paró, le pasó la voz, y ella se sentó un momento con él, y él insistió en que ella pidiera algo, y ella pidió una Coca Coca regular con mucho hielo y una rodaja de limón.

—Me gustaría pasar por allí en un rato —dijo él—. ¿Puedes atenderme?

—Claro, señor, con mucho gusto —dijo ella.

Pecho Frío la miró detenidamente: el rostro plácido, los ojos radiantes, luminosos, la boca pulposa que le apetecía besar, las manos delicadas, de dedos largos, uñas pintadas de rojo carmín, el pecho generoso, opulento, con un escote tentador, y se dijo a sí mismo:

—Esta rusa es un hembrón. Culo Fino no le llega ni a los tobillos. Si le gano el juicio a Puto Amo, le pido matrimonio a esta rusa.

—¿Entonces lo espero para darle un masajito? —dijo ella, con una sonrisa coqueta.

—Sí, flaquita, dame una hora, que me voy a bañar en el mar, y de allí voy corriendo a verte —prometió Pecho Frío.

Ella se puso de pie, se retiró con una gran sonrisa y él se relamió mirándole el trasero, pensando: ese culo algún día será mío, y si Culo Fino me pide el divorcio, al carajo, me vengo a vivir con Paja Rica acá en Punta Sal.

De pronto, se sentía un hombre libre, dueño de su tiempo y sus decisiones, con un futuro luminoso, prometedor. Ni cagando regreso al banco, se dijo, y fue caminando al mar.

Vistiendo una ropa de baño holgada, y sin echarse protector de sol, y a pesar de que no sabía nadar, pues sus padres no lo habían llevado de niño a clases de natación, Pecho Frío se dirigió al mar a darse un chapuzón prudente, un baño de asiento en la orilla, sin exponerse a las olas que reventaban con fuerza allá adentro.

El agua estaba fría, arenosa, y el mar parecía encrespado, con olas grandes y ruidosas que se levantaban como pequeños dictadores furiosos, y Pecho Frío apenas caminó hasta que el agua le llegó al ombligo, y se zambulló rápidamente, los ojos cerrados, y sin embargo tragó agua torpemente y le entró agua en los ojos y se los refregó, tosiendo, mientras pensaba: lo mío no es el mar. Luego se relajó, se puso de rodillas, dejó que los vaivenes de las olas lo mecieran, lo hamacaran, la vista posada más allá, en una bandada de gaviotas que volaban alrededor de un banco de peces. Esto es el paraíso, pensó, y se animó a entrar un poco más, y el agua le llegó al pecho, a las tetillas, pero todavía tenía piso, se sentía en control, y las olas reventaban más adentro y llegaban un tanto diluidas, deshaciéndose, arrastrando espuma, al lugar donde Pecho Frío, desafiando sus posibilidades, se entregaba, solazado, agradecido, a ese baño reparador.

De pronto, y esto no estaba en sus planes, dio un par de pasos más y perdió el piso, entró en un hueco, y quiso volver enseguida sobre sus pasos y pisar la arena, pero la corriente lo arrastró poderosamente hacia adentro, y él no sabía nadar, mantenerse a flote, tener la cabeza erguida, respirando, y en cosa de segundos, al ver que no tenía piso y que el mar lo jalaba hacia la reventazón ominosamente, empezó a dar gritos desesperados:

—¡Auxilio, socorro, me ahogo, me ahogo!

Se hundía y conseguía sacar la cabeza y tomar aire y se hundía nuevamente.

—¡Me ahogo, me ahogo, carajo! —gritó, sintiendo la proximidad de la muerte.

Unos bañistas advirtieron que estaba en peligro, llamaron enseguida al salvavidas Dos Narices, y este, un muchacho fornido, con una ajustada tanga negra y una tabla amarilla de un material de goma, entró rápidamente, dando grandes trancadas, sorteando las olas como un delfín, y apenas tardó unos pocos segundos en llegar adonde Pecho Frío hacía esfuerzos desesperados para no hundirse del todo, por seguir respirando, y lo tomó fuertemente de un brazo, lo sujetó, lo apoyó en la tabla amarilla y comprobó que Pecho Frío estaba consciente, respirando, solo que en medio de un ataque de pánico, temblando, los ojos desorbitados, los labios morados, la boca llena de arena.

—¡Tranquilo, señor, que ya salimos! —le dijo a gritos Dos Narices, y lo empujó vigorosamente hacia la orilla, Pecho Frío apoyado en la tabla amarilla, como si fuera un lobo marino enfermo, un manatí agonizante. Tan pronto como llegaron a la orilla, Dos Narices lo tendió en la arena, le dio unos masajes enérgicos en el pecho y le dio respiración boca a boca, con tanta eficacia que enseguida Pecho Frío vomitó el agua arenosa que había tragado. Mientras tanto, un grupo de bañistas, que le pasaron la voz oportunamente al salvavidas, tomaron fotos y comentaron todo, impresionados. Pecho Frío temblaba, aterrado, y por eso Dos Narices lo cargó, lo apoyó en sus hombros y lo llevó a la enfermería, mientras los bañistas seguían disparando fotos desde sus teléfonos móviles.

En la enfermería lo atendieron con diligencia, lo arroparon, le dieron masajes tonificantes y le dijeron que fuera a descansar. Pero Pecho Frío exigió que lo llevaran al spa: quería darse un largo baño en la cámara de vapor, calentar su cuerpo helado, sudar, con suerte conversar luego con Paja Rica y contarle que se había salvado de morir de milagro, gracias a la oportuna y decidida intervención del salvavidas. Lo llevaron al spa, se metió desnudo al vapor, sudó media hora y, al salir, se encontró con Paja Rica, le contó todo, se echó a llorar y ella lo abrazó, lo consoló con palabras reconfortantes, alentadoras, y lo llevó a la sala de masajes y lo tendió boca abajo y le pidió que se relajara, que le iba a dar un masaje especial, de una hora, cuerpo completo, para que olvidara la pesadilla que acababa de vivir. Pecho Frío estaba desnudo, la cabeza apoyada en el orificio de la camilla para poder respirar con facilidad, y suspiró, aliviado, cuando los dedos mágicos de Paja Rica recorrieron su espalda, la lubricaron, la relajaron. Luego ella le masajeó delicadamente las piernas, los muslos, los contornos de los genitales, y él sintió un cosquilleo, una promesa de placer, una incipiente e inequívoca erección, y grande, grandísima fue su sorpresa cuando ella empezó a masajearle las nalgas, algo que nunca antes le habían hecho, y se detuvo en ellas, las apretujó, las abrió, las cerró, y de pronto las manos traviesas, juguetonas, de Paja Rica, sin pedir permiso, osaron acercarse a la cavidad anal, y la acariciaron con delicadeza, la lubricaron, y Pecho Frío cerró los ojos y sintió un placer insólito, desusado, y ella, temerariamente, pero segura de que su acometida sería bienvenida, le pidió a Pecho Frío que levantara el poto un poquito, y con una mano comenzó a masturbarlo, y con la otra puso un dedito en el ojo del culo, presionó suavemente, entró despacio, sin apuro, y Pecho Frío pensó ay, qué rico, y sintió que su erección se ponía más tiesa, y ella empezó a mover el dedito con extrema delicadeza, y él se abrió para ella, y ella le preguntó ¿le gusta, sigo?, y él, culposo, pero sin poder sustraerse a esos placeres que hasta entonces desconocía, sí, sigue, sigue, y Paja Rica siguió corriéndosela y, a la vez, jugando con el culito del pobre hombre que casi se había ahogado, y él sintió un éxtasis inconfesable, inenarrable, y empezó a mover el culo con ella, siguiéndole el ritmo, y de pronto se excitó tanto que se vino, se corrió, así, boca abajo, en la mano de la masajista, con Paja Rica friccionándole la verga y metiéndole el dedito. Y Pecho Frío se quedó rendido de amor y placer y un tanto avergonzado de que le hubiera gustado que le metieran el dedito y pensó ay, chucha, si me ha gustado tanto, ¿será que soy cabrito? Pero luego se dijo: no, porque solo me gustó que ella, mi Paja Rica, me metiera el dedo, y no me gustaría que un tipo me metiera el dedo, a mí lo que me gustan son las mujeres, pero no las cucufatas como Culo Fino, que todo el día está rezando, sino más pendejas como esta Paja Rica, que Dios la bendiga. Enseguida se dio vuelta, abrazó a Paja Rica y le dijo:

—Nunca me habían metido el dedo. Me encantó.

—Estoy para servirle, señor —dijo ella, sumisa, delicada, toda una profesional.

De vuelta en su cabaña, y tras dormir una larga siesta, Pecho Frío pidió un tiradito de lenguado y una cerveza y le dio un escalofrío pensando en lo cerca que había estado de perder la vida y prefirió no llamar a nadie a contarle el incidente, no quería hablar con Culo Fino, tampoco con Boca Chueca, menos con Lengua Larga, que todo se lo tomaba tan a pecho y era capaz de ir a Punta Sal a darle compañía. Lo último que quiero es que los amigos del Movimiento vengan y se alojen en la cabaña vecina, allí sí se van al carajo estas vacaciones tan relajadas, se dijo.

Más tarde, a las nueve de la noche, luego de ver la telenovela del canal 4, «Pipiolas y Cabriolas», que le encantaba y procuraba no perderse, pues le hacía reír, cambió al canal 9 y sintonizó el programa de chismes y farándula «Sálvese quien pueda». Le encantaba cuando la señora Chola Necia, estrella del programa, reina y señora del espectáculo, criticaba ácidamente a los futbolistas borrachosos que meaban en la vía pública, a los actores mujeriegos que tenían amantes furtivas, a las cabareteras casquivanas que ponían cuernos a sus esposos, sobándose con algún ganapán de moda en un auto en la penumbra, frente al mar de la Costa Verde. Chola Necia era la voz de los que, como él, no tenían voz, la fuerza vengativa y justiciera de los que no eran ricos ni famosos y querían que los ricos y famosos se hundieran en la desgracia y fueran a la cárcel, el triunfo improbable de una mujer fea, humilde, del pueblo, en un país donde casi siempre triunfaban los blanquitos mimados, privilegiados, la crema y nata de la alta sociedad. Más aún, y esto no se atrevía a confesárselo a nadie, Pecho Frío encontraba atractiva y sensual a la señora Chola Necia, y cuando ella había ido a la cárcel, acusada de difamar y calumniar a un futbolista con aires de divo, él le había escrito tres cartas traspasadas de amor y admiración, que ella nunca le había respondido. Pero, y esto tampoco se lo había contado a su esposa ni a sus amigos ni a sus colegas del banco, a veces tenía sueños húmedos con Chola Necia, y se despertaba contento, con una sonrisa, y pensaba quién sabe algún día, si me gano la lotería, la convenzo a la Chola Necia tan rica de venirse conmigo a Punta Sal aunque solo sea un fin de semana.

Grandísima fue su conmoción cuando Chola Necia abrió su programa con un titular tremebundo, escandaloso, truculento, que leyó con voz histérica:

—¡Ampayan al famoso Pecho Frío, el besucón de Mama Güevos, chapando apasionadamente, a plena luz del día, con un morenazo bien agarrado, en una playa del norte peruano!

Luego Chola Necia se tomó su tiempo antes de presentar las fotos del escándalo: primero explicó quién era Pecho Frío, pasó una y otra vez, en cámara lenta, las imágenes del beso a Mama Güevos, con un cintillo enorme que decía «Qué asco!», y otro que decía «Cabrazos!», luego difundió fragmentos de la entrevista en «La Ventana», cuando Pecho Frío decía que no le gustaban los hombres y que era feliz con su esposa y que no le había gustado besar al conductor de «Oh, qué bueno», y enseguida, demorándose morbosamente, gozando del clima de suspenso, anunció las fotos que un bañista de la playa Punta Sal le había hecho llegar anónimamente. Eran varias fotografías en las que se veía a Pecho Frío echado en la arena, boca arriba, con expresión cansada, rendida, y a un hombre musculoso, fornido, en tanga negra, Dos Narices, de rodillas a su lado, besándolo en la boca sin rubores ni disimulo.

—¡Miren cómo el jinete y machucante de Pecho Frío le come la boca! —gritaba Chola Necia, exagerándolo todo, describiéndolo con malicia y picardía—. ¡Miren cómo se agacha y le mete la lengua como si fuera una culebra! ¡Y miren cómo el señor Pecho Frío se deja besar como si fuera una novia en su luna de miel!

El público en el estudio aplaudía, se reía, festejaba los desafueros de la conductora, estallaba en murmullos de asombro y perplejidad al ver las fotos, y Chola Necia continuaba solazándose:

—¡Ni siquiera chaparon a escondidas en el cuarto del hotel! ¡No, no, no! ¡Ni siquiera se besuquearon como patos adentro del mar, disimulando! ¡No, no, no! ¡Se comen la boca allí en plena playa Punta Sal, a vista y paciencia de todo el mundo, sin importarles que otros bañistas los vean! ¡Qué horror, qué asco, qué falta de respeto a los niños que pueden estar caminando por la playa y ver ese espectáculo horroroso, denigrante, y quedar traumados de por vida!

El público aplaudía fragorosamente el discurso moralista de Chola Necia, que era una experta en manipular sus sentimientos, azuzarlo de ira, acicatearlo con saña y rencor, y en sacar la parte más salvaje, tribal, intolerante de cada pequeño individuo que asistía al plató para que la reina del chisme destruyera a alguien, mejor aún si era rico y famoso, en nombre del honor, la moral, las buenas costumbres. Chola Necia prosiguió:

—¡Qué tal rosquetón había resultado Pecho Frío! ¡Tiene un novio! ¡Nos mintió, le mintió al Perú entero cuando dijo que era heterosexual y estaba feliz con su esposa Culo Fino! ¡Ya sabemos la verdad! ¡Es un tremendo pato, uno más del ambiente! ¡Por eso le encantó chapar a Mama Güevos, que, como todos saben, se hace el machito, pero patea con las dos piernas! ¡Y por eso, con el premio que le dio Mama Güevos, no se va a Punta Sal con su esposa, a la que usa de pantalla para hacerse pasar por varón, sino que fue con su novio, con su jinete, con su machucante, ese morenazo aceitunado y bien plantado, que, la verdad, ya me gustaría a mí que me comiera la boca!

El público, rendido a la conductora, adorándola, se reía a carcajadas.

—¡Tremendo ampay que mis reporteros le han hecho al mentiroso cabrazo de Pecho Frío! —continuó, gritando como una loca, describiéndolo todo como si fuera un apocalipsis—. ¡Gran primicia del programa Chola Necia! ¡Ya lo saben, Pecho Frío es gay, tiene novio y chapan en plena playa de Punta Sal como una parejita de recién casados!

A continuación miraba a la cámara, el ceño fruncido, el gesto adusto, la mirada severa, penetrante, y le hablaba retóricamente al pobre Pecho Frío, que contemplaba todo esto temblando, como si fuera a desmayarse:

—¿Y así quieres que tu esposa regrese contigo, papito? No seas descarado, pues. Yo si fuera tu esposa, ¡te pido el divorcio ahorita mismo! ¡Y te dejo el ojo morado de tantas cachetadas que te daría por tramposo y jugador!

Estoy jodido, pensó Pecho Frío, Culo Fino no me perdonará este escándalo, nadie creerá que casi me ahogué y el salvavidas Dos Narices me dio respiración boca a boca, ojalá no me encuentre con el pobre muchacho, que me va a querer partir la cara. Luego se dio una ducha y pensó que, dadas las circunstancias, no parecía tan mala idea entrar a trabajar al Movimiento Homosexual, donde eran tan cariñosos con él y entendían que toda esta farsa absurda era solo un terrible malentendido.

De vuelta en Lima, y sin ganas de salir de su apartamento de la calle Palacios, pues la gente lo reconocía en la calle y le gritaba cosas traviesas o insultantes, poniendo en entredicho su virilidad y sugiriendo que era gay en el armario, Pecho Frío se armó de valor y fue a casa de su suegra Chucha Seca a visitar a su esposa Culo Fino. Esta vez tuvo suerte y lo dejaron subir al apartamento. Chucha Seca se negó a darle un beso en la mejilla, lo miró con profundo desprecio y se retiró a su habitación, donde continuó viendo una telenovela. Culo Fino le sirvió una limonada, fue algo más amable, no demasiado afectuosa, apenas un besito frío, distante, en el cachete, y se sentaron en la sala, llena de imágenes religiosas, crucifijos, virgencitas, a ponerse al día. Culo Fino era mujer de honda fe cristiana, de misa todos los domingos, profesora de religión en un colegio de monjas, y sin embargo era menos practicante en su fe católica que su madre, que iba a misa todas las mañanas y rezaba el rosario todas las tardes y le decía a su hija que Pecho Frío se iría al infierno por andarse besando contra natura con hombres, y peor aún en televisión, a vista y paciencia de la juventud, de los niños, quienes, decía Chucha Seca, se volverían mariquitas por culpa de los pésimos ejemplos como Mama Güevos, Pecho Frío y su novio de Punta Sal, el bañista fornido, de nombre Dos Narices, que, decía ella, indignada, había protagonizado una escena inmunda, vomitiva, al besuquear a Pecho Frío en la playa, mientras los bañistas observaban todo, escandalizados. Por eso, consciente de que era víctima de un gran malentendido, uno más, Pecho Frío se apresuró en decirle a su esposa:

—No nos estábamos besando, amorcito. Casi me ahogo. Ese señor es un salvavidas. Me sacó no sé cómo, de milagro, del fondo del mar. Dos minutos más y me ahogo, te lo juro por Diosito.

Culo Fino sabía que su esposo no sabía nadar, sabía que era un idiota capaz de morir ahogado por falta de prudencia, y por eso le creyó, cuando él continuó diciéndole:

—El señor es el salvavidas Dos Narices. No me estaba chapando. Me estaba dando respiración boca a boca, reanimándome, para que vomitara toda el agua que tragué. La concha de su madre de Chola Necia le ha mentido al país. No es mi novio. Cómo carajo va a ser mi novio, si yo te amo a ti, amorcito, y a mí no me gustan los hombres.

Culo Fino lo miraba con compasión, con cierta añoranza por el amor que se había dañado tanto últimamente, con ganas de rehacer aquella relación tranquila y placentera con su esposo. Estaba harta de los desatinos e impertinencias de su madre, de las intrigas venenosas que ella constantemente sembraba contra Pecho Frío, y tampoco tenía ganas de irse a vivir sola, amargada, despechada, cuando él, su esposo, le juraba que la quería, que no le gustaban los hombres, que no tenía novio.

—Te ruego de rodillas, amorcito, que regreses a la casa. Soy muy infeliz viviendo solo. No tiene sentido que estemos peleados. Cuando estoy solo me vuelvo un imbécil, por eso casi me ahogué el otro día en Punta Sal. Contigo soy demasiado feliz. Por favor, regresa a la casa. Te prometo que todo va a estar bien. Te voy a cuidar como si fueras mis propios ojos.

Dijo esa frase, «como si fueras mis propios ojos», porque había visto en televisión que un poderoso narcotraficante mexicano, Chapo Malo, le había prometido eso mismo a una famosa actriz a la que quería seducir. Y al parecer la promesa surtió efecto, porque Culo Fino le dijo que volvería esa noche a la casa, que la esperara, que le hiciera una comida rica. Pecho Frío se puso de rodillas, le besó las manos, le juró amor eterno y le dijo que le prepararía una riquísima comidita romántica para celebrar que volvían a estar juntos, después de la peor pelea que habían tenido en tantos años de novios y luego esposos, diez en total.

Esa noche Pecho Frío cocinó arroz con huevo frito y salchichas y plátano frito, su plato preferido, y compró cervezas en la bodega de la esquina, y encontró unas velas viejas y las encendió, y Culo Fino regresó con su maleta, acomodó su ropa en la habitación, disfrutó de la cena romántica, distendida, en la que hablaron con optimismo del futuro, y le pidió a su esposo que regresara a trabajar en el banco del Progreso y no tuviera más contactos con los señores del Movimiento Homosexual, porque, le dijo ella, «esas juntas no te convienen y después alimentan peor los rumores». Pecho Frío le prometió que volvería al banco y que exigiría al Movimiento que retirase la demanda judicial contra don Puto Amo. Poco después él lavó los platos, ella fue a darse una larga ducha con agua caliente y luego hicieron el amor, pero él, sin entender por qué, cuando estaba copulando con ella, en la tradicional postura misionera, los ojos cerrados, ella besuqueándole las tetillas, empezó a fantasear que estaba tirándose no a Culo Fino sino a Paja Rica, y eso multiplicó el placer, prolongó las delicias eróticas, fortaleció sus embates viriles y le permitió un orgasmo insólito, en el que gritó desaforadamente, como una bestia, mientras ella gemía, sin importarle que la escucharan los vecinos. Después ella le agradeció por haberla amado tan apasionadamente y él le dijo que nunca había amado a nadie como la amaba a ella, su Culo Fino, su mamacita, su ricura, pero, en el fondo, estaba pensando ¿no será que me estoy enamorando de Paja Rica, y que, como el narco mexicano, soy capaz de amar a dos mujeres a la vez?

—¿Me juras que no te gustan los hombres, papi? —le preguntó ella, desnuda, rendida de amor.

—Te lo juro, amorcito —respondió él, y sin embargo se dijo: pero te gustó mucho que Paja Rica te la corriera metiéndote el dedito, o sea que tan macho no eres, huevón, tan macho como el narco mexicano no eres ni cagando, y como no había manera de sacarse de la cabeza a Paja Rica, le dijo a Culo Fino que necesitaba salir a correr, y aunque era tarde, de noche, se puso un buzo viejo, calzó unas zapatillas y corrió desde su apartamento hasta el malecón con vista al mar de la Costa Verde, y mientras contemplaba, sudoroso, el mar de noche, pensó: mañana mismo regreso al banco. Estaba seguro de que, si retiraba la demanda, el gerente Huele Pedos, en agradecimiento, le devolvería su abnegado trabajo de cajero de la agencia de Miguel Dasso. Todo va a estar bien, siempre que dejes de salir en televisión y no vuelvas más a Punta Sal, se dijo, y emprendió la carrera de regreso.

Cuando Pecho Frío, vestido de saco y corbata, el traje más elegante entre los tres de color azul que tenía en su clóset, entró en la agencia del banco, notó que sus colegas, desde las cajas, detrás de la ventanilla, lo miraban con miedo, con estupor, como si fuera un leproso, un apestado, y a duras penas le devolvieron tímidamente el saludo, y él comprendió entonces que las cosas no volverían a ser como eran antes, que su fama mediática se había desbordado y generaba temores cuando no envidias o recelos entre quienes, empleados bancarios como él, solían ser, antes del escándalo, sus buenos amigos. Tocó la puerta del gerente Huele Pedos, pasó a la oficina, se sentó frente a él, que lo miraba con ojos exentos de compasión o afecto o ternura o tan siquiera sorpresa agradable de verlo de regreso, y se armó de valor y dijo:

—Vengo a informarle que he retirado la demanda contra el banco.

Mentía. No se había reunido todavía con los directivos del Movimiento Homosexual, tenía que persuadirlos de desistir del juicio. Pero mentía porque quería estar seguro de que le devolverían su empleo antes de retirar la demanda.

—Pues qué bien —dijo Huele Pedos, cortante.

—Yo no quiero tener más conflictos con el banco, que es como mi segundo hogar —dijo Pecho Frío.

Huele Pedos lo siguió mirando con cierta frialdad al parecer invencible.

—Y vengo a solicitarle respetuosamente que me permita regresar a mi trabajo hoy mismo —dijo Pecho Frío.

Huele Pedos tamborileó los dedos en su escritorio, cruzó las piernas, sonrió con cinismo y se demoró en decir:

—Mire, amigo Frío: fui muy claro en decirle que usted había violado el código de ética al asistir a un programa de televisión y besarse con el conductor, que tiene fama de sátiro, de depravado. Y fui muy claro, clarísimo, en advertirle que no podía usted seguir saliendo en televisión, haciendo escándalos indecentes, si quería volver a trabajar con nosotros.

Pecho Frío pensaba: este jijuna me odia, siempre me odió, no sé por qué me odia si él gana cuatro veces más que yo, ¿qué daño le he hecho para que me odie así, gratuitamente, carajo?

—Y, sin embargo, a pesar de mis advertencias, usted volvió a salir en televisión, en el programa de la señora Chola Necia, o sea el programa más asqueroso de la televisión, y salió besándose en una playa con otro hombre, y volvió a protagonizar un escándalo inmundo, repugnante, asqueroso.

Pecho Frío pensó: este gerente lambiscón debe ser puto en el clóset, qué tiene de malo que el salvavidas me haya hecho respiración boca a boca, no por eso me vuelvo puto, la concha de su madre.

—Después de ese segundo escándalo, de nuevo dando pésimo ejemplo a la juventud, fomentando conductas inmorales, libertinas, contaminando indecentemente a los hogares peruanos, usted, señor Pecho Frío, ha rebasado nuestra paciencia, y el vaso que estaba lleno se ha derramado. Así que le digo, con mucha pena, cuánto lo siento, que, como usted parece encantado con su nueva carrera de famoso que besa hombres en televisión, acá en el banco no hay lugar para usted, porque esta institución es un pilar de los buenos valores y la rectitud moral que nos ha enseñado su jefe y fundador, don Puto Amo.

Pecho Frío se enfureció y dijo:

—Ya lo escuché con mucha paciencia. ¿Terminó?

Huele Pedos, sorprendido de que su antiguo empleado le hablase con esa insolencia, respondió:

—No, no he terminado. Está usted despedido. No queremos verlo más en el banco. Su cuenta de ahorros con nosotros será clausurada y le daremos su dinero en efectivo. Y no habrá lugar a indemnización porque usted ha roto nuestro código de ética.

La cara es lo que te voy a romper, concha de tu madre, pensó Pecho Frío, y luego insistió:

—¿Ya terminó?

—Sí, ya terminé.

—Pues ahora escúcheme, por favor. No estaba besándome con un hombre en la playa. Era el salvavidas, estaba dándome respiración…

—¡Basta de mentiras, oiga usted! ¡Basta de tomarnos por idiotas! ¡Todo el país vio ese beso horroroso! ¡No hay disculpa que valga!

Pecho Frío se puso de pie, miró fríamente a Huele Pedos en los ojos y le dijo:

—Si te encuentro en la calle, te rompo la cara, maricón.

—¡Seguridad, seguridad! —bramó el gerente.

Pero Pecho Frío no quiso más líos y caminó deprisa hacia la puerta de salida. Miró a sus compañeros pero nadie quiso despedirse de él siquiera con un guiño afectuoso. Un guachimán le retiró su credencial de pase automático y le dijo:

—Por favor, retírese y no regrese hasta nuevo aviso.

Indignado, ardiendo de rabia y rencor, Pecho Frío tomó un taxi hasta Barranco, entró en el local del Movimiento, se sentó en la oficina de Lengua Larga y le dijo:

—Me botaron del banco. ¿Sigue en pie tu oferta de trabajo?

Las cosas parecían volver a la normalidad, después de tantos sinsabores y sobresaltos. Culo Fino había vuelto a vivir con él, a dormir con él, a dejarse amar por él. Chucha Seca, su suegra, rara vez llamaba por teléfono. Boca Chueca y sus amigos del banco no daban señales de vida. Y Pecho Frío tenía un nuevo trabajo como tesorero jefe del Movimiento Homosexual. Acudía todas las mañanas, no a las ocho, hora en que solía entrar al banco, sino a las diez, y no hacía gran cosa, salvo ocupar un escritorio, llevar en la computadora un programa minucioso con los ingresos y egresos de la organización, vigilar las transacciones bancarias, asegurarse de que los cheques mensuales de las seis personas que cobraban salieran a tiempo, y hacia la una y media se iba a almorzar con los muchachos del Movimiento a un pintoresco restaurante de Barranco, cuyo dueño, Techo de Vidrio, era homosexual y les daba grandes descuentos y los trataba con cariño, y a media tarde, a eso de las cuatro, terminaba sus muy sosegadas labores y se iba en taxi a su casa. Trabajaba mucho menos que en el banco, no tenía que atender a clientes en persona, se daba la gran vida, nunca pagaba los almuerzos, que iban a cuenta de los gastos del Movimiento, y ganaba el doble de lo que solían pagarle en el banco. Se impresionó de ver cuántos millones recibía anualmente, en calidad de donaciones, el Movimiento, y cuán elevados eran los sueldos que se habían fijado sus jefes, cuya rutina de trabajo era aún más reposada que la suya. De momento solo le preocupaba una cosa: ¿debía concederle la «nota humana», acompañado de su esposa, al programa «La Ventana», a cambio de una jugosa suma, o era mejor desaparecer de la vida pública? Sus amigos del Movimiento le aconsejaban que diese la entrevista, pero Culo Fino dudaba, expresaba sus reparos:

—Ya basta de seguir saliendo en televisión. Nuestra tranquilidad no tiene precio. La pendeja de Vaca Flaca después te hace decir cosas que nos meten en problemas, amorcito.

Pero Vaca Flaca ofrecía unos buenos miles de soles y Pecho Frío estaba ciertamente tentado de darle la entrevista, la última, esta vez sí, la última, para que el Perú entero pudiera comprobar que él se había reconciliado con su esposa y que los rumores sobre su sexualidad eran infundados.

Entre tanto, Pecho Frío recibió una llamada del animador Mama Güevos, invitándolo a jugar en su programa, a pedido del público, que reclamaba que volviera, pero, como no le ofrecían dinero, no lo dudó y lo mandó al carajo y le pidió que no lo llamara más.

Tampoco cedió a las presiones del banco para retirar la demanda. Recibió tres notificaciones escritas de los abogados del banco, conminándolo a desistir de sus reclamaciones, amenazándolo con que, si perdía, lo obligarían a pagar todos los costos del proceso legal, pero no quiso perder su tiempo respondiéndoles, pues los abogados del

Movimiento le aseguraron que tenía una buena probabilidad de prevalecer en la impredecible justicia peruana, siempre tan sensible al dinero.

Una noche, cuando regresaba de la bodega con una caja de cervezas, alistándose para ver un partido de fútbol de la selección, fue interceptado por un auto negro, de lunas oscuras, y dos sujetos en traje y corbata, de contextura robusta, bajaron del carro y lo zarandearon y le dieron una paliza de trompadas y patadas y lo dejaron dolorido en la acera y le dijeron:

—Esto es de parte del señor Puto Amo. Te manda a decir que si lo sigues enjuiciando, te vamos a matar y vamos a tirar tu cuerpo al fondo del mar, maricón concha de tu madre.

Le dieron dos patadas más y lo dejaron tendido en el piso. Pecho Frío llamó desde el celular a su esposa, quien lo llevó de emergencia a la clínica. Estaba golpeado, lesionado, la cara amoratada, pero las heridas no comprometían seriamente su vida. Desde su cama del hospital, indignado, llamó a Vaca Flaca, la conductora de «La Ventana», le contó lo que había ocurrido y le dijo que quería darle la entrevista apenas saliera de la clínica, con la cara morada y las huellas de la paliza en todo el cuerpo, así el país se enteraba de la clase de mafioso patán hijo de puta que era Puto Amo, dijo, y por supuesto Vaca Flaca estuvo de acuerdo.

—Pero esta vez no serán veinte mil soles —dijo él—. Si quieren la nota humana con mi esposa, y con la primicia de este atentado contra mi vida, les costará el doble.

Vaca Flaca dijo que tenía que consultarlo con el gerente del canal. Media hora después llamó y le ofreció treinta mil soles.

—Acepta —le ordenó Culo Fino, bajando la voz.

—Cerrado —dijo él—. Te llamo cuando esté en mi casa.

Días más tarde grabaron la entrevista en el apartamento mesocrático de Pecho Frío y Culo Fino. La maquilladora del canal 5 se encargó de marcar más pronunciadamente los moretones en la cara, las contusiones, las heridas, lo mismo que en el pecho y los brazos, así él podía mostrar el daño físico del que había sido víctima.

—Puto Amo, el hombre más millonario del país, el dueño del banco del Progreso, me quiere matar —denunció en la entrevista Pecho Frío—. Me mandó a sus matones. Me pegaron hasta dejarme inconsciente. Estuve unas horas en estado de coma profunda —mintió—. De milagro estoy vivo.

—Vamos a plantear otra demanda contra ese mafioso de Puto Amo por atentar contra la vida de mi esposo —dijo Culo Fino.

Luego contaron cómo se habían conocido y enamorado y casado, cuán felices eran, cómo ella lo había perdonado tras la pelea por el beso en televisión, cuán orgullosa estaba de que él tuviera coraje para no empequeñecerse y asustarse ante el magnate Puto Amo.

—¿Usted ama a Pecho Frío? —preguntó Vaca Flaca.

—Lo amo, lo adoro, es el sol de mi vida —respondió Culo Fino.

—¿Es el gran amor de su vida?

—Sí, claro.

—¿Es el mejor amante que ha tenido, el que mejor le ha rendido en la cama?

Pecho Frío enrojeció de vergüenza. Culo Fino sonrió y dijo:

—Nadie me ha hecho gozar como mi amorcito Pecho Frío.

Lo que no dijo es que Pecho Frío era el único hombre con el que había tenido relaciones sexuales. Por supuesto, él tampoco sintió la necesidad de aclararlo.

—¿Han tenido alguna vez la fantasía de hacer un trío?

—¿Cómo dice? —se sorprendió Culo Fino—. ¿Un trío? ¿Con quién?

—Con otra mujer, por ejemplo —sugirió Vaca Flaca—. O con otro hombre.

—No, no, de ninguna manera, nosotros somos muy religiosos —respondió Culo Fino, disgustada por la pregunta.

Contentos porque habían cobrado treinta mil soles por la entrevista, y porque él se había acostumbrado rápidamente a su nuevo trabajo, en el que ganaba el doble de lo que solían pagarle en el banco, Pecho Frío y Culo Fino fueron a comer al restaurante más elegante del barrio, Canchita, propiedad del conocido chef Cuy Gordo, un ídolo entre los peruanos, un artista y filósofo de la cocina, y se dieron un banquete pantagruélico, opíparo, con finos licores y abundancia de postres, y volvieron caminando a su casa, se quitaron la ropa, quedaron en ropa interior y se echaron en la cama a ver televisión. Pero las noticias eran todas deprimentes, sangrientas, y él apagó el aparato y empezó a besar apasionadamente a su esposa y poco después empezaron a hacer el amor en la postura misionera, que era la que más le acomodaba a ella, nunca dispuesta a grandes picardías o transgresiones en sus juegos eróticos, más bien recatada y apegada a las convenciones de una señora religiosa, de misa todos los domingos, las luces de la habitación apagadas, solo la luz del baño encendida para que iluminara débilmente la imperfección de esos cuerpos fundidos, entrelazados, friccionándose.

—¿O sea que te gustaría hacer un trío? —preguntó ella, mientras él la penetraba con tantos bríos como adoración.

Pecho Frío no esperaba esa pregunta, y sin embargo continuó sus acometidas, los ojos cerrados, la boca abierta, la lengua afuera, la frente sudorosa, y respondió:

—Sí, me encantaría.

Luego añadió:

—Siempre que a ti también te provoque, amorcito.

Ella sonrió a medias y preguntó:

—¿Con quién haríamos un trío?

Moviéndose como un animal lujurioso, sintiéndose un ganador porque nunca en su vida había tenido tanta plata en efectivo, recordando con la libido subida a la masajista Paja Rica, para no despertar sospechas en su esposa se limitó a decir, seguro de que su respuesta no la molestaría:

—Con tu prima Puta Culta.

No contaba con que Culo Fino se sentiría sorprendida y fastidiada al saber que él deseaba a su prima, y por eso ella dijo:

—¿En serio? ¿Te gusta mi prima?

Pecho Frío no se anduvo con pudores ni inhibiciones y respondió, desatado, ardiendo de lujuria:

—Me encanta. Me arrecha. Me encantaría meterle la pinga como anticucho.

Culo Fino enmudeció y de pronto sintió que ya no le resultaba posible seguir disfrutando de las refriegas eróticas, pues la imagen de su esposo montándose a su prima se apoderó de su imaginación, le nubló sus fantasías y lo distanció de él.

—Mi sueño es que tú y Puta Culta me la chupen de rodillas, por turnos —siguió Pecho Frío, de pronto lanzado a compartir cada detalle de su fantasía con su esposa: ¿cuántas veces había pensado en la poetisa Puta Culta desnuda, toda para él, cuántas pajas se había hecho maliciando a la prima secretamente deseada?

—¡Basta! —gritó ella—. ¡No sigas! ¡No quiero hacer ningún trío! ¡No quiero que te metas con mi prima!

Pecho Frío se rio sin darle importancia, y siguió montándose a su esposa, pero ella de pronto estaba furiosa y por eso lo empujó y le dijo:

—Ya no quiero seguir. Me has enfriado. Eres un mañoso de lo peor.

Pecho Frío se tendió a su lado, resopló como una foca malherida, maldijo el momento en que compartió sus fantasías con ella, y preguntó, dócil, sumiso:

—¿Y a ti con quién te gustaría hacer un trío, mi amor?

Culo Fino se arrebató:

—¡Con nadie! ¡No soy una puta! ¡Es pecado mortal hacer tríos!

Pecho Frío se rio con picardía y dijo:

—El pecado mortal es no tirar rico mientras se pueda.

Luego empezó a besuquear a su esposa en la oreja, debajo del lóbulo, en el cuello, en los pezones, y ella se relajó, se dejó besar, y poco después él se subió sobre ella, la penetró y reanudó la interrumpida copulación.

—Prométeme que nunca vamos a hacer un trío —dijo ella.

—Te prometo —dijo él, y pensó: pero no puedo prometerte que no volveré a darme un masaje completo con Paja Rica.

Y cuando pensó en ella, en la masajista bielorrusa, recordó el placer insólito, inenarrable, que había sentido cuando ella lo masturbó metiéndole el dedo, y por eso, en un momento de desusada franqueza, le dijo a su esposa:

—Amor, ¿me meterías el dedito?

Culo Fino se sorprendió:

—¿Adónde?

Pecho Frío no se cortó:

—Al poto.

—¿Al poto? —preguntó ella, perpleja—. ¿Quieres que te meta la mano al poto?

—No, no la mano —aclaró él—. Solo el dedito. Primero un dedo, después dos.

Ella lo empujó con todas sus fuerzas, sacándoselo de encima, y le gritó:

—¿Eres maricón o qué?

—No, no soy maricón —le juró él.

—¿Y entonces por qué ahora te gusta que te metan los dedos al poto?

—Es muy rico —dijo él.

—¿Cómo sabes? —se enfureció ella—. ¿Quién te los ha metido?

—Nadie, nadie —se replegó él—. Solo me imagino que es bien rico.

—¡Seguro que tus amigos rosquetes te han metido la mano! —siguió ella.

—No, amorcito, te juro que no —dijo él, ya flácido, derrotado, sin ganas de seguir tirando.

—Eres un cochino, un mañoso, ¡me das asco! —dijo ella, y le dio una bofetada, y se puso de pie y caminó al baño a hacerse unas gárgaras.

Pecho Frío lo intentó una última vez:

—Amor, ¿me meterías un supositorio al poto?

A sugerencia de sus jefes del Movimiento Homosexual, que habían convocado un congreso anual en el Cuzco, al que asistirían numerosos miembros de la organización, además de invitados internacionales llegados desde Argentina, Chile y Colombia, y ante la insistencia de Lengua Larga en rogarle que los acompañara, Pecho Frío se sintió obligado de viajar, porque, pensó, si se negaba, corría el riesgo de ser despedido, de que tomaran represalias contra él. A Culo Fino no le hizo ninguna gracia, más aún porque él no la invitó y no le preguntó su opinión y le comunicó lacónicamente que iría al congreso del Movimiento porque su trabajo lo obligaba a ello, pero Pecho Frío se mantuvo firme en que, si no viajaba, se echaría encima la enemistad o la desconfianza de sus nuevos jefes. Además, los líderes del Movimiento le aseguraron que se quedarían en un buen hotel, y comerían en los mejores restaurantes, y sería una buena ocasión para que conociera a los visitantes argentinos, colombianos y chilenos.

Llegando al Cuzco, ciudad que no conocía, Pecho Frío se sintió mareado y descompuesto por la altura, tomó varios mates de coca y no encontró fuerzas para salir a caminar, prefirió echarse en la cama de su habitación. Lengua Larga y el máximo dirigente del Movimiento, Poto Roto, decidieron compartir una habitación y tuvieron la delicadeza de alojar a Pecho Frío en un cuarto individual, pues no querían molestarlo ni que fuera a incomodarse. Esa noche, ya bastante recuperado, Pecho Frío salió a comer con ellos, tomaron tres botellas de vino en el restaurante del afamado Cuy Gordo, el filósofo de la cocina, se dieron un banquete, y regresaron riendo, de buen humor, algo achispados por el vino, al hotel cinco estrellas La Casona, propiedad del conocido empresario turístico Mea Finito, afiliado al Movimiento, declarado bisexual, casado con una señora oriunda de Detroit, Michigan, la chismosa, atrabiliaria y venenosa Gringa Singa.

Después de darse una ducha en agua caliente, Pecho Frío se puso su ropa de dormir, dos pares de medias, una casaca gruesa y se echó a ver televisión. Celebró su suerte: después de todo, las turbulencias que había vivido tras el beso del escándalo lo habían llevado a un mejor trabajo, mejor pagado, con jefes amables, con viajes y cenas, y hasta se había hecho famoso y había cobrado muy buena plata por dos entrevistas en televisión: nada de qué arrepentirse, pensó, todo pasa por algo, y lo que ocurre, conviene, y ahora estoy mucho mejor que antes, y no soy un don nadie, y a veces la gente me reconoce, como me pasó en el avión, y ya me tiene cariño y nadie me mira feo o me trata mal por ser sospechoso de cabrito fino o sopla pollas o doble filo.

De pronto tocaron a la puerta, se puso de pie, oyó la voz suave, delicada, de Lengua Larga, y abrió. Delgado al punto de parecer enjuto, con la cara untada de cremas anti arrugas, y con una sonrisa angelical, pidió permiso para pasar, cerró la puerta y se sentó en la cama desocupada, al lado de la que había elegido Pecho Frío para descansar. Hablaron del clima, del Movimiento, de lo generoso que era Poto Roto, de los invitados internacionales que conocerían, de la ilusión que le daba a Lengua Larga volver pronto a Buenos Aires, «la París de Sudamérica», dijo, «la ciudad más tolerante y menos homofóbica de Latinoamérica», apuntó, y Pecho Frío no tuvo vergüenza en confesar que nunca había salido del Perú en sus treinta años de vida, siete de casado, diez en el banco, una sola vez había querido ir con su esposa a Disney, en Orlando, pero los gringos del consulado les habían negado la visa, alegando que no tenían suficientes recursos económicos, y nunca más se había querido someter a la humillación, por demás onerosa, de pedirles una visa. No te pierdes nada, Orlando es para los niños, le dijo Lengua Larga, y luego le prometió que algún día irían juntos a Buenos Aires y que esa ciudad lo fascinaría, «la gente es tan linda, los hombres son guapísimos, y las mujeres ni te cuento». Sin saber por qué, y sintiéndose muy en confianza, quizá porque había tomado bastante vino y estaba relajado y con la guardia baja, Pecho Frío le contó que en Punta Sal se había enamorado de la masajista bielorrusa Paja Rica, y no sabía si regresar, porque la extrañaba, pero tampoco quería dejar a su esposa Culo Fino, a la que amaba muy de veras, y Lengua Larga fue paciente y comprensivo en escucharlo y le dijo que, en su experiencia, un hombre podía enamorarse de varias personas a la vez, de dos o tres mujeres, o de dos o tres hombres, o de un hombre y una mujer al mismo tiempo, si era bisexual, como era doble filo el dueño del hotel La Casona, el mustio Mea Finito, que, como todo el Movimiento sabía, tiraba apáticamente con su esposa tantas veces operada, Gringa Singa, y también tenía un amante rendidor, un joven cusqueño conocido como Tapa Hueco, que, decían las malas lenguas, se hacía pasar como asistente del mustio Mea Finito, pero, en realidad, añadió Lengua Larga, «es su marido, su jinete, su machucante, el que le mide y cambia el aceite, tú me entiendes». Riéndose, desinhibidos por el alcohol, sin ganas de dormir todavía, cada uno en su cama, la habitación iluminada apenas por el televisor, Lengua Larga se atrevió a proponerle una travesura:

—¿Qué tal si nos hacemos una paja, cada uno en su cama?

Pecho Frío se quedó callado, pensativo: no quería tener intimidad erótica con su amigo y colega, pero tampoco le convenía quedar como un puritano, un cucufato, un moralista, ni poner en riesgo su empleo sosegado y bien pagado.

—Tú piensas en tu Paja Rica y yo pienso en un argentino del Movimiento que me pone mal —aclaró enseguida Lengua Larga.

Pecho Frío no supo qué decir.

—No te preocupes, que no te miraré, cada uno cierra los ojos y piensa en su fantasía —lo animó Lengua Larga.

No habían pasado treinta segundos cuando se abrió el pantalón, dejando en evidencia su verga erecta, y comenzó a frotársela, los ojos cerrados.

Pecho Frío quedó sorprendido, no tanto por la desvergüenza de su amigo, sino porque, siendo homosexual, y afeminado, y probablemente pasivo, tenía una verga mucho más grande que la suya: cómo es la vida, pensó, Lengua Larga usa más su poto que su pinga, y sin embargo tiene una pinga tamaño boa constrictora que seguramente ni siquiera usa para tirar, y yo a su lado soy más bien escaso, recortado.

—Tócate, amigo, piensa en tu rusa —lo animó Lengua Larga, y siguió friccionando su tremendo pedazo de verga al aire.

Sin entender por qué, y sin haber pensado todavía en la bielorrusa, Pecho Frío constató que tenía una erección, y se preguntó si contemplar a Lengua Larga lo había erotizado, y cerró los ojos y empezó a masturbarse y pensó en las delicias de Paja Rica, pero cada tanto, como un bache, como un coscorrón, como un fogonazo prohibido, se le aparecía en su imaginación Lengua Larga y su gran pingón, y se sentía incómodo y perdía fuelle y el apetito erótico se le rebajaba, pues no podía ni quería estimularse pensando en él, y tenía que hacer esfuerzos para enfocar sus fantasías en Paja Rica y Culo Fino, las dos en cuatro patas, a su entera disposición, las dos besuqueándose, mamándosela, las dos rogándole que las enculara por turnos, y entonces, cuando conseguía disipar la imagen de Lengua Larga, sentía un renovado placer y se frotaba con bríos y ardía en deseos de hacer un trío con dos mujeres guapas y con aire desfachatado. De pronto, abrió los ojos y miró de soslayo a Lengua Larga y advirtió que él estaba tocándose al tiempo que lo miraba fijamente, y no quiso decirle nada, no quiso quedar como un macho homofóbico mala onda, y cerró los ojos y siguió pensando en Paja Rica, pero, no se engañaba, sabía que su amigo y colega estaba haciéndose una paja mientras se calentaba mirándolo. Luego escuchó cómo Lengua Larga terminaba dando unos gemidos reprimidos de señorita, y poco después él acabó con una explosión seminal que le manchó el pecho, dando unos gritos de mono lujurioso. Se rieron, fueron al baño, se limpiaron sin mirarse los genitales y Lengua Larga le dio un abrazo, ya los dos con pantalón de pijama, y se fue a dormir. Pecho Frío se tendió en la cama, desvelado, preguntándose: ¿seré diez por ciento cabro, estaré volviéndome cabro, o seré doble filo y me gustaría probar que Lengüita Larga me la chupe bien chupada? Todas las respuestas posibles le daban miedo, pavor, ya bastante complicado estaba con Paja Rica, y sin embargo no quiso mentirse: le había gustado ese momento de camaradería o fraternidad con Lengua Larga, había sido divertido hacerse una paja juntos, y además, se tranquilizó, no lo miré casi nada y solo pensé en hembritas, no como él, que me miraba derretido, con ojos de carnero degollado, ¿cómo sería culearme a Lengua Larga, cómo sería culearme a un varón? Mejor no averiguarlo, se dijo, y esperó a que le viniera el sueño.

Los delegados nacionales e internacionales asistentes al congreso anual del Movimiento Homosexual se reunieron en el salón de actos y eventos del hotel cinco estrellas La Casona del Cuzco, propiedad del mustio empresario Mea Finito, allí presente, cultivando siempre un elegante perfil bajo, y en compañía de su esposa chismosa Gringa Singa, notoriamente incómoda y con ganas de marcharse de regreso a Lima, y escucharon la intervención del máximo jefe del Movimiento, Poto Roto, un gurú en el tema de los derechos de las minorías sexuales oprimidas, con estudios en la universidad de Berkeley, en California, y con tres libros sobre la cuestión homosexual publicados por la editorial de esa casa de estudios. Atildado, de traje y corbata, con voz serena y persuasiva, sin leer, improvisando, dueño de una oratoria refinada, Poto Roto cautivó a la audiencia durante media hora, enumerando las leyes que, en el Perú, discriminaban a las minorías sexuales, y luego narró de forma ágil y entretenida los agravios, humillaciones y tropelías que había sufrido en el Perú desde que se decidió a fundar un grupo que diera voz y representación a los gays, las lesbianas, los bisexuales y los que cambiaban de sexo. Tras criticar con dureza al gobierno de turno, al Congreso, a la iglesia católica, al Cardenal, Poto Roto tampoco ahorró críticas a ciertos diarios y televisoras que, en su opinión, seguían difundiendo tópicos y estereotipos discriminatorios para la comunidad homosexual. Al terminar, fue muy aplaudido, respondió preguntas de los delegados, anunció que se presentaría a la reelección, «a pedido de las bases», y juró que no desmayaría en sus esfuerzos por persuadir a la mayoría de los ciento treinta congresistas de que aprobasen la ley del matrimonio igualitario, aunque, aclaró, «todavía no tengo novio ni sé con quién casarme», lo que fue celebrado con risas por el público.

De pronto, y para gran sorpresa de todos, anunció que el Movimiento contaba con un nuevo miembro, el señor Pecho Frío, y lo invitó a pasar al estrado y presentarse oficialmente. No precisó si Pecho Frío era homosexual, la duda quedó flotando, ni se cuidó de poner énfasis en que no era, en rigor, un afiliado espontáneo, sino un empleado que había sido fichado para llevar las cuentas de la cofradía. Al escuchar su nombre y ver que el público lo miraba con curiosidad, Pecho Frío sintió un ataque de pánico, pero enseguida Lengua Larga, sentado a su lado, le dio ánimos, le pidió que subiera al escenario y no tuvo más remedio que hacer de tripas corazón, armarse de valor y dar la cara. Poto Roto le dio un abrazo, le pasó el micrófono y dijo:

—Nuestro nuevo miembro Pecho Frío nos va a contar las injusticias tremendamente homofóbicas que sufrió en su centro de labores.

Unos aplausos entusiastas le dieron fuerzas para hablar sin miedo. Los delegados peruanos parecían saber bien quién era Pecho Frío, seguramente lo habían visto en las noticias, y en sus entrevistas en «La Ventana», y, a juzgar por los aplausos, le tenían simpatía. Pecho Frío contó en detalle, sin apurarse, cómo habían llegado al banco las invitaciones del programa «Oh, qué bueno», cómo su colega Boca Chueca lo había convencido de ir a ese programa a jugar y ver si se ganaban un premio, cómo su número había salido sorteado y había sido convocado a jugar con el famoso aunque polémico animador Mama Güevos, y cómo, por ganar un premio, un viaje a la playa, se había besado con el animador, no porque él quisiera, sino porque el público y el conductor lo obligaron, y él no quiso quedar como un pusilánime, un miedoso. A continuación narró cómo había sido suspendido del banco sin goce de haber, y luego despedido de manera fulminante sin derecho a indemnización, acusado por la gerencia de haber dado mal ejemplo a la juventud, y haber fomentado conductas indecentes, cuando él solo había querido ganar un premio. Por último, agradeció a los dirigentes del Movimiento por haberlo salvado de una terrible depresión, y de la ruina financiera, pues ahora tenía un trabajo, se sentía querido y había podido recuperarse del tremendo escándalo que sufrió por solo besar a Mama Guevos, «sin lengua, sin mañosería, sin pendejada, solo como un buen concursante», se cuidó de aclarar, y el público se rio y lo aplaudió de pie apenas terminó su intervención. Poto Roto se acercó a él, le dio un abrazo y pidió al auditorio que hiciera preguntas a Pecho Frío. Uno de los delegados argentinos, un joven espigado, huesudo, con tatuajes en los brazos y el pelo rapado, se puso de pie y preguntó:

—¿Vos sos bala?

Algunos en el público se rieron. Pecho Frío respondió:

—¿Quién, yo?

Hubo más risas y murmullos y chismes al oído y contorsiones delicadas de los asistentes.

—Sí, vos, ¿sos bala?

Sin entender a qué se refería, y tratando de hacerse el gracioso y caer bien entre sus nuevos amigos gays, Pecho Frío respondió:

—Sí, soy una bala perdida.

Hubo grandes carcajadas y, a la vez, un aplauso cerrado, fragoroso, el más sonoro de la jornada, y muchos entendieron que Pecho Frío había salido del armario, pero él, que no sabía de qué modo coloquial usaban la palabra «bala» los argentinos, solo había querido decir que era un tiro al aire, un error estadístico, una vida fallida, un perdedor más, alguien que nunca había atinado a dar en el blanco. Sin embargo, no fue así como muchos entendieron su confesión, y tal vez por eso un delegado chileno le preguntó:

—Me gustaría que nos contaras cómo fue tu infancia, cómo fue tu vida de cabro chico.

Pecho Frío soltó una risotada teatral, exagerada, la única entre todos los presentes, y respondió:

—Bueno, no soy un cabro tan chico.

Luego señaló su entrepierna y dijo, pícaro:

—Dicen que soy cabro, pero no la tengo chica, tú me entiendes.

De nuevo hubo grandes risas, y algunos delegados se dijeron cosas al oído, y Pecho Frío, al ver cómo se reían con sus respuestas, con qué entusiasmo lo aplaudían, sintió un poder creciente, firme, que nunca antes había experimentado, el poder del que tiene la palabra, del que habla y hace reír, del que no elude las cuestiones espinosas y se atreve a ser más arrojado que los demás. Como van las cosas, el próximo año me presento a la secretaría general y le gano a Poto Roto, pensó.

Un delegado cusqueño, el joven Tapa Hueco, amante en la sombra del mustio hotelero Mea Finito, gritó desde su asiento, sin ponerse de pie:

—¿Y entonces por qué estás casado con una mujer, se puede saber?

Pecho Frío no sabía que estaban grabándolo desde varios celulares, no calculó que su respuesta podía salir en televisión, en los noticieros más morbosos, y, solo por payasear, por hacerse el gracioso, dijo:

—Bueno, amigo, nadie es perfecto.

Hubo grandes risas y aplausos y, terminado el acto, todos querían hacerse fotos con él, y algunos le sobaban la espalda, le tocaban delicadamente una nalga, y le decían cosas dulces al oído al tiempo que se disparaban la foto con sus móviles:

—Sos un potro.

—Eres la raja.

—Qué fuerte estás.

Y Pecho Frío sonreía, se dejaba abrazar, miraba a los celulares con coquetería y pensaba quién sabe un día termino de congresista, la concha de la lora.

El domingo a media mañana, después de tomar desayuno en el hotel, Pecho Frío salió a caminar por el centro de la ciudad, se detuvo en un quiosco y compró su periódico favorito, el *Tremendo*. Se sentó en una banca de la Plaza de Armas, era un día soleado, despejado, las nubes se veían con una nitidez que en Lima estaba siempre difuminada por la niebla baja, un niño se ofreció a lustrarle los zapatos y él aceptó, y fue hojeando las noticias hasta que, al llegar a las páginas centrales, encontró un reportaje al famoso animador Mama Güevos, hecho por el incisivo preguntón Baba Blanca, titulado «Me gustan las mujeres y también los hombres, ¿cuál es el problema?», e ilustrado con varias fotos en las que el hombre de televisión hacía muecas payasas, sacaba la lengua, miraba con coquetería, se jalaba el pelo parado, las mismas gracias y morisquetas que solía hacer en su programa, haciendo escarnio de sí mismo y contentando a su público fiel. Pecho Frío leyó las confesiones del animador: decía que vivía solo, que se consideraba un ermitaño a pesar de su imagen circense, que no tenía novio ni novia, pero admitía haber estado enamorado de un conocido actor cuyo nombre se negaba a revelar, y de un futbolista ya retirado, y el preguntón Baba Blanca daba nombres probables de actores y futbolistas pero Mama Güevos se negaba a soltar prenda, y a continuación revelaba que su sueño era entrar en la política y ser congresista de la República, una aspiración que no parecía completamente descabellada, dada su gran popularidad y el hecho de que, según contaba, dos partidos políticos lo habían invitado a integrar sus listas parlamentarias. Todo iba bien hasta allí. No fue una sorpresa para Pecho Frío leer que el famoso conductor admitía ser adicto a la marihuana, mas no a la cocaína, y a las pastillas para dormir, «si no me pepeo, no duermo un carajo», y que había sido un niño muy sufrido, porque su papá, alcohólico sin remedio, le pegaba con una correa en el culo y su mamá lo obligaba a ir a misa todos los días con ella y cuando lo pilló, ya en su adolescencia, masturbándose, le hizo un gran escándalo, «casi me interna en una clínica siquiátrica mi viejita, que en paz descanse, pensó que yo era un degenerado, un enfermito». Pues no estuvo tan lejos de la verdad tu madrecita, pensó Pecho Frío, y luego el reportero pasó a la sección conocida como el ping-pong, de preguntas y respuestas cortas:

—¿Un escritor?

—Nalgas Mozas.

—¿Un actor?

—Recto Ronco.

—¿Una actriz?

—Pura Plancha.

—¿Eres de derecha, centro o izquierda?

—Soy bisexual también en política: un poco de izquierda, un poco de derecha.

—¿El mejor presidente que ha tenido el Perú?

—Chino Moto.

—¿Un sueño?

—Dirigir y producir una película.

—¿Un temor?

—Que me despidan de canal 5. No sé hacer otra cosa.

—¿Un vicio?

—La marihuana.

—¿Un hombre sexy?

—El Papa Che Boludo.

—Cuando estás con un hombre, ¿activo o pasivo?

—Activo.

—¿Tu tipo de hombre?

—Pecho Frío.

—¿Un hombre con el que te gustaría hacer el amor?

—Pecho Frío.

—¿Serías activo o pasivo?

—Me gusta tanto que, si él me lo pide, sería su pasivo. Pero preferiría ser activo. Creo que a él podría gustarle. Le veo bastante potencial.

—¿Un mensaje a tu hombre ideal?

—Pecho Frío, quiero comerte la boca, te extraño.

—¿El Perú de tus sueños?

—Cuando pueda casarme con un hombre y comprar marihuana de óptima calidad en una farmacia. Y cuando no pasen los sermones del Cardenal homofóbico en televisión.

—Gracias, Mama Güevos. Eres un *crack*.

—Gracias, Baba Blanca. Me gusta tu estilo. Te leo todos los domingos. Mándale un saludo a mi columnista favorito, Búho Alerta.

Espantado por lo que acababa de leer, Pecho Frío cerró el tabloide, lo arrugó, lo metió en los bolsillos interiores de su chaqueta y, apenas el niño terminó de lustrarle los zapatos, le pagó, caminó deprisa hasta el quiosco y compró los ocho ejemplares de *Tremendo* que aún no se habían vendido. Puta madre, de nuevo el pendejo de Mama Güevos metiéndome en líos, ojalá que Culo Fino no lea esta nota, pensó, nervioso. Pero era improbable que su esposa no se enterara, porque los domingos les deslizaban el *Tremendo* por debajo de la puerta del apartamento y a ella, como a él, le gustaba leerlo. Ojalá que los jefes del Movimiento no lean este diario, pensó, y caminó de regreso al hotel. Tan pronto como entró en la recepción, se encontró con Poto Roto, quien lo saludó con una sonrisa y le dijo:

—¿Viste lo que dijo Mama Güevos?

Lengua Larga agregó:

—Carajo, Pecho Frío, ¡te estás convirtiendo en un *sex symbol!*

Se rieron, palmotearon su espalda, lo felicitaron, le dijeron que era un ejemplo y una inspiración para ellos, que no tenía que aclarar nada, era solo un juego del terrible Mama Güevos. Pero Pecho Frío no podía tomarlo como un juego y preguntó:

—¿De verdad creen que está enamorado de mí?

Poto Roto respondió:

—Ese cabrón es incapaz de enamorarse. Es unególatra. Está enamorado de sí mismo.

Lengua Larga opinó:

—Yo sí creo que le has movido el piso.

Y enseguida preguntó:

—¿Te lo chaparías de nuevo?

—No quiero más líos con mi señora —respondió Pecho Frío, y se dirigió a su habitación.

No tardó en llamar al celular del portero del edificio donde vivía. Le pidió que no dejara el *Tremendo* en su apartamento, pues su esposa no debía leerlo. El portero le dijo que ya había repartido los periódicos.

—Por favor, sube a mi apartamento, y si el diario todavía está allí y mi señora no lo ha recogido, tíralo a la basura —le rogó.

El portero se comprometió a hacer lo que le habían pedido. Voy a tener que hablar personalmente con Mama Güevos para que deje de joderme la vida, pensó, abatido, sentado en la cama, disgustado con la fama que el animador seguía echándole encima, un tipo de notoriedad ambivalente y lujuriosa que él prefería no cargar consigo. Mama Güevos será doble filo, pero yo soy bien varoncito, y si me sigue jodiendo, voy a tener que cuadrarlo y darle un sopapo para que se desahueve, se dijo, furioso. Luego vio que la luz roja del teléfono estaba encendida: tenía un mensaje de voz.

Apenas puso un pie en su apartamento, recién llegado del Cuzco, Pecho Frío buscó a su esposa, pero no estaba, seguramente estaría en el colegio. Ella no había querido contestarle las llamadas que él hizo desde Cuzco, ni los correos electrónicos, y su silencio era una clara señal de que estaba disgustada, molesta. Por si faltara confirmación, Pecho Frío leyó una nota que le había dejado Culo Fino en la cocina: «No aguanto más. Me voy a dormir a casa de mi mami. Si no quieres perderme, vas a tener que hablar con Mama Güevos y ponerlo en su sitio. No respeta nuestro matrimonio, no te respeta, está enamorado de ti, y así no podemos seguir juntos. Todas mis amigas se están riendo de mí por lo del *Tremendo*. Por favor, no me llames. Necesito tomar aire».

Indignado, Pecho Frío dejó sus maletas, bajó a la calle, tomó un taxi y se dirigió al canal 5. Se identificó en la recepción, mintió, dijo que tenía una reunión pactada con Mama Güevos, lo dejaron pasar, la secretaria del programa «Oh, qué bueno» lo recibió con extrañeza, le preguntó si había acordado una cita con su jefe, y él volvió a mentir y dijo que el famoso animador lo esperaba. La mujer no le creyó, hizo la consulta, y Mama Güevos salió de su oficina con una gran sonrisa. Vestía pantalones cortos, como si fuera un colegial rumbo a la playa, y zapatillas amarillas, y una camiseta con el arcoíris del movimiento gay, y, al ver a Pecho Frío, caminó, le dio un abrazo y lo hizo pasar a su oficina. Pecho Frío vio con estupor las paredes llenas de fotos gigantes del animador, recibiendo premios, abrazándose con celebridades de la farándula local, en portadas de diarios y revistas del corazón, mostrando galardones, muchos de ellos comprados por él mismo, y pensó: es verdad, este Mama Güevos está enamorado de sí mismo, no hay una puta foto de su mamá, de su novia, de un amigo del colegio, todo es él, él, él, qué asco me da.

—¿Qué te trae por acá, amiguito? —preguntó el animador, en tono risueño, y puso las zapatillas encima de la mesa, como todo un patán que gana mucho dinero.

Pecho Frío no pudo andarse con rodeos ni circunloquios:

—He venido a decirte algo muy importante, te pido por favor que me escuches.

—Ay, chucha —dijo Mama Güevos, con aire burlón, como si estuviera frente a un idiota, un subnormal.

Eso enardeció aún más a Pecho Frío, quien dijo:

—Mira, compadre, estoy harto de que sigas hablando de mí en los periódicos y en la televisión. Me tienes podrido. Todo tiene un límite. Te estás propasando.

—Ay, chucha —volvió a decir Mama Güevos, como riéndose.

—Te prohíbo que hables de mí. ¿Me entiendes? ¡Te prohíbo que hables de mí!

—Pero, mi estimado, cálmese, relájese, tome aire, por favor —dijo Mama Güevos—. Usted no puede prohibirme que yo diga lo que me salga de los cojones decir. Este es un país libre. Acá hay libertad de expresión.

—Métete al culo tu libertad de expresión —se sulfuró Pecho Frío—. No quiero que hables de mí. Me estás haciendo daño. Ya bastante me has jodido con tus payasadas de puta barata.

Mama Güevos hacía alarde de un cinismo que parecía no tener límites: soltó una risotada, se frotó las manos, jugó con su celular, lo usó para enfocar al inesperado visitante, y dijo:

—¿Te ha molestado que te tire flores en el *Tremendo*, amiguito?

—Sí. Me rompe los cojones que me mariconees, que digas que quieres tirar conmigo. ¿Está claro? ¿Estoy siendo claro?

—¿Te ofende que diga que me gustaría irme a la cama contigo?

—Claro que me ofende, pues, huevón. Y más le ofende a mi señora. Tú estás acostumbrado a esas payasadas, nosotros no.

—¿Has venido a amenazarme, amigo?

—No, no estoy amenazándote. Solo estoy prohibiéndote que sigas hablando de mí en tu programa y en los periódicos.

—¿Y si no te hago caso?

—Te saco la entre puta. Te rompo la cara. Te dejo tuerto, mariconazo.

—No soy maricón, amiguito. Soy doble filo. Dame que te estoy dando.

—Para mí es lo mismo.

—Amiguito, está bien, te prometo que no hablaré de ti, pero solo te pido un favor, un último favor.

—¿Cuál?

—Dame un besito. Pero con lengua. Con los ojos cerrados.

Era evidente que Mama Güevos estaba grabándolo todo y por eso estiraba la conversación y la salpicaba de chanzas y provocaciones. Pero Pecho Frío no estaba para juegos:

—Ya, ven, te voy a dar un beso.

Mama Güevos se acercó y Pecho Frío le dio un tremendo puñetazo en la cara, lo tumbó al piso, cogió el celular, lo arrojó fuertemente para que se rompiera, y dijo, antes de retirarse:

—La próxima vez, te mato, concha tu madre.

Desde el suelo, Mama Güevos gritó con voz afectada:

—¡Seguridad, seguridad!

Pero Pecho Frío salió deprisa, bajó corriendo las escaleras y huyó del canal como si fuera un criminal.

No contaba con que, a la noche, en el noticiero «12 Horas» se emitiría lo que Mama Güevos había grabado en su celular:

—¡Canallesca agresión a nuestro Mama Güevos! —anunció, con voz truculenta, una locutora sobre actuada—. ¡Cobarde homofóbico Pecho Frío lo deja casi inconsciente!

Media hora después, Culo Fino regresó a su apartamento, abrazó a su esposo y le dijo:

—Estoy orgullosa de ti. Hiciste lo que tenías que hacer.

Pero Pecho Frío pensó: ¿y ahora qué van a decirme mis jefes del Movimiento?

Fue el jefe máximo del Movimiento Homosexual, Poto Roto, quien le dio la buena noticia: un juez de primera instancia de la Corte Superior de Lima había rechazado la apelación de los abogados de Puto Amo y declarado fundada la demanda presentada por Pecho Frío y sus letrados, reclamando una indemnización millonaria por la discriminación de la que había sido víctima en el banco del Progreso. El juicio tenía que continuar, pero habían ganado la primera batalla y, según dijo Poto Roto, todos los indicios sugerían que iban a ganar la pelea final. Pecho Frío lo abrazó, le agradeció con emoción, no podía creer que con suerte en unas semanas sería millonario, y se encerró en su oficina y llamó por teléfono a Paja Rica.

—Tenemos que celebrar —le dijo, bajando la voz—. Voy ganando el juicio. Te invito a Lima. Yo pago todo.

Paja Rica se alegró, le dijo que tenía que pedir permiso a los dueños del hotel para ausentarse tres días, y le prometió que haría todo lo posible para ir a visitarlo. Ese fin de semana, llegó a Lima y se alojó discretamente en un hotel de Miraflores, cuatro estrellas, con vista al mar.

No fue fácil para Pecho Frío mentirle a su esposa. Le dijo que tenía que reunirse con los abogados del Movimiento para trazar su estrategia legal, que se encerrarían en un salón del hotel Miraflores Plaza, que calculaba que estaría con ellos un par de horas, como mucho tres. Culo Fino se ofreció a acompañarlo, pero él dijo que le habían pedido que fuera solo, guardando máximo perfil bajo, y que no llevara celular porque los espías de Puto Amo podían estar siguiéndolos para anticipar sus argumentos en la corte y tratar de neutralizarlos tramposamente.

—No me llames, amorcito —dijo Pecho Frío—. Regreso en un par de horas. Por favor, ten paciencia, que los abogados me dicen que vamos a ganar el juicio. ¿Te imaginas lo que haríamos con un millón de soles? ¡Nos cambiaría la vida!

Culo Fino era tan religiosa que no le daba demasiada importancia al dinero, tal vez por eso dijo:

—Yo seguiría dando clases en el colegio. Solo me compraría un carro para no tener que ir en taxi o en combi al trabajo.

Pecho Frío le dio un beso culposo, se sintió un farsante, no estaba acostumbrado a mentirle a su esposa, y salió presuroso, rumbo a Miraflores. Nadie pareció reconocerlo cuando entró al hotel, se identificó y pidió que le anunciaran a Paja Rica que había llegado. La recepcionista llamó a la habitación de la masajista y enseguida le dijo a Pecho Frío que podía subir.

En apenas dos horas, Pecho Frío y Paja Rica tiraron apasionadamente tres veces, dando gritos y gemidos, diciéndose obscenidades y probando toda clase de posturas: primero cogieron en la posición misionero; luego, perrito, con la ventana abierta, ambos mirando al mar, sin importarles que los peatones pudiesen ser testigos de tan fantástica fricción amatoria; y finalmente él le dio sexo oral y ella, una vez que terminó, se la mamó, metiéndole el dedo al culo. Tras darse una ducha juntos, se tendieron en la cama desnudos y él le dijo que en tres meses sería millonario y compraría una casita en Punta Sal para estar cerca de ella y visitarla con frecuencia.

—¿Te separarías de tu esposa? —preguntó Paja Rica.

—No —dijo él, sin dudarlo—. Yo la amo.

—Comprendo —dijo ella, y no hizo dramas.

Se besaron, se prometieron grandes amores infinitos, él se vistió a toda prisa, se despidió con un abrazo, pero ella insistió en acompañarlo, bajaron juntos, caminaron por la recepción, nadie pareció reconocerlos, y él se subió a un taxi en la puerta del hotel y se dirigió a casa de su esposa. Me ha dejado seco, me ha exprimido como un limón, pensó. No voy a poder tirar con Culo Fino en dos o tres días, se dijo. Y luego: amo a Culo Fino, es el gran amor de mi vida, pero nadie me ha dado tanto placer en la cama como esta Paja Rica mañosa deliciosa de los cojones. Luego se acomodó en el asiento trasero porque le dolía un poco el culo, debido a los tocamientos que le había hecho, sin lubricante, a pura saliva, la bielorrusa. Llegando a su casa, le dijo a Culo Fino que todo había salido de maravillas con los abogados y que, en el mejor de los casos, en un par de meses saldría la sentencia y el banco tendría que darle una fortuna. Después fueron a tomar un café y él sintió que la amaba y que también quería a la masajista. Lo bueno de tener plata, se dijo, es que puedes tener esposa y amante, y quererlas mucho a las dos. Pero voy a tener que comprar pastillitas para rendirle a Culo Fino, porque Paja Rica me deja seco, reseco.

La noche siguiente, la famosa y temida Chola Necia abrió su programa de chismes anunciando con histeria, como si fuera el fin del mundo:

—¡Primicia, primicia! ¡Imágenes exclusivas del besucón Pecho Frío saliendo de un hotel con su amante gringa! ¡Pecho Frío le pone los cuernos a su esposa Culo Fino! ¿Quién será esa gringa ricotona con la que el galanazo hace rico chuculún a espaldas de su esposa!

Y luego, mirando a la cámara con desdén:

—Pecho Frío, ¡eres un tramposo, un jugador, un perro callejero! ¡Mereces que tu esposa te deje por mentiroso y donjuán!

Pecho Frío no vio nada de esto porque estaba en un bar de Barranco tomando cervezas con Poto Roto y Lengua Larga. Pero pocos minutos después de la denuncia de Chola Necia, sonó su celular. Era Culo Fino:

—¡Quiero el divorcio! —gritó, indignada.

—¿Qué te pasa, amorcito? —preguntó él, poniéndose de pie, caminando hacia el baño para no llamar la atención.

—¿Quién es la gringa? —bramó ella—. ¿Quién es esa gringa puta?

Pecho Frío no entendía nada:

—¿Qué gringa, amor? No sé de qué me estás hablando.

—¡Chola Necia acaba de pasar unas imágenes en las que estás saliendo del Miraflores Plaza con una gringa puta, desgraciado! ¿Quién es?

—Amorcito, no te equivoques, esa gringa es una de mis abogadas —mintió, con una frialdad que le sorprendió a él mismo—. La contrató el Movimiento. Es sueca.

—¡Mentiroso, hijo de puta! —rugió ella—. ¡Te voy a demandar y me voy a quedar con todo!

—Amorcito, por favor, cálmate —dijo él, susurrando, pero ella ya había cortado.

Pecho Frío caminó a la mesa y les dijo a sus amigos:

—Estoy jodido. Necesito que me ayuden.

Fue Lengua Larga quien cedió a las súplicas de Pecho Frío, pactó una cita secreta con Culo Fino y le aseguró que la mujer rubia, voluptuosa, que había sido grabada despidiendo a Pecho Frío en la puerta del hotel Miraflores Plaza era una reputada jurista internacional, Mucho Pecho, de origen sueco, residente en Nueva York, quien, de visita en Lima, se había interesado en el caso de Pecho Frío y había ofrecido sus servicios pro bono para colaborar en la victoria legal del Movimiento, en su disputa con el banco del Progreso. Culo Fino se negó a creerle, pero tanto insistió Lengua Larga que, al menos, consiguió sembrar la duda en ella. Porque además le dijo que todos en el Movimiento conocían de la profunda devoción que Pecho Frío sentía por ella, su esposa, y lo creían incapaz de serle infiel:

—Ya la abogada sueca Mucho Pecho ha viajado de regreso a Nueva York. No se preocupe, señora. Yo estuve en las reuniones legales y puedo dar fe de que lo que ha dicho Chola Necia en su programa es una falacia, una calumnia, una mentira vil, rastrera.

Qué bonito habla este mariconcito, pensó Culo Fino, y luego se preguntó: ¿será activo o pasivo?

—Por favor, tenga confianza en nosotros. Somos gente seria. La tarde que Pecho Frío le dijo que estaba reunido con nuestros asesores legales, fue exactamente así, yo estuve allí. No puede creerle a Chola Necia. Esa mujer es malvada. Goza destruyendo matrimonios.

Culo Fino asintió:

—Sí. Chola Necia es una hija de puta. Y además es atea.

Yo también soy ateo, pensó Lengua Larga, y mi religión son las pingas en erección, pero mejor no le digo nada porque esta cucufata me va a odiar.

—Si usted lo desea, señora Culo Fino, puedo traerle el currículo de nuestra asesora sueca Mucho Pecho, para que constate que lo que le digo es verdad —continuó Lengua Larga—. Además, ella está casada y no es una mujer casquivana, de vida alegre, como ha sugerido insidiosamente la difamadora de Chola Necia.

Culo Fino acabó por creerle. Qué bonito habla este pico de oro, pensó. Y Lengua Larga remató su argumentación:

—Estamos pensando en demandar a Chola Necia por calumniar a nuestro Pecho Frío y a nuestra letrada Mucho Pecho. Es muy probable que la enjuiciemos por difamación.

—¡Me parece excelente! —se alegró Culo Fino.

Luego Lengua le prometió que ese domingo el Movimiento publicaría un aviso en *El Comercial*, a página completa, aclarando que la reunión entre Pecho Frío y la abogada sueca Mucho Pecho había sido estrictamente de trabajo.

—Buena idea —dijo Culo Fino—. Pero sería mejor que también publicasen el aviso en el *Tremendo*. Todas mis amigas lo leen. Nos encanta la columna de Búho Alerta.

Tras despedirse afectuosamente de Culo Fino, Lengua Larga llamó por teléfono a Pecho Frío y lo citó en un café cercano. Apenas se vieron, le dio la buena noticia: su esposa le había creído el cuento de que la masajista bielorrusa Paja Rica era, en realidad, la abogada sueca Mucho Pecho, y había conseguido apagar el incendio, y todo estaba aparentemente bien y tranquilo, y, para sacarlo de apuros, publicarían un aviso a página completa, desmintiendo la especie de Chola Necia y amenazándola con enjuiciarla, un juicio más entre los muchos que acumulaba la reina de la farándula peruana.

—Hay que enjuiciarla a esa concha de su madre —dijo Pecho Frío—. A ella y a su canal. Que nos paguen otro millón de soles.

—No creo que sea conveniente —lo frenó Lengua Larga—. Una cosa es mentirle a tu esposa, otra muy distinta sería mentirle al juez. No podemos probar que Paja Rica no sea tu amante.

Sonó el celular de Lengua Larga. Contestó.

—Sí, no te preocupes, no me he olvidado, ahora mismo le digo —susurró, con voz delicada.

Apenas cortó, le dijo a Pecho Frío:

—Era Poto Roto. Queremos invitarte al Día del Orgullo.

—¿De qué orgullo? —preguntó Pecho Frío, tomando su cerveza espumosa.

—Del Orgullo Gay.

—Pero yo no soy gay.

—No importa. Eres un símbolo gay. Una inspiración para los gays y bisexuales.

—¿Tanto así? ¿Un símbolo gay?

—Sí. Porque no has tenido miedo de besar a un hombre en televisión. Y porque has sido valiente en enfrentar las consecuencias en esta sociedad trasnochada, homofóbica.

—Gracias, flaquito. Se hace lo que se puede.

—¿Contamos contigo entonces?

—¿Para qué?

—Para desfilar el Día del Orgullo Gay.

Pecho Frío escuchó la palabra «desfilar» y sintió un vahído, un sobresalto.

—¿Desfilar? —preguntó, alarmado—. ¿Desfilar dónde?

—En la carroza de nuestro Movimiento —dijo Lengua Larga, con una gran sonrisa—. Desfilaremos por toda la avenida Larco, hasta llegar al parque Kennedy, en un carro alegórico del Movimiento, con toda la dirigencia.

Pecho Frío enmudeció.

—No nos puedes fallar —dijo Lengua Larga.

—Pero van a creer que soy gay —dijo él, bajando la voz—. Si desfilo en la carroza del Movimiento, todo el mundo va a pensar que soy, tú sabes, del otro equipo, o sea, de tu equipo.

—No seas tonto. Nadie va a pensar eso. Todos sabemos que estás casado y que adoras a tu esposa. Pero eres un símbolo para la comunidad gay porque tienes la mente muy abierta y no tienes prejuicios contra nosotros.

Este Lengua Larga quiere abrirme la mente primero y después el poto, pensó.

—Déjame pensarlo, consultarlo con mi señora, y te confirmo —dijo.

Pero cuanto más lo pensó, menos ganas tuvo de desfilar. Y no se atrevió a comentárselo a Culo Fino, sabía que ella desaprobaría la idea. Sin embargo, la presión de sus jefes del Movimiento fue tan fuerte y persistente, que tuvo que ceder. Ese domingo por la mañana no se atrevió a decirle a Culo Fino que iba al desfile gay, le mintió, le dijo que iba al gimnasio, y salió en ropa deportiva, se encontró con sus jefes del Movimiento en un parque en el malecón, y no le quedó otra alternativa que subir a la carroza junto con Poto Roto, Lengua Larga, Pelo Malo, Coco Aguado, Huacha Floja y un grupo de bailarines gay, Los Calambritos, todos en tanga, el pecho descubierto, con plumas en la espalda y la cabeza, bailando frenética y sensualmente una música de ritmos brasileros. Una gran pancarta, sujetada en lo alto de la carroza, anunciaba: «Movimiento Homosexual del Perú. ¡Cada día somos más!». Pecho Frío se acomodó en una esquina, agazapado, tratando de esconderse, pero el jefe del Movimiento, Poto Roto, vestido apenas en pantalones cortos blancos, sandalias y una camiseta blanca y azul bien ajustada, como un marinero, le pidió que se parase a su lado y saludase con alegría y naturalidad a las personas que aplaudían desde la acera, mientras el carro alegórico avanzaba por la céntrica avenida de Miraflores.

Pecho Frío escuchó toda clase de saludos pícaros, afectuosos, juguetones, que le gritaba la gente, al verlo en la gran carroza gay:

—¡Te está buscando Mama Güevos!

—¡Por fin saliste del clóset!

—¿Y tu sueca?

—¡Suave que Chola Necia está grabándote!

Pecho Frío sonreía mansamente, como le había aconsejado su jefe, y saludaba como una reina de belleza, y se sentía un imbécil, porque a veces escuchaba un insulto, una provocación, y tenía ganas de bajarse de la carroza y liarse a golpes, pero Poto Roto le decía «sonríe, solo sonríe, saluda como si fueras Miss Universo», y Pecho Frío seguía saludando con la mirada en un punto incierto del horizonte, pero en sus oídos resonaba el eco de las palabras agraviantes, vertidas desde la acerca:

—¡Bien hecho que te botaron del banco, maricón!

—¿Y tu esposa, huevón?

—Pecho Frío, ¡eres el cabro más feo de todo el Perú!

Fue muy difícil para él no responder a los agravios y provocaciones y seguir sonriendo. Pero no pudo sostener la sonrisa congelada, impostada, cuando un puñado de señoras del Opus Dei, reunidas en una esquina, emboscó a la carroza del Movimiento Homosexual, arrojándoles globos de agua, y cubriéndolos de insultos a gritos:

—¡Lima no es Sodoma y Gomorra!

—¡Degenerados, pervertidos, sátiros, inmorales!

—¡Van a arder en el infierno!

—¡Lárguense del Perú, acá no hay sitio para ustedes!

Una de las jefas del Opus Dei en Lima, la millonaria dama solterona Rica Miel, se acercó a la carroza, miró fijamente a Pecho Frío, sintió un profundo desprecio por él, y le gritó, la mirada flamígera, las palabras ardiendo de furia:

—¿No te da vergüenza lo que le estás haciendo a tu esposa, desgraciado?

Y luego lo amenazó:

—¡No voy a parar hasta meterte en la cárcel!

Pecho Frío se agachó para darle la mano. Cuando lo tuvo cerca, Rica Miel le lanzó una bofetada y le dijo:

—¡Eres el diablo encarnado! ¡Veo en tus ojos a Satanás!

El siguiente domingo, el Movimiento Homosexual publicó un aviso a página entera en *El Comercial* y el *Tremendo*, refutando la versión de Chola Necia sobre el encuentro en un hotel de Miraflores entre Pecho Frío y Paja Rica, asegurando que dicha reunión fue de índole laboral, y amenazando con enjuiciar por calumnias, injurias y difamación a la conductora de televisión, a la que acusaban de ser «una mujer malvada, homofóbica, que, en nombre del dios pagano del *rating* al que adora, es capaz de sacrificar las honras y las reputaciones de las personas de bien, como Pecho Frío». En tono severo, el comunicado advertía a la señora Chola Necia: «Nos reservamos el derecho de iniciar las acciones legales correspondientes para resarcir el honor mancillado de nuestro colega y afiliado, don Pecho Frío». En otras secciones de esos diarios, se publicó la noticia de que el Desfile del Orgullo Gay había sido todo un éxito, saludado por numerosos vecinos de Miraflores, y aparecía una fotografía de Pecho Frío, en la carroza, saludando con gracia y simpatía a sus admiradores. La noticia de *El Comercial*, sorprendentemente amable para un diario conservador, decía: «La gran estrella del desfile fue, a no dudarlo, el ya famoso exempleado bancario, y ahora máximo líder del Movimiento Homosexual, el polémico Pecho Frío, quien arrancó suspiros entre las féminas de la concurrencia y, por qué no decirlo, también entre los muchos gays que lo ovacionaron y corearon su nombre. Nadie sabe con certeza cuál es su verdadera identidad sexual, y algunos espectadores del desfile opinaron que ni siquiera él sabe de veras quién es y qué le gusta, pero todas las personas consultadas por este diario afirmaron que, indudablemente, Pecho Frío se había convertido en un símbolo para homosexuales y heterosexuales, y que no sería extraño que entrase en la política, o se dedicase a la actuación. Sería un galán perfecto para una telenovela, dijo una señora que prefirió no ser identificada».

Esa misma tarde, Pecho Frío recibió la llamada de Masca Vidrio, el más famoso periodista de la radio, conductor del espacio matutino «Levántate y anda», quien lo invitó a una entrevista a la mañana siguiente, en la cabina de Radio Habla el Pueblo. Bravucón, fanfarrón, medio patán, hablantín, provocador, insolente, charlatán, Masca Vidrio era un experto en todo y en nada, y opinaba enfáticamente y a los gritos sobre política, economía, fútbol, *vedettes*, religión, lo que fuera, y no tenía compasión en despedazar verbalmente a sus enemigos, pues decía ser amigo «solo de la verdad». La gente le temía: era despiadado, no se callaba nada, su palabra era un látigo cizañero, y siempre encontraba la manera de ser ingenioso, bromista, y al mismo tiempo puritano y moralista, y se jactaba de ser íntimo amigo del Cardenal Cuervo Triste, de los presidentes y expresidentes de la nación, y de los hombres más ricos del país, incluyendo a Puto Amo, el dueño del banco del Progreso. Cuando había elecciones municipales o presidenciales, el nombre de Masca Vidrio solía aparecer en las encuestas, con una respetable intención de voto de seis u ocho por ciento, pero él nunca había formalizado su ingreso en la política, pues, alegaba con estridencia, salivando sobre el micrófono radial, haciendo alarde de su integridad moral y su carácter insobornable, «mi poder es la palabra, mi poder son ustedes, mis oyentes, y desde esta modesta cabina radial tengo más poder que todos los políticos peruanos juntos, y además me pagan mucho mejor que al mismísimo presidente de la república».

Pecho Frío admiraba el estilo frontal, deslenguado, ácido, de Masca Vidrio, y por eso no dudó en madrugar el lunes y acudir al moderno edificio de Radio Habla el Pueblo y, mientras bebía un café sin azúcar, salir al aire, entrevistado por el famoso y temido animador radial, que muy raramente era amable o condescendiente con sus invitados, pues tenía fama de sádico, morboso, casi caníbal, y parecía gozar humillándolos, insultándolos, diciéndoles mezquindades y groserías.

—Buenos días, señor Pecho Frío, bienvenido al programa número uno de la radio, ganador de doce premios Onda, nueve premios Astro y siete premios Conquistador.

—Muchas gracias, Masca Vidrio, es un honor para mí conocerlo en persona, lo admiro mucho, no me pierdo su programa.

—Vamos a hablar claro, usted sabe que yo no soy diplomático, me gusta decir las cosas de frente y sin anestesia.

—Sí, cómo no.

—¿Usted es homo?

—No, señor. Negativo.

—No me mienta, por favor. No me tome por idiota. Dígame la verdad.

—No soy eso que usted dice, señor.

—Ya, no sé si creerle. ¿Usted es bi?

—No, señor. Negativo. Desmiento tajantemente.

—No sé si creerle.

—No tendría por qué mentirle, Masca Vidrio.

—Tal vez no tiene coraje para salir del clóset. Hay muchos así, de su condición, que se casan con una mujer solo para hacer la finta, tener una pantalla.

—No, señor. No es mi caso. Desmiento categóricamente.

—¿Está usted casado?

—Sí, señor.

—¿Felizmente casado?

—Sí, señor.

—¿Y por qué nunca aparece con su esposa? ¿Está viva ella? ¿O es usted viudo?

—Está viva, señor. Pero no aparece porque le gusta el perfil bajo.

—¿Y a usted le gusta el perfil alto?

—No es eso. Pero ya soy famoso. No lo he buscado. Ha sido el destino, créame.

—No le creo. No sé si creerle. Le confieso, perdone la franqueza, que cuando vi el beso que usted se dio con el impresentable de Mama Güevos, sentí arcadas, náuseas, ganas de vomitar.

—Mil disculpas, señor.

—Me dio asco, Pecho Frío. Usted me dio asco.

—Comprendo, Masca Vidrio. No fue mi intención. Le pido disculpas.

—Es muy tarde para disculparse. Ya usted le hizo un daño irreparable a la juventud peruana, a la niñez peruana. Piense en cuántos jóvenes, al ver el beso, se habrán vuelto gays. Por su culpa, señor, ¡por su culpa!

—Sí, reconozco que fue un error. No debió ocurrir.

—Pero bien que le gustó. Bien que lo disfrutó. Bien que sigue gozando con su mal ganada fama, señor Frío.

—No, señor. Desmiento. No me gusta besar hombres. Lo hice por el concurso, por el premio.

—¿Usted cree que soy imbécil? ¿Usted cree que mis oyentes son tarados, subnormales, oligofrénicos?

—No, señor. Tengo mucho respeto por usted.

—Entonces no me mienta. Porque en televisión se vio a las claras que usted se le entregó como un mansito cordero al sátiro degenerado de Mama Güevos, que debería ser despedido de la televisión, por corromper a la juventud.

—Yo no soy un defensor de Mama Güevos. Hace poco fui a verlo al canal y le rompí la nariz por andar diciendo mariconadas sobre mí.

—Sí, sí, lo vi en el noticiero. Lo vi en el programa de la innombrable Chola Necia. Pero todos sabemos que eso fue un montaje burdo para llamar la atención, señor.

—No es así. Le pegué porque estaba harto de él.

—No le creo. No sé si creerle. Dígame, ¿usted cree en Dios?

—Sí, señor, por supuesto.

—¿Va a misa?

—Sí, señor. Positivo. Con mi señora.

—¿Se ha confesado por el pecado asqueroso que cometió en televisión nacional?

—No, señor.

—¿Qué espera, dígame? ¿Qué espera?

—Espero que Diosito me perdone. Solo fue una travesura.

—No, Pecho Frío, no fue una travesura, fue un asco, una cosa repugnante, algo nunca visto en televisión, en horario de protección al menor. El canal debería ser multado, la alimaña de Mama Güevos debería ser multada, y usted fue muy bien despedido del banco del Progreso, auspiciador de este programa, cuyo dueño, don Puto Amo, un hombre honorable, un gran capitán de la empresa privada, es un cercano amigo de esta voz que les habla.

—Mi despido fue injusto, señor.

—¡Qué rica concha tiene usted, Pecho Frío! ¡Bien despedido estuvo! ¡Puto Amo no puede permitir que sus empleados den un pésimo ejemplo moral a la juventud! ¡Yo lo apoyo cien por ciento! Don Puto Amo, estoy a sus órdenes siempre, soy su leal y seguro servidor.

—Mis abogados me aseguran que voy a ganar el juicio.

—No son abogados, pues. Son maricas, rosquetes y mamahuevos que se hacen pasar por abogados. Son sus coleguitas del gremio. Son del ambiente, como usted.

—Yo no soy del ambiente. Negativo. Descartado.

—Ja, ja, ja. Permítame que me ría de su cinismo. Ja, ja, ja. Y entonces, ¿qué demonios hace en la junta directiva del Movimiento Homosexual?

—Estoy en calidad de invitado independiente.

—Ya. No sé si creerle. Con todo respeto, señor, yo creo que usted es un tremendo rosquetón.

—Negativo, Masca Vidrio. Desmiento tajantemente.

—Dígame la verdad, ¿yo le gusto? ¿Soy su tipo de hombre?

—No, señor. Lo veo con mucho respeto. Soy bien varón. Y usted es bien hombrecito.

—Menos mal, me salvé. Porque si usted vino a mi programa radial, el programa número uno del periodismo peruano, pensando que le voy a dar un beso, lamento mucho decirle que antes de darle un beso a un hombre, prefiero que me corten la lengua. No sé si he sido claro.

—Clarísimo. Meridianamente claro.

—Buenos días, señor Pecho Frío. Que Dios lo perdone. Porque yo no lo perdono y me quedo con la imagen de asco que me dio en televisión.

—Gracias, Masca Vidrio. Le manda saludos mi señora Culo Fino. Y mi suegra Chucha Seca no se pierde su programa.

El programa de frivolidades y cosas del corazón «Después del amor», conducido por el joven barbudo, confesadamente homosexual, Piojo Arrecho, y por su novio también fuera del armario, Come Cancha, anunció, apenas comenzó a la una en punto de la tarde, que sus reporteros más avezados, en coordinación con altos jefes de inteligencia de las fuerzas de seguridad del país, quienes estaban monitoreando unas conversaciones hostiles al Perú entre políticos ecuatorianos, habían grabado, casualmente, sin proponérselo, sin saber quiénes eran los amantes que se decían cosas incendiarias, una conversación telefónica entre Pecho Frío, desde un parque de Miraflores, usando su teléfono celular, y una dama de identidad aún desconocida, con marcado acento extranjero, desde un teléfono móvil en la playa de Punta Sal, al norte del país, cerca de la frontera con Ecuador, y que esa conversación, grabada legalmente por personas autorizadas a intervenir los teléfonos de los enemigos de la patria, sería emitida sin censuras ni cortapisas, porque en el Perú reinaba la más absoluta libertad de expresión.

—Algunos dirán que estamos violando el derecho a la intimidad del señor Pecho Frío y su amiga extranjera, pero el departamento legal del canal nos ha asegurado que está plenamente justificado propalar este diálogo telefónico en aras de satisfacer el interés público, y habida cuenta de que el señor Pecho Frío es un personaje público que no puede reclamar el derecho a la privacidad como un NN cualquiera que camina anónimamente por la calle —argumentó Piojo Arrecho.

—El señor Pecho Frío, y aclaro que no tenemos nada contra él, y que nos cae muy bien, pues ha sido muy sensible con nosotros, los homosexuales peruanos, que cada día somos más, eligió ser una persona pública, ha dado numerosas entrevistas en la televisión, la radio, los periódicos, participa en desfiles públicos, y ahora no puede exigirnos que respetemos su privacidad, porque todo lo que él hace y dice cae ahora en la esfera o el dominio de lo público, y nosotros conocemos muy bien a nuestro público, y sabemos que le interesa saber todos los detalles de este nuevo personaje de la farándula peruana —se defendió Come Cancha.

Un puñado de señoras obesas, aburridas, sentadas en el estudio, los aplaudieron sin demasiado entusiasmo, mientras comían las galletas de vainilla que las asistentas de producción les habían servido, junto con una bebida gaseosa amarillenta.

—La gran primicia de este programa, que vamos a soltar como una bomba, es que el señor Pecho Frío está teniendo un romance tórrido, volcánico, con la señora extranjera, de nacionalidad rusa, Paja Rica, de quien se dijo que era la abogada sueca Mucho Pecho, y que, según nuestras fuentes confiables, se encuentra hospedada en el hotel cinco estrellas El Mirador de Punta Sal —gritó Piojo Arrecho, como si fuera el fin del mundo, o la víspera.

—Esperemos que la señora Culo Fino, toda una dama en lo que a mí respecta, no esté viendo el programa, porque la conversación telefónica de su marido podría herir su sensibilidad —advirtió Come Cancha.

—Rogamos a los menores de edad que dejen de sintonizar nuestro programa —siguió Piojo Arrecho.

Luego aparecieron en pantalla las fotos de Pecho Frío y Paja Rica. Todo lo que decían salía subtitulado para que se entendiera con claridad. No cabía duda, las voces eran de ellos, y se oían con bastante nitidez.

—Mamita rica, hola, soy tu Pechito, ¿cómo estás?

—Papi, hola, qué gusto oírte. Déjame salir a la arena para hablarte con más libertad.

(Se oían unos pasos, una puerta cerrándose, el viento filtrándose en el celular).

—Ya, Pechito, aquí estoy.

—¿Te interrumpo? ¿Estabas dando masajes?

—No, no, estaba en mi refrigerio, comiéndome un tiradito.

—¿Cómo está el clima?

—Delicioso. Mucho sol. ¿Y allá?

—Frío. Nublado. Deprimente. Odio Lima. Me encantaría irme a vivir a Punta Sal.

—Entonces ven.

—No tengo plata, mamita. Hay que esperar.

—¿Esperar a qué?

—A que ganemos el juicio. A que nos paguen el millón de soles.

—A que ganes el juicio, dirás. La plata es tuya, no mía.

—Si gano el millón, te prometo que te doy una parte, mamita.

—Gracias, Pechito, eres un amor. Pero no quiero tu plata, solo quiero tu cariño.

—Mi cariño, ¿y qué más?

—Tu cariño, nada más.

—¿No quieres, además de mi cariño, mi pistolita, mi pajarito?

—Sí, papi, claro que quiero tu pajarito.

—¿Lo extrañas, Pajita?

—Sí, papi, mucho, mucho.

—Y mi pajarito te extraña. Ya se despertó. Ya quiere salir a volar.

—Ay, qué ganas de verte pronto.

—¿Te parece buena idea que vaya un fin de semana?

—Claro, ven cuando quieras.

—El problema es que tengo que meterle un cuento a mi esposa.

—Invéntate algo. Dile que es un viaje de trabajo.

—No me va a creer. No es tonta. Ya sospecha de nosotros.

—Entonces tráela. Se quedan juntos en una cabaña. Y cuando vienes a tomar masajes, nos vemos y hacemos cositas ricas.

—¿Cositas ricas como qué?

—Te la chupo como chupete. Te la corro bien rico.

—¿Y qué más?

—Y te meto el dedito en el culito. Lo que más te gusta.

—No sabes cómo extraño tu dedito travieso, Paja Rica. Porque con Culo Fino no me atrevo a pedirle que me mida el aceite.

—Yo te lo mido bien rico, papito.

—¿Y me vas a dar tu potito?

—No, Pecho Frío, eso no. Ya te dije que en mi país la sodomía se castiga con pena de muerte. Y yo soy muy patriota.

—No sabes lo que te pierdes, mamita.

—Sí lo sé y ya te dije que no quieras y no insistas, que no me gusta cuando te pones mañoso. ¿O acaso a tu Culo Fino se la metes por el ano?

—No, claro que no, ella tiene el culo invicto, mamita.

—Pero tú no, Pechito. Tú ya lo estrenaste.

—Solo contigo, mamita, solo contigo.

—No te demores mucho en venir a verme, ¿ya?

—Te prometo que en una semana, máximo dos, caigo por allí y me pongo al día contigo.

—Ya, papi.

—Te vas a comer kilómetros de pinga.

—¿Qué? ¿Qué dices?

—¡Te vas a comer kilómetros de pinga! ¡Más pinga de la que se come mi jefe Lengua Larga!

—Ja, ja, ja. Eres tremendo. Chau, Pechito.

—Chau, mamita rica. Mándame una foto de tus tetas, por favor.

Esa tarde, cuando Pecho Frío llegó al edificio de Miraflores donde vivía, no pudo entrar. Trató varias veces, pero la llave no funcionaba. El portero le dijo:

—La señora Fino ha cambiado la cerradura. Dice que usted no puede subir.

Pecho Frío llamó al celular de Culo Fino, quien se encontraba arriba, en el segundo piso.

—¡Lárgate! —bramó ella—. ¡No quiero verte más!

Pecho Frío trató de calmarla pero fue imposible, ella cortó. Segundos después se asomó a la ventana y gritó:

—¡Inmoral, degenerado, te vas a pudrir en el infierno!

Luego empezó a arrojar la ropa de Pecho Frío: camisas, pantalones, zapatos, medias, calzoncillos, corbatas, todo, absolutamente todo, incluso el terno nupcial con el que se casó con ella, y luego artículos de higiene, colonia, champú, cepillo de dientes, peines, lociones tonificantes para el cabello, ungüentos para los hongos del pie, aspirinas. Pecho Frío veía cómo descendía su ropa, sus cosas, su vida entera, una lluvia feroz que lo cubría de oprobio y desolación, y no atinó a decir una palabra, y se puso de rodillas y recogió avergonzadamente los calzoncillos, los suspensores para hacer deporte, sus botines de fútbol comprados en la mejor tienda deportiva de la ciudad, y cuando vio que su camiseta del Barcelona FC, número diez, estampada con el nombre de Torero de Conejo, caía también, arrugada, ardió en cólera, perdió la poca calma de la que había hecho gala y gritó:

—¡No! ¡Mi camiseta de Torero de Conejo no!

La sostuvo en el aire antes de que cayera en la acera, y luego gritó como un demente:

—¡Loca, concha de tu madre, te voy a denunciar a la policía! ¿Quién carajo te has creído para botarme de la casa?

Culo Fino se asomó, estaba fumando, había vuelto a fumar después de años de abstinencia, y tenía la mirada desorbitada, como si fuera a suicidarse o matar a alguien, y gritó:

—¡Esta casa es mía! ¡La compramos con la plata que nos regaló mi mamá, imbécil!

Pecho Frío no se dejó arredrar:

—¡Pero está a nombre de los dos! ¡No me puedes echar a la calle como si fuera un perro!

Culo Fino gritó:

—¡Ándate a Punta Sal a vivir con tu noviecita Paja Rica, malparido, hijo de puta! ¡No quiero verte más! ¿Entiendes? ¡Nunca más!

Luego arrojó dos cuadros: un retrato de su padre y otro de su madre, ambos ya fallecidos. Indignado, Pecho Frío trató de entrar empujando y dando patadas al portero, pero él, que era más fuerte, se lo impidió con bofetadas y patadas en los testículos y luego cerró la puerta en sus narices. Pecho Frío quedó arrodillado, dolorido en los testículos, mientras sus cosas seguían cayendo sobre él: libros de los afamados escritores Cuba Libre, Nalgas Mozas, Humo Blanco y Ebrio Sobrio, libros de recetas de cocina de Cuy Gordo, álbumes de fotos con figuritas de los jugadores de los Mundiales de fútbol, fotos de él y su esposa en distintos viajes por el interior del Perú, una colección de la penúltima página de la revista *Máscaras* con las mujeres desnudas de colección, un depilador para cortarse los pelos de la nariz, supositorios laxantes, miel de abejas, polen, maca, uña de gato en gotas, varios frascos de su colonia favorita y sus pantuflas de piel de conejo, compradas en el Cuzco, con ocasión del congreso del Movimiento Homosexual. Llorando, humillado, Pecho Frío llamó a Lengua Larga, le pidió que fuera a socorrerlo con varias maletas, y juntos recogieron todas las cosas tiradas por Culo Fino, mientras ella les gritaba, fuera de sí:

—¡Mariconazos! ¡Le voy a contar todo a Chola Necia! ¡Váyanse a vivir a otro país, acá no hay sitio para ustedes!

Lengua Larga soportó una andanada de insultos, hasta que perdió la calma y respondió:

—¿Sabes por qué soy gay, mamita? ¡Porque hay tantas mujeres ignorantes como tú!

Subieron al auto cochambroso de Lengua Larga y, para calmarse un poco, se detuvieron a tomar cerveza. Luego fueron al hotel Santa Cruz de Miraflores, tres estrellas, cien soles la noche, y Pecho Frío eligió la habitación más barata, se despidió con un abrazo de su amigo y, apenas estuvo solo en el cuarto, se tendió en la cama y pensó: Creo que voy a irme a vivir a Punta Sal, no aguanto más a Culo Fino, es una loca histérica, me va a matar de un infarto. Llamó al celular de Paja Rica pero ella no contestó.

—Si quieres ganar el juicio contra Puto Amo, es muy importante que te declares públicamente homosexual.

Pelo Malo, asesor legal y consultor jurídico del Movimiento, acompañado de Poto Roto y Lengua Larga, sentados en el salón del directorio de la organización, bebiendo cafés y agua mineral, había citado a una reunión de emergencia a Pecho Frío para explicarle las dificultades que habían surgido en el proceso legal entablado contra el dueño del banco del Progreso.

—Pero yo no soy homosexual —aclaró Pecho Frío.

—Eso no importa —dijo Pelo Malo—. Lo que nos interesa a todos es ganar el juicio. Lo que te interesa, amigo, es que te paguen la millonaria indemnización.

—¿Y por qué crees que ayudaría si me declaro gay? —preguntó Pecho Frío.

—Es muy simple —respondió Pelo Malo—. El juez que está viendo el caso, y que tiene que dictar sentencia, es amigo mío del colegio, y es homosexual, y he hablado con él en su casa, a solas, y me ha dicho que si te declaras públicamente gay, será más fácil para él argumentar que te han discriminado por tu condición sexual.

Pecho Frío quedó en silencio, levemente confundido.

—En cambio, si sigues diciendo que eres heterosexual, será más difícil para el juez probar que te han discriminado, pues el banco alega que te ha despedido no por tu orientación sexual ni por tu vida privada, sino por hacer escándalos indecentes en la televisión, por exhibirte obscenamente en programas de farándula —argumentó Pelo Malo.

—Además, sabemos que Puto Amo está coimeando a medio mundo para ganarnos el juicio —intervino el jefe, Poto Roto.

—Nada nuevo tratándose de él, que tiene comprado a medio poder judicial —opinó Lengua Larga.

—Pero si me declaro gay, estaría mintiendo —dijo Pecho Frío—. Y mentirle al juez, ¿no es delito?

—No a este juez, que es mi amigo del colegio —dijo con confianza Pelo Malo—. Y no en el Perú.

—Es absolutamente indispensable, si quieres ganar el millón de soles, y si quieres seguir trabajando con nosotros, que salgas del clóset públicamente y no tengas miedo en declararte gay —lo animó Poto Roto.

—Eso va a aumentar tu caché para dar entrevistas —lo secundó Lengua Larga.

—Entiendo —dijo Pecho Frío, descorazonado.

Respiró hondamente, estaba teniendo un mal día, había dormido pésimo en el hotel Santa Cruz, no podía volver a su apartamento, y dijo:

—Y si me declaro homosexual, ¿qué pasaría con mi esposa?

—Lo primero es que casi con seguridad ganaríamos el juicio —se apresuró Pelo Malo—. Y supongo que a tu señora la plata no le caería mal.

—¿Estaría obligado a compartirla con ella? —preguntó Pecho Frío.

—No —dijo Pelo Malo—. Si quieres la depositamos en una cuenta solo a tu nombre, acá en Lima o en una cuenta *off shore* en Panamá, donde recibimos las donaciones internacionales de nuestros auspiciadores.

—Eso suena bien —dijo Pecho Frío.

—Y nosotros te subiríamos el sueldo —lo sorprendió Poto Roto.

Pecho Frío se quedó pensativo. Luego preguntó:

—¿Y cuál sería la mejor manera de declararme homosexual?

Lengua Larga tomó la palabra:

—Pensamos que una nueva entrevista con Vaca Flaca, en «La Ventana», sería lo ideal.

—Además, podrías cobrarle un dinerillo más —dijo con picardía Poto Roto.

Pecho Frío asintió, moviendo dócilmente la cabeza. Luego los sorprendió:

—Estoy pensando divorciarme de mi esposa.

Lo miraron con simpatía.

—Es una loca. No entiende mi amistad con Paja Rica.

—Pues si te divorcias de ella, serás un hombre libre, y podrás hacer con tu pinga y tu culo lo que más te guste, querido —le dijo Lengua Larga, levemente coqueto.

—Le dejaría el apartamento a ella y me compraría una casita en Punta Sal y un apartamentito acá en Barranco —prosiguió, de pronto soñando, esperanzado, optimista, Pecho Frío.

Poto Roto se atrevió a preguntarle:

—¿Estás enamorado de Paja Rica?

—Afirmativo —dijo Pecho Frío—. Como un perro. Todo el día pienso en ella.

—Pero ni se te ocurra decirle eso a Vaca Flaca, porque perdemos el juicio —lo previno Pelo Malo—. En la entrevista tienes que decir que eres gay, que eres gay desde niño, pero que tenías miedo de salir del clóset y por eso te casaste y nunca dijiste en el banco cuál era tu verdadera orientación sexual.

—Y tienes que decir que tus jefes en el banco y el dueño Puto Amo son unos homofóbicos del carajo —le aconsejó Poto Roto.

—No te preocupes, yo te voy a asesorar para la entrevista —dijo Lengua Larga—. Podemos ensayar en el cuarto de tu hotel. Yo haré de Vaca Flaca. Así ya te preparas bonito.

—Gracias, flaco —dijo Pecho Frío.

Se tomó un tiempo antes de decir:

—Quiero ser bien franco con ustedes, que me tratan tan bien.

—Sí, dime, hermanito —dijo Poto Roto.

—Si ganamos el juicio, es probable que renuncie al Movimiento y me vaya a vivir a Punta Sal.

Lejos de enfadarse, Poto Roto sonrió y dijo:

—Lo que sea mejor para ti.

Pero Lengua Larga pareció descontento y preguntó:

—¿Y qué harías allá en la playa? ¿De qué trabajarías?

—No trabajaría —respondió Pecho Frío—. No haría un carajo. Me dedicaría a culearme a Paja Rica tres veces al día, hasta que se me acabe la plata.

Todos se rieron.

—Y después hacemos una película sobre tu vida —dijo Poto Roto, y Pecho Frío no se rio, le pareció una gran idea: solo me falta eso, salir en el cine.

Deprimido en el cuarto del hotel donde se había refugiado, y sin sentirse todavía preparado para anunciar con bombos y platillos que era homosexual, y echando de menos a su amante bielorrusa, Pecho Frío decidió viajar a Punta Sal, se hospedó en el hotel El Mirador, cinco estrellas, frente al mar, y le dio una sorpresa a su amiga, que lo recibió con gran alegría. Hicieron el amor, se dieron un baño de mar y se echaron en unas hamacas colgadas en la terraza de la cabaña donde él se alojaba. Pecho Frío le contó con detalle que pronto, muy a su pesar, daría una entrevista mentirosa a la televisión, revelando que era gay, solo para ganar el juicio, y ella le celebró la osadía y le dijo que todo lo que sirviera para cobrar la indemnización le parecía válido, conveniente.

—Solo tú me conoces bien —dijo él—. Nadie más me conoce. Ni siquiera la huevona de Culo Fino. Es capaz de creer que soy gay.

Paja Rica se quedó callada, pensativa. Poco después dijo:

—Quiero contarte un secreto. Quiero que me conozcas de verdad.

Lentamente, buscando cuidadosamente las palabras en una lengua que no era la que había aprendido de niña en el colegio, un idioma con el que se había familiarizado ya de grande, cuando escapó de su país y se mudó a Buenos Aires, ella dijo:

—No soy tan buena gente como tú crees.

Pecho Frío sonrió, coqueto, y dijo:

—No me importa que seas buena gente. Lo que me importa es que estás buena. Buenísima.

Pero ella no le celebró la picardía. Parecía de pronto eclipsada por una nube, una sombra, un recuerdo lacerante. Continuó:

—He hecho cosas muy feas.

Y a mí qué carajo, pensó él, no soy detective ni policía.

—He cometido un crimen horrible.

Al decir esto, ella se sentó en la hamaca, lo miró fijamente y su rostro se tensó y dio la impresión de que iba a romper a llorar.

—He matado a una persona.

Pecho Frío dio un respingo, dejó de hamacarse, se puso de pie.

—No jodas, pues, rusita —dijo, amigablemente—. Deja de huevearme. Una mamita rica como tú, imposible que mates a alguien.

—He matado con mis propias manos a un hombre —dijo ella, la mirada ensombrecida por la tristeza.

Allá lejos las olas reventaban con furia y un eco persistente llegaba hasta la cabaña, de pronto desasosegando a Pecho Frío.

—¿Has matado a un hombre? ¿En serio? ¿O me estás hueveando?

Ella continuó, abatida:

—Era mi padrastro. Lo envenené.

Un par de lágrimas cayeron por sus mejillas.

—No pude aguantarlo más —prosiguió—. Me violaba desde que era niña. Empezó a violarme cuando yo tenía seis años. Y me violó hasta que cumplí diecisiete.

—¿Y por qué no lo denunciaste a la policía? —preguntó él.

Ella tardó en responder:

—Se lo dije a mi madre, pero ella no me creyó y me mandó a callar. Ella fue cómplice. Mi madre no me defendió. Sabía que su esposo era un enfermo.

Pecho Frío no tuvo palabras para expresarle su compasión.

—Un día le eché veneno para ratas en su vodka y lo maté. Murió en la casa. Lo vi morir.

—¿Y tu madre descubrió que lo habías envenenado?

—No. Ella también murió. No era mi intención. Pero esa noche los dos tomaron vodka y dos horas después, estaban muertos.

—La concha de la lora —musitó Pecho Frío, hablando consigo mismo.

Se quedaron en silencio.

—¿Te arrestaron? —preguntó él—. ¿Confesaste todo a la policía?

—No —dijo ella—. Me escapé. Abrí la caja fuerte, me robé toda la plata y las joyas, tomé el primer avión a Alemania, luego a España, luego a Argentina, y me quedé unos años allí.

—¿Haciendo qué?

—Primero, aprendiendo a hablar el español. Luego, buscando un trabajo como masajista. En el colegio me habían enseñado técnicas de masajes. Y después conseguí un trabajo en el spa del hotel Las Balsas en Villa La Angostura.

—¿Nunca más volviste a Bielorrusia?

—No. Ni puedo volver. Allá tengo orden de captura. Supuestamente me busca la Interpol.

—Ay, chucha —dijo él—. Lo que nos faltaba.

Ella prosiguió su relato, como si tuviera una necesidad de compartirlo con él:

—En Argentina fui feliz. Me olvidé de mi secreto. Me enamoré.

—¿De quién? —preguntó él.

—De un escritor que venía a Villa La Angostura a buscar inspiración para sus novelas. Era gordo y famoso. Tenía dinero. Se llamaba Gorda Pasiva. Lo amé.

—¿Y por qué terminaron?

—Porque un día nos emborrachamos y me confesó que era puto y se puso a llorar. Nunca más tuvimos sexo.

—¿Era puto? —se sorprendió él.

—Sí —dijo ella—. Re puto.

—Y si era puto, ¿por qué culeaba contigo? —siguió confundido él.

—Me dijo que estaba en una fase de macho, pero que le pasó enseguida.

—¿Y por qué te fuiste de Argentina, si te iba bien allá?

—Porque una noche, borrachos mi novio puto y yo, le conté mi secreto. Y el muy pelotudo escribió una novela con un personaje igualito a mí, una bielorrusa, masajista, que vive en Villa La Angostura, y que tiene un novio puto, re puto, y que ha huido de su país porque mató a un hombre.

—Qué tal concha de su madre ese escritor puto Gorda Pasiva —dijo Pecho Frío—. ¿Y por qué te traicionó así?

—Me dijo que él solo era fiel a la literatura y que no podía evitarlo. Entonces lo dejé y me refugié en los brazos de Bobo Rojo, mi mejor amigo que me amaba en secreto. Fuimos novios por siete días mientras planeaba mi salida. Luego tomé el avión a Lima. Él prometió venir a buscarme. Nos escribimos y hablamos por teléfono pero nunca le he contado de ti.

—¿Tú lo amas? —preguntó Pecho Frío.

—No —respondió ella—. Lo quiero mucho.

Pecho Frío la miró a los ojos y le dijo:

—Te ruego que no me dejes. Cuando sea millonario, te daré toda la plata que quieras. Pero, por favor, quédate en el Perú que yo me muero por ti.

Pecho Frío se acercó a ella y le acarició la cabeza. Luego se quedaron dormidos.

Pecho Frío despertó temprano, desayunó a solas, recogió los periódicos y regresó a su cabaña. Tumbado en la hamaca, leyó *Tremendo*, su diario favorito. En las páginas policiales encontró un titular que decía: «Esposa de Pecho Frío al borde de la muerte». Leyó con estupor: «La esposa del polémico besucón y vocero homosexual Pecho Frío, la señora Culo Fino, mujer de honda fe religiosa, profesora de religión, trató de suicidarse, víctima de una severa depresión por culpa de los engaños de su marido con otras mujeres, especialmente con la masajista Paja Rica. Tras sostener una acalorada discusión con su controvertido esposo y echarlo de la casa familiar después de que se hiciera pública una conversación amorosa entre Pecho Frío y Paja Rica, la señora Culo Fino bajó a la cochera del edificio, se metió al auto de una vecina que le había prestado las llaves, no sin antes tapar el tubo de escape con varios ejemplares de este, su diario favorito, el *Tremendo*, número uno en ventas a nivel nacional, un millón de ejemplares vendidos cada domingo, y prendió el motor y esperó a que el monóxido de carbono la matara. No se sabe cuánto tiempo estuvo tragando ese gas letal, pero el portero del edificio la encontró inconsciente, llamó a la ambulancia y abortó ese intento de suicidio. Fuentes confiables de la clínica Mata Sanos aseguraron que Culo Fino se encuentra en estado crítico y que su vida corre serio peligro. Reporteros de este diario trataron de comunicarse con Pecho Frío, pero nuestras llamadas no fueron atendidas y se ignora su paradero. Voceros del Movimiento Homosexual, donde él trabaja, afirmaron no saber dónde se encontraba. La policía investiga si Culo Fino dejó una nota explicando por qué quiso suicidarse. Sus amigas y vecinas del edificio de Miraflores donde vive la describieron como una mujer tranquila, afectuosa, normal, incapaz de hacerle daño a nadie, y dijeron que se hallaban en estado de estupor y conmoción. La policía investiga si fue realmente un intento de suicidio, o si Pecho Frío, no habido hasta el momento, encerró a su esposa en el vehículo, taponeó con *Tremendos* el tubo de escape y trató de matarla. De Pecho Frío nos esperamos cualquier cosa, dijo una fuente policial que prefirió no ser identificada. En los pasillos de la clínica Mata Sanos, la madre de la víctima, la dignísima señora Chucha Seca, culpó a su yerno de todas las desgracias familiares. «Ese Pecho Frío es un malnacido, no cree en nadie, solo le interesa hacer una vida de sodomita y ganar dinero mal habido», afirmó.

Luego Pecho Frío leyó: «Encuesta a los lectores del *Tremendo*. Vote aquí. ¿Fue un intento de suicidio o una tentativa de homicidio? ¿Ella quiso matarse por despecho o él trató de asesinarla, fingiendo suicidio? Veinte por ciento de los lectores votan suicidio. Ochenta por ciento, intento de homicidio perpetrado por Pecho Frío».

¿Y ahora qué carajo se supone que debo hacer?, pensó Pecho Frío, angustiado: ¿Vuelvo a Lima, visito a Culo Fino, o me escondo y me escapo con Paja Rica? Estoy jodido. Si muere Culo Fino, van a decir que yo la maté. Maldita sea la hora en que todas estas desgracias comenzaron por culpa del besucón concha de su madre de Mama Güevos, se dijo, furioso, con ganas de romper algo, pegarle a algo.

Enseguida dio vuelta a la página y, en la sección de farándula, leyó un gran titular que decía: «Mama Güevos: ¡Tengo cáncer! ¡Me estoy muriendo!». Enhorabuena, se hizo justicia, Dios es peruano, pensó Pecho Frío. La noticia decía así: «El famoso y polémico animador Mama Güevos, estrella rutilante de canal 5, anunció, entre sollozos, y para consternación de su legión de admiradoras y, por qué no decirlo también, de admiradores, que padece de cáncer avanzado en los testículos, y que tendrán que someterlo a una operación para extirparle un globo testicular, el derecho, a fin de evitar que el cáncer se expanda a otros órganos genitales. Mama Güevos contó a un redactor de este su diario *Tremendo*, el número uno en ventas del país, un millón de ejemplares vendidos cada domingo, que el cáncer le fue detectado en una operación de cirugía estética a la que se sometió para un levantamiento parcial de los testículos: «Tenía los huevos muy caídos, muy descolgados, y uno bastante más descolgado que el otro, y por eso me puse en manos del mejor cirujano de huevos caídos en el país, el reconocido Tío Vivo, y la operación fue completamente exitosa, ya mis testículos están recogidos y compactos, pero, por un chequeo de rutina, Tío Vivo detectó una pelotita en mi huevo derecho que era cancerosa, y por eso me ha informado de que no tengo más remedio que cortarlo», narró el controvertido hombre de televisión, quien aseguró, sin perder su innata picardía: «Con un solo huevo, seguiré siendo el número uno de la televisión peruana, el programa con más *rating* y el conductor mejor pagado, le duela a quien le duela, caiga quien caiga». Fuentes dignas de crédito afirmaron que el huevo extirpado de Mama Güevos será donado al Museo de la Televisión Peruana, donde será exhibido en formol. Admiradores del conocido *showman* se congregaron en las afueras de la clínica Mata Sanos y corearon cánticos vitoreando a Mama Güevos, y así mismo encendieron velas a su salud y rezaron el rosario para que se mejore pronto. Uno de ellos, consultado por este diario, afirmó: «Estamos muy optimistas. Sabemos que va a recuperarse. Además, nosotros a Mama Güevos le decimos amistosamente Papa a la Huancaína, porque tiene los huevos de adorno».

Voy a hablar con la gerencia de canal 5, a ver si me contratan como animador que reemplace temporalmente a Mama Güevos, pensó Pecho Frío: pero antes tengo que ir a la clínica a visitar a Culo Fino, aunque su vieja Chucha Seca me reciba a golpes.

Pecho Frío no lo dudó: se despidió de Paja Rica, tomó el primer vuelo a Lima, se dio una ducha helada en el hotel, compró un ramo de flores y se lo llevó a su esposa. Al llegar a la clínica Mata Sanos, mucha gente lo reconoció y le pidió una foto, y él asintió, encantado. Por suerte Culo Fino se encontraba mejor, ya consciente, fuera de peligro, según le informó la jefa de enfermeras. Pero cuando tocó la puerta de la habitación, abrió su suegra, Chucha Seca, quien la emprendió a bofetadas contra él, y luego le tiró un golpe con la cartera bien pesada, pues llevaba en ella un ejemplar de la Biblia, y al ver que él sonreía con cierto cinismo, dispuesto a entrar a saludar a su mujer a como diera lugar, le dio una patada en los testículos y le gritó:

—¡No queremos verte más, malparido!

Luego dio un portazo. Pecho Frío se retiró, apesadumbrado. En el ascensor, dos enfermeras lo reconocieron y una de ellas le preguntó:

—¿Viene a visitar a su amigo Mama Güevos?

—No, vine a ver a mi señora —dijo él

—El señor Mama Güevos se encuentra con nosotros —dijo la mujer—. Está en el primer piso. Lo acompañamos, si quiere.

Tres minutos después, y casi empujado por las enfermeras, que querían hacerse fotos con ambos, Pecho Frío entró en el cuarto de Mama Güevos.

—¿Me has traído flores? —se sorprendió, al ver a Pecho Frío.

—Bueno, sí —mintió Pecho Frío, para no decepcionar a las enfermeras, que lo miraron con simpatía—.

—Gracias, papito —dijo Mama Güevos—. Ven, dámelas. Chicas, háganme una foto con mi admirador —añadió, y las enfermeras cogieron el celular del hombre de televisión y dispararon varias fotos, Pecho Frío dándole rosas amarillas a Mama Güevos.

—Le voy a mandar una al programa de Chola Necia —dijo una, uniformada de verde lorito.

—Ni se te ocurra —le advirtió Pecho Frío.

Pero era tarde: en pocos segundos, la enfermera, adicta al programa de chismes de Chola Necia, le envió la foto a su heroína, riéndose maliciosamente.

Estoy harto de ser famoso, pensó Pecho Frío. Luego preguntó:

—¿Cómo te sientes?

—Mejor, mucho mejor —dijo Mama Güevos—. Pero con un solo huevo. ¿Te enseño?

—¡No, no! —gritó, espantado, Pecho Frío—. ¡No me enseñes nada, carajo! —se replegó.

Luego dijo que necesitaba ir a tomar algo a la cafetería, pero caminó a toda prisa, buscando la salida, y de pronto se encontró en la puerta principal de la clínica, rodeado por periodistas que montaban guardia y por decenas de admiradores de Mama Güevos, que se habían reunido para orar y cantar por la salud del hombre de televisión.

—¿Cómo está su esposa? —preguntaron los reporteros.

—Mejor, mucho mejor. Ya fuera de peligro.

—¿Se quiso suicidar por su culpa, señor Pecho Frío?

—No, no. Fue un accidente. No fue intento de suicidio. Ya está mejor. Ya pueden retirarse.

—Su suegra Chucha Seca nos ha dicho que usted tiene la culpa de todo lo malo que le está pasando a doña Culo Fino.

—No es así, señores. No exageren. La señora está atacada de los nervios, por eso hace declaraciones un poquito fuera de lugar.

—¿Se va a divorciar?

—No, claro que no. Yo estoy muy enamorado.

—¿De quién? ¿De su esposa o de la masajista Paja Rica? —preguntó, insolente, un reportero.

—De mi señora —se enojó Pecho Frío—. Y no me faltes al respeto, por favor.

—¿Ha podido ver a su amigo Mama Güevos?

—Sí, sí, cómo no. Ya está mucho mejor. Les manda saludos.

—Ahora que tiene un solo huevo, ¿volvería a darle un tremendo chape francés con lengua y todo, señor Frío? —inquirió de nuevo el reportero desfachatado, provocador.

—Cállate la boca, concha de tu madre —le dijo Pecho Frío, fuera de sus cabales, y le dio una trompada en el rostro, y le lanzó un salivazo, y luego salió corriendo, perseguido por varias reporteras y hombres de prensa y camarógrafos, que le gritaban:

—¡Imbécil!

—¡Matón!

—¡Puto en el clóset!

—¡Doble filo!

Pero Pecho Frío corría más rápido que todos ellos, y no se detuvo, y corrió veinte, treinta cuadras, hasta llegar al malecón, y luego se sentó, tomó aire, recuperó el aliento, contempló allá abajo el mar enfermo, y pensó: Si le gano el juicio a Puto Amo, me largo a vivir a Punta Sal, porque Lima me está matando.

Esa misma noche, mientras se daba una larga ducha en el hotel, escuchó la voz estridente de Chola Necia gritando los titulares de su programa:

—¡Pecho Frío sale del clóset! ¡Le lleva flores a Mama Güevos al hospital! ¡Tenemos la primicia completa!

Y luego, como si fuera el fin del mundo, con voz tremebunda, de resaca, cantinera, apocalíptica, chillaba:

—¡Pecho Frío agrede a la prensa nacional! ¡Gravísimo atentado contra la libertad de expresión! ¡Juristas afirman que podría ir preso!

Esta noche me emborracho mal, pensó Pecho Frío, mientras se secaba, desnudo.

Citado de urgencia por el gerente de relaciones públicas del banco del Progreso, y llevado por un automóvil con chofer a las instalaciones del banco en el distrito financiero de San Isidro, Pecho Frío pasó los controles de seguridad, esperó media hora, bebió el café que le ofrecieron y, cuando le dijeron que debía pasar, entró en la oficina amplia, lujosa, con vistas a toda la ciudad, en el piso treinta y dos, del dueño del banco, Puto Amo. Nunca antes lo había visto en persona, de cerca: era alto, robusto, la mirada astuta de zorro viejo, la sonrisa que delataba la placidez de ser quien era, la ropa de marca italiana, el reloj de oro, una incipiente calvicie ganando espacio en el pelo bien recortado. Detrás de su escritorio había un número de fotos familiares, y fotos con ricos y famosos y poderosos, y en las paredes cuadros valiosos, piezas de arte, imágenes religiosas. Era un hombre con poder, el más poderoso del Perú según las encuestas anuales, y no necesitaba levantar la voz para hacerse oír. Intimidado por esa presencia voluminosa y acostumbrada a mandar, Pecho Frío le dio la mano sudorosa y le dijo:

—Muchísimo gusto de conocerlo, señor. Soy su fan número uno. Lo admiro mucho.

Puto Amo lo paseó por la gigantesca oficina, enseñándole antiguas piezas de arte, describiendo los cuadros valiosos de grandes pintores, explicando las circunstancias en que las fotos con ricos y poderosos fueron tomadas, tratándolo con el afecto cálido, tranquilo, que le depararía a un amigo de toda la vida, a una persona que le inspirase plena confianza. Sorprendido, Pecho Frío dejó de temblar de puro miedo, sintió que las manos le sudaban menos y admiró todavía más al hombre más rico del Perú. Mientras veían las fotos con Reyes, Jefes de Estado, Príncipes y Princesas, Papas y Cardenales, héroes del deporte, escritores de gloria y nombradía, y al tiempo que el poderoso banquero le contaba cómo había fundado el banco hacía tantos años, asociado con sus dos hermanos ya fallecidos, y cómo se enorgullecía de que ahora su hijo único fuese quien dirigiera las operaciones del día a día, Pecho Frío sintió ganas de defecar, tal vez como un reflujo de los nervios o del miedo, y le pidió disculpas para aliviarse un momento, y Puto Amo le ofreció su baño con naturalidad. Una vez adentro, y comprobando que ese baño era más grande que todo su apartamento de Miraflores, con una colección de decenas de perfumes y cremas, y toallas todas con las iniciales PA de Puto Amo, un atribulado Pecho Frío evacuó el vientre con una sonoridad que no pudo evitar, y luego se aseó y rogó que el mal olor no traspasara la puerta, que cerró con cuidado, pues no quería agredir con sus humanas vulgaridades al gran y legendario Puto Amo. Para su sorpresa, el banquero le preguntó:

—¿Te gusta volar en helicóptero?

Pecho Frío no supo si estaba bromeando.

—Bueno, no sé, en realidad nunca he volado en helicóptero, doctor —respondió, sin saber si estaba hollando campo minado.

—Ven, vamos a dar una vuelta —dijo Puto Amo, y palmoteó su hombro.

Luego subieron por el ascensor, caminaron por la azotea hasta un helicóptero moderno y liviano, ya con la hélice girando y haciendo un ruido ensordecedor, y Puto Amo le hizo señas al piloto, y en pocos minutos estaban sobrevolando Lima, el centro financiero de San Isidro, el barrio noble de Miraflores, los acantilados bohemios de Barranco y Chorrillos, el mar Pacífico lamiendo las piedras negras de la Costa Verde, y, a lo lejos, las colinas arenosas, las mansiones de La Planicie y La Rinconada y La Molina, el insólito cerro de Las Casuarinas en el que se confinaban algunos de los hombres más ricos de la ciudad, y los suburbios y extramuros y arrabales en que vivían, en casas incompletas, sin pintura, a veces sin puertas ni ventanas, los pobres, los que, con poco dinero, soñaban con abrir su libreta de ahorros en el banco del Progreso. Maravillado, Pecho Frío se sintió por un momento importante, poderoso, como nunca se había sentido en su vida entera, y le señaló a Puto Amo el lugar de Miraflores donde vivía, entre la avenida Angamos y la Pardo, calle Palacios cerca de un parque donde se reunían los borrachos y marihuaneros los fines de semana, y luego descendieron un poco y Puto Amo le enseñó el yate más grande y reluciente acoderado en los embarcaderos de La Punta y le dijo que era suyo y que a esas alturas de su vida nada le gustaba más que salir a navegar, sin tener que pensar ya en el dinero ni en el poder. El paseo no duró más de una hora y Pecho Frío pensó que fácilmente habían sido los minutos más felices y memorables de su vida. Poco después, estaban sentados los dos en las oficinas del dueño del banco del Progreso, bebiendo café sin azúcar y agua mineral.

—Me cuentan mis abogados que nos has demandado —le dijo, en tono cálido, amigable, a su exempleado, ahora despedido.

Pecho Frío carraspeó, tosió, se acomodó en el sofá, no supo qué decir.

—Bueno, sí —admitió—. Y le pido disculpas, don Puto Amo. No fue idea mía.

—¿De quién fue la idea? —preguntó el banquero, con una media sonrisa cínica.

—De mis jefes del Movimiento Homosexual —confesó Pecho Frío.

Puto Amo lo miró a los ojos fijamente, con la mirada aguda y penetrante del zorro viejo que era, y preguntó:

—¿Tú eres homosexual?

—No, no, qué ocurrencia, doctor —dijo Pecho Frío—. Pero cuando me despidieron del banco, ellos me ofrecieron trabajo y ahora me gano la vida como tesorero del Movimiento.

—Comprendo —dijo el banquero, y se quedó pensativo.

Bebió café, luego tomó un sorbo de agua mineral, y se tomó unos largos segundos antes de decir:

—Quiero pedirte, por favor, como amigos, que retires esa demanda tan innecesaria y absurda que tus abogados han planteado contra nosotros.

Pecho Frío se quedó mudo, sin saber qué decir.

—Nosotros en el banco te apreciamos mucho. Sabemos que eres un hombre de bien. Entiendo que lo que te pasó en televisión fue un accidente que podría pasarle a cualquiera.

—Así mismo, doctor, así mismo —lo interrumpió Pecho Frío.

—Pero también entiendo que mis gerentes te hayan separado del banco para proteger nuestra imagen de institución seria, honorable, familiar, que deplora los escándalos de cabaret y las indecencias y promiscuidades de la farándula, tú me entiendes.

—Cómo no, doctor, lo entiendo perfectamente.

Puto Amo sacó un cheque de su bolsillo, extendió el brazo y se lo ofreció:

—Mira, toma, recibe este cheque —dijo, con una gran sonrisa, como si fueran amigos de toda la vida—. Son cien mil soles. Cóbralos cuando quieras. Solo te pido que, a cambio, retires la demanda y quedemos como amigos. ¿Puede ser?

Pecho Frío tomó el cheque, lo leyó con asombro, nunca había tenido tanto dinero en sus manos, y, sin demora, se avino a las exigencias de su antiguo jefe y patrón:

—Muchísimas gracias, doctor. Así será, como usted diga. Mañana mismo me ocupo de retirar el juicio contra el banco.

—Si cumples con nuestro pacto de caballeros, te voy a considerar mi amigo personal.

—Me emociona lo que me dice, doctor Puto Amo. Es usted un hombre justo, bueno, recto.

—No tanto, no tanto —se rio cómoda, sosegadamente el banquero.

Luego dijo:

—Una vez que retires el juicio, vienes a verme. Mis gerentes me cuentan que te gusta mucho la vida en Punta Sal. Podríamos nombrarte gerente del banco en Piura, para que puedas ir todos los fines de semana a Punta Sal. ¿Te gustaría?

Pecho Frío se quedó helado con la astucia del cazurro Puto Amo: ¿cómo sabía que él soñaba con mudarse a Punta Sal, cómo sabía que ese era su flanco más vulnerable, su pasión indecible por Paja Rica?

—Le agradezco profundamente, de corazón —dijo Pecho Frío.

Puto Amo se puso de pie, lo acompañó a la puerta y le dijo:

—Cobra el cheque hoy mismo, si quieres. Y no te demores en retirar el juicio, por favor.

—Así será, doctor, cuente conmigo —dijo Pecho Frío, y luego una de las secretarias lo escoltó hacia el ascensor.

Prensa nacional e internacional, reporteros de todos los canales de televisión y las principales emisoras radiales, corresponsales de agencias de noticias, activistas, líderes de organizaciones de derechos humanos, figuras de la televisión y la radio como Chancho al Palo, Mini Puti y Masca Vidrio, se habían reunido en el salón de conferencias del hotel Country Club de San Isidro, convocados por el Movimiento Homosexual, el cual, en la esquela que había repartido («diseminado», decía Lengua Larga) a todos sus contactos cibernéticos, anunciaba que «el popular y polémico Pecho Frío haría un anuncio histórico en la lucha por acabar con la opresión al colectivo LGTB del Perú y por llevar a cabo la revolución libertaria sexual que nuestra patria nos demanda».

Los más avezados reporteros sugerían que tal vez Pecho Frío anunciaría su candidatura al congreso en alguno de los pequeños partidos que solían reclutar celebridades y personalidades de la farándula para atraer votos; otros afirmaban que Poto Roto dimitiría para nombrar presidente del Movimiento al más carismático Pecho Frío; nadie sabía con certeza cuál sería el anuncio y por qué lo consideraban «histórico».

Con el cheque que le dio Puto Amo, Pecho Frío había comprado un traje blanco, enteramente blanco, y unos zapatos blancos, y un sombrero blanco, y una camisa y corbata blancas, como si fuera a casarse en una playa del Caribe, y le había alcanzado para comprarse un reloj de marca. Una vez que estuvo vestido y se miró en el espejo, se sintió una estrella y se dijo a sí mismo:

—Hoy vas a cortar oreja y rabo, Pechito.

No le preocupaba mayormente el estado de salud de su esposa, quien, hasta donde sabía por sus lecturas del *Tremendo*, estaba bastante recuperada, ni lo que habría de ocurrir con el juicio al banco del Progreso, simplemente quería brillar por todo lo alto, como una gran estrella, casi como un actor de cine o como el probable reemplazo de Mama Güevos en televisión, y provocar los celos de sus excompañeros en el banco, de las secretarias que se reían de él porque tenía caspa o mal aliento o porque era incapaz de bajar una creciente barriga hecha de cervezas y papas fritas. Fue su colega Lengua Larga quien lo recogió del hotel Santa Cruz y lo llevó al hotel Country Club. Nada más llegar, Pecho Frío se encontró casualmente con el popular chef Cuy Gordo, el filósofo de la cocina peruana, quien le dijo:

—¡Mi querido Pecho Frío! ¿Cuándo vienes a uno de mis restaurantes, hermanito? ¡Soy tu gran admirador! ¿Es cierto que te lanzas al Congreso?

Pecho Frío le dio un abrazo, le prometió que iría pronto a comer con él y le preguntó:

—¿Y tú te lanzas a la presidencia?

Cuy Gordo sonrió con aire confiado, ganador, y dijo:

—No, hermanito, no te confundas. Yo no soy político, soy cocinero. Y, si me dejan, puedo ser cocinera.

Se dieron un abrazo, entre risas, y Pecho Frío entró al salón de conferencias, donde fue recibido con aplausos tibios y miradas sorprendidas, tal vez porque su atuendo, todo de blanco, llamaba la atención en pleno invierno, o porque se había peinado con gomina, a la antigua, y parecía un galán marginal, decadente, de una telenovela de otros tiempos.

Tras una breve presentación de Lengua Larga, quien enumeró los méritos de Pecho Frío, con marcada tendencia a la exageración y la fantasía, Pecho Frío se puso de pie, colocó sus papeles en el atril, se acomodó unas gafas de lectura, paseó su mirada por la concurrencia y empezó a leer:

«Queridos conciudadanos, queridos representantes de la prensa nacional e internacional, queridos colegas LGTB, queridos todos: Los he convocado esta mañana para hacer un anuncio íntimo, sentido, personal, que he venido postergando dolorosamente hace muchos años, y que ya no puedo seguir aplazando, pues están en juego mi felicidad y mi libertad, lo que no es poca cosa. Como ustedes saben, soy todavía un hombre casado. Como ustedes recordarán, y debido a un beso digamos festivo o juguetón que me di en televisión con un conocido animador, fui despedido, sin derecho a indemnización, del banco del Progreso, interrumpiendo mi larga carrera laboral con ellos, acusándome de fomentar la inmoralidad. Y como ustedes saben, ahora formo parte del Movimiento Homosexual, que me ha tratado espectacularmente y para el cual solo tengo palabras de gratitud. Hecha esta somera introducción, quisiera compartir con ustedes un anuncio que para mí tiene una importancia capital: el dueño del banco del Progreso ha tratado de extorsionarme, de chantajearme, de comprar mi conciencia, ofreciéndome un dinero que he rechazado con altivez y gallardía, porque mi dignidad no tiene precio. ¡Era mucho el dinero que me ofrecía para desistir del juicio, pero no he dudado ni un segundo en rechazarlo categóricamente, rompiendo el cheque en sus narices! Señor don Puto Amo: No se equivoque conmigo, mi dignidad no tiene precio, seguiremos adelante con el juicio, hasta las últimas consecuencias, porque necesito que se haga justicia. Pero además quiero contarles algo de enorme importancia para mí: A partir de hoy, quiero que todo el Perú, y por qué no decir todo el mundo, sepa que no soy heterosexual. ¡Sí, amigos, sí: toda mi vida la he vivido asustado, encerrado en el armario, mintiéndole a mi esposa, a mi propia familia, tratando de ser el hombre heterosexual que no puedo ser! Me cuesta un gran trabajo decirles esto, y verán que estoy emocionado hasta las lágrimas, pero, y perdonen si ofendo a alguien, soy un hombre homosexual, cien por ciento homosexual, y hoy elijo salir del clóset y ser feliz. ¡Soy gay y no tengo miedo! ¡Me gustan los hombres y no me callo la boca ni me escondo! ¡No soy activo ni pasivo, sino versátil! ¡No me enamoro de un cuerpo sino de un alma! Y a todos mis admiradores que me siguen en las redes sociales, les digo: ¡No voy a parar hasta que en el Perú todos los miembros del colectivo gay tengamos los mismos derechos que los heterosexuales! ¡Viva el Perú! ¡Viva el Movimiento Homosexual! ¡Viva nuestro máximo líder Poto Roto!».

Una ovación de pie coronó el vibrante discurso, y Poto Roto y Lengua Larga se fundieron en un largo y sentido abrazo con Pecho Frío.

Minutos después, Puto Amo fue informado por uno de los abogados del banco de que Pecho Frío lo había acusado de chantajista en una rueda de prensa. También le confirmaron que, antes de la conferencia, Pecho Frío había cobrado el cheque por cien mil soles.

Todos los diarios peruanos, los serios y los escandalosos, los respetados y los más leídos, los de aire intelectual y los de espíritu canallesco, publicaron la noticia de que Pecho Frío había anunciado que era homosexual. *El Comercial*, periódico conservador, religioso, apologista de las declaraciones del Cardenal, tituló: «Pecho Frío sale del armario». *Siglo21*, tabloide moderno, resumió: «Pecho Frío: Soy gay». *La Republicana*, más corrida a la izquierda, defensora de las causas progresistas, anunció «Valiente confesión de Pecho Frío». El *Tremendo*, el más leído con mucha diferencia, puso en portada: «Pecho Frío: ¡Pluma Pluma Gay!». Y *Exprésate* remató: «Soy Homosexual y Soy Versátil y Quiero Ser Feliz».

Abrumado por la amplia cobertura periodística, Pecho Frío permaneció todo el día encerrado en el cuarto del hotel, leyendo periódicos, mirando noticias en internet, viendo la televisión. No estaba contento, se sentía un farsante, un impostor, pensaba que nunca podría recuperarse de tamaño escándalo que los del Movimiento le habían exigido poner en escena, solo para, con suerte, ganar el juicio. ¿Y si al final lo perdemos, quién me devuelve mi reputación de varón?, se decía, desolado, negándose a contestar las llamadas de Poto Roto y Lengua Larga, quienes le dejaban mensajes de afecto y solidaridad. También recibió un mensaje de su suegra Chucha Seca, que, con voz ronca, pedregosa, le dijo:

—Siempre supe que eras del otro equipo. Tamaño mariconzón. Ojalá te mueras de sida, tirado en la calle, como un perro atropellado. Mi hija y yo te odiamos. Y no vamos a parar hasta destruirte.

Le sorprendió, a media tarde, escuchar un mensaje de Paja Rica, quien, en tono risueño, riéndose, le dijo:

—Pechito, cómo estás. Todos acá en el hotel están hablando de ti. Pero yo sé que no eres gay, papito, a mí no me engañas. Yo te conozco por delante y por detrás. Y sé que te gusta que te mida un poquito el aceite, pero no por eso te considero gay, mi amor. Ojalá puedas venir pronto. Te extraño. Y ahora que te has convertido en el gay más famoso del Perú, no creo que, si te ven conmigo, piensen que estamos teniendo un *affaire*, ¿no crees? Llámame para saber que estás bien.

Pero Pecho Frío, triste, abatido, descorazonado, no la llamó. De pronto alguien le pasó un papel por debajo de la puerta. Se agachó, lo recogió y leyó:

«Señor Pecho Frío: Mi nombre es Maní Cito. Trabajo como recepcionista acá en el hotel Santa Cruz. Estoy emocionado hasta las lágrimas por su valiente revelación. Yo soy como usted. Estamos juntos, en la misma causa. Pero todavía no tengo valor ni coraje para salir del clóset. Y lo que usted ha hecho me llena de inspiración. Es usted mi modelo, mi guía, mi arquetipo. Ojalá algún día pueda ser como usted. Si necesita compañía, no dude en llamarme. Me encantaría tomar un traguito con usted. Lo admiro y además lo encuentro súper sexy. Suyo, siempre, con profunda admiración, Maní Cito».

Estoy jodido, pensó Pecho Frío, voy a tener que comerme a un putito aunque no quiera, todo sea para ganarle el juicio al cabrón de Puto Amo.

Más tarde, ya de noche, salió a caminar, se detuvo en un bar, tomó varias cervezas, esquivando las miradas de quienes lo reconocían, y caminó hasta el malecón. Fue inevitable hacerse dos o tres fotos con parroquianos que se acercaron a él y lo saludaron con aprecio y le pidieron dejar registrado ese momento en sus celulares. Pero Pecho Frío, mirando a la cámara, no pudo sonreír, y apenas atinó a mirar con frialdad, con un aire de tristeza, como si nada bueno le esperase en el futuro. Sentía que todo le había salido mal y se había ido al carajo: lo habían echado del banco, no sabía si ganaría el juicio, era enemigo de Puto Amo, había perdido el cariño de su esposa, era odiado por su suegra Chucha Seca, y ahora todo el mundo pensaba que era gay, y él no se sentía gay, aunque a ratos ya lo dudaba y se preguntaba cómo sería culearse a Lengua Larga.

Borracho, aunque aún en sus cabales, y caminando a paso lento, sin rumbo fijo, siguiendo las curvas serpenteantes del malecón, vio cómo una camioneta negra se detenía bruscamente y bajaban dos individuos de traje oscuro, altos, robustos, y caminaban hacia él. Me van a pedir una foto más, estoy harto de ser el nuevo cabrito de moda, pensó, pero se equivocó: Caminaron hacia él, lo llamaron por su nombre, le dieron una paliza, una lluvia de puñetes y patadas, y lo dejaron tendido en el piso, y le dijeron:

—Esto es de parte de Puto Amo. Y si no retiras el juicio, te vamos a matar y vamos a tirar tu cuerpo al fondo del mar, maricón.

Luego se marcharon sigilosamente, perdiéndose en las brumas del malecón, una niebla baja difuminándolo todo. Cuando pudo ponerse de pie, Pecho Frío detuvo un taxi, subió a duras penas y le dijo:

—A la clínica Mata Sanos, por favor.

Como no tenía seguro médico, pues los del banco se lo habían cancelado cuando lo echaron, Pecho Frío tuvo que dejar su tarjeta de crédito para que lo admitieran en la clínica. Tenía el rostro amoratado, contusiones en el pecho y la espalda, la zona genital lastimada, y a duras penas podía caminar. Pidió que lo durmieran, que le dieran morfina, que lo sometieran a una cura del sueño, y una de las enfermeras se apiadó de él y lo puso a dormir.

—No quiero que la prensa se entere de que estoy internado —pidió—. Me he registrado con un seudónimo. Si preguntan por mí, les ruego que me nieguen.

Luego se durmió profundamente. Despertó unas horas después, de madrugada. Pidió algo para comer. Le trajeron gelatina y galletas de soda. Le aplicaron poderosos ungüentos analgésicos para veteranos de guerra en todo el cuerpo. Una de las enfermeras le contó que Culo Fino estaba todavía internada, en el piso de arriba. Cuando se quedó a solas, Pecho Frío se levantó, caminó con dificultad, arrastrando los pies, sintiendo que el dolor no menguaba, un ojo morado, fisuras en las costillas, los testículos machucados, y, sin que nadie advirtiera que había escapado de su habitación, buscó el cuarto de su esposa, tocó la puerta, nadie contestó, se asomó sigilosamente, comprobó que no había nadie visitándola y se sentó en silencio, en la penumbra, reprimiendo los dolores, para ver dormir a la mujer que había sido el gran amor de su vida. Sintió que todavía la amaba: no la deseaba con el ardor que le inspiraba Paja Rica, pero la amaba, sin duda la amaba, y deploraba profundamente que ella estuviera sufriendo por su culpa. Se puso de pie, le acarició la cabeza, el pelo, la frente, y ella se despertó y no se molestó al verlo allí y le sonrió a medias. Pecho Frío dijo:

—Perdóname, mi amor. Perdóname. Soy un animal. Por mi culpa estás sufriendo.

Ella lo tomó de la mano y preguntó:

—¿Qué te ha pasado?

—Nada, nada —dijo él—. Me trompeé con unos borrachos. Nada serio.

No quería contarle que le había robado el cheque a Puto Amo y que seguiría hasta el final con el juicio, a riesgo de que los matones del banquero acabaran con su vida. Besó a su esposa en la frente, en las mejillas, en los labios, y ella se dejó besar, y él le dijo cosas lindas al oído, y ella no opuso resistencia, y él empezó a tocarla en los pechos, a besarle los pezones, y luego a acariciarla suave y apropiadamente allí abajo, donde tantas veces se había extraviado en grandes delirios de placer, y, sin pedir permiso, seguro de sus movimientos, con la confianza de un antiguo amante que reconoce como suyo el territorio que va explorando una vez más, se acomodó al pie de la cama, se puso de rodillas, le abrió las piernas a Culo Fino y empezó a darle sexo oral con profunda devoción, como si, al besarle el clítoris, estuviera besando los pies de Jesucristo, las manos de la Virgen, el anillo del Papa. Ella cerró los ojos y se entregó al placer creciente que su esposo le estaba deparando, y ninguno advirtió que un enfermero, el que estaba de turno, se había asomado a esa hora, las cuatro y media de la mañana, a la habitación de Culo Fino para tomarle los signos vitales, un chequeo de rutina, pero, al ver a los esposos en circunstancias eróticas improbables, había sacado su celular y empezado a disparar fotos sin hacer ruido. Luego se marchó con absoluto sigilo. Cuando Culo Fino llegó al orgasmo pleno, Pecho Frío se friccionó la verga como un demente y estalló en un derrame seminal que manchó el camisón de su esposa, las sábanas, la cama reclinable, hasta las estampitas religiosas de la mesa de noche. Luego se dijeron cuánto se amaban, se prometieron un viaje juntos a París apenas ganasen el juicio, él le juró que nunca más vería a Paja Rica ni maliciaría eróticamente a la prima Puta Culta, y se retiró, triunfante, airoso, redimido, a su cuarto, sin saber que la noche siguiente, en su sintonizado programa de chismes, insidias, primicias y escándalos de toda índole, la temida Chola Necia abriría su espacio, a las nueve en punto de la noche, mostrando las fotos en las que se apreciaba claramente a Pecho Frío, de rodillas, sobre la cama de su esposa, inclinado con aire reverencial, ella abierta de piernas, él dándole un delicado servicio amatorio de sexo oral.

—¡Primicia! ¡Escándalo! ¡Ampay! ¡Se paraliza el Perú! ¡Pecho Frío nos mintió, no es maricón! ¡Tenemos las fotos exclusivas en las que le hace tremenda sopa a su esposa Culo Fino en la clínica Mata Sanos!

Luego se escucharon los murmullos de reprobación y revuelo del público en el plató, y Chola Necia rugió como una leona herida:

—¡Pecho Frío, papito, no somos imbéciles, no nos engañas, tú no eres pato, no eres cabro, no eres bollo, eres un pisado de tu esposita Culo Fino!

Enseguida repitió las imágenes en cámara lenta.

Cuando Culo Fino fue dada de alta, regresó a su apartamento de Miraflores y continuó con su trabajo como profesora de religión de Monjas Machas. Para guardar las apariencias y dar la impresión de que se habían separado debido a que él era homosexual, Pecho Frío no quiso volver al hogar conyugal y, muy a su pesar, se quedó en el hotel Santa Cruz, a pocas cuadras de su apartamento, porque así se lo pidieron sus jefes del Movimiento, quienes le recordaron que las probabilidades de ganar el juicio se multiplicaban si él convencía a la opinión pública de que era gay, había salido del clóset y el banco lo había penalizado. Pecho Frío le prometió a su esposa que no vería más a Paja Rica y que apenas ganasen el juicio, se irían de viaje a París a celebrar, y Culo Fino le creyó. Pero todas las noches, antes de dormir, Pecho Frío llamaba al celular de Paja Rica y se decían cosas ardientes, lujuriosas, y él se hacía una paja mientras ella le decía cuánto lo deseaba y echaba de menos, cuán ansiosa estaba por follárselo de nuevo en una de las cabañas del hotel El Mirador. Desesperado por verla, Pecho Frío fue a unos baños turcos de San Isidro y le pidió a la masajista, apenas ella terminó la sesión completa de una hora, que lo masturbase y le metiese un dedo en el poto, pero ella se negó, indignada, y lo amenazó con denunciarlo a la policía, y él se marchó con vergüenza, culposo por tener unos deseos sexuales que antes desconocía y ahora se le imponían como urgentes, inaplazables. En el hotel, loco por ver a Paja Rica, sacó una pequeña batería del control remoto, se la introdujo suavemente al culo, y se tocó pensando en ella, y terminó como una bestia, un animal salvaje, y luego subió el chico de la recepción, Manicito, a pedirle que hiciera menos bulla, porque dos huéspedes se habían quejado. Pecho Frío creyó advertir que el muchacho de la recepción le hacía ojitos coquetos, mohines afectados, pero le puso cara de macho, todavía con la batería AAA en el culo, y le prometió que no haría más ruidos.

—Estaba haciendo abdominales y planchas y por eso grité —se excusó.

De madrugada despertó sobresaltado, con pesadillas, temblando de frío, y se puso medias y una chompa de alpaca bebé, y sin embargo se quedó desvelado, insomne, avizorando un futuro sombrío para él, ahora que Puto Amo era su enemigo y que tendría que elegir entre el amor seguro y confortable de su esposa y las pasiones furtivas de su novia bielorrusa. Como daba vueltas y no podía dormir, se metió un pequeño jabón en el culo, se hizo una paja pensando en que hacía un trío con Culo Fino y Paja Rica, y terminó a los gritos. Me ha convertido en un semental, pensó, y no tardó en quedarse dormido.

A la mañana siguiente lo despertó el celular. Era Lengua Larga. Le comunicó que esa tarde tendrían una reunión en la casa del juez que estaba examinando el caso contra el banco del Progreso. El juez se llamaba Chato Ñoco, era amigo del colegio de Pelo Malo, presumiblemente gay en el armario, y quería conocer en persona a Pecho Frío. Lengua Larga le explicó que, en teoría, la reunión era ilegal, porque el juez no debía reunirse con ninguna de las partes en conflicto, pero Pelo Malo había invocado su antigua amistad con el magistrado y lo había persuadido de que, con toda discreción, escuchara el testimonio de Pecho Frío, antes de dictar sentencia. Para evitar llamar la atención, el juez Chato Ñoco había pedido que solo Pecho Frío fuese a su casa de San Borja, de noche. Casado, padre de familia, misa todos los domingos, hincha de la U, declaradamente conservador, de extrema derecha autoritaria, Chato Ñoco había hecho una carrera meteórica como juez y aspiraba a presidir la Corte Suprema y no descartaba postularse a la Presidencia de la República, «si las condiciones objetivas resultasen propicias», apuntaba.

Pecho Frío llegó a casa del juez a la hora pactada, ocho en punto de la noche. Chato Ñoco era bajito, retaco, el pelo pintado de color negro azabache, los labios carnosos, la mirada pícara, maliciosa, del que sabe cortar caminos y tomar atajos, y le dio un abrazo y de inmediato sirvió dos whiskies, cerró la puerta con llave y, como si fueran amigos de toda la vida, se puso a narrar las circunstancias en que, hace ya tantos años, en una escuela pública, se hizo amigo de Pelo Malo.

—Yo quiero que la sentencia sea favorable a ustedes, porque a Pelo Malo lo quiero como si fuera mi hermano menor, y usted me cae bien, amigo Pecho Frío —dijo, cruzado de piernas, vestido con una bata morada como de gran donjuán—. Pero, si usted quiere ganar el juicio, tiene que colaborarme, no sé si me explico —añadió.

Pecho Frío tomó un trago, miró los pies del juez, sus dedos regordetes, moviéndose nerviosamente, quizás un tic, o una manera de engreírse, relajarse, sentirse en casa, y pensó: Este es el juez más raro que he visto en mi vida, más que juez parece enano de un circo.

—¿Cómo le puedo colaborar, señoría? —preguntó, y se sorprendió de usar esa palabra, señoría, que al juez no pareció disgustarle en absoluto.

Chato Ñoco sonrió a sus anchas, se arrellanó en el sofá de cuero, cruzó las piernas, y dijo:

—Bueno, si le hago ganar el juicio, no sé si le parece que podría darme un porcentaje de la torta.

Pecho Frío asintió.

—Quiero el veinte por ciento —continuó Chato Ñoco, muy serio—. En efectivo. En un maletín deportivo. Me lo entregan en el gimnasio. No usted ni nadie del Movimiento, una persona que nadie conozca.

—¿Puede ser mi esposa?

—No. Negativo. Alguien que nadie conozca.

—¿El recepcionista del hotel donde estoy alojado?

—Perfecto. Aprobado.

Pecho Frío pensó: me duele perder doscientos mil soles, pero si le niego su comisión a este caradura, perderé el juicio: mejor ochocientos mil soles que cero soles, se dijo.

—Y la otra cosita es que quiero rezar el rosario con usted —dijo Chato Ñoco—. Porque soy un hombre de profunda fe religiosa y quiero que nos encomendemos a la Divina Providencia para que todo salga bien.

—Excelente, señoría —apostilló Pecho Frío.

—¿Le parece si rezamos el rosario juntos? —dijo el juez, poniéndose de pie.

—Claro, cómo no —dijo Pecho Frío, también parándose.

El juez sacó un rosario del bolsillo, se lo dio a Pecho Frío, se abrió y quitó la bata, quedando desnudo, exhibiendo un pene diminuto, y, para sorpresa y consternación de Pecho Frío, se hincó de rodillas, se puso en cuatro patas y dijo:

—Cada avemaría que recemos, me mete un misterio del rosario en el ojo del culo.

Rezaron un avemaría y luego Pecho Frío le metió el primer misterio y el juez suspiró de placer.

Pecho Frío contó rápidamente las piedritas preciosas del rosario: eran treinta.

De visita en Lima, el Papa Che Boludo asistió a dar una conferencia a las alumnas del colegio Monjas Machas, donde enseñaba Culo Fino. El tema de la disertación fue: «Tu cuerpo, un templo sagrado». Las monjas le pidieron a Culo Fino, maestra de gran poder retórico, famosa por el fuego hipnótico de su oratoria, que dijese las palabras de bienvenida, antes de que el Sumo Pontífice tomase la palabra. Culo Fino leyó un texto que había escrito de madrugada. Lo elogió sin reservas, se declaró su profunda admiradora, exhortó a las alumnas a seguir el ejemplo moral del ilustre visitante, y, al terminar, quiso decir:

—Bienvenido a Lima, Vicario de Cristo.

Pero, debido a la profunda emoción que la embargaba, se equivocó y dijo:

—Bienvenido a Lima, Sicario de Cristo.

Ni las alumnas ni los padres de familia ni las monjas y sacerdotes se rieron, y el Papa Che Boludo miró con extrañeza a su anfitriona, y ella se acercó y le pidió la bendición, y él se la impuso en la frente, pero Pecho Frío, quizá por nerviosismo, o porque no se imaginó que sería el único en reírse, soltó una carcajada cuando su esposa se equivocó, y Culo Fino lo miró con aire severo, y él enseguida se replegó en un gesto adusto, pero el Papa, muy listo pese a su edad avanzada, lo miró, y Pecho Frío pensó: Quizá este Papa, que está en todas, me ha reconocido y me va a pedir una foto, así de famoso soy ahora.

Aunque Pecho Frío quería seguir fingiendo ante la prensa que se encontraba separado amistosamente de su esposa, ella le había rogado que asistiera a la charla del Papa en el colegio donde enseñaba, pues así se lo habían pedido las monjas, y él, sin dudarlo, se había avenido a complacerla, y, nada más llegar, tomado de la mano de Culo Fino, un enjambre de reporteros, camarógrafos y fotógrafos los rodearon y les pidieron declaraciones, pero él dijo, con aplomo, ya como un profesional en el manejo de su imagen:

—Señores, hoy la estrella no soy yo, es el Papa, les pido por favor que no me pidan declaraciones.

Pecho Frío se había vestido con un traje oscuro que había comprado para la ocasión, usando parte del dinero que le adelantó Puto Amo, y había llevado una cámara fotográfica para, con suerte, si las circunstancias resultaban propicias, hacerse retratos con el Papa, de quien era gran admirador, por su carisma, su sencillez, su sentido del humor y su pasión por el fútbol.

Terminado el discurso de Che Boludo, las monjas hicieron una larga cola para saludarlo, una por una, y muchas de ellas se hicieron fotos usando sus celulares, y Culo Fino y Pecho Frío esperaron pacientemente su turno, planeando las palabras que le dirían al Sumo Pontífice, representante de Cristo en la Tierra, y los periodistas se dispusieron a capturar las imágenes de ese encuentro improbable entre el Jefe de la Iglesia Católica y el personaje de moda de la farándula peruana, el polémico Pecho Frío. Una vez que estuvieron frente al Papa, Culo Fino se hincó de rodillas, le besó el anillo y le dijo:

—Le expreso mi profundo respeto y mi honda admiración, Santo Padre. Le ruego su bendición.

El Papa le hizo la señal de la cruz en la frente, sonrió con aire beatífico y posó su mirada tranquila, sosegada, sin prisa, en Pecho Frío, quien, de rodillas ante él, quiso decirle:

—Soy tu siervo, Purpurado de Roma.

Pero, por los tremendos nervios que se apoderaron de él, se le trabó la lengua, no le fluyeron correctamente las palabras aprendidas, y dijo:

—Soy tu siervo, Púrpura de Roma.

El Papa se rio sin aparente enfado o rencor, le impartió la bendición en la frente, y entonces la prensa se alborotó y pidió una foto de ambos, de pie. Pecho Frío se puso de pie y, rompiendo el protocolo, sorprendiendo al ilustre visitante, lo rodeó con un brazo, como si fueran amigos, y sonrió con aire confiado, ganador, y le preguntó:

—Papa querido, ¿es cierto que vos sos cuervo?

El Papa lo miró con franca simpatía y le dijo, riendo:

—Y, sí, qué querés que te diga, soy hincha de San Lorenzo desde niño.

La prensa disparó numerosas fotos mientras el Papa y Pecho Frío sonreían con naturalidad, mientras Culo Fino, unos pasos alejada, veía la escena con pasmo y consternación, pensando: qué se ha creído este zamarro de Pecho Frío para hablarle al Papa como si fuera su amigote, qué fresco, qué tal cuajo, qué me van a decir las monjas. Pero las monjas parecían encantadas al ver que el Papa sonreía a sus anchas, mientras le preguntaba a Pecho Frío:

—¿Y vos, de quién sos hincha?

Sorprendido de sí mismo, de su capacidad para hablar con el Papa de tú a tú, Pecho Frío respondió:

—Yo soy tu hincha, Papa querido. Yo te banco a muerte. Vos sos lo más.

Todo estaba bien hasta que un reportero intrépido del diario *Tremendo*, Baba Blanca, gritó:

—Sumo Pontífice, ¿qué piensa del Movimiento Homosexual del Perú?

Pecho Frío se quedó tieso, helado. Pero el Papa, zorro viejo, respondió, sin perder la sonrisa:

—¿Quién soy yo para juzgarlos?

Pecho Frío le susurró al oído:

—Sos grande, Papita querido.

Orgullosa de su marido, del dominio de escena que había demostrado ante el Papa, y tras ser felicitada ampliamente por las monjas, Culo Fino hizo el amor con Pecho Frío tan pronto como llegaron a su apartamento de Miraflores, y luego tuvo que irse a dormir al hotel por temor a que sus jefes del Movimiento se enterasen de que se había reconciliado con ella.

—Tengo que hacer la finta de que soy marica hasta que ganemos el juicio —se disculpó con Culo Fino, y se marchó caminando a toda prisa, ilusionado por ver los periódicos del día siguiente, que, muy probablemente, publicarían fotos de su encuentro cordial con el Papa Che Boludo.

Al llegar al hotel Santa Cruz, le dijeron que Poto Roto lo había llamado varias veces y tenía urgencia de hablar con él. Entró en su cuarto, se sacó el traje, quedó en calzoncillos y lo llamó.

—Has hecho historia —le dijo Poto Roto—. Has conseguido que el Papa tenga palabras sensibles, de afecto, de tolerancia, con nosotros.

—Gracias, gracias —dijo Pecho Frío.

—Todos en el Movimiento estamos profundamente orgullosos de ti —continuó Poto Roto—. Y quiero que sepas que he tomado la decisión de que, cuando termine mi mandato a fin de año, te nombraré, con el apoyo de las bases, y de mis contactos internacionales, mi sucesor.

Carajo, pensó Pecho Frío, no soy gay y voy a terminar siendo el máximo líder gay del Perú, no está nada mal si me suben el sueldo.

—¿Y quiénes son las bases? —se animó a preguntar.

—Bueno, nuestros militantes en Lima y provincias, todos los miembros con carné de nuestro Movimiento —respondió Poto Roto.

—¿Como cuántos son? —insistió, curioso, Pecho Frío.

—Trece en Lima y ocho en provincias —dijo Poto Roto—. Veintiuno en total.

Se despidieron con palabras de afecto y gratitud y quedaron en reunirse al día siguiente, en las oficinas del Movimiento.

—Estoy orgulloso de ti —le dijo Poto Roto—. Desde que saliste del armario, eres una mejor persona y un mejor amigo.

Suave, amiguito, no te equivoques conmigo, que soy varón, pensó Pecho Frío, y un momento después cortó.

Tras ver los noticieros de la televisión, y sin poder conciliar el sueño, y una vez que terminó de leer los periódicos en sus páginas digitales, feliz porque todos daban la noticia de su gran encuentro con el Papa y de la «buena química» que había surgido entre los dos, y regocijándose al recordar que antes era un mero cajero bancario y ahora un líder de opinión, Pecho Frío, desbordado de confianza en sí mismo, seguro de sus incalculables posibilidades eróticas para complacer no a una sino a varias mujeres, se permitió la alegría de llamar a su añorada Paja Rica. Necesito estrujarle las tetas, comerle los pezones, pellizcarle suavemente el clítoris, pensó. Pero, sobre todo, necesito romperle el culito invicto, se dijo. Segundos después, ella contestó el celular.

—Estuve con el Papa —dijo él, con naturalidad, como si se hubiera visto en el bar de la esquina con su amigo Boca Chueca.

—¿Con quién? —preguntó Paja Rica, con voz de dormida.

—Con Che Boludo —dijo él—. Con el Papa argentino. Nos tomamos fotos. Fue un momento histórico.

Paja Rica carraspeó, demoró su respuesta, habló con voz baja, como si no quisiera perturbar a alguien:

—No puedo hablar ahora —dijo—. Mejor llámame mañana, Pechito.

—¿Por qué? —se erizó él—. ¿Con quién estás?

—Espera, voy a salir del cuarto —dijo ella.

Esos segundos fueron un suplicio para él. Me está sacando la vuelta esta rusa pendeja, pensó. Seguro que se ha enterado de que he vuelto a tirar con Culo Fino, se torturó. Por fin, ella habló:

—Ha venido a verme Bobo Rojo, mi novio argentino. No puedo hablar contigo. No quiero que se entere de lo nuestro.

—¿Y qué quiere? —preguntó.

—Que me regrese a Argentina con él —dijo ella—. Que nos casemos.

Pecho Frío pensó: así es la vida, una cosa te sale bien, y otra te sale fatal: hoy fue un día feliz porque conocí al Papa Che Boludo y luego se me cruza un argentino y quiere llevarse a mi chica, la puta que lo parió.

—¿Te vas a ir a Buenos Aires? —preguntó, desolado.

—No sé, no sé —dijo ella, agobiada—. Tengo que pensarlo bien. No sé qué hacer.

Pecho Frío se armó de valor y dijo:

—Haz lo que sea mejor para ti. Yo me considero tu amigo, si te quedas o te vas.

—Gracias, Pechito, eres un amor —dijo ella, y cortaron.

Pero él se quedó rencoroso, preocupado, odiando al argentino Bobo Rojo, pensando qué podía hacer para sacárselo de encima y alejarlo de Paja Rica. Tendré que ir cuanto antes a Punta Sal, pensó, y trató de hacerse una paja pero no se le puso dura, y luego se arrodilló y le pidió al Papa Che Boludo que lo ayudara a resolver este entuerto, que, de pronto, había complicado su furtiva vida amorosa con Paja Rica. Yo no he nacido para ser fiel, monógamo, yo soy genéticamente un hombre que necesita dos o tres mujeres para ser feliz, pensó, antes de quedarse dormido.

Alguien tocó a la puerta con insistencia, una y otra vez, hasta que Pecho Frío despertó. Miró el reloj: eran las seis de la mañana. Se puso de pie, abrió la puerta en ropa de dormir, y el joven empleado de la recepción le dijo:

—Dice su amigo Poto Roto que lea la primera plana del periódico.

Enseguida le entregó un ejemplar del diario *El Comercial*. Debe de ser la noticia de mi encuentro con el Papa, pensó, y fue al baño a orinar, molesto porque lo habían despertado. Luego se sentó en la cama y leyó el diario que le habían alcanzado. Un titular en la primera página decía:

«El Papa y Pecho Frío se hicieron amigos».

Y la noticia comenzaba así: «Ayer, en el colegio Monjas Machas, el Papa argentino Che Boludo, de visita en nuestra capital, y tras visitar el Palacio de Gobierno y la sede del Congreso Nacional, pronunció un discurso a favor de los valores morales tradicionales y en contra del aborto, las drogas, la codicia, el egoísmo insensible y la agenda libertina de los colectivos homosexuales. Con su habitual carisma, Che Boludo pidió a los peruanos que sigamos las enseñanzas de Jesucristo, desterremos el odio y la mentira, prediquemos con el ejemplo y amemos al prójimo en aras del bien común. Pero el punto más llamativo de su visita a Monjas Machas fue su encuentro inesperado con el alto directivo del Movimiento Homosexual del Perú, Pecho Frío, quien, para sorpresa y consternación de todos, abrazó al Papa, lo trató de tú, o de vos, hablándole como argentino, y se robó grandes sonrisas y palabras afectuosas de Su Santidad. La prensa nacional e internacional fue testigo de que, en presencia de un prominente activista gay, el Papa no se cortó ni se puso tenso ni lo trató con hostilidad, y se limitó a comentar, de forma compasiva y humana, ¿Quién soy yo para juzgarte? Al salir del recinto acompañado de su esposa o exesposa Culo Fino (pues no se conoce a ciencia cierta si la pareja sigue junta), Pecho Frío comentó: Efectivamente, el Papa no va a juzgarme, pues quien va a juzgarme es el destacado juez Chato Ñoco, que está a cargo del juicio millonario que mis abogados han planteado contra el banquero Puto Amo. Preguntado sobre qué le pareció el Papa Che Boludo, Pecho Frío dijo: Me ha parecido un copado, re buena onda. Hemos quedado en vernos en Roma cuando vaya a visitarlo. Le voy a llevar una camiseta de la selección peruana de fútbol».

Pecho Frío se solazó viendo una gran fotografía, en portada, en la que aparecía con el Papa argentino, ambos sonrientes, relajados. Estoy haciendo historia, pensó. Tal vez me convenga meterme en política, se dijo. En un tiempo seré amigo de reyes y presidentes, se animó. Luego, en la parte inferior, y en letras más pequeñas, leyó un titular que decía: «Juez Chato Ñoco falla a favor de Pecho Frío». Sintió cómo el corazón se le aceleraba como un caballo desbocado, y casi como si estuviera cotejando sus números con la combinación ganadora de la lotería, un instante de gran y profunda felicidad que no habría de olvidar el resto de su vida, leyó la noticia con la que tanto se había ilusionado:

«Ayer, en horas de la noche, y en sesión reservada, el prestigioso juez Chato Ñoco, presidente de la Corte Superior de Lima y Provincias, dictó sentencia en el caso de la demanda planteada por el Movimiento Homosexual y su alto directivo Pecho Frío, exempleado del banco del Progreso, contra dicha institución bancaria y su dueño, el poderoso banquero Puto Amo. Vistos los considerandos, y tras largas semanas de estudio y cavilación, el juez Chato Ñoco dictaminó que la demanda está planteada sobre fundamentos legales sólidos, que Pecho Frío fue víctima de una injusta y oprobiosa discriminación por su condición de homosexual, que su despido no procedió con arreglo a la legislación vigente, y que el banco del Progreso, deliberadamente, con premeditación y alevosía, hizo un daño inestimable a su exempleado, tanto en términos crematísticos y laborales, como en términos morales y de su derecho al buen nombre y la honra. En su sentencia, que algunos juristas consideraron histórica, el juez Chato Ñoco estimó que una indemnización de un millón de soles sería insuficiente, y que el banco del Progreso deberá pagarle a su exempleado la suma de tres millones de soles, en un plazo no mayor de diez días, a contar desde la lectura de la sentencia, y, asimismo, si tal fuera el deseo de Pecho Frío, deberá restituirle el empleo del que fue separado arbitraria y antojadizamente, en un acto de prepotencia homofóbica. Todos en el Perú somos iguales ante las leyes, nadie tiene corona, y nadie puede ser discriminado por sus ideas políticas, sus creencias religiosas, el color de su piel ni por su condición o identidad o preferencia sexual, afirmó categóricamente el juez Chato Ñoco, quien, a continuación, precisó que no hay lugar a apelaciones y que el pago de la millonaria reparación deberá hacerse cuanto antes, so pena de multas con intereses. Por último, exhortó a ambas partes a deponer hostilidades, no guardar rencores y trabajar arduamente por el futuro de la Patria».

—¡Ganamos, ganamos! —gritó, eufórico, Pecho Frío, arrojando el periódico al aire—. ¡Soy millonario, la puta madre que los parió! ¡Soy millonario, gané tres millones, la concha de su madre!

Era el día más feliz de su vida, nunca más sería un empleado maltratado, apocado, pusilánime, humillado, nunca más tendría que fingir que era homosexual solo para cobrar su sueldo, ahora su vida cambiaría, sería un hombre libre, pleno, feliz, con esposa, con amante, con un futuro luminoso. No podía creerlo. Se puso de rodillas, rezó tres padrenuestros y tres avemarías, se dio una ducha rápida, llorando de emoción, y salió corriendo, como un loco, como un demente, como un chiflado de pronto poseído por una alegría inquebrantable, a darle la buena noticia a Culo Fino. Mientras corría, pensaba:

¿y ahora qué voy a hacer con tres millones? Luego recordó que debía darle el veinte por ciento de comisión al juez Chato Ñoco. Qué chucha, pensó: igual voy a estar forrado en plata. Apenas su esposa abrió el apartamento, todavía en camisón y pantuflas, él la abrazó y gritó, con la felicidad de un niño:

—¡Mi amorcito, nos vamos a París!

Antes de que recibiera el pago millonario del banco del Progreso, Pecho Frío hizo tres cosas: renunciar a su cargo de tesorero en el Movimiento Homosexual, alegando que «ya nunca más seré empleado de nadie, seré mi propio jefe y el presidente de mi corporación empresarial»; llevar a Culo Fino una semana a París, en la que ambos enfermaron de una diarrea incurable, y escribirle un correo furtivo a Paja Rica, asegurándole que compraría un apartamento en Buenos Aires para que pudieran encontrarse clandestinamente cada tanto, si ella decidía irse a vivir allá, «no me importa si tienes novio y te casas con él, no soy celoso, y si tu novio es medio puto como casi todos los argentinos, no tendré problemas en hacer un trío», le escribió, desbordado de confianza en sí mismo.

Al volver a Lima, Culo Fino y su madre Chucha Seca empezaron a visitar casas en venta en el barrio de Villa, cerca del mar.

—Estoy harta de vivir en un apartamento que parece el cuarto de las escobas —le dijo Culo Fino a su marido.

Chucha Seca, por su parte, pidió que le comprasen una casita pequeña, también en Villa, para estar cerca de su hija, y Pecho Frío, generoso, magnánimo, exento de rencores contra su suegra, estuvo de acuerdo, «siempre y cuando la propiedad esté a mi nombre», aclaró, por consejo de sus abogados del Movimiento.

Mientras ellas visitaban casas y entrevistaban candidatas a empleadas domésticas, Pecho Frío, asesorado por Lengua Larga y Poto Roto, se reunió con ejecutivos de dos bancos peruanos, el de Fomento y el Suizo-Peruano. En el primero le ofrecieron una tasa de interés de tres por ciento anual, por un depósito a plazo fijo de cinco años, y en el segundo le ofrecieron una tasa de dos y medio por ciento anual, en tres años. Pecho Frío calculó: si depositaba dos millones de soles, le darían sesenta mil soles anuales, cinco mil soles mensuales. Era más de lo que ganaba como cajero bancario, pero menos de lo que aspiraba a que le pagasen por colocar su dinero. Siguiendo el consejo de una amiga de Culo Fino, pidió una reunión con los dos hermanos financistas que se habían hecho de una sólida reputación en Lima, los hermanos Mala Uva: Mala Uva Verde y Mala Uva Morada. Eran genios matemáticos, pagaban unos retornos consistentes de entre diez y quince por ciento al año, disponían de un fondo de inversiones de más de quinientos millones de dólares, muchas de las grandes fortunas de familias peruanas colocaban su dinero allí, y con esa plata los hermanos Mala Uva compraban empresas mal administradas, a bajo precio, y cambiaban a los gerentes, y mejoraban sus rendimientos, sus ventas, sus ganancias, y luego las vendían al triple o más de lo que las habían comprado, lo que les permitía dar jugosos dividendos a sus socios inversionistas y, de paso, amasar una gigantesca fortuna, convirtiéndose en dos de los hombres más ricos del país. Los hermanos Mala Uva escucharon con paciencia a Pecho Frío, le explicaron el funcionamiento del fondo Gana Rico que habían creado, le aseguraron un rendimiento anual de mínimo diez por ciento, y se comprometieron a devolverle el íntegro del dinero apenas él lo reclamase. Así las cosas, Pecho Frío y Culo Fino no dudaron en que invertirían casi todo su dinero, dos millones de soles, en el fondo Gana Rico y en las casas en Villa. El resto del dinero lo meterían en el fondo de los Mala Uva, y eso les daría, mínimo, doscientos mil soles anuales, más de dieciséis mil soles mensuales, cuatro veces más de lo que le estaban pagando en el Movimiento Homosexual.

Pecho Frío se puso firme con su esposa y le dijo:

—Que tu mamá se quede viviendo en nuestro apartamento de Miraflores. No lo venderemos. Ni siquiera sacaremos los muebles. Lo dejaremos todo para ella, claro que siempre inscrito en los registros públicos a nuestro nombre.

—Pero mi mami quiere vivir con nosotros en Villa. No podemos hacerle eso.

—Mi amorcito, sobre mi cadáver me mudo a Villa con tu mamá. Antes me corto un huevo.

—Entonces que viva en la casa de al lado.

—Ni cagando. O se queda en nuestro apartamento, o se queda viviendo en su apartamento, y que no me joda más la vida. ¿O tú crees que me he olvidado de que me insultó, me llamó maricón, me dijo que quería que muriera de sida tirado en la calle como un perro?

Culo Fino se quedó decepcionada de su esposo, pero no quiso insistir, porque él parecía inflexible, nada dispuesto a ceder. Ya vendrá mi mami a visitarnos a Villa los fines de semana, pensó ella. Y la haremos socia del club de Villa, se dijo. Y en verano puedo almorzar con ella en el club todos los días, fantaseó.

Como Paja Rica había viajado a Buenos Aires acompañada de su novio argentino Bobo Rojo, Pecho Frío decidió ir detrás de ella.

—Es un viaje de negocios —mintió a su mujer—. Prefiero ir solo. No te conviene faltar tanto a tus clases en el colegio.

Desconfiada, Culo Fino preguntó:

—¿Qué negocios vas a hacer?

Pecho Frío mintió con aplomo, agigantado ante la inminencia de convertirse en millonario:

—Comprar cabezas de ganado y traer la carne al Perú.

Pero la única carne que quiero traer de regreso al Perú es el culito rico de Paja Rica, malició él, con una sonrisa pícara.

Apenas recibió el cheque por tres millones de soles, Pecho Frío lo fotografió, lo subió a su página de Facebook y a su cuenta de Instagram, amplió la foto y le puso un marco dorado y la colgó en su apartamento, al lado de la foto con el Papa, y se vio obligado a pagarle a Pelo Malo, el abogado del Movimiento, sus honorarios de treinta mil soles, apenas el uno por ciento de la indemnización que había cobrado. Luego se comprometió con Pelo Malo y Poto Roto a llevar él mismo, personalmente, los seiscientos mil soles de comisión a la casa del juez Chato Ñoco. Fue al banco de Fomento donde, por el momento, había depositado todo su dinero, antes de transferirlo cuidadosamente al fondo Gana Rico de los hermanos Mala Uva, retiró seiscientos mil soles en efectivo, los escondió en un maletín y tomó un taxi a su apartamento de la calle Palacios. Al llegar, sacó el dinero, lo desplegó en la mesa del comedor, fajos de fajos de papel moneda nuevo, los olió, se relamió imaginando todo lo que podía hacer con esa plata, mucho más de la que nunca había tenido en sus manos, y pensó que ese botín, seiscientos mil soles, equivalía a lo que le hubieran pagado como cajero del banco del Progreso en veinte años. Me he jubilado como un príncipe, carajo, y con apenas treinta años, pensó, entusiasmado. Luego metió el dinero al maletín, apuntó en un papel la dirección del juez Chato Ñoto y se embarcó en un taxi de lujo y alta seguridad. Pero, al llegar a la casa del magistrado en San Borja, quedó paralizado, no pudo bajar, tuvo una revelación: que el juez era un corrupto, un inmoral, un jodido y miserable coimero, y que no merecía llevarse el veinte por ciento de la torta, y que si no le pagaba el soborno, no podría quejarse ni denunciarlo. Así que, se dijo, que se vaya a la puta que lo parió. Yo necesito esta plata más que él, fundaré mi corporación empresarial, y no le contaré a nadie, ni a Culo Fino, ni a los putitos del Movimiento, que no aceité la mano al juez, como habíamos acordado. Le ordenó al taxista que volviera a su apartamento en Miraflores y se sintió un gran estratega, un tremendo jugador, por haber timado primero a Puto Amo, y luego a Chato Ñoco. Soy más pendejo de lo que pensaba cuando era cajero, se dijo. Soy un ganador, tengo madera de empresario, no me asusta correr grandes riesgos y destruir a mis enemigos, se repitió, sonriendo, mientras escondía el maletín debajo de sus pies. En su apartamento, metió el maletín debajo de la cama y, cuando llegó Culo Fino, contó que ya había entregado el soborno.

Al pasar los días, y en vísperas de viajar a Buenos Aires, Chato Ñoco se comunicó discretamente con el abogado Pelo Malo, su amigo del colegio, y le hizo saber su malestar, porque no había recibido todavía el dinero, y, confrontado por Pelo Malo, Pecho Frío le dijo que él había dejado el maletín en casa de Chato Ñoco, y que lo había recibido una empleada de servicio doméstico. Pero Chato Ñoco no le creyó, no era tonto, llevaba años como juez, tramando sentencias corruptas, cobrando coimas, y le juró a Pelo Malo que su venganza no tardaría y que se ocuparía de escarmentar al pícaro de Pecho Frío y a todos los del Movimiento, «sarta de mamones y haraganes», dijo. Entretanto, Poto Roto le pidió a Pecho Frío que siguiera militando en el Movimiento, asistiendo a las conferencias anuales, pues, como ya se lo había dicho, lo imaginaba como el futuro presidente del Movimiento, y Pecho Frío estuvo de acuerdo en no renunciar y mantener su estatus de militante activo. Es lo menos que puedo hacer por ellos, que me rescataron cuando estaba ahogándome, pensó. Y además le parecía fantástico llegar a ser presidente del Movimiento Homosexual sin ser homosexual, aunque sabía que eso podía traerle problemas con Culo Fino, no así con Paja Rica.

En circunstancias de absoluta discreción y sigilo, Pecho Frío depositó los seiscientos mil soles en su flamante cuenta del banco de Fomento, cambió una parte de ese dinero en cien mil dólares, compró un pasaje en clase ejecutiva a Buenos Aires y le prometió a su esposa que volvería a más tardar en una semana. Era su primer viaje al extranjero solo, luego de conocer París con su esposa, y su ánimo se encontraba a tope, por los cielos, y no escatimó gastos, se alojó en un hotel cinco estrellas del barrio de Recoleta, el clásico y señorial Alvear. Pasó un momento de gran nerviosismo al atravesar los controles del aeropuerto de Ezeiza, pues descubrió que solo podía llevar diez mil dólares en efectivo, pero, para su gran alivio, nadie le revisó el maletín de mano donde llevaba cinco veces más del límite permitido. Cuando llegó a su habitación, metió la plata en la caja fuerte y salió a caminar. Esa noche fue al conocido bulín Cocodrilo, contrató a dos putas de lujo, ambas brasileras, las llevó al hotel y se dio un banquete sexual, aunque no se atrevió a pedirles que le metieran el dedito, eso solo se lo pediría, si acaso, a Paja Rica.

Al día siguiente, tras darse masajes orientales en el hotel, y comer un almuerzo opíparo regado de vinos de Mendoza, y a la espera de que Paja Rica fuese a visitarlo, salió a caminar hacia el cementerio cercano, y a tres cuadras del hotel pasó una moto y el conductor le arrancó de un tirón el reloj y salió a toda prisa, pero Pecho Frío no se amilanó, corrió como un demente, golpeó al conductor de otra moto, se subió a esa moto y persiguió al caco que le había hurtado el reloj pulsera que había sido de su abuelo y luego de su padre y que por tanto era un objeto de gran valor sentimental para él. El ladrón no advirtió que Pecho Frío estaba siguiéndolo y, cuando se detuvo en un semáforo, seguro de que su atraco había sido exitoso, Pecho Frío lo alcanzó, se bajó de la moto, le dio una paliza, dejándolo inconsciente en el pavimento, recuperó su reloj, y luego se marchó en la moto que había robado y manejó todo derecho por la avenida Libertador en dirección al norte, a los barrios acomodados de Belgrano, Núñez, Vicente López, Olivos, La Lucila, Martínez, Acassuso, San Isidro. Cerca de la Catedral de San Isidro, entró en una heladería, se lavó las manos y comió un helado de dulce de leche. Luego llamó a Paja Rica por el celular que le había robado el facineroso, le preguntó su dirección, tomó nota, vivía cerca del centro comercial Unicenter, no muy lejos de la Catedral de San Isidro, y le dijo:

—Iré a visitarte ahora mismo y saldremos a pasear en moto.

—¿En moto? —se sorprendió ella.

—Sí, he conseguido una moto —dijo él—. Ya luego te cuento.

—Pero estoy con mi novio —dijo ella, bajando la voz.

—No importa, mucho mejor, así me lo presentas —dijo él, de pronto un hombre que no le tenía miedo a nada.

—¿No te vas a perder, Pechito?

—No, Pajita, tengo en el celular una aplicación que me guía perfecto. Debo llegar en veinte minutos.

—Te presento a mi novio, Bobo Rojo —dijo Paja Rica, señalando a un joven alto, barbudo, con la mirada distraída y el aire taciturno, que olía fuertemente a marihuana y tabaco.

Pecho Frío le dio la mano, lo miró a los ojos y le dijo, seguro de sí mismo, sintiéndose superior:

—Encantado, flaquito.

Estaban en el apartamento de Bobo Rojo, un espacio pequeño, de dos ambientes, un solo cuarto y un baño, una pecera con pececillos naranjas y amarillos, una lagartija verde paseando por la alfombra, junto con una tortuga, olor a perros y gatos y animales y comida de animales, y, en las paredes, fotos de grandes pensadores comunistas, ídolos del fútbol argentino y conocidas *vedettes*.

—¿Vos tenés laburo? —preguntó Pecho Frío, hablando como argentino, y Paja Rica no pudo contener una risita nerviosa—. ¿En qué laburás, chabón? —preguntó.

Pecho Frío conocía cómo hablaban los argentinos porque no se perdía todas las noches el programa del famoso animador Grita Fuerte, en el que las parejas competían bailando frente a un exigente jurado de figurones de la farándula.

—Y, no, no laburo en algo fijo —respondió Bobo Rojo—. Estoy escribiendo un libro.

Pecho Frío lo miró con aire condescendiente y, a la vez, compasivo.

—Y, además, soy ñoqui —precisó Bobo Rojo.

—¿Ñoco? —preguntó Pecho Frío, sorprendido.

—No, ñoco no —se rio Paja Rica.

Luego explicó:

—Acá ñoqui se le dice al que tiene un laburo en el gobierno, y cobra, pero no tiene que ir a laburar. Es, digamos, un laburo informal, pero te pagan mes a mes, y luego te jubilás: ¡es lo más!

Pecho Frío sonrió maliciosamente y le dijo a Bobo Rojo:

—Es que en mi país, ñoco se le dice al puto.

Bobo Rojo sonrió forzadamente, como un gesto de cortesía con un forastero, y dijo:

—Y, bueno, yo no soy puto. Pero estoy a *full* con el matrimonio igualitario.

—Yo estoy a favor del matrimonio gay —dijo Pecho Frío—. Pero en contra del divorcio gay —agregó, y soltó una carcajada complaciente, pero ellos no le festejaron la broma.

La lagartija se subió al zapato de Pecho Frío y él tuvo ganas de aplastarla, pero solo se atrevió a hacerla volar y luego musitó:

—Esta casa parece un zoológico, carajo.

Había perdido la timidez invencible que se apoderaba de él cuando era cajero bancario y ahora se tenía fe para hacer bromas pesadas y hasta para hablar como argentino:

—Che, boludos, ¿qué tal si vamos a tomar un helado? ¿Les copa? ¿Se animán?

—No se dice ¿se animán? —lo corrigió Paja Rica—. Se dice ¿se animan?, sin acento.

—Y, bueno, no te hagás la estrecha, nena —le dijo Pecho Frío.

—Yo me quedo —dijo Bobo Rojo—. Tengo que escribir mi libro.

—¿Sobre qué estás escribiendo, flaquito? —le preguntó Pecho Frío, con aire burlón.

—Sobre la revolución socialista que los jóvenes vamos a emprender en la Argentina del siglo XXI —dijo Bobo Rojo—. Sobre el paraíso igualitario con justicia social que vamos a construir en la Patria Grande de nuestra América Morena.

—Ay, chucha, me cagaste —dijo Pecho Frío—. No entendí un carajo.

Luego le dio la mano, lo miró a los ojos como si fuera su jefe y le dijo:

—No te olvides de sacar a la tortuga a que se eche un sorete en la calle, flaquito.

Paja Rica se rio. Apenas salieron, se subieron a la moto, y él le dijo que la había alquilado, y le preguntó adónde quería ir, y ella dijo a Unicenter, a comer algo. Pecho Frío quería llevarla a un hotel, pero se resignó a pensar que irían después de pasear por Unicenter, el centro comercial más grande de esa ciudad, una galería a primera vista infinita de tiendas y tiendas y cafés y hasta supermercados y cines y restaurantes de toda índole. Paja Rica escogió un lugar de cocina italiana y dijo:

—Pechito, creo que me voy a quedar a vivir acá. Me gusta mi trabajo en Punta Sal, pero esta es mi ciudad, mi casa, y solo necesito encontrar un trabajo como masajista.

—¿Vos querés que te ayude? —se ofreció él, que de pronto tenía un acento argentino más marcado que ella, aunque de chapucera pronunciación.

—Tal vez puedes abrirme un salón de belleza —dijo ella, como si se le acabara de ocurrir, pero ya lo tenía bien pensado—. Seríamos socios, ¿qué te parece?

—Me copa —dijo él—. Me re copa.

Luego se tomó un tiempo con aire pensativo y dijo:

—¿Y qué haríamos con el apático Bobo Rojo? ¿Vas a vivir con él? ¿Seguirá siendo tu novio?

Paja Rica pareció no estar mintiendo:

—No. Si me ayudas a abrir mi salón, lo dejo. Y nos compramos un apartamento y vienes a verme todas las veces que quieras. ¿No sería lindo?

—Maravilloso —soñó él—. Mirá, en una de esas, quién sabe, la dejo a Culo Fino y me compro un campito acá y me vengo a vivir con vos —dijo.

Comían plácidamente, haciendo planes optimistas, Pecho Frío relamiéndose cuando pensaba que luego la llevaría en moto al hotel y se la cogería tres veces al hilo como un potro desbocado, cuando una voz de claro acento peruano los interrumpió:

—¿Pecho Frío?

Era Mama Güevos, el famoso animador peruano, acompañado de un reportero de cine del canal 5, el carismático y jovial Mini Puti. La concha de la lora, qué mala suerte tengo de encontrarme con este huevón en Buenos Aires, pensó Pecho Frío, y luego se puso de pie y le dio un abrazo a Mama Güevos y otro a Mini Puti.

—Les presento a mi abogada sueca Mucho Pecho. Gracias a ella, acabo de ganar el juicio a Puto Amo.

Mama Güevos lo felicitó, le dio otro abrazo, y de pronto, sin que nadie se lo pidiera, empezó a dar detalles de su nueva vida con un solo testículo:

—Increíblemente, muchachos, tengo más potencia sexual, se me para todo el día, y boto más leche de coco que antes. A Mini Puti le consta, ¿no es así, Mini?

Mini Puti se rio nerviosamente porque no había salido del armario y temía que Pecho Frío lo delatase ante sus colegas del Movimiento.

—Pues ahora que tenés un solo huevo, deberías llamarte Mama Güevo —dijo Pecho Frío, y se rio, pero nadie se rio con él.

Enseguida Mama Güevos le pidió hacerse unas fotos y Paja Rica les tomó varias a los tres visitantes peruanos improbablemente reunidos en un centro comercial de Buenos Aires, y cuando Mini Puti pidió un retrato de Pecho Frío y Paja Rica juntos, él quiso negarse, decir que mejor no porque su esposa era celosa, pero ella se paró con gran naturalidad, abrazó a Pecho Frío, sonrió mirando a la cámara y Mini Puti capturó varias imágenes y dijo:

—Hoy mismo las subo a mi Instagram.

Al salir del aeropuerto de Lima, sentado en el asiento trasero de un taxi de lujo, detenido en un semáforo, Pecho Frío no dudó en comprar el *Tremendo* que un vendedor callejero le ofrecía con una sonrisa. Pagó con una moneda de medio sol y leyó en primera página: «Trío Gay en Buenos Aires». En grandes dimensiones habían recogido del Instagram de Mini Puti la foto que él había subido, tomada por Paja Rica en Unicenter: Mama Güevos, Mini Puti y Pecho Frío, abrazados, sonriendo a la cámara como hombres de éxito, sin apuro,

confiados en el futuro que se abría ante ellos desbordan-
te de posibilidades, y más abajo el diario más leído del
Perú titulaba: «Mafia Rosa Hace Orgía Homosexual en
Argentina». Espantado, Pecho Frío leyó: «En días pasados se reunieron secretamente en Buenos Aires el famoso animador Mama Güevos, aún convaleciente de una
delicada operación cancerígena en un testículo que le fue
extirpado de urgencia, el diminuto pero carismático conductor Mini Puti, de quien se rumorea que sería pareja
de Mama Güevos, solo que de manera encubierta y clandestina, pues nunca salen juntos en el Perú, pero viajan
al extranjero a darse grandes festines de sexo libidinoso
entre varones, y el ubicuo e innombrable Pecho Frío, de
quien no se conoce a ciencia cierta su preferencia sexual,
pues es, al mismo tiempo, alto capitoste del Movimiento
Homosexual y, según nuestro corresponsal en la capital
del tango, amante de una voluptuosa y pulposa modelo argentina. Los tres controvertidos personajes de la
farándula peruana habrían organizado tremendas orgías
gays, contratando a los más cotizados *taxi boys* de la calle
Corrientes, y se habrían alojado en el hotel más exclusivo del barrio de Recoleta, todo a cuenta de Pecho Frío,
ahora convertido en magnate, tras ganarle el juicio al
poderoso banquero Puto Amo. Nuestro corresponsal en
el país del mate, la parrilla y el choripán hizo sus pesqui-
sas de sabueso de la noche porteña y pudo precisar que
en dichas orgías pantagruélicas, regadas de la más cara
champaña francesa, Mini Puti fue pasivo, Mama Güevos
versátil o mirón, y Pecho Frío totalmente activo. Lectores
del diario *Tremendo*, el más leído del Perú, un millón de
ejemplares vendidos cada domingo, llamaron a nuestra
redacción y expresaron indignados que estos personajes
debían ser echados de la televisión y deportados de
nuestro país, pues constituyen un pésimo ejemplo para
la juventud y la niñez peruanas, y son símbolo de la decadencia moral y la corrupción de valores. Los sodomitas

arderán en el infierno, declaró lacónicamente el Cardenal Cuervo Triste, quien luego añadió: Buenos Aires es la capital del vicio nefando y el pecado contra natura, no me sorprende que esos sujetos se vayan de juerga por allá: ¡ojalá no regresen! Consultada por nuestros reporteros en Lima, la esposa de Pecho Frío desmintió los rumores del trío gay en Buenos Aires y se limitó a decir: Mi esposo está en Argentina por negocios».

Ya en Lima, Pecho Frío se deshizo en disculpas y explicaciones a su esposa Culo Fino: por suerte para él, ni Mini Puti ni Mama Güevos habían subido una sola foto en la que apareciese Paja Rica, y entonces Pecho Frío mintió con aplomo, dijo que se los había encontrado casualmente en un centro comercial, y que había comprado cien cabezas de ganado que llegarían pronto al sur peruano, para darles de pastar en la campiña de Arequipa, y luego le dio una maleta llena de regalos: zapatos, casacas de cuero, pantalones, ropa de marca italiana, relojes, bolsos, pañuelos de seda, y entonces Culo Fino se sintió querida, recordada, olvidó el incidente de la foto y decidió no creerle al *Tremendo* y pasar por alto la foto de Mini Puti.

—Me gasté diez mil dólares en regalos para ti, amorcito —le dijo Pecho Frío, y luego hicieron el amor apasionadamente, y él sintió que la amaba sin duda alguna.

Pero lo mismo sintió cuando tiró con Paja Rica en un hotel del casco histórico de San Isidro: que la amaba de un modo que no tenía cura ni arreglo y que las travesuras que ella le hacía en el culo le procuraban los orgasmos más fantásticos que había experimentado nunca. Tampoco le contó a su esposa, desnudos los dos, recuperándose del combate amoroso, tomando aliento para una segunda refriega o escarceo, que le había regalado quince mil dólares a Paja Rica para que alquilara un local donde abriría su salón de belleza, que, según le dijo ella, se llamaría Cero Piojos, y se especializaría en corte de cabello, manicura, pedicura, depilación y masajes a damas y caballeros.

Esa noche, cuando su esposa se quedó dormida, Pecho Frío fue a la computadora y le mandó un correo a Mini Puti, diciéndole:

—Oye, enano huevón, pigmeo chupapingas, si subes una foto mía con mi abogada a internet, voy y te rompo la cara. No subas nunca más fotos mías a internet, retaco mesa de noche, torero de pericotes, ¿entendiste? La próxima vez, ya sabes, te saco la concha de tu madre hasta que sangres por el culo, rosquetón.

Pecho Frío y su amigo y colega Boca Chueca, se reunieron en un bar de Miraflores a tomar unas copas. Boca Chueca lo había llamado y le había pedido que se vieran, pues tenía algo importante que decirle:

—Me estoy divorciando de Fruta Fresca.

Llevaban ocho años casados, tenían tres hijos, ella lo había pillado viendo pornografía y escribiendo mensajes lujuriosos a prostitutas brasileras residentes en Lima, y, por si fuera poco, se había enterado de que todos los fines de semana, cuando él le decía que se iba al club de Villa a jugar frontón con sus amigos, se dirigía en realidad a un sauna de Chorrillos donde tenía sexo con prostitutas de la Amazonía peruana.

—Fruta Fresca se va a quedar con todo. No tengo un puto sol.

Pecho Frío permaneció en silencio, intuyendo correctamente por dónde vendrían los tiros:

—Necesito que me prestes una plata para alquilarme algo de emergencia. Fruta Fresca me ha botado de la casa. Y en el banco no quieren darme un adelanto. El gerente Huele Pedos es un hijo de su madre.

Distraído, Pecho Frío preguntó:

—¿Qué tal son las putas amazónicas?

—¡Deliciosas! —se alegró Boca Chueca—. Jovencitas. Chiquillas de diecisiete, dieciocho años. Unos culitos que te caes sentado, huevón.

—Deberías llevarme un fin de semana —dijo Pecho Frío.

—Ya no puedo —se excusó Boca Chueca—. Ya no me dejan entrar. Estoy debiendo tres polvos y una chupada.

—¿Cuánto debes en total?

—Trescientos cincuenta soles.

Pecho Frío abrió su billetera y le extendió cuatro billetes de cien:

—Aquí tienes.

Luego dijo:

—La próxima semana te presto una plata para que te alquiles un hueco. Cuenta con eso.

Pero, en realidad, estaba pensando: ni cagando le presto plata a Boca Chueca, ni a nadie del banco, ni del Movimiento, porque saben que ahora soy rico y no me van a pagar, para pelotudos los bomberos, a mí no me van a pisar la manguera.

Luego sorprendió a su amigo con una pregunta:

—¿Qué fue de tu amigo que trabaja en la imprenta de papel moneda del Banco Central?

—¿Quién? —se sorprendió Boca Chueca—. ¿Chino Cholo? ¿Mi amigo del colegio?

—Sí, ese, Chino Cholo. ¿Sigue trabajando en la imprenta del Banco Central?

—Sí, le toca el turno de la noche, de diez de la noche a seis de la mañana.

—Dile que quiero reunirme con él. Tengo una propuesta que hacerle. Me parece que va a interesarle.

—¿De qué se trata?

—No puedo decirte. Es prematuro.

—Anda, Pecho Frío, cuéntame.

—Es una idea que tengo para que Chino Cholo, tú y yo ganemos mucho dinero. Mucho pero mucho dinero.

—Eres un genio de las finanzas, compadre.

—No tanto, hermanito. Cuadra una reunión con Chino Cholo acá en este bar y verás que va a gustarte mi idea.

Salieron y se dieron un abrazo y Boca Chueca no fue a pagar su deuda en el prostíbulo, prefirió irse a un bingo a jugarlo todo, a ver si la suerte lo acompañaba. Entretanto, Pecho Frío se subió a un taxi de lujo que lo esperaba a la salida del bar y le dijo al chofer:

—Llévame al hotel Country Club.

Unas cuadras más allá, la policía los detuvo por exceso de velocidad. El agente quiso multarlos, pero Pecho Frío se bajó, lo miró a los ojos con autoridad y le dijo:

—¿Sabes quién soy? ¿Sabes con quién estás tratando?

El agente uniformado no lo reconoció. Molesto, Pecho Frío le dijo:

—No sabes con quién te has metido. No sabes quién soy. No se te ocurra ponerme una multa.

Pero el policía escribió la multa y se la entregó. Pecho Frío metió el papel en su boca, lo masticó, se lo tragó y luego le dijo:

—Vete al carajo, mariconcito huacha floja.

—Pero señor… —alegó el policía.

Pecho Frío le dio una sonora bofetada, sintiéndose un hombre poderoso, y subió al auto, extasiado por tamaña demostración de arrojo. Entró al Country Club por la puerta lateral, se sentó a una mesa del bar inglés y pidió un whisky con hielo. Si Chino Cholo se compra mi idea y se asocia conmigo, voy a tener no tres millones, sino diez millones de soles, malició. Luego llamó a su esposa y le dijo que estaba en una reunión de negocios con los hermanos Mala Uva y tardaría en llegar. Pero, en realidad, su plan era bajarse tres whiskies, armarse de valor y visitar el prostíbulo que frecuentaba su amigo Boca Chueca en el barrio de Chorrillos, no muy lejos de su casa. Quiero probar una chiquilla de la selva, dicen que son ardientes, pensó.

El hermano mayor de los Mala Uva, Mala Uva Verde, se reunió con Pecho Frío en su oficina, en el piso más alto de un rascacielos del distrito financiero de San Isidro, y le propuso que no invirtiera en el fondo Gana Rico, sino en un sistema de préstamos informales que él dirigía. El negocio, en términos simples, era así: Mala Uva Verde conseguía una empresa necesitada de dinero fresco, sin capacidad de salir a vender bonos, y se comprometía a darle un capital a dos años plazo, con una tasa de interés de veinte por ciento anual. La empresa debía entregar como garantía unos bienes inmuebles cuyo valor, a tasación del mercado, precio de remate, duplicase el valor del préstamo. La empresa debía pagar mensualmente el interés de veinte por ciento anual a un fideicomiso. Ese fideicomiso le daba diecisiete por ciento al acreedor, en este caso Pecho Frío, y tres por ciento a Mala Uva Verde.

—Si inviertes dos millones en Gana Rica, ganarás doscientos mil soles anuales, es decir casi diecisiete mil mensuales. Descontada nuestra comisión de diez por ciento, serían ciento ochenta mil soles. Entre doce meses, ganarías quince mil soles mensuales.

Pecho Frío tomaba nota en un papel, mientras Mala Uva Verde le dictaba las cifras:

—Pero si pones tu dinero conmigo, en mi sistema de préstamos Pirámide de Jabón, ganarías cuatrocientos mil soles anuales. De ahí yo te muerdo tres por ciento, que son unos doce mil. Te quedan trescientos ochenta y ocho mil soles anuales, divididos entre doce meses, te pagaría treinta y dos mil soles mensuales.

Pecho Frío abrió los ojos, extasiado, y sonrió, al tiempo que Mala Uva Verde le hacía la comparación:

—En Gana Rica ganarías quince mil al mes. En Pirámide de Jabón, treinta y dos mil al mes. Más del doble. Y la plata te entra mes a mes, sin falta. Te la deposita el fideicomiso en una cuenta en el Perú o afuera, lo que tú digas.

Pecho Frío preguntó:

—¿Y si dejan de pagarme mis treinta y dos mil soles al mes? ¿Qué hago? ¿A quién le reclamo? ¿A quién le corto un dedo?

Mala Uva Verde sonrió y dijo:

—No tienes que cortarle un dedo a nadie. Si la empresa deudora deja de pagar el interés mensual al fideicomiso, le ejecutamos la garantía, le quitamos los bienes inmuebles que dejó como colateral, los vendemos a precio de remate. Acuérdate que valen el doble, o sea mínimo cuatro millones, y de ahí te quedas con tus dos millones de inversión más un millón neto de ganancia, tras el remate. O sea, no hay pierde. O ganas en los intereses mensuales, o ganas al ejecutar la garantía.

—¿Y si el deudor coimea al juez y no nos da la garantía?

—Imposible —dijo Mala Uva Verde—. Nunca me ha pasado eso con ninguno de mis clientes. Siempre salimos ganando.

—¿Y tu hermano Mala Uva Morada no se va a molestar?

—Que se joda. Somos socios en Gana Rico pero competimos en nuestros fondos personales.

—Déjame pensarlo —dijo Pecho Frío, y se retiró deprisa, porque tenía una reunión en el bar con Chino Cholo y Boca Chueca.

En el taxi, de camino al bar, pensó: con treinta y dos mil soles al mes, es decir diez mil dólares, viviría como un jeque, y sin mover un puto dedo, todo gracias a la muñeca mágica del pendejo de Mala Uva Verde. Lo siento por Mala Uva Morada, pero pondré toda mi plata en la Pirámide de Jabón y ganaré veinte por ciento al año, qué maravilla.

Chino Cholo era bajo, de ojos rasgados, poco pelo, entradas pronunciadas de calvicie, y unos anteojos de lunas gruesas que delataban su creciente miopía. Había estudiado en el colegio con Boca Chueca, eran amigos de toda la vida. Pecho Frío no se anduvo con rodeos y le expuso su idea, bajando la voz, consciente de que era un plan altamente peligroso:

—¿Qué pasa si imprimes diez millones de soles y los sacas en maletines deportivos sin que nadie se dé cuenta?

Boca Chueca miró extrañado. Chino Cholo se quedó frío, sin mover un músculo de la cara.

—¿Es posible imprimir diez millones por debajo de la mesa, sin que quede constancia? —insistió Pecho Frío—. Porque sería el robo perfecto. Simplemente haces que la jodida imprenta trabaje un poco más. No le robamos a nadie. No le causamos un perjuicio a nadie. No matamos a nadie. Simplemente hacemos que la máquina trabaje horas extra y nos llevamos unos billetitos que nos sacan de pobres.

—Pero tú ya no eres pobre —alegó Boca Chueca.

—Sí, soy millonario —se pavoneó Pecho Frío, con una sonrisa condescendiente—. Pero quiero tener más. Y quiero que ustedes también sean millonarios. Me jode que mis amigos pasen miserias, carajo. Y más si la conchuda de Fruta Fresca quiere quedarse con todo, compadrito.

—Imposible —dijo Chino Cholo, con expresión de pavor—. La máquina está digitalizada. Todo se controla por la computadora. Y la imprenta trabaja con una numeración de siglas y dígitos que no es posible alterar.

Pecho Frío se quedó pensando y dijo:

—Claro, entiendo. Y si faltan billetes y se interrumpe la numeración, ¿se darían cuenta, verdad?

—Claro, así mismo —dijo Chino Cholo.

—Imposible, pues, hermano —dijo Boca Chueca, con un gesto de alivio.

—No, no es imposible —terció Pecho Frío—. Porque lo que tenemos que hacer es parar la imprenta, reprogramarla, ordenarle que imprima de nuevo diez millones de soles con la misma numeración exacta de los diez millones que ya imprimió, digamos como un duplicado o una réplica de ese dinero, y entonces quedan los diez millones oficiales para el arqueo de caja del Banco Central, y los mismos diez millones con idéntica numeración que sacamos en maletines esa misma noche, con toda discreción, sin que nadie se dé cuenta.

Chino Cholo abrió los ojos como un pescado que ha mordido el anzuelo y dijo:

—¿O sea, imprimimos dos veces con la misma numeración?

—Claro, pues, Chino Cholo. Y así nadie se da cuenta. ¿O tú crees que alguien en la calle va a estar comparando los números y las letras de cada billete, a ver si son repetidos?

—No sé si es posible ordenarle a la computadora que imprima dos veces —se defendió Chino Cholo.

—No creo que sea posible —dijo Boca Chueca.

—¡Tiene que ser posible! —insistió Pecho Frío—. Simplemente le dices a la máquina que la impresión ha salido defectuosa, baja de color, borrosa, qué se yo, y ordenas que imprima de nuevo, y ya está.

—Pero hay cámaras grabando todo —dijo Chino Cholo—. ¿Cómo meto los diez millones en maletines y los saco de allí sin que nadie se dé cuenta? —preguntó, muerto de miedo.

—Será cosa de parar las cámaras de seguridad mientras haces la doble impresión, guardas nuestra plata y sacas los maletines del ángulo que captan las cámaras —lo animó Pecho Frío—. Si quieres, esa noche entro contigo y te ayudo —se ofreció.

Chino Cholo tamborileó la mesa, tomó un trago de cerveza y dijo:

—Déjame ver si la computadora permite reimprimir en caso de falla técnica.

Luego añadió:

—¿Haríamos diez millones duplicados?

Pecho Frío sonrió, confiado, ganador, y dijo:

—Si quieres, imprimimos veinte palos. No te quedes corto. No te hagas el angosto. Si vamos a salir con un buen billetito impreso, que sea suficiente para ser ricos toda la vida, ¿no te parece?

Boca Chueca secó su vaso, mientras Chino Cholo miraba al techo con expresión inescrutable.

—¿En cuánto rato crees que imprimiríamos diez millones en billetes grandes? —preguntó Pecho Frío.

—En una hora le damos la vuelta, sobrados —respondió Chino Cholo.

Saliendo del bar, se dieron un abrazo con aire conspirativo y Pecho Frío susurró en el oído de Boca Chueca:

—En un mes vas a poder comprarte el burdelito de Chorrillos que tanto te gusta, maricón.

Boca Chueca estaba tan nervioso que no pudo reírse.

Paja Rica pasó unas semanas en Buenos Aires con su novio apático Bobo Rojo, se hartó de la alta inflación y la inseguridad rampante y las cadenas en televisión nacional de una presidenta charlatana, y decidió volver a su refugio de Punta Sal, en el norte peruano. Había terminado con Bobo Rojo, estaba harta de él porque no se bañaba, no trabajaba, ni siquiera se preocupaba de alimentar a la iguana y la tortuga, ni de recoger los excrementos que los animales depositaban en las esquinas del minúsculo apartamento de dos ambientes del barrio de San Fernando, y soñaba con tener su propio salón de belleza, Cero Piojos, pero ya no en Buenos Aires, donde todo lo veía sombrío y descorazonador, con marchas de protesta y huelgas que cortaban las principales calles y avenidas todos los días, sino en Lima, en el coqueto barrio de Miraflores, o en Barranco, cerca de los acantilados con vista al mar. Bobo Rojo le rogó que se quedara en Buenos Aires viviendo con él, le prometió que usaría sus influencias políticas con el grupo de jóvenes de izquierda, defensores de la presidenta deslenguada, para que la contratasen como «ñoqui» y, lo mismo que él, pero ella le dijo:

—No soy un parásito, una sanguijuela. Soy una laburante.

—Tenés que quedarte —le dijo Bobo Rojo—. Tenemos que hacer la revolución socialista. No podés desertar del llamado del pueblo.

Paja Rica, una mujer práctica, que no perdía el tiempo ni se andaba con rodeos y circunloquios intelectuales, le dijo:

—Podés meterte tu revolución por el orto. Yo me vuelvo a Perú, me caso con peruano y me hago peruana.

—Buchona —le dijo él, decepcionado—. Vigilante. Traidora. Te vendiste a la corpo.

—¿A qué corpo, pelotudo, a qué corpo? —se enojó ella.

—Al capitalismo salvaje —sentenció Bobo Rojo, y se encerró en su cuarto a fingir que escribía su libro interminable, cuando en realidad se dedicaba a ver pornografía de jóvenes orientales.

Camino al aeropuerto, Paja Rica se encontró en un gigantesco atasco de tráfico debido a que un puñado de huelguistas habían cortado la autopista, se habían sentado en medio de la avenida y tomaban mate, oyendo la transmisión radial de un partido de fútbol, mientras los agentes policiales, más allá, en sus vehículos añosos, despintados, con averías de toda índole, se abstenían de intervenir, y oían también el fútbol en la radio, y a veces se acercaban a conversar con los huelguistas, pues ya se habían encontrado tantas veces en la vía pública, unos y otros esquivando el peso odioso del trabajo, que se trataban con aprecio y familiaridad. Preocupada de perder el vuelo a Lima, Paja Rica bajó del taxi, caminó resueltamente y encaró a gritos a los huelguistas:

—¡Por favor, déjenme pasar! ¡Voy a perder mi vuelo! ¡Necesito llegar en media hora al aeropuerto, sí o sí!

Sentados, echados, arrumbados, arrellanados sobre colchones y mantas y cartones, dueños y señores de la avenida, enemigos viscerales de cualquier forma de trabajo, los manifestantes la miraron con perplejidad, como si fuera una alienígena o una loca o simplemente una mujer odiosa, y uno de ellos le gritó:

—Las calles son del pueblo, nena. Si querés pasar, pasá. Si querés llorar, llorá. Si querés unirte a la causa, unite. Pero pasás vos caminando, no el tachero que te lleva, que es un vendido.

Paja Rica regresó al taxi, llamó a Pecho Frío, le contó que perdería el vuelo y rompió a llorar. Pecho Frío la calmó, le prometió se encargaría del pasaje y le aconsejó que tratara de tomar una ruta alternativa al aeropuerto. Ella desistió, volvió al apartamento de Bobo Rojo y lo encontró teniendo sexo con una prima revolucionaria salteña que él le había presentado alguna vez, una jovencita rolliza, locuaz y algo belicosa que respondía al nombre de Come Todo. Paja Rica se abstuvo de decir una palabra, no quiso dignificarlos con exabruptos o insultos o ataques de histeria, volvió sobre sus pasos y se alojó en un hotel cercano, frente a la catedral. De nuevo llamó a Pecho Frío y le reportó sus desgracias, y él la felicitó por romper con Bobo Rojo, «ese tarado, ese pelotudo, ese bueno para nada, ese cero a la izquierda», y le prometió que la ayudaría a montar una peluquería en Miraflores:

—Siempre que tú me ayudes a que te monte a ti primero, flaquita —añadió, y se rieron.

Pecho Frío reservó una *suite* en el hotel Los Delfines, tomó dos Viagras de veinte miligramos y tres Cialis de cinco miligramos, consumió una sopa de mariscos afrodisíacos y esperó a Paja Rica en el aeropuerto de Lima. Pero el vuelo de Paja Rica no salió de Buenos Aires por exceso de niebla y desperfectos mecánicos y entonces Pecho Frío se encontró en el aeropuerto del Callao con una poderosa e incómoda erección que no cedía. Tuvo que entrar al baño público, encerrarse en un inodoro y hacerse una paja furibunda, mirando La Malcriada del diario *Tremendo*, una mujer que se definía como «romántica, soñadora, espiritual», hincha acérrima del Barcelona FC, practicante de yoga y pilates y, en cuestiones de sexo, «partidaria de la pose del perrito, y también del cangrejo». Pecho Frío eyaculó, manchando la página del diario, y maldijo la hora en que tomó tantas pastillas para recibir con la verga tiesa a Paja Rica. Culo Fino tendrá que pagar pato, pensó. Esa noche, después de hacer el amor tres veces con Culo Fino, ella se durmió y él tuvo un repentino dolor en el pecho, a la altura del corazón, y pensó que le daría un infarto y moriría por arrecho y mañoso, y entonces salió del apartamento sin hacer mucho ruido, tomó un taxi y se internó en la clínica Mata Sanos, donde una enfermera que lo reconoció se tomó fotos con él y le dio el diagnóstico:

—Tiene taquicardia. Le vamos a aplicar un sedante. Tenemos que calmarle el corazón.

Pecho Frío sintió maravillado un cosquilleo en la zona genital y comprobó con estupor que la verga se le ponía tiesa de nuevo, al mirar el culo de la enfermera. Soy una bestia, un semental, pensó. Luego se animó a decirle, bajando la voz:

—Mamita, estoy al palo. ¿Me darías un servicio manual para aliviarme la tensión sanguínea?

La enfermera lo miró con aire risueño, le espió fugazmente la entrepierna abultada y le dijo:

—Mil disculpas, señor, pero en esta clínica no prestamos esa clase de servicios.

—Una pena —dijo él.

Todo iba bien encaminado, todo fluía sin sobresaltos, todo parecía presagiar la felicidad o, cuando menos, una sensación de placidez bien parecida a ella. Pecho Frío y Culo Fino compraron una casa de dos pisos en Villa, cerca del mar, y se mudaron apenas pudieron. Su madre, Chucha Seca, se quedó en el apartamento que ellos habían ocupado en Miraflores. A insistencia de su esposa, Pecho Frío se comprometió a darle un estipendio mensual a su suegra. Casi todo el dinero que le sobró tras comprar la casa lo invirtió en el fondo Pirámide de Jabón del afamado genio financiero Mala Uva Verde. Un mes después, comenzaron a entrar los retornos de veinte por ciento. Pecho Frío no lo podía creer, nunca había ganado tanto dinero, se sentía el hombre más afortunado del mundo. Además, se encontraba a escondidas con Paja Rica, a quien le había alquilado un apartamento con vista al mar en el malecón de Miraflores, y compartían sesiones eróticas de alta intensidad, a la espera de que ella encontrase el local adecuado para abrir la peluquería Cero Piojos. El sueño de Pecho Frío se había cumplido: ya no tenía que trabajar, no respondía a jefes ni horarios, era el dueño y señor de su tiempo, vivía cómodamente de sus rentas gracias a las habilidades financieras de Mala Uva Verde, pero él soñaba con más, mucho más: tener una casita frente al mar del norte, ponerle un salón de belleza a Paja Rica, comprarse un auto deportivo como los que conducían los futbolistas que triunfaban en Europa y ser algún día presidente del club Universitario de Deportes, la U, su pasión, su religión, su perdición. No pararé hasta redondear la estafa en el Banco Central con la ayuda de Chino Cholo, no descansaré hasta ser presidente de la U, no desmayaré hasta que Paja Rica tenga una cadena de peluquerías llamada Cero Piojos, no cejaré hasta que pueda ponerle un veneno en el té a la concha de su madre de mi suegra Chucha Seca, pensaba en las noches, desvelado, mientras su esposa dormía. Luego se quedaba viendo goles históricos de la U, goles que él, de niño, de adolescente, de muchacho, había gritado en el estadio como un demente. Algo comenzaba a inquietarle: cuando Culo Fino se iba a dictar clases en el colegio de monjas, él se quedaba en la cama durmiendo hasta mediodía, tomando pastillas ansiolíticas y gotas sedantes, y cuando por fin se levantaba, se sentía cansado, exhausto, aturdido, como si dormir tantas horas lo dejase ya sin ganas de vivir con intensidad. Pero luego se tomaba dos o tres cervezas y sentía que despertaba. Sin la ayuda del alcohol, permanecía mustio, callado, inexpresivo, desganado. Estoy convirtiéndome en alcohólico, pensó, pero no hizo nada para cambiar su suerte y se enfocó en ejecutar el plan de robo al Banco Central.

Un día, mientras su esposa Culo Fino daba clases de Interpretación de la Biblia en el colegio de monjas, Pecho Frío despertó a media mañana y encontró un correo electrónico de una antigua novia, Come Echada, quien le pedía una reunión para contarle un asunto personal. Le respondió enseguida, citándola a almorzar en un restaurante del afamado Cuy Gordo, filósofo de la cocina. Él llegó primero y se sentó en una mesa al final, en un rincón discreto. Cuando ella llegó, él simplemente no la reconoció. Come Echada había engordado treinta y cinco kilos desde la última vez que se habían visto, ambos estudiantes en la universidad. La concha de la lora, se ha convertido en una ballena, pensó él, y se puso de pie y le dio un abrazo. Pidieron cervezas. Ella contó que se había divorciado, que era vegetariana (chucha, no se nota, pensó él), que comía pastas y pizzas todos los días, que tenía tres hijos en edad escolar y trabajaba como recepcionista de un hotel de Miraflores, turno de noche. Sin embargo, la habían despedido recientemente, diciéndole:

—Señora, su excesivo sobrepeso está reñido con las normas de hospitalidad de nuestro hotel. Aceptamos huéspedes obesos, mas no así empleados.

Come Echada dijo que tenía una idea estupenda para ganar dinero: vender cebiche en carritos ambulantes a la salida de los principales hoteles de la ciudad, una suerte de cebiche al paso, fresco, apetecible, tentador, a precios módicos, una porción por apenas seis soles.

—Llenaremos la ciudad de carritos cebicheros. Pondremos carritos en el aeropuerto, en los centros comerciales, a la salida de los cines. Venderemos más cebiches que Cuy Gordo.

Pecho Frío pensó que no era una mala idea, pues Lima se había convertido en una ciudad con abundante turismo gastronómico, donde la gente llegaba de visita para comer rico y pasar de un restaurante a otro, aunque expresó sus reparos:

—¿Y quién haría los cebiches? ¿Y cómo nos aseguramos de que estén frescos?

Come Echada lo atropelló como una rinoceronta en estampida:

—Tranquilo, Pechito. Yo cocino el cebiche. Yo hago todo. Tú solo tienes que poner el capital.

—¿De cuánto estamos hablando? —preguntó Pecho Frío.

—Con doscientos mil soles te pongo veinte carritos en toda la ciudad. Es una inversión módica. No es nada, teniendo en cuenta lo que le has sacado al banco.

—¿Entonces vamos a medias?

—Imposible. No tengo un cobre. Estoy aguja.

—¿Aguja?

—No tengo un sol partido por la mitad.

—Déjame pensarlo —dijo él, y ella se excusó para ir al baño.

El lavabo estaba al lado de la mesa donde Pecho Frío se había parapetado, de espaldas a los comensales, para que no lo reconocieran. Come Echada caminó pocos pasos, entró en los servicios higiénicos y cerró la puerta con llave. Pero el baño estaba cerca de la mesa que ocupaban, y entonces Pecho Frío, muy a su pesar, se vio obligado a escuchar un estrépito de flatulencias pedregosas, un estruendo brutal de ventosidades que parecían salir de la boca misma del infierno, un estallido de gases que parecían bombas de ricino. Esta Come Echada es una chancha asquerosa, pensó, y se tapó los oídos con las manos, pero fue en vano, porque la descarga ruidosa no cesó, y él se sintió asqueado, y decidió que no compartiría almuerzo con esa señora tan ventolera, y se puso de pie y salió del restaurante a paso rápido, pensando: que se joda la cerda, que pague ella, no hay derecho de infligirme esa paliza de pedos mientras esperamos la comida. Pero no contaba con que ella, al salir del baño, alcanzaría a verlo alejándose, al otro lado de los cristales, y saldría corriendo deprisa, como una loca que se marchaba sin pagar, como un animal perseguido por una jauría de bestias depredadoras, y lo alcanzaría y le diría:

—¿Por qué te fuiste, Pecho Frío?

—Porque eres un asco —sentenció él—. Si todas las mujeres fueran como tú, sería marica.

Ella le golpeó el rostro con su cartera.

—Ya eres marica —dijo, furiosa—. ¿O crees que no te vi haciendo el ridículo en el Desfile Gay?

—Métete tu carrito cebichero en el culo, gorda loca— dijo él, y se alejó, caminando como un demente.

No contaba con que Come Echada, despechada, llamaría esa misma tarde a Culo Fino y le diría, sollozando, que se había encontrado casualmente con Pecho Frío a la salida de un sauna donde daban masajes eróticos orientales, y que él la había llevado a un bar y le había dado de beber y la había intoxicado con pastillas disueltas en la cerveza, pues ella había despertado inconsciente en un hotel de dos míseras estrellas en Barranco, desnuda, con la seguridad de que Pecho Frío había abusado sexualmente de ella.

—Me violó —le dijo por teléfono a Culo Fino—. Por delante y por detrás. No puedo sentarme. Tengo el culo en llamas.

Culo Fino le preguntó qué pensaba hacer.

—Voy a denunciarlo a la policía —dijo ella.

Luego se quedó callada y añadió:

—A menos que me des un dinerito para quedarme callada.

Culo Fino le dijo que tenía que hablarlo con su esposo y que la llamaría sin falta. Cuando él llegó al apartamento luego de jugar un partido de frontón con Boca Chueca en el club Terrazas de Miraflores, ella lo confrontó y lo acusó de haber violado a Come Echada. Pero él se rio con tanto desparpajo y describió a su antigua novia de un modo tan crudo y descarnado, que Culo Fino le creyó. Luego le contó el episodio de los gases fragorosos en el baño y ambos se rieron y él dijo:

—No sabía que una vegetariana podía ser tan gorda y tirarse esos pedos asesinos.

Luego cayó en cuenta de que Culo Fino jamás se rebajaba a echarse una flatulencia si estaba a su lado. Mi mujer es tan educada que no le conozco sus pedos, pensó, y se sintió un hombre afortunado. Enseguida recordó por qué peleó hacía tantos años con Come Echada, cuando estaban en la universidad: porque era adicta a los laxantes en forma de supositorio y todo el tiempo pasaba de estar estreñida a tener diarrea y una vez se había cagado en los pantalones en un vuelo de Lima a Chiclayo y el avión entero había quedado apestando a caca y él nunca había podido sobreponerse de esa asquerosidad. La gente no cambia: se vuelve peor, pensó.

—Tenemos que separarnos —le dijo Pecho Frío a su esposa Culo Fino.

Venía de una larga reunión con Poto Roto, en el salón de juntas del Movimiento.

—Tú te quedas acá, en la casa nueva, y yo me mudo a nuestro apartamento —añadió él.

Sorprendida, ella le preguntó si ya no la amaba.

—Claro que te amo —dijo él—. Pero he decidido postular a la presidencia del Movimiento. Y Poto Roto me ha dicho que, si sigo viviendo contigo, perderé las elecciones.

—¿Me vas a dejar para ser presidente de los maricas? —se espantó ella.

—No —dijo él—. Vamos a hacer la finta. Vamos a tontear a todo el mundo. Haremos la pantalla de que estamos separados. Y cuando sea presidente del Movimiento, me mudaré de regreso contigo. Pero, antes de las elecciones, tengo que separarme y reafirmar que soy gay.

—¿Tanto te importa ser presidente del Movimiento? —preguntó ella.

—Sí —respondió él—. Quiero ser presidente de algo. Quiero que me llamen «Señor Presidente». Es una gran oportunidad para hacerme más famoso.

Ella lo miró con gesto adusto.

—Ya después seré presidente de la U —sentenció él, de pronto un hombre optimista, lleno de confianza en sí mismo.

—¿Y qué hacemos con mi mami? —dijo ella—. ¿No me digas que vas a vivir un tiempo con ella?

—No, no, ni loco —dijo él—. Lo mejor sería meterla en un asilo de ancianos. He averiguado: hay uno muy bueno en Chorrillos.

—¡Estás loco! —se indignó ella—. ¡Ahora que somos millonarios, no podemos hacerle eso! ¡La mataríamos en vida!

—Entonces que regrese a su covacha y que me dé tiempo hasta ganar las elecciones —dijo él, y ella estuvo de acuerdo, siempre que fuese algo temporal, no más de dos semanas, tres como mucho.

Una vez que Pecho Frío aceptó ser candidato, y se inscribió formalmente como tal, Poto Roto convocó a elecciones extraordinarias. Todos los miembros y afiliados del Movimiento Homosexual fueron llamados a votar. El día de los comicios votaron, en total, veinticuatro personas: dieciocho por Pecho Frío, seis por su rival, Ano Angosto, profesor de artes plásticas de la universidad Católica, crítico de danza del diario *El Comercial* y novio en el clóset del dueño de ese diario, Leche Aguada de Coco. Mientras Pecho Frío celebraba su victoria con toda la junta directiva a un bar cercano, Ano Angosto fue a la televisión y denunció en el programa «Punto y Coma» del veterano Puro Ron, un periodista capaz de quedarse dormido con los ojos abiertos mientras sus entrevistados hablaban, que le habían hecho fraude y que Poto Roto había falsificado y depositado votos espurios a favor de Pecho Frío. Sin embargo, ya era tarde para cambiar la historia: el resultado era irreversible y Poto Roto había proclamado a Pecho Frío como nuevo presidente del Movimiento por un período de cuatro años. Al día siguiente, Pecho Frío anunció en rueda de prensa que Ano Angosto había sido expulsado del colectivo, que convocaría a una junta extraordinaria para cambiar los estatutos, y que introduciría la reelección vitalicia, indefinida.

—Mi anhelo es servirlos hasta el último de mis días —proclamó, emocionado, al borde de las lágrimas—. No desmayaré hasta que tengamos cien socios activos, y cien pasivos.

Un reportero intrépido del diario *Tremendo*, Baba Blanca, le preguntó a gritos, con aliento a cebolla y leche de tigre, los ojos aún vidriosos por la resaca:

—¿Se va a convertir en dictador vitalicio del Movimiento?

—No, amiguito —respondió Pecho Frío, en tono condescendiente—. Pero en cuatro años no puedo completar todas las obras que tengo planeadas para expandir el Movimiento y conquistar nuestros postergados derechos sociales. Necesito al menos doce años, tres mandatos consecutivos.

Poto Roto lo miró con asombro. Hubo cierta tensión en la sala. Pecho Frío remató:

—A todos los miembros del Movimiento, a los que votaron por mí y no votaron por mí, les digo, con el corazón en la mano: soy su seguro servidor, me pongo a sus órdenes, me pongo en cuatro para ustedes.

Una carcajada general premió su ocurrencia.

Tanto insistieron los productores de Chola Necia en invitar a Pecho Frío a su programa de televisión, que él acabó cediendo. La entrevista se emitiría en directo, a las nueve de la noche. A pesar de que pidió un estipendio de cinco mil soles por asistir y que los productores se lo negaron alegando que el programa había recortado su presupuesto, Pecho Frío cedió a la tentación de la vanidad y aceptó la entrevista. Solo le importaba que esa noche lo vieran un puñado de personas: el banquero Puto Amo, el juez Chato Ñoco, su exnovia Come Echada, su amante bielorrusa Paja Rica, sus antiguos compañeros del banco y sus amigos del Movimiento, además, por supuesto, de Culo Fino y su madre Chucha Seca. Pero, para su decepción, Chola Necia no lo trató de usted y menos de presidente. Su primera pregunta, fiel a su estilo tosco y agresivo, exento de compasión, fue:

—¿Cuánto te están pagando para ser el jefe del colectivo homosexual?

—No me pagan nada —respondió él—. Es un servicio a la comunidad. Es una manera de devolverle a mi patria lo mucho que me ha dado.

—Ya estás hablando como político. Pero a mí no me engañas, papito. Eres un perro, un desgraciado.

Pecho Frío la miró disgustado y se abstuvo de hacer un comentario.

—Lo que le hiciste a tu esposa fue una bajeza —siguió ella, dispuesta a torturarlo hasta el final.

—¿A qué te refieres? —preguntó él.

—Primero la humillas en público al declarar que eres homosexual. Luego sales en un ridículo desfile gay, como si fueras una mascota de los mariquitas, el gran mariposón peruano, la pantera rosa de Lima. ¿Qué clase de hombre eres, Pecho Frío? ¿Qué clase de degenerado eres, dime?

—Bueno, Chola Necia, no es así como dices —ensayó él una defensa, pero ella lo interrumpió, levantó la voz y le espetó:

—¿Ya tienes novio?

—No —dijo él—. Estoy solo.

—¿Pero ya debutaste? —insistió ella, con malicia—. ¿Ya te inauguraste?

—Ya debuté como presidente del Movimiento, sí. Y por eso he venido a tu sintonizado programa a anunciar mi plan de gobierno.

—Otro día hablamos de eso, papito. Tú no me vas a dictar las preguntas. Este es mi programa. Se llama Chola Necia, como yo. Acá mando yo, ¿entiendes?

Pecho Frío asintió, levemente intimidado por los modales ásperos de la anfitriona, quien enseguida preguntó a quemarropa:

—¿Ya te midieron el aceite tus amiguitos mariposones?

—¿Cómo dices, Chola Necia? —se sobresaltó él.

—¿Ya te rompieron el poto? —disparó ella, despiadada.

—No, y no está en mis planes a corto plazo que eso suceda —contestó él, sin disimular su fastidio.

—O sea que ahora vienes a hacerte el estrecho… —comentó Chola Necia, burlándose.

—No, pero yo soy activo —precisó él—. No me gusta que me la empujen.

—Ya, ya, machito eres —dijo ella, en tono condescendiente, cáustico, agresivo—. ¿Te crees que eres menos mariposón porque no te gusta que te la metan, no? Pues voy a decirte una cosa: si ya saliste del clóset, sal del todo, papito, porque te aseguro que cuando te la metan, cuando te taponeen bien el popó que te manejas, te va a encantar.

—¿Y cómo sabes eso, Chola Necia? —se enfureció él.

—Porque a mí me encanta que me den por atrás —dijo ella, y soltó una risotada de hiena, y sus productores, asistentes, maquilladores, peluqueros y camarógrafos, un séquito de adulones a su servicio, la acompañaron con carcajadas.

—Me gustaría hablar de mis planes como presidente del Movimiento —dijo él, impaciente por cambiar de tema.

—Otro día hablamos de eso, papito —dijo ella, inflexible, para nada dispuesta a ser amable o hacer concesiones—. Dime una cosa, Pecho Frío, ¿tú eres gay o bisexual?

—Gay —dijo él, sin pensarlo dos veces—. Totalmente gay. Cien por ciento gay.

—¿Y cómo así tuviste una novia en la universidad, de nombre Come Echada? —lo sorprendió Chola Necia.

—Es que no me conocía bien —respondió él—. Estaba confundido. No quería salir del clóset.

—¿Qué sientes por tu ex, Come Echada? —preguntó ella.

—La recuerdo con mucho cariño —dijo él, incómodo.

—¿La has visto últimamente, digamos desde que te separaste de tu esposita Culo Fino?

—No, no, hace años que no la veo —mintió él.

—¿Seguro? —preguntó ella, mirando a la cámara con picardía.

—Segurísimo, como que me llamo Pecho Frío y soy presidente del Movimiento Homosexual.

Chola Necia se puso de pie y gritó, como si estuviera poseída por el demonio:

—¡Que pase Come Echada!

Agitando sus grandes gorduras, y con expresión enfurruñada, los ojos enrabietados, el paso resuelto y peleón, Come Echada entró al estudio, le dio un beso en la mejilla a Chola Necia, se sentó al lado de Pecho Frío, a quien miró con ojos gélidos, y se dispuso a participar de la conversación. No debí venir, me han tendido una celada, pensó él, pero ya era tarde para escapar.

—¿Qué sientes por tu antiguo novio Pecho Frío, ahora que ha salido del armario y dice que cuando fue tu enamorado estaba confundido y que realmente no le gustan las mujeres y que sufría contigo? —preguntó con ánimo pendenciero, dispuesta a armar la trifulca, Chola Necia, veterana en echar leña al fuego y encender candela.

—Siento que es un cobarde —respondió Come Echada—. Un miserable. Una lombriz. ¡Un gusano!

—Respetos guardan respetos —le dijo Pecho Frío.

—¡No me niegues! —dijo ella, a gritos—. ¡Nos vimos hace una semana! ¡Me emborrachaste, me drogaste y me violaste! —aseveró, ahora de pie, hecha una energúmena.

—¡No seas mentirosa, carajo! —dijo él.

—¡Eres un degenerado! —rugió ella, y le dio una bofetada, y luego dos bofetadas, y lanzó un salivazo sobre el rostro circunspecto de Pecho Frío, y se retiró furiosa, en medio de los aplausos del público, todas señoras veteranas que odiaban a los hombres sin distinciones y los consideraban malos, perros, traidores, seres sin nobleza, fidelidad o compasión.

—¿Y por tu esposita Culo Fino, a la que has humillado, con la que has trapeado el piso, a la que has abandonado y botado a la calle, qué sientes? —preguntó Chola Necia.

—La amo —dijo él—. La amo profundamente. Pero ya no la deseo. Mi apetito sexual está totalmente enfocado a los varones.

—¡Que pase Culo Fino! —tronó Chola Necia, de pie, agitando los brazos.

Pecho Frío quedó paralizado, estupefacto. Pero nadie entró al plató: era una broma cruel de Chola Necia. No debí venir a este programa piojoso, pensó él, y siguió respondiendo el severo interrogatorio de la mujer más temida de la televisión peruana.

Pecho Frío, Boca Chueca y Chino Cholo se reunieron discretamente en un bar de Miraflores a urdir los detalles de la conspiración que habían tramado: cómo imprimir billetes, en el turno de noche de Chino Cholo, en la imprenta del Banco Central. Repasaron cada paso, acordaron el monto a imprimir, diez millones de soles, Pecho Frío les dio cien mil soles de adelanto a cada uno para que tuvieran más confianza en ejecutar cabalmente la operación y se aseguraron de no dejar cabos sueltos: Chino Cholo desconectaría la cámara de seguridad, alteraría el sistema de computación del banco, ordenaría a la imprenta a hacer doble impresión con los mismos dígitos y las mismas letras en cada billete grande de quinientos soles, y Boca Chueca lo esperaría en la puerta lateral del banco, a las cinco de la mañana, en su auto cochambroso con ciento cincuenta mil kilómetros recorridos, y, al amanecer, llevarían los maletines deportivos cargados de dinero al apartamento de Pecho Frío, donde se haría la repartición en tres partes iguales. Luego esperarían unos meses antes de empezar a gastar el dinero, y todo lo harían con mucha prudencia y discreción, tratando de no llamar la atención, evitando abrir cuentas bancarias, guardándolo en cajas fuertes que, con el adelanto que les dio Pecho Frío, compraron e instalaron en sus modestos apartamentos de Jesús María y Pueblo Libre. Chino Cholo estaba muerto de miedo, temía que algo saliera mal, pero no quería quedar como un pusilánime ante sus cómplices. Había probado detener la imprenta, ordenar que repitiera la impresión de diez billetes, y le había funcionado, y creía que era posible imprimir dos veces los mismos diez millones numerados, sin que nadie lo advirtiera. El asunto más delicado, insistía, era meter la plata en maletines deportivos sin que nadie se diera cuenta, sin que las cámaras lo grabasen, y luego sacar los maletines de un modo sigiloso, burlando la férrea seguridad del banco. Por eso compró dos maletines grandes, negros, de lona, tipo salchichón, y confió en que todo entraría allí. Si todo iba bien, les dijo a sus amigos cómplices, seguiría trabajando en el banco unos meses más y renunciaría a fin de año. Y si todo iba mal, escaparía a Bolivia, a Santa Cruz, y compraría una identidad falsa y se dedicaría a vivir de sus rentas como prófugo de la justicia. Pecho Frío estaba seguro de que todo saldría bien. Boca Chueca estaba harto de trabajar en el banco, quería renunciar, abrir un negocio, no sabía bien qué tipo de negocio, quizá un bingo, una cafetería en el aeropuerto, un bar con máquinas tragamonedas: ya estaba bueno de aguantar los desplantes y engreimientos del gerente Huele Pedos, y soportar los malos humores de los clientes del banco que lo trataban con rudeza, ya era hora de recomenzar su vida, reinventarse, ser su propio jefe. Repasaron una y varias veces el plan de acción, Pecho Frío asumió el liderazgo de un modo natural, los arengó a ser valientes y cumplir la misión sin vacilaciones, y les dijo que los esperaría tomando café en el apartamento, y que si algo salía mal, abortaban el plan, escapaban y él los llevaba al aeropuerto y los embarcaba en un vuelo a Santa Cruz.

—Mañana seremos millonarios —les dijo, antes de despedirse con un abrazo—. Mañana comenzaremos la mejor etapa de nuestras vidas. Nadie se dará cuenta. Somos unos maestros. ¡Suerte, compañeros!

Tal vez porque estaba menos expuesto al peligro, quizás porque se sentía poderoso, invulnerable, invencible, Pecho Frío se veía tranquilo, no así Boca Chueca, que sudaba copiosamente y tartamudeaba y expresaba sus reparos, ni Chino Cholo, que era un atado de nervios y a cada momento les recordaba que el principal peligro era que la seguridad del banco le pidiese abrir los maletines.

—En ese caso le bajas un fajo grande al guachimán, le rompes la mano, lo aceitas bien aceitado y aquí no pasó nada, si te vi no me acuerdo —le dijo Pecho Frío, pero Chino Cholo respondió:

—Si me acepta la coima, ya sabe que estoy robando plata y puede delatarme en cualquier momento o chantajearme y pedirme más plata. Y si no me acepta el soborno, tengo que neutralizarlo y escapar.

Pecho Frío sacó de su bolsillo un aerosol, se lo entregó y le dijo:

—Es gas pimienta para matar osos. Si el guachimán se pone necio, lo bañas en gas y escapas. Boca Chueca estará afuera esperándote. Pero te aseguro que todo saldrá bien.

—Si te preguntan por los maletines, dile que te vas a jugar fulbito en la Costa Verde —terció Boca Chueca.

—¿A las cinco de la mañana? —preguntó Chino Cholo.

—Claro, ¿cuál es el problema? —lo animó Pecho Frío.

Se despidieron. Pecho Frío volvió a su apartamento. Fueron horas largas, calladas, pesarosas. No pudo conciliar el sueño. Se quedó viendo cualquier cosa en televisión y tomando whisky con Coca Cola. En algún momento llamó a Paja Rica y le prometió que pronto le abriría su local de peluquería y se hicieron una paja diciéndose cosas inflamadas y lujuriosas en el teléfono. Luego llamó a su esposa Culo Fino y le dijo que la extrañaba. Ella estaba durmiendo, respondió de mala gana, le dijo que se sentía humillada desde que él había vuelto a exponerse en la prensa, alardeando de su condición de presidente del Movimiento Homosexual. Pecho Frío no le dijo nada, tomó un taxi, llegó a la casa que había comprado en Villa, entró despacio, sin hacer ruido, con la copia de la llave que se había reservado, y despertó a Culo Fino y le hizo el amor y luego le dijo:

—Nadie puede saber que nos vemos para tirar rico. Es un secreto. Tenemos que estar en el clóset como esposos. Todo el mundo tiene que pensar que soy puto, bien puto, putazo. Nuestros encuentros tienen que ser secretos, clandestinos.

—Estás mal de la cabeza —le dijo ella, y siguió durmiendo, complacida, porque sentía que Pecho Frío seguía amándola.

Él volvió a su apartamento de Miraflores y esperó a tener noticias de sus cómplices. Llegaron a las seis de la mañana. Estaban eufóricos. Cargaban cuatro pesados maletines. Subieron, se abrazaron, se sirvieron whisky, brindaron por el éxito de la misión. Chino Cholo no podía estar más jubiloso:

—Todo salió perfecto. Pude apagar las cámaras de seguridad. La imprenta aceptó la orden de reimprimir diez millones. Lo hizo rápido y fácil. Y cuando salí, el guardia estaba durmiendo, no vio nada. Tal vez quedó grabado en la cámara de la puerta que salí con los maletines, pero no creo que nadie me pida explicaciones ni que alguien revise el sistema informático y detecte la reimpresión.

—¡Eres un genio, un *crack*! —le dijo Pecho Frío, y le dio un abrazo.

—¡Hay que hacer la repartija ahora mismo! —se entusiasmó Boca Chueca.

Abrieron el maletín, contaron los fajos de cien mil soles cada uno, repartieron treinta fajos por persona y quedaron diez libres y Pecho Frío dijo:

—Este milloncito es de ustedes dos. Medio palo para cada uno.

Entonces Pecho Frío sacó unos billetes y los examinó cuidadosamente y dijo:

—Está todo impecable. Pero me parece que la numeración ha salido al revés.

Chino Cholo se sacó los anteojos y leyó los números de uno de sus billetes:

—La concha de su madre —dijo—. La máquina se pajareó. Imprimió al revés.

—No importa —dijo Boca Chueca—. Las caras están derechas, en su sitio. Nadie se va a dar cuenta de que los números están de cabeza.

Hubo un silencio pesado, ominoso. Luego Pecho Frío dijo:

—Estamos en el Perú, muchachos. Esto no es Suiza ni Dinamarca. Acá todo está al revés. La gente no se va a dar cuenta de que son billetes falsos.

Chino Cholo se llevó las manos a la cabeza, abatido, y dijo:

—Algo hice mal.

—Ya es tarde para arrepentirnos —dijo Pecho Frío—. Ahora escondan bien la plata y no gasten un puto billete en medio año.

A pocos meses de las elecciones presidenciales peruanas, tres eran los candidatos que encabezaban las encuestas de intención de voto: la conservadora Ají No Moto, hija de un dictador en prisión, que sobrepasaba el cuarenta y cinco por ciento; el chaparrito pundonoroso Pelele Lelo, casado con una millonaria judía de Nueva York, hija del magnate tejano Uña de Gato, con alrededor de veinte por ciento de apoyo popular; y el anciano Flauta Dulce, ya bastante mayor, ochenta años cumplidos, varias veces ministro, hombre culto y viajado, con abundante dinero, que despertaba las simpatías de la burguesía acomodada y los empresarios prósperos, y reunía quince por ciento de intención de voto. Ají No Moto, casada con un italoamericano de Brooklyn, madre de dos hijas, cerebral como su padre, evitaba pronunciarse sobre temas espinosos e impopulares, como el aborto, la marihuana, las bodas homosexuales y el Estado laico. Era amiga del Cardenal, asistía a misa los domingos, pensaba que para ganar debía respetar profundamente al voto católico militante, y cuando le preguntaban por esos temas quemantes, quitaba el cuerpo y decía algo evasivo, tratando de quedar bien con Dios y con el diablo. Pelele Lelo se esmeraba por proyectar una imagen de joven liberal, moderno, progresista, educado en buenas universidades de Washington y Londres, familiarizado con la globalización, ciudadano del mundo, fluido en cuatro idiomas, y no dudaba en apoyar el aborto hasta el tercer mes de embarazo, la legalización de la marihuana, mas no de la cocaína ni de otras drogas duras, y estaba a favor de la unión civil gay, aunque se cuidaba de advertir que no aprobaba el matrimonio homosexual, pues, en su opinión, el matrimonio, como tal, solo debía celebrarse entre hombre y mujer. Por su parte, Flauta Dulce, ya un poco gagá, decía que esos temas no eran urgentes ni relevantes, y por tanto no estaban en su agenda, pues más importante era llevar agua potable y luz eléctrica a todos los caseríos, barrios, aldeas y villorrios del país, con lo cual nadie sabía si, al final, estaba a favor o en contra del aborto, de la legalización de la marihuana y de las bodas homosexuales.

Consciente de que Pecho Frío era el jefe del Movimiento Homosexual, y al mismo tiempo una celebridad y, en cierto modo, un líder de opinión, Pelele Lelo lo llamó por teléfono, lo citó a sus oficinas y le propuso ser candidato en su lista al Congreso de la República:

—Con el voto gay, te aseguro que te eligen congresista. Y, una vez en el Congreso, puedes ser la voz de las minorías sexuales oprimidas y pelear para que se apruebe la unión civil, que yo apoyo sin reservas.

Pecho Frío se sintió honrado, halagado. No esperaba que viesen en él a un futuro político, legislador, hombre de Estado. Sus ambiciones se limitaban a ser presidente de la U, su club de fútbol. Pero ahora debía responder a la invitación de Pelele Lelo y pidió tiempo para pensarlo.

—Anímate —le dijo Pelele Lelo—. No tienes nada que perder. Y mi candidatura va en ascenso y es seguro que iremos a la segunda vuelta con Ají No Moto.

—Yo votaré por ti —le dijo Pecho Frío—. Anunciaré que votaré por ti. Te daré el apoyo institucional del Movimiento que presido. Pero no sé si estoy preparado para ser congresista.

—¡Nadie está preparado en el Perú! —dijo, con ánimo festivo, Pelele Lelo—. ¡Yo no estoy preparado para ser presidente! ¡Y voy a ganar y seré un gran presidente, ya verás!

Se rieron. Pecho Frío pensó que podía confiar en él. De pronto tuvo una idea que le pareció brillante y por eso se animó a exponerla:

—Yo te acepto ir al Congreso, con una condición.

—La que quieras, Pechito.

—Si pierdo, y tú ganas la presidencia, me nombras embajador en Buenos Aires.

Pelele Lelo se puso de pie, le extendió el brazo, sellaron un apretón de manos y dijo:

—Cerrado. Tenemos un trato. Pero no serás embajador. Te elegirán congresista con el voto gay.

Enseguida se dieron un abrazo. Pelele Lelo preguntó:

—¿Más o menos en cuánto calculas el voto gay?

Pecho Frío improvisó con aplomo:

—Unas cien mil personas, mínimo. Y contando bisexuales y transexuales, échale unos ciento cincuenta mil.

—Con cien mil votos entras al Congreso seguro, Pecho Frío.

—Gracias, Pelele Lelo. Será un honor ser parte de tu partido político.

—Más que un partido, es un club —precisó Pelele Lelo, y festejó su propia chanza.

El siguiente domingo, Pecho Frío publicó un artículo en la página de opinión de *El Comercial*, titulado: «Mis razones para votar por Pelele Lelo». No lo había escrito él, sino un asistente y escribidor en la sombra del candidato presidencial. En el párrafo más enfático, decía: «Ají No Moto es el regreso de los bandidos al poder. Si gana, su padre será el gran jefe de la mafia peruana. El Perú no merece ese oprobio. Y Flauta Dulce es un viejito decrépito que no sabe ni cómo se llama y que no está en condiciones físicas de ser presidente de nada, ni siquiera de la junta de propietarios de su edificio o su club de playa: ¿qué gran empresa contrataría a un gerente con ochenta años? En cambio el joven, brillante, carismático, preparadísimo Pelele Lelo representa el futuro, el cambio moral, la modernización, la esperanza, los jóvenes al poder. Mi adhesión a Pelele Lelo está llena de confianza y entusiasmo. No pido nada a cambio. Mi apoyo es totalmente desinteresado. He aceptado postular al Congreso para representar al colectivo gay peruano: los LGTB necesitamos una voz, y yo seré esa voz. Pero, gane o pierda mi escaño de congresista, seguiré siendo presidente del Movimiento Homosexual y no desmayaré hasta que los gays podamos casarnos con todas las de la ley en nuestra patria. Amigo, amiga, si eres del ambiente, vota por mí. Juntos somos más. Basta de discriminación y homofobia, es hora de que los homosexuales tengamos un representante en el Congreso. ¡Hasta la victoria, siempre!».

Para reforzar sus vínculos de amistad y lealtad con el candidato Pelele Lelo, Pecho Frío sacó un fajo de cien mil soles de los billetes que imprimió Chino Cholo y los donó al partido de su jefe político. Son tan huevones que no van a darse cuenta de que son billetes con los números al revés, pensó. Luego leyó los comentarios de los lectores de *El Comercial* y se encontró con una retahíla de insultos de grueso calibre contra él: lo llamaban vendido, mercenario, oportunista, ladrón, chupapingas, mamahuevos, inmoral, degenerado, sátiro, depravado, traidor, desecho humano, escoria, basura. Pecho Frío pensó: esto parece escrito por mi suegra Chucha Seca. Luego se dedicó a responder cada uno de los insultos con una misma línea procaz: «Todo bien, amiguito, pero tú no tienes un puto sol, eres un pobretón, estás aguja, y yo soy millonario: ¡chúpate esa mandarina!».

Una vez que anunció su candidatura al Congreso por el partido de Pelele Lelo, Pecho Frío tuvo que soportar la furia desatada de su esposa Culo Fino:

—¡Eres un falso! ¡Un impostor! ¡Un vendido! ¡Estás dispuesto a hacerte el mariquita con tal de ser famoso y tener poder!

Pero él mantuvo la calma y alegó:

—Amorcito, es cosa de entrar al Congreso. Ya luego anuncio que soy bisexual y tenemos cinco años de buen sueldo, carro con chofer y gasolina pagados, viajes al extranjero y el poder de ser un parlamentario. Ten paciencia. Ya verás que todo sale bien.

Acordaron que se verían dos veces por semana, martes y jueves por la noche, en la casa de Villa, y que no saldrían juntos, y si a él le preguntaban si seguía casado, diría que estaba separado y en trámites de divorcio, pero, tan pronto como fuese elegido congresista, se declararía bisexual y anunciaría a la prensa que se había reconciliado con su esposa. Y si no ganaba, le exigiría a Pelele Lelo cumplir su promesa de darle la embajada en Buenos Aires y se irían cinco años a esa gran ciudad, ya públicamente amigados y sin tener que esconderse de la prensa.

Luego Pecho Frío se reunió con su amante Paja Rica y le regaló trescientos mil soles, tres fajos gordos y olorosos de los que había impreso Chino Cholo, y le dijo que con esa plata ella podía abrir su peluquería Cero Piojos, y ella lo colmó de besos, abrazos y palabras dulces, hicieron el amor, él sintió que nadie le había dado tanto placer en la cama como ella, y luego le prometió que le compraría un apartamento chico pero bien ubicado, cerca del salón de belleza, para que ella pudiera ir caminando a su trabajo. Solo puso una condición:

—No quiero que veas más a Bobo Rojo. Y no puedes sacarme la vuelta. Yo puedo chancarme a Culo Fino una o dos veces por semana, pero vos tenés que serme fiel, totalmente fiel.

—Háblame como peruano, no seas nabo —dijo ella.

Pero él siguió hablando como argentino:

—Mirá, yo te re quiero, sos una mina re copada, sos lo más, así que te pido por favor que no andes ratoneando con otros chabones, que si me entero me corto las bolas y luego te corto las lolas, ¿entendés?

Y ella le respondió con acento peruano:

—No seas ridículo, papito. No seas huachafo. Habla bonito, Pecho Frío. Y quédate tranquilo, que tú me satisfaces plenamente y no necesito otros hombres para ser feliz.

—¿Y necesitás comerle la conchita a una mina? —se atrevió él—. ¿Sos bisexual? ¿Pateás con ambas piernas?

Ella se rio y le dijo que no, que de adolescente se había enamorado de una amiga, y habían tenido sesiones fantásticas de masturbaciones mutuas, pero ahora solo le gustaban los hombres:

—Si me como una mina, siento que soy vegetariana. Me falta un pedazo de carne. Me gustan los hombres. Y me gustan los hombres con porongas grandes. No puedo estar con un tipo que tenga una poronga chiquita.

Pecho Frío se sintió halagado. Luego le explicó que, para cuidar la reputación de homosexual que se había labrado cuidadosamente, era mejor que se vieran solo en el apartamento, ni siquiera en la peluquería que ella abriría pronto, y que mantuviesen en reserva, a escondidas, su relación de amor, no solo para salvarse de los celos y el despecho previsibles de Culo Fino, sino para no echar más leña al fuego con la prensa sensacionalista, siempre dispuesta a enlodar en el fango a una persona famosa.

—Si te preguntan por mí, decí que no nos vemos nunca y que estamos re peleados —le aconsejó él.

Finalmente fue a visitar a sus amigos del Movimiento Homosexual. Se encontraban eufóricos con el anuncio de su candidatura al Congreso. Le aseguraron que ganaría. Les prometió que daría una batalla incansable para darles a las minorías sexuales los mismos derechos que tenían los heterosexuales:

—Quiero ser el gran líder moral de los rosquetes peruanos —dijo.

—No digas rosquetes —lo reconvino Poto Roto—. Suena feo. Suena desdeñoso, peyorativo.

—Es más lindo decir «sexualmente extravagantes» —opinó Lengua Larga—. O «disidentes sexuales».

Pecho Frío les anunció que haría una donación de cien mil soles a la causa gay. Pensaba darles los billetes imperfectos de Chino Cholo. A cambio les pidió que llenasen la ciudad con pintas y afiches promocionando su candidatura. Lengua Larga se entusiasmó y dijo que tenían que hacerle una sesión de fotos.

—Quiero que conozcas al mejor fotógrafo de Lima —le dijo—. Se llama Coco Loco. Te aseguro que te hará salir guapísimo. Y yo mismo voy a pegar tus afiches en toda la ciudad. Y te aseguro que no solo los gays vamos a votar por ti: ¡también las mujeres, Pecho Frío, porque te has convertido en un auténtico *sex symbol*!

Si algún día me clavo a un putito, será a Lengua Larga, pensó Pecho Frío.

El estudio fotográfico de Coco Loco estaba ubicado en el centro de Lima, frente al hotel Sheraton, al lado del Palacio de Justicia, en el apartamento más alto de un edificio de veinticinco pisos. Coco Loco contaba cincuenta y tantos años, vivía solo, tenía un sinnúmero de jóvenes amantes callejeros a los que contrataba en el parque de Miraflores y pagaba con propinas generosas, y era, al mismo tiempo, fotógrafo de modas cotizado y de eventos sociales y publicidades de grandes centros comerciales. Pero su verdadera pasión, además de los hombres, era el submarinismo. Era un buzo experto, capaz de descender a las más hondas profundidades del mar, y estaba obsesionado con hallar antiguos tesoros de barcos españoles que habían naufragado en las costas de América. Frente al litoral de Piura y Tumbes, muy cerca del Ecuador, había encontrado monedas de oro en el fondo del mar, y creía que un galeón español se había hundido no muy lejos del puerto del Callao, y por eso todos los fines de semana iba con amigos a buscar tozudamente el tesoro que creían escondido tras una fina pátina de arena. Coco Loco había heredado mucho dinero de un tío homosexual que se dedicó a la política y saqueó una vasta fortuna del Estado peruano, consiguiendo millones de dólares subsidiados y revendiéndolos en la selva a narcotraficantes y luego escondiendo el dineral mal habido en bancos uruguayos y paraguayos especialmente laxos con el tráfico de dinero negro, y por eso podía darse el lujo de hacer las fotos que le apetecieran, viajar adonde quisiera y bucear cada fin de semana, sin preocuparse por la plata ni cómo pagar las cuentas. Además, era un hombre austero, sin necesidad de grandes lujos, y un astuto inversionista en la Bolsa de Valores. Nadie sabía cuánta plata tenía Coco Loco en bancos extranjeros, y ni él mismo recordaba con exactitud el tamaño de su fortuna, pero se había hecho fama de ser un millonario extravagante, bohemio, de buen corazón, generoso para dar propinas y compartir su dinero, y cada fin de semana llevaba a su apartamento en el centro de la ciudad a un muchacho distinto que recogía del parque de Miraflores. Era adicto a la cocaína, a los juegos de azar, a los bingos y casinos y tragamonedas, pero sobre todo al sexo con jóvenes, especialmente si eran negros, morenos, zambos, afroperuanos. Corría el rumor de que podía estar enfermo de sida, aunque se veía saludable, risueño, optimista, y siempre dispuesto a emprender un viaje de aventuras o a descender al fondo del mar, y era invitado de rigor a las principales fiestas, exposiciones, recepciones diplomáticas, bodas y celebraciones, y procuraba no faltar a ninguna de ellas, y tomaba las mejores fotos, los mejores ángulos, y sabía halagar a sus retratados, y luego esas fotos aparecían en revistas frívolas, de papel cuché, del corazón, o en las páginas de sociales de los periódicos, y no parecía haber nadie en Lima que odiase o detestase a Coco Loco.

Hasta que Coco Loco conoció a Pecho Frío.

Se conocieron por insistencia de Poto Roto y Lengua Larga, quienes concertaron una cita en el estudio de fotos, los dos a solas, el fotógrafo más reputado de la ciudad y el improbable candidato al Congreso, a fin de que luego imprimieran las mejores tomas y las convirtieran en afiches, pancartas, banderolas, octavillas y volantes al servicio de la candidatura de Pecho Frío. Por consideración con el Movimiento Homosexual, del cual era socio honorario y miembro fundador, Coco Loco se negó a cobrar y dijo que lo haría pro-bono, por amor al arte, como un servicio a la causa gay de la que era militante entusiasta. Pero aquella tarde, en su estudio, no pareció haber química entre él y Pecho Frío, y todo empezó a torcerse cuando Coco Loco quiso maquillarlo, y Pecho Frío se negó, indignado:

—No, no, nada de maquillarme —dijo, con gesto adusto—. No te confundas, flaquito. No soy loca.

—Pero al menos déjame echarte un polvito para sacarte el brillo —dijo Coco Loco, amablemente.

—No, no, yo soy auténtico, natural, nada de polvitos conmigo, no te equivoques —se atrincheró, desconfiado, el candidato al Congreso, bisoño todavía en las retorcidas lides políticas.

Coco Loco probó cámaras, midió luces, colocó un banquito delante de una gran tela blanca, se acercó a Pecho Frío y le dijo:

—Déjame ponerte colorete en los labios. Así estás muy inexpresivo.

—No, no, ni cagando —retrocedió Pecho Frío.

—Es solo un toque de rímel y carmín —rogó Coco Loco—. Un poquito de rojo pasión para ganar más votos, no seas tan dogmático.

Pero Pecho Frío se negó de plano y el aire en el estudio comenzó a enviciarse. Cuando Coco Loco empezó a disparar sus fotos, le pidió que se relajase, que sonriese más, que abriese la boca al sonreír, que no tensase tanto los músculos de la cara, pero Pecho Frío le dijo, secamente:

—No soy candidata a Miss Perú, flaquito. No sé sonreír con la boca abierta. No quiero abrir la boca como si quisiera chuparme una pinga, ¿me entiendes?

Coco Loco insistió en tono amigable:

—Pero si no sonríes y cierras la boca, parece que estuvieras molesto o que te hubieran obligado a ser candidato. Acuérdate de que tus votantes son gays. Debes salir con una expresión auténticamente gay. Por eso debes abrir la boca.

Luego Coco Loco abrió la boca, sonrió con aire adolescente, sin ocultar su lado más femenino y coqueto, y le pidió a Pecho Frío que sonriera de esa manera un tanto afectada, pero él respondió:

—Yo soy un hombre serio. No soy un payaso. No soy una *vedette*. No soy una puta ni un puto. Quiero que voten por mí no por la manera como sonrío sino por mis ideas, mi moral y mis planes de gobierno.

—¿Cuáles son esos planes? —preguntó con aire pícaro Coco Loco.

—Todavía no sé —dijo con franqueza el candidato—. Pero no quiero sonreír como si fuera reina de belleza, flaquito. Así que no insistas, por favor.

Todo acabó de estropearse y avinagrarse cuando Coco Loco le imploró que se pusiera de pie, se bajara un poco la bragueta, metiera un par de calcetines deportivos en su entrepierna para abultar la zona genital, e introdujera las manos en los bolsillos, como tocándose la verga.

—¿Estás loco, huevón? —le dijo Pecho Frío—. ¿Cómo se te ocurre que voy a salir mostrando el paquete?

—Pero es que así vas a ganar votos —opinó Coco Loco.

—No necesito esos votos morbosos —zanjó Pecho Frío.

Cuando Coco Loco pidió que se quitara la chaqueta y la camisa y mostrara el torso desnudo, Pecho Frío dijo que la sesión de fotos se había terminado. Coco Loco lo abrazó al oído y le susurró:

—¿Quieres que subamos un ratito a mi cuarto para que te dé una mamada y te quite la tensión?

—No, gracias —dijo con cierta aspereza Pecho Frío, y se retiró, presuroso.

Ahora que disponía de suficiente dinero para no trabajar y darse a la buena vida, Pecho Frío no parecía tener interés en viajar, ni en comprarse ropa, ni en adquirir un automóvil lujoso, pero sí se permitía un hábito que le resultaba enormemente placentero: todas las tardes pasaba por la peluquería del barrio y se daba masajes en las manos y luego en los pies, y enseguida pasaba a un cuarto cerrado donde se quitaba la ropa, quedaba en calzoncillos, se tendía boca abajo y le daban un recio y profesional masaje en la espalda. Las chicas que lo atendían eran todas peruanas, y ya lo conocían por sus apariciones en televisión y en los periódicos, y lo trataban con cariño y le aseguraban que votarían por él para congresista. Pecho Frío pensaba que darse masajes todos los días por espacio de hora y media y hasta dos horas era una extravagancia, un lujo, un placer asiático, y le parecía que el costo de dicho hábito era poca cosa comparado con el placer que le deparaba.

Un día la masajista de la espalda le preguntó si quería depilarse y él quedó sorprendido y preguntó:

—¿Depilarme dónde?

—Bueno —dijo ella— puede ser las nalgas, si lo desea, y también el vello púbico frontal.

Pecho Frío nunca se había depilado el culo ni la entrepierna pero la idea le pareció tentadora y respondió:

—Comencemos por las nalgas, después vemos lo otro.

Aquella tarde solo se animó a que le depilaran las nalgas, y no fue en absoluto doloroso, pues la masajista prefirió no usar cera ni técnica laser y más bien lo untó de un crema suavizante y luego lo afeitó con suma delicadeza y, cuando le preguntó si quería que lo depilara del mismo modo por delante, él se sintió cohibido y dijo:

—Mejor lo dejamos para mañana.

Por eso la tarde siguiente llegó bien perfumado en la zona genital, y apenas la masajista acabó de trabajarle la espalda, él dijo:

—¿Me depilarías el pendejerío que tengo alrededor de la pinga?

La masajista soltó una risa algo nerviosa y dijo:

—Claro, señor Frío, yo le quito todo el pendejerío. Qué gracia me ha hecho esa palabra.

Pecho Frío se tendió boca arriba, cerró los ojos, y ella le sacó el calzoncillo y cuando empezó a cubrirle el vello púbico frontal con la crema de efecto suavizante, tan propicia para calentarlo, él no pudo evitar o reprimir una erección, pero siguió con los ojos cerrados, inmóvil, respirando profundamente, como si nada malo ocurriera, pues no quería incomodar a la chica ni perder un voto. Ella le rasuró tranquila y pacientemente todos los vellos púbicos arriba de la verga y luego preguntó como una profesional:

—¿Quiere que le afeite el pendejerío de los huevitos, señor Frío?

—Sí, cómo no, encantado —dijo él—. Pero por favor ten cuidado, no me los vayas a raspar, que yo vivo de mis huevos.

Se rieron y ella le depiló los testículos con sumo cuidado y, al terminar, se permitió decirle algo que a él le sorprendió:

—Me parece que tiene un huevito más grande que el otro.

Pecho Frío se quedó mudo, sin saber qué decir.

—¿Se ha hecho revisar por el médico? —insistió ella.

—No, no —dijo él, algo incómodo—. Creo que se me descolgó jugando fútbol hace unos años.

—A ver, párese —le pidió ella, y él se puso de pie, completamente desnudo, solo con medias, pues era friolento en los pies.

Ella se arrodilló, le miró los huevos tan de cerca que él pensó que iba a darle una mamada, los sopesó y ponderó y toqueteó con las manos, y luego diagnosticó:

—Tiene el huevito derecho sumamente caído y arrugado.

—Una pena —dijo él—. Ya no soy un chiquillo, sabes. Estas cosas pasan.

—Pero esto tiene arreglo, señor —dijo ella—. Vaya a la clínica Mata Sanos, pregunte por el doctor Tío Vivo y pídale una operación de levantamiento testicular.

—¿En serio? —preguntó él.

—Sí, sí, el Tío Vivo es especialista en hacer *lifting* en los huevos —dijo ella—. Le van a quedar planchaditos, nuevitos, como dos guindoncitos, como dos higos verdes, como dos pasas.

—Gran consejo —dijo él, y se tumbó de nuevo en la camilla y le pidió:

—Perdona la confianza, pero ¿me darías una corridita rápida, para sacarme de encima la tensión de la vida política, que me está matando?

Ella sonrió, coqueta, y respondió:

—Mil disculpas, señor Frío, pero no puedo ayudarlo con eso, porque hay cámaras de seguridad que nos están grabando allá arriba, ¿ve en la esquina?

Pecho Frío comprobó que una camarita minúscula estaba instalada en una esquina del techo y dijo:

—Ni modo. Me quedo con las ganas.

Luego se animó a preguntar:

—¿Cuento con tu voto?

—Eso seguro —respondió ella, subiéndole los calzoncillos.

Después se permitió una sugerencia amable:

—Si se hace la levantadita con el doctor Tío Vivo, ¿por qué no le pide que le haga de paso la circuncisión, y se quita la capuchita, y deja que su pinguita respire bien rico?

De pronto la ciudad amaneció empapelada con fotos de Pecho Frío sonriente, pegadas en las paredes de residencias y locales comerciales, adheridas sobre otras fotos publicitarias que anunciaban espectáculos ya pasados, colocadas incluso encima de otros afiches de candidatos rivales al Congreso o la Presidencia. El propio Pelele Lelo había elegido personalmente la mejor foto de Pecho Frío, tomada por Coco Loco, y el lema de su campaña: «No tengas miedo de ser diferente. ¡Juntos somos más!». El rostro de Pecho Frío había sido retocado con modernas técnicas de Photoshop, y aparecía lozano, terso, sin arrugas, como las nalgas de un bebé, y su sonrisa exudaba confianza en sí mismo, en el futuro, en su agenda contra la discriminación de todo tipo, y no podía decirse con solo ver la imagen publicitaria que le gustasen los hombres, pues no había en ella ninguna señal de amaneramiento o afectación. Pecho Frío recorrió a pie ciertas calles del barrio de Miraflores, se detuvo a examinar de cerca sus fotos, se sintió orgulloso, no vio en ellas nada que le disgustase, y llegó a pensar que se veía guapo, contento y ganador, y se dijo que no solo ayudarían a capturar el voto gay, sino también el de las mujeres: me veo tan pintón que las chicas estarán tentadas de votar por mí, pensó. No dudó un segundo de que su postulación había sido una idea correcta, juiciosa, y pensó que, aun perdiendo, saldría ganando, pues el solo hecho de entrar en política le permitía salirse un poco de la zona pestilente de la farándula para tantear el terreno aparentemente más respetable de la política y los hombres serios que se disputaban el poder. Quién sabe si algún día, después de ser congresista, llegue a ser ministro o embajador, pensó, y se tomó fotos él mismo, parado al lado de sus afiches, pensando en subir esas imágenes a sus cuentas en redes sociales.

Llegando a su apartamento, encontró un mensaje de los productores del programa periodístico dominical «Contrapeso», del canal 4, conducido por la influyente Sabe Todo y el provocador Pico de Oro, invitándolo a una entrevista en directo. Enseguida llamó al teléfono que le habían dejado y se comprometió a acudir ese domingo a las ocho en punto de la noche para exponer sus ideas como candidato al Congreso. Se sintió excitado, desbordado de ilusión, feliz de ser un hombre libre, con dinero, con esposa y amante, y ahora con un partido político que lo auspiciaba y la posibilidad de llegar al Congreso por un mandato de cinco años. No se preparó ni ensayó respuestas ni se sintió nervioso: estaba seguro de que saldría airoso del duelo verbal con los incisivos Sabe Todo y Pico de Oro. Su plan era simple: asegurar el voto gay, expandir su influencia al voto no gay, seducir a una parte del voto femenino, y apelar a las simpatías de todos los hinchas de la U, declarando su pasión por ese club de fútbol. Con los votos de los mariquitas, las chicas universitarias y parte de la hinchada crema, puedo ser el congresista más votado, calculó optimista.

Vestido apropiadamente de traje y corbata, llegó con puntualidad al canal 4, se dejó maquillar, se hizo fotos con camarógrafos, iluminadores, técnicos y asistentes que lo reconocieron, y pasó al plató apenas fue llamado. Sabe Todo y Pico de Oro lo saludaron de un modo que a él le pareció frío y hasta desdeñoso, pero no se preocupó, pensó que esos figurones vivían ensimismados, envanecidos, y no tenían más sonrisas que las que se prodigaban a sí mismos, mirándose en el espejo.

—¿Por qué quiere ser congresista, señor? —fue la primera pregunta a quemarropa de Sabe Todo, apenas comenzó la entrevista.

—Para defender a la comunidad homosexual del Perú —respondió—. Para aprobar la ley de matrimonio igualitario.

—¿No le parece que el matrimonio tiene que ser entre un hombre y una mujer? —intervino Pico de Oro.

—No —contestó—. Puede ser entre dos mujeres o entre dos hombres. El amor no tiene barreras. No seamos cucufatos, por favor. Estamos en pleno siglo XXI.

—Si usted va a redefinir el concepto de matrimonio, ¿entonces por qué no puede ser entre un hombre y dos mujeres? —insistió Pico de Oro.

—Me parece una gran idea —dijo Pecho Frío—. Voy a incorporarla a mi proyecto de ley. De hecho, en mis épocas de heterosexual me hubiera gustado casarme con esa figura novedosa que usted propone —añadió, y soltó una carcajada que los anfitriones del programa no secundaron.

—¿Y por qué no incluir también la posibilidad de que una mujer se case con un mono, o un chimpancé? —siguió Pico de Oro, en tono agresivo.

—Eso ya me parece un poquito exagerado —dijo Pecho Frío—. ¿Por qué lo propone? ¿Su novia quiere casarse con usted?

Luego soltó una risotada y nadie lo celebró.

—¿Está a favor de que las parejas homosexuales adopten niños? —preguntó Sabe Todo, muy seria, con aire profesoral, sabihondo, como si estuviera rebajándose al hablar con él.

—No, estoy en contra —respondió Pecho Frío—. Los niños necesitan un padre y una madre. Con dos padres que se sienten dos madres, crecerían muy confundidos. Me opongo a la adopción gay.

—¿No le parece que basta con la unión civil gay? —terció Pico de Oro—. ¿Por qué exige usted el matrimonio gay?

—Porque mi sueño es casarme algún día con un hombre tan guapo y seductor como tú, Piquito de Oro —respondió Pecho Frío—. Y en la Catedral de Lima. Y ante el Cardenal Cuervo Triste.

—Pero eso no es realista —dijo Sabe Todo—. Es imposible que la Iglesia Católica apruebe el matrimonio homosexual, señor. No va a tirar al agua más de dos mil años de dogmas judeocristianos.

—Pues en mi proyecto de ley yo obligaré al Cardenal a que la Iglesia case a los homosexuales y las lesbianas —se puso bravo Pecho Frío—. Y si se niega y se declara en rebeldía, le quitamos los sueldos de ministros que el Estado peruano les paga a los cardenales ociosos.

—Se pone usted en un curso de colisión con el Clero y la feligresía católica peruana —observó Sabe Todo.

—No me importa —dijo Pecho Frío—. No les tengo miedo. No descansaré hasta que los gays podamos casarnos en todas las parroquias del Perú.

—¿Usted anhela casarse con un hombre? —preguntó Pico de Oro.

—Sí, por supuesto, algún día —respondió Pecho Frío, con aplomo—. Pero por el momento estoy solo. No tengo novio. Y estoy en trámite de divorcio de mi esposa Culo Fino.

—¿Qué opina ella de su postulación? —preguntó Sabe Todo.

—Me apoya —respondió Pecho Frío—. Me apoya cien por ciento. Piensa votar por mí. Y estoy seguro de que tú también votarás por mí, Sabe Todo.

—No se equivoque, señor —dijo ella, fastidiada—. De ninguna manera pienso votar por usted. Yo creo que el matrimonio es entre un hombre y una mujer. Soy católica practicante. Le pido respeto.

El aire en el estudio se enrareció levemente. Pecho Frío miró a la cámara y le pareció ver que estaba guapo, bien peinado, bien maquillado, con aire ganador.

—¿Qué otras leyes le gustaría aprobar como congresista? —preguntó Pico de Oro.

—Bueno, estoy redactando un proyecto de ley para reducir a la mitad el precio de las entradas a los partidos de fútbol del campeonato de primera división de nuestro país —dijo Pecho Frío—. ¡Las entradas están carísimas!

—Así es, en efecto —opinó Pico de Oro—. Pero los clubes de fútbol se van a molestar con usted. Les va a recortar sus ingresos drásticamente.

—No —respondió Pecho Frío—. Porque mi proyecto de ley contempla que los clubes no paguen impuestos, que los jugadores de fútbol no paguen impuestos pues los considero agentes de entretenimiento, diversión y cultura para toda la familia peruana, y además voy a introducir una cláusula para que los hinchas con carné del club Universitario de Deportes, el club de mis amores, no paguen impuesto a la renta.

—Pero eso es discriminatorio —se enfadó Sabe Todo—. ¿Por qué los hinchas de la U no pagarían impuestos y los del Alianza sí?

—Muy simple —respondió Pecho Frío—. Porque yo soy de la U, mamita. A los del Alianza los voy a penalizar, subiéndoles el impuesto un diez o doce por ciento. Y mis queridos hinchas de la U no pagarán impuestos, mientras yo sea congresista.

Pico de Oro y Sabe Todo se miraron perplejos, confundidos.

—Y a todos los hinchas de la U que sean, al mismo tiempo, homosexuales como yo, mi proyecto de ley les dará una Asignación Universal de mil soles al mes, en agradecimiento por su contribución a la cultura del Perú contemporáneo —dijo Pecho Frío.

—Usted está loco, señor —le espetó Sabe Todo.

—Sí —aceptó Pecho Frío—. Pero loco de amor por el Perú.

Un camarógrafo lo aplaudió en solitario, y gritó, arriesgando su puesto de trabajo:

—¡Y dale U, y dale U!

En un gesto de compromiso y lealtad con la candidatura presidencial de Pelele Lelo, Pecho Frío, que ya había donado cien mil soles a la campaña del jefe de su partido, decidió entregar otros cien mil. Eran parte del dinero impreso irregularmente por Chino Cholo aquella madrugada taimada en el Banco Central. Pelele Lelo le pidió que llevara esa plata al canal 5 y se la entregara a Pura Coima, el dueño del canal, que pasaba tres semanas al mes en Nassau, Bahamas, y apenas una semana en Lima.

—Con esa plata cómprame todos los *spots* publicitarios de treinta segundos que puedas —le ordenó.

Pecho Frío pactó una reunión con Pura Coima, le llevó la plata en una bolsa de plástico de los supermercados Wong, se la dejó en sus manos y acordaron que cada *spot* de treinta segundos para Pelele Lelo sería rebajado del precio normal de cinco mil soles a tres mil, de manera que los cien mil que pagó Pecho Frío compraron treinta y tres *spots*, que Pura Coima redondeó dadivosamente en treinta y cinco.

—¿En qué programa quieres que los pase, a razón de uno por día? —preguntó Pura Coima, un joven apuesto, bien vestido, educado en universidades de prestigio de los Estados Unidos, cuyo padre había saqueado un banco y huido de la justicia, escondiéndose en una finca en las afueras de Asunción, Paraguay.

—¿Qué programa es el que más ven los jóvenes y los gays y las chicas lindas? —preguntó, a su vez, Pecho Frío.

—Sin duda, «Oh, qué bueno», de tu amigo Mama Güevos —respondió Pura Coima.

—Pues te diré lo que vamos a hacer —dijo Pecho Frío, con un dominio de las circunstancias que le sorprendió a él mismo—. Veinte *spots* son de Pelele Lelo y los pasaremos, uno cada noche, en el noticiero «12 Horas», antes de la tanda deportiva.

—Correcto, aprobado —dijo el dueño del canal.

—Y los otros quince *spots* son para mi candidatura y los pasaremos, uno cada tarde, en el programa de Mama Güevos.

Pura Coima lo miró sorprendido y preguntó:

—¿Pero tú has grabado un *spot*? Porque el de Pelele Lelo lo tenemos, pero creo que no tenemos ningún aviso tuyo.

—Lo grabaré en tres días y te lo traeré personalmente —dijo Pecho Frío—. Y si lo apruebas, vamos para adelante.

—Dalo por hecho —se animó Pura Coima, que no se dio el trabajo de sacar los fajos de dinero de la bolsa de plástico y, sin contarlos, asumió que eran los cien mil que había dicho Pecho Frío, quien se permitió enunciar sus sueños políticos de corto plazo:

—Quiero que todos los gays del Perú voten por mí. Quiero ser el congresista más votado. Quiero ser presidente del Congreso.

Se dieron un apretón de manos y Pecho Frío salió pensando: ojalá no se dé cuenta de que los números de los billetes están al revés.

Dos días más tarde Pecho Frío se encontraba en los estudios publicitarios del famoso y maquiavélico consultor político Diez Por Ciento, que se jactaba de hacer ganar siempre a sus candidatos aun si carecían de carisma, no solo en el Perú sino en otros países de Sudamérica, y que resumía su doctrina así:

—Yo creo en lo que cree la mayoría. Si la mayoría cree en el aborto, yo también. Si la mayoría cree que las mujeres que abortan deben ir a la hoguera, yo también.

Diez Por Ciento, nativo de Guayaquil, Ecuador, apodado Pasa por Caja, se había comprometido a asesorar la campaña de Pecho Frío con una sola condición: que, además de pagarle cien mil soles, Pecho Frío no atacase a Ají No Moto, que era la candidata presidencial que el ecuatoriano apoyaba, a cambio de tres millones de soles, es decir, un millón de dólares, y que Pecho Frío se abstuviera de usar las palabras gay, homosexual, lesbiana y bisexual en su campaña.

Lo que Diez Por Ciento le hizo decir a Pecho Frío mirando a la cámara, sin corbata, de *jeans* y camisa blanca, con aire risueño, despreocupado, bordeando lo *hippie* o bohemio, fue lo siguiente:

«Hola, soy tu amigo Pecho Frío. Si votas por mí para congresista, estarás votando por ti. Si me eliges, tú serás congresista, no yo. Porque yo seré sensible a tus ilusiones y expectativas y haré aprobar las leyes que tú creas convenientes para nuestro país. Vota por Pecho Frío, vota por ti. Yo seré tu voz en el Congreso. Y tu agenda será la mía».

Con el *spot* en la mano y el apoyo de Diez Por Ciento, Pecho Frío regresó a las oficinas de Pura Coima, le entregó el aviso de treinta segundos y acordaron que esa misma tarde, en el programa de Mama Güevos, comenzaría a salir la publicidad:

—Le diré a Mama Güevos que diga que votará por ti —prometió Pura Coima.

—No, mejor no —dijo Pecho Frío—. Ese Mama Güevos es un salado. Trae mala suerte. Candidato que apoya, candidato que pierde. Además tiene fama de degenerado. No quiero que me asocien con él.

Pura Coima cumplió rigurosamente el acuerdo: los anuncios de Pelele Lelo salían uno cada noche en el noticiero, y los de Pecho Frío en el programa de juegos y concursos «Oh, qué bueno». Todo parecía bien encaminado hasta que Pecho Frío recibió una llamada de Pelele Lelo:

—El cajero de la campaña acaba de decirme que la plata que donaste es falsa.

—Imposible —dijo Pecho Frío, con aplomo—. Debe estar confundido. Esa plata la saqué del banco.

—¿De qué banco? —preguntó Pelele Lelo.

—Del banco del Progreso, del banco de Puto Amo —dijo Pecho Frío—. Es parte de los tres millones de soles que la justicia le obligó a pagarme por indemnización.

Hubo un silencio que a Pecho Frío le pareció eterno.

—Entonces el pendejo de Puto Amo te ha pagado con dinero falso —dijo Pelele Lelo—. Tenemos que denunciarlo.

—Mejor déjame arreglarlo directamente con él —dijo Pecho Frío—. Por favor no denuncies nada. Creo que puedo llegar a un buen acuerdo con Puto Amo.

Colgaron. Pecho Frío llamó a Chino Cholo y le dijo:

—Me parece que voy a necesitar una reimpresión, compadrito.

Una noche que le llevó dos botellas de champagne a su apartamento, Lengua Larga convenció a Pecho Frío de que fingieran ser novios durante la campaña electoral, y se dejaran ver en público, y eventualmente dieran una entrevista, tal vez en el programa de Chola Necia o, a mediodía, en el del popular Piojo Arrecho, y a pesar de que al comienzo se resistió a la idea y expresó sus reticencias, finalmente Pecho Frío se convenció de que, si quería ganar el voto gay, tenía que lucir un novio presentable en las semanas previas al día de las elecciones.

—Es muy importante que digas que eres mi novio y que eres activo —le aconsejó Lengua Larga—. En el Perú sobramos los pasivos, casi todos somos pasivos, pero los activos escasean mucho, son muy buscados y tienen mejor reputación.

—Además —opinó Pecho Frío, algo borracho—, si yo fuera gay, si fuera tu pareja, tendría que ser activo.

—Créeme que me encantaría —dijo Lengua Larga, con una sonrisa coqueta: no hacía el menor esfuerzo por disimular que le gustaba Pecho Frío, más ahora que estaba separado de su esposa y que había reunido coraje y audacia para lanzarse como representante al Congreso de la comunidad homosexual.

La primera aparición pública de la pareja de ocasión fue en el parque Kennedy de Miraflores. Eligieron una banca cercana a la parroquia, se tomaron de la mano, llamaron a unos chicos lustrabotas para que les limpiaran con betún los zapatos y, a media tarde, sin esconderse, empezaron a darse besitos en la mejilla y hasta en los labios, siguiendo el guion que había elaborado minuciosamente Lengua Larga. No pasó mucho tiempo para que algunos jóvenes, andando por allí, les tomaran fotos, o pidieran tomarse *selfies* con ellos, y Pecho Frío y Lengua Larga aceptaron encantados esas efusiones de afecto, muestras de su gran popularidad. Lengua Larga le prestó su celular a un chico lustrabotas y le pidió que tomase varias imágenes de ambos besándose, y el chico se alejó unos pasos y Lengua Larga besó en los labios a Pecho Frío y quiso meterle la lengua, pero Pecho Frío lo apartó, disgustado, y le dijo:

—Quedamos en que todo sería sin lengua, amigo. No te propases, por favor.

De inmediato Lengua Larga mandó la mejor foto a la producción de Chola Necia desde un correo anónimo. Estaba seguro de que esa noche la temida periodista propalaría esa foto y armaría un escándalo. No se equivocó. Chola Necia difundió la foto en su programa, mientras gritaba:

—¡Bacanal de maricas en el parque de Miraflores! ¡Orgía gay a la vista y paciencia de los niños! ¡Pecho Frío, eres un asco, ojalá te metan preso por degenerado y corruptor de la juventud peruana!

Vieron juntos el programa, ambos borrachos, tomando vino barato de Mendoza, y Lengua Larga opinó que los ataques homofóbicos de Chola Necia serían buenísimos para que Pecho Frío ganase votos entre la comunidad gay, y luego se ofreció a darle una mamada, pero Pecho Frío declinó:

—Mejor no, amigo. No vaya a gustarme.

Lengua Larga quiso quedarse a dormir, pero Pecho Frío le hizo saber que iría a medianoche a darse un revolcón erótico con Paja Rica, así que se marchó contento, borracho, zigzagueando.

Unos días después, pleno verano, calor sofocante, se encontraron en la playa Waikiki de la Costa Verde, ambos con trajes de baño muy ajustados, que marcaban los bultos de la zona genital. Lengua Larga había llamado a los productores de su amigo gay Piojo Arrecho y les había pedido que mandasen una cámara a la playa Waikiki para capturar «imágenes tórridas, ardientes, volcánicas», dijo, de su relación con Pecho Frío. Por supuesto, cuando llegaron, ya estaban allí las cámaras del canal 2, y Lengua Larga les hizo un saludo comedido a lo lejos, y luego se echaron sobre la playa de piedras negras y Lengua Larga le untó protector de sol en la espalda y luego Pecho Frío se puso de rodillas y esparció la espesa crema blanca en la espalda de su amigo, todo mientras las cámaras del programa «Después del amor», del popular Piojo Arrecho, grababan a lo lejos, sin que Pecho Frío se diera cuenta. Lo que no estaba en los planes de Lengua Larga es que Pecho Frío, tras embadurnarle la espalda de protector, dijera que quería mear, y caminara unos pasos hacia un lugar discreto de la playa, alejándose de la gente, y vaciara una botella de agua mineral, y, de espaldas a la gente, comenzara a orinar dentro de la botella, sin saber que, a unos cien metros, un camarógrafo del canal 2, al servicio del chismoso Piojo Arrecho, estaba grabándolo todo, haciendo una toma cercana, a ver si conseguía exhibir el colgajo genital. Providencialmente para él, y como si todo esto hubiera sido pactado con el camarógrafo fisgón, Pecho Frío se subió la tanga, se arrodilló, hizo un hueco y metió la botella con orín y luego la tapó con bastante arena, quedando, mal que mal, como una persona educada, que no meaba en el mar. Al día siguiente, en su sintonizado programa «Después del amor», Piojo Arrecho pasó las imágenes de Pecho Frío meando en la playa, pudo verse con nitidez que Pecho Frío estaba muy bien dotado genitalmente (tanto que Piojo Arrecho gritó: «¡Tiene una anaconda!, ¡Ahora sí voto por él!») y luego pasaron el momento en que enterraba en la arena la botella con orín, lo que fue muy aplaudido por las señoras del público, sentadas en el plató. Piojo Arrecho dijo:

—Es oficial: el candidato Pecho Frío tiene novio. Los rumores son que se van a casar pronto en Buenos Aires. Su novio se llama Lengua Larga, quien en su Facebook se declara «pasivo, depresivo y aprensivo». Provecho, Lengua Larga: te estás comiendo un culebrón, ¡una boa constrictora!

Por último, y esta era la idea más osada de Lengua Larga, se arrojaron ambos, abrazados, atenazados, Pecho Frío detrás, apachurrándolo, sin instructor, en un parapente, desde el promontorio del malecón, a la altura del hotel Miraflores Plaza, y las cámaras de varios diarios y revistas, además de los programas del corazón, registraron ese gran momento, y antes de echarse a volar Pecho Frío dijo que le pediría matrimonio a Lengua Larga cuando estuvieran sobrevolando las playas de la Costa Verde, pero, lamentablemente, el vuelo fue algo accidentado, porque no supieron maniobrar el parapente y terminaron clavándose en el mar, no muy lejos de la orilla, y entonces lo que salió al día siguiente en la prensa no fue que se irían a casar o que habían hecho un vuelo intrépido, sino:

«Pecho Frío y su novio casi se ahogan en la Costa Verde. Pecho Frío denuncia: ¡una mano negra me saboteó el parapente y quiso matarme!».

Ilusionado con ganar el premio mayor de cincuenta mil soles, y esperanzado en obtener un buen número de votos si su presentación era exitosa y conseguía sortear airoso las difíciles preguntas, Pecho Frío aceptó la invitación del sintonizado programa «Diga la verdad», conducido por el mórbidamente obeso periodista gay Chancho al Palo, rutilante figura del espectáculo, autor de novelas muy leídas en su país y enemigo jurado y visceral de Chola Necia y Piojo Arrecho. Pecho Frío admiraba a Chancho al Palo porque este no ocultaba su condición de homosexual y hasta hacía alarde de ella, y porque según la prensa del corazón era el figurón que más dinero ganaba en la televisión peruana, y porque las novelas y columnas periodísticas que escribía le parecían sumamente originales y divertidas, y por eso, y animado porque lo vería todo el Perú, pues el *rating* del programa era muy alto, no dudó en comprometerse a asistir, a sabiendas de que las preguntas serían harto difíciles y se vería en aprietos.

El formato del programa «Diga la verdad» exigía que el invitado se sometiera a un detector de mentiras, de modo que si, según el detector, mentía, sonaba una alarma o campana o timbre chillón, y por consiguiente perdía el dinero en juego: no bastaba entonces con que el concursante contentara las expectativas de Chancho al Palo y del público concurrente al plató, lo más importante era que no contrariase al detector de mentiras, una máquina vieja, trucada, inservible, un mamarracho que los productores del programa se habían inventado, y que no operaba automáticamente, pues la alarma sonaba cuando el productor, escondido en una cabina, la hacía sonar, porque así le daba la gana, pero esto solo lo sabían Chancho al Palo y su productor Rata Gorda, y los televidentes incautos pensaban que, como se jactaba el programa, ese detector de mentiras era el mismo que usaba la policía de los Estados Unidos y Canadá en sus interrogatorios a sospechosos de criminales.

La primera pregunta que Chancho al Palo le arrojó a Pecho Frío fue:

—¿Eres homosexual? ¿Sí o no?

—Sí, positivo, confirmado —dijo Pecho Frío, y el detector no sonó.

—¿Eres activo o pasivo? —se demoró en preguntar Chancho al Palo, relamiéndose.

—Activo, cien por ciento activo.

Tampoco sonó el detector.

—¿Amas a tu esposa?

—Sí, la amo.

El público extrañamente aplaudió y Pecho Frío sonrió y saludó con una mano.

—¿La deseas sexualmente?

—No, ya no. Pero la sigo amando.

El productor Rata Gorda, agazapado en su puesto de combate, había pactado que no haría sonar la alarma hasta las tres preguntas finales, y de momento cumplía el acuerdo, para no expectorar tan pronto al concursante.

—¿Tienes novio?

—Sí. Se llama Lengua Larga. Nos amamos.

Nadie aplaudió. Hubo murmullos de risas, chismes y comentarios soterrados.

—¿Te gustaría casarte con él?

—No. Me gusta vivir solo. Me gusta dormir solo. Cada uno en su casa es mejor.

—¿Lo mantienes económicamente?

—No. Él vive de su trabajo. Yo vivo de mis inversiones.

—¿Te consideras un hombre rico?

—Sí. Pero sobre todo rico en amigos.

De nuevo lo aplaudieron y él pensó: estoy ganando votos con cada respuesta, soy un campeón, ganaré el premio final.

—¿Es cierto que tienes una amante masajista de nacionalidad argentina?

—No. Falso.

—¿De nacionalidad rusa?

—No. Falso.

—¿Fuiste siempre fiel a tu esposa?

—Siempre le fui fiel. Pero quería estar con un hombre. Estaba en el clóset. Nunca la engañé ni le puse los cuernos. Nunca, jamás.

«Mentiroso», gritó una mujer, desde el público. «Sí le sacaste la vuelta, jugador», gritó otra, pero él no se dio por aludido, y siguió mintiendo con absoluto descaro: los políticos tenemos que mentir, es nuestro oficio, se dijo, y preservó tanto la calma como la sonrisa ganadora.

—¿Ya debutaste con un hombre?

—Sí.

Hubo risas, sonrisas y risitas morbosas o nerviosas.

—¿Estás invicto por vía anal? ¿Te han roto el trasero?

—No. Estoy invicto. Soy gay, pero también soy muy varón, no te equivoques conmigo, Chancho al Palo.

Sorprendentemente, el público lo aplaudió y algunos incluso se pusieron de pie.

—¿Has chupado un pene? ¿Te has comido un pene? ¿Te gusta succionar penes?

Antes de que respondiera, las chicas entre el público se rieron, sorprendidas de que Chancho al Palo dijera la palabra «pene» con tanta gracia y naturalidad, como si fuera un íntimo amigo suyo o un familiar muy querido.

—No, nunca he chupado. Ni quiero. No es mi estilo. No va con mi forma de ser.

—¿Te gustaría succionar un pene?

—No. De ninguna manera. Va contra mis principios. No me nace.

—¿Tienes el pene circuncidado?

—Sí. Confirmado. Respira mejor. Es más higiénico.

—¿Te has hecho la operación de levantamiento del huevo con el doctor Tío Vivo?

—No. Todavía no. Pero si gano mi banca en el Congreso, está en mis planes. Es una operación muy costosa.

—¿Te depilas las nalgas?

—Sí. Una vez al mes.

El público se rio. La alarma no sonaba todavía.

—¿Te masturbas?

—Sí, claro. Todas las noches. Primero rezo, luego me hago una pajita para relajarme y dormir a tope.

—¿Admiras a Pelele Lelo?

—Sí. Profundamente.

—¿Admiras a Ají No Moto?

—No. Esa es una vaga y una ladrona. Debería estar presa.

—¿Admiras a Flauta Dulce?

—Sí. Pero ya está muy tío para ser presidente. Debería ser dueño de una funeraria o un cementerio.

—¿Eres de derecha?

—Sí, de extrema derecha.

—¿Amas al Perú?

—Sí. Pero sobre todo me duele el Perú. Me duele en el hígado la pobreza, la injusticia, la desigualdad. Me duele que los niños pobres no reciban una buena educación pública, gratuita. Me duele que los pobres no reciban un buen cuidado médico. Yo lucharé por ellos como congresista.

La gente lo aplaudió espontáneamente, sin que el azuzador de aplausos la exhortara a manifestarse.

—¿Amas a tu suegra?

—No. La odio. Es una vieja de mierda.

Grandes carcajadas premiaron su franqueza.

—Si pierdes, ¿te quedarás a vivir en el Perú?

—Sí, claro. Salvo que Pelele Lelo me nombre embajador en Buenos Aires.

—¿Te gustaría ser embajador o congresista?

—Prefiero ser congresista.

La alarma sonó con estridencia.

—Has mentido, Pecho Frío —gritó Chancho al Palo—. Nuestro detector asegura que prefieres ser embajador en Buenos Aires y que quieres irte a vivir allá con tu masajista rusa.

Pecho Frío puso cara de auténtica sorpresa.

—¡A nosotros no nos mientes, desgraciado! —levantó la voz, teatralmente, Chancho al Palo—. Yo soy loca y ojo de loca no se equivoca: ¡tú no eres gay, eres un falso gay, un gay trucho, y quieres ser congresista por el sueldo y los privilegios, no para defendernos a los sufridos gays peruanos!

Hizo una pausa y rugió, rencoroso:

—¡Te vas a tu casa sin un sol, Pecho Frío! ¡Y espero que no te elijan congresista, falso gay!

Chino Cholo se negó a hacer una reimpresión de varios millones de soles. Dijo que era muy peligroso. De momento prefería no renunciar al Banco Central. Había escondido el dinero con los números al revés. Pensaba que era muy riesgoso gastarlo. Dejó de contestar las llamadas de Pecho Frío.

Boca Chueca decía que renunciaría al banco del Progreso pero sus palabras quedaban en amenazas vacías. No se atrevía a ejecutar la decisión. Le gustaba cumplir una rutina mediocre pero en cierto modo gratificante. Su esposa lo disuadía de renunciar. Ella no sabía que él había escondido en la caja fuerte más de tres millones de soles. Él quería más, otros tres millones más, pero Chino Cholo se negaba a colaborar. Tenía ganas de ir a pegarle. Le parecía que Chino Cholo era un cobarde, un pusilánime. Para no llamar la atención, siguió trabajando como cajero y no compró nada caro o lujoso. No quería que su esposa se enterase de que escondía una pequeña fortuna. Le excitaba la idea de renunciar al banco, separarse de Fruta Fresca e irse a vivir a otro país, por ejemplo la Argentina o Chile, y abrir un restaurante de comida peruana, y ser su propio jefe, el dueño de su destino.

Culo Fino se hartó de que su esposo le hiciera desplantes a Chucha Seca y llevó a su madre a la casa nueva de Villa, con vista al mar. Pechó Frío encajó el golpe con aplomo, no se quejó, no protestó, no dijo nada, pero dejó de visitar a Culo Fino un par de veces por semana. Decidió castigarla, cortando las visitas. No imaginó que su ausencia sería celebrada por ambas. No lo extrañaban. Se quedaban hasta tarde rezando, viendo películas religiosas, documentales sobre vírgenes, santas y beatas, y, por si fuera poco, oraban el rosario antes de irse a dormir. Culo Fino no quería divorciarse, pero le molestaba profundamente que su esposo hubiese entrado en la política y, para ganar un escaño congresal, estuviera dispuesto a inventarse un novio y exhibirlo en público. Le parecía que Pecho Frío estaba haciendo el ridículo. Encontraba penoso, patético, deleznable, que tuviera tantas ansias de poder y estuviera dispuesto a falsearse solo para obtener su pequeña, minúscula cuota de poder. No pensaba votar por él, y menos Chucha Seca, quien lo detestaba. Tampoco lo odiaban porque él era generoso con el dinero y les pasaba varios miles de soles mensuales para que vivieran con holgura y comodidad. Pero, cuando rezaban, estaban seguras de que, si no cambiaba su estilo de vida, él se iría al infierno, y por mucho que lo querían, no parecían dispuestas a acompañarlo.

Paja Rica alquiló un local en Miraflores con el dinero falso que le entregó Pecho Frío, contrató peluqueras, manicuristas, masajistas, expertas en tintes de cabello, y abrió su salón de belleza Cero Piojos. La noticia salió en los periódicos, en las revistas frívolas, en los programas del corazón. Pecho Frío asistió a la inauguración con su presunto novio Lengua Larga, cortó la cinta, rompió una botella de champagne y dijo unas palabras sentidas, al borde de las lágrimas. Sin embargo, pasaron los días y la clientela era escasa. Paja Rica no sabía qué hacer para atraer clientes y empezar a ganar dinero. Después de pagar el alquiler y los sueldos, y comprar los artículos de higiene y belleza, perdía plata día tras día. La competencia era feroz, el barrio estaba lleno de peluquerías, y ella era conocida en Punta Sal, no así en Miraflores. Decidió que tenía que hacer un gran escándalo para conseguir nuevos clientes. No sabía qué hacer, pero estaba segura de que tenía que salir en los periódicos y la televisión, y dar una imagen regia, principesca, e instalar la idea de que solo las mujeres sofisticadas, de alta sociedad, podían entrar a atenderse en la peluquería. Pecho Frío le aconsejó que convirtiera el salón en un club exclusivo, solo para socias, pagando una membrecía mensual no muy onerosa, y que sirviera champagne y canapés, mientras las clientas se dejaban atender. Con qué plata, preguntó ella. Con la que yo te pienso regalar, dijo él, quien seguía profundamente enamorado de ella. Quebrar, cerrar el local, aceptar la derrota no eran opciones: haría lo que fuese necesario para remontar la adversidad y tener éxito. Pecho Frío le sugirió que habilitase un cuarto de masajes, que atendiese a hombres, y que ella les diese los masajes: estaba seguro de que, con sus indudables encantos, ella atraería a muchos señores, deseosos de ser tocados y acariciados por las manos avezadas de la bielorrusa. Bobo Rojo le escribía correos todos los días, diciéndole que quería ir a Lima a visitarla, pero ella no quería peleas con Pecho Frío y prefería no responderle. Bobo Rojo es un perdedor, un boludo, pensaba. Yo necesito un hombre de éxito, con plata, y si Pecho Frío no se compromete conmigo, ya lo encontraré, se decía, en las noches insomnes, después de hacer cuentas y verificar que seguía perdiendo dinero.

Lengua Larga estaba feliz jugando a que Pecho Frío era su novio mediático. Sin darse cuenta, estaba enamorándose de él. Lo encontraba fascinante, brillante, audaz, guapo, con gran sentido del humor. Se masturbaba pensando en él todas las noches. Le hablaba imaginariamente: sí, papito, métemela, dame duro, clávame hasta el fondo, deja que te la chupe rico, soy tu puta, tu esclava, tu geisha. Y cuando estaba con él, lo abrazaba, lo acariciaba con aire casual, le sonreía, le celebraba las bromas buenas y malas. Pensaba que era un gran fortuna haber conocido a un hombre como Pecho Frío. Estaba seguro de que ganaría una banca en el Congreso y lo contrataría como su asesor y secretario parlamentario. Tenía la ilusión de que eso los haría más cercanos. Quién sabe algún día nos tomamos unos tragos, nos achispamos, nos emborrachamos, y Pecho Frío se relaja y me hace el favor y nos revolcamos en un gran polvo y él descubre que la cosa le gusta y terminamos siendo pareja, fantaseaba, como un adolescente.

Puto Amo no había olvidado que Pecho Frío lo había timado. Esperaba pacientemente el momento de la venganza. No era un hombre que se precipitase a tomar decisiones. Veía a Pecho Frío como un insecto repugnante y quería pisarlo, aplastarlo como si fuera una cucaracha. Ya llegará el momento, pensaba.

Chato Ñoco no era rencoroso y por el momento había olvidado que Pecho Frío le quedó debiendo su comisión en agradecimiento a la sentencia benéfica que le expidió. Siempre había otros sobornos por cobrar, la caja chica estaba llena de pagos negros, en B, por lo bajo, y no quería pelearse con un posible congresista. No era la primera vez que le quedaban debiendo. Ya estaba acostumbrado a que los pícaros y embusteros le prometieran comisiones que luego incumplían. No era rencoroso, pero era memorioso, y pensaba que ya encontraría la manera de cobrarle algún día a Pecho Frío, de momento prefería no hacerse mala sangre y de hecho veía con simpatía su candidatura y hasta pensaba votar por él: lo más importante para un juez, se recordaba con cinismo, no es que sepa de leyes o que sea recto o virtuoso, sino que tenga amigos en el poder, que sea sensible al poder persuasivo del dinero, pues, decía, cuando se tomaba unas copas, en el Perú la verdadera e inequívoca fuente del Derecho es el dinero, y el que no tiene plata perderá el juicio con seguridad.

Pecho Frío tenía un plan, solo un plan: ganar su escaño como congresista. Luego viviría de los intereses que le daba mensualmente Mala Uva Verde y del gran sueldo de parlamentario. Viajaría, haría amigos poderosos, trabajaría para ser presidente de la U, eventualmente se apartaría de Lengua Larga y volvería con Culo Fino, aunque, pensaba, si ella insistía en vivir con la odiosa e insoportable de su madre, entonces tal vez se divorciaría de ella y le pediría casamiento a Paja Rica y sería la pareja más glamorosa del Congreso y quién sabe si en cinco años el partido de Pelele Lelo lo consideraría como precandidato presidencial. Ya no tenía que pensar en el dinero, ahora lo que le preocupaba grandemente era tener poder, que la gente lo reconociera en la calle y le tuviera, más que respeto, algo de miedo: el miedo que yo sentía, siendo cajero, por el estúpido gerente Huele Pedos y por el magnate Puto Amo, se decía. Su sueño era aparecer algún día en la encuesta de los diez hombres más poderosos del país: para eso tenía que ganar una curul congresal, luego ser presidente de la U, después hacer una gran boda mediática con Paja Rica, poco a poco iría cimentando su escalada a la cumbre del prestigio social, pensaba en las noches, viendo las noticias en la televisión.

Con la certeza de que en tiempos modernos las elecciones políticas no se ganaban más en calles y plazas,

Pecho Frío, asesorado por un experto maquiavélico brasilero, de nombre Mala Entraña, el principal consejero de Pelele Lelo, que cobraba un millón de soles por sus servicios de consultor, decidió abrir una cuenta en Facebook bajo el nombre «Pecho Frío al Congreso». En ella se definió así:

«Homosexual. Activo. Defensor de los Derechos Humanos. Demócrata probado. Admirador del Papa Che Boludo. Extesorero del Movimiento Homosexual. Soñador. Hincha de la U. Amante del cebiche, la leche de tigre, el tamal y el chancho al palo. Amigo personal de Pelele Lelo. Defensor del Matrimonio Igualitario Gay».

En pocos días la cuenta se llenó de amigos y seguidores, pero especialmente de enemigos, detractores, contradictores y adversarios de toda laya, calaña y estofa. Para su consternación, no había día en que no le llovieran los insultos más feroces y despiadados, principalmente de gente anónima, mayormente hombres, aunque también de personas que daban sus nombres y dejaban sus fotografías, aunque él no podía estar seguro de que esas fotos correspondieran realmente a esos nombres, ni de que esos nombres fuesen reales y no unos paraguas bajo los cuales se guarecían los impostores. Aunque Mala Entraña le sugirió que no leyera las críticas y que solo prestara atención a los elogios, cuando se quedaba a solas en su apartamento, Pecho Frío no podía resistir a la tentación autodestructiva de bajar al fango de los insultos, enlodarse con ellos y hasta salpicar de barro a sus enemigos, contestándoles con grosería y desparpajo, y hasta citándolos a una pelea callejera, a ver si eran tan valientes de dar la cara.

«Maricón de mierda, ojalá se pudran tus órganos y te mueras despacito y sufriendo», le dijo alguien.

«Mercenario, sicario gay, hijo de puta, ¿cuánto te ha pagado Pelele Lelo para que lo apoyes? ¿Cuál es tu precio, miserable, vendido?», le espetó otro.

«Auquénido, llama, analfabeto, no me subestimes, eres un ignorante, no tienes una sola idea para llegar al Congreso, solo eres un arribista más: los peruanos de buena fe te despreciamos y te consideramos una basura, un desecho, un asco: me das náuseas, ganas de vomitar», le escribió alguien más.

«Comodín, ¿cuántas vergas has tenido que mamar para que te den un mísero puesto en la lista parlamentaria, cuánta leche de esperma has tenido que tragar para que estés así rechoncho e inflado y mamándole la pinga al torero de cuyes de Pelele Lelo?», le incriminó un usuario.

«Tú no eres homosexual, ni bisexual ni heterosexual», afirmó otro ciudadano enervado, virulento: «Tú no eres nada. Eres solamente un asno, un burro, una acémila. Ni siquiera sabes si te gustan los hombres o las mujeres, pedazo de idiota. Hazle un favor a la patria: suicídate».

«Antes de votar por ti, Pecho Frío, hijo de la miseria, retardado, cabeza hueca, me corto un dedo, me corto un huevo», escribió un joven con el seudónimo Musa Araña.

«¿Tú crees que los peruanos no sabemos que eres amante en el clóset del degenerado de Mama Güevos?», le preguntó una joven que se identificaba como estudiante universitaria de sociología, lectora de poesía y lesbiana con novia chilena. «¿Tú crees que somos tan imbéciles de pensar que el beso que se dieron en la televisión, y que te hizo famoso, fue casualidad? No, Pecho Frío: tu carrera política comenzó con ese beso mercenario y terminará cuando nadie, ni tu vieja, ni tu esposa, vote por ti. Muérete, huevón».

«Si me encuentro contigo en la calle, te rompo la cara por ser tan concha de tu madre, coimero, trepador, la reputa madre que te parió», lo amenazó un señor que se identificaba como sereno de San Isidro.

«No necesitamos más cabros y rosquetes en el Perú, lárgate a Chile a que te hagan anticucho, degenerado», le dijo el famoso periodista Masca Vidrio.

Sorprendido por la lluvia tóxica de insultos, Pecho Frío escribió:

«A todos los que me odian y me insultan, a los que me amenazan y quieren que me vaya a otro país, a los que me desean la enfermedad y la muerte, les digo, con una mano en el pecho: los perdono, los quiero, les pido que voten por mí. Y les recuerdo: tu envidia es mi progreso. Y algo más: el odio da cáncer, amigos».

«De cáncer en el ano te vas a morir tú, depravado», le respondió alguien, y Pecho Frío estuvo tentado de dar de baja su cuenta en Facebook, que le había traído tantos dolores de cabeza.

Quizá mi vida era mejor cuando era pobre, cajero y anónimo, pensó.

Paja Rica le envió un mensaje de texto a Pecho Frío pidiéndole una fotografía erótica, él sin ropa, completamente desnudo, con la verga erecta.

—Quiero tener una linda foto tuya, papá, para tocarme cuando te extrañe y no puedas venir por tu agenda de político —le dijo.

Pecho Frío cumplió gustosamente el pedido: se hizo fotos en calzoncillos, con un suspensor negro elástico que usaba cuando jugaba fútbol, y luego dudó antes de tomarse fotos exhibiendo sus genitales. Para que su pene pareciera más largo o menos corto, se afeitó los vellos púbicos. Enseguida se echó una crema lubricante, pensó en Paja Rica, se frotó la poronga y, cuando estuvo dura y levantada, se paró frente al espejo y se disparó ocho o diez fotos. Poco después eligió la mejor, la sometió a técnicas de Photoshop para expandir visualmente el tamaño de sus genitales, corrigió que un testículo fuese más grande que el otro, y, una vez que se aseguró de que todos los detalles estuviesen bien retocados y sometidos a los filtros de colores convenientes, se la envió sin demora a Paja Rica.

—Sos un potro, papá —le dijo ella—. Soy re adicta a tu poronga. Ya no puedo vivir sin ella.

Pecho Frío le pidió una foto de ella desnuda, pero Paja Rica alegó que le daba mucho pudor y que prefería dejarlo para más adelante. Pero le envió una foto en sostén y calzón, y Pecho Frío se hizo una paja urgente, repentina.

Al día siguiente Pecho Frío tomó un taxi, se dirigió al local partidario del candidato Pelele Lelo, se reunió con el comité político del partido y fue informado, por el asesor Mala Entraña, de que, según las encuestas, tenía muy buenas probabilidades de entrar al Congreso:

—Usted siga haciendo escándalos, saliendo en televisión, defendiendo a los gays, y lo elegirán seguro.

Al salir de la reunión, Pecho Frío se dio cuenta de que había perdido el celular. Lo buscó en todo el local partidario, sin suerte. Volvió a su apartamento y allí tampoco estaba. Supuso que lo habría dejado en el taxi. Mala suerte la mía, se resignó.

Esa misma noche, mientras estaba disfrutando de una página pornográfica llamada «Chinas-Ciegas-Cojas-Putas», Boca Chueca lo llamó al teléfono fijo de la casa y le dijo:

—Pon el programa de Chola Necia. Ha anunciado una primicia sobre ti.

Cortaron. Encendió el televisor. Chola Necia estaba hablando de un futbolista al que habían sorprendido orinando en la vía pública. Exigió que lo despidiesen de la selección y de su club y que fuese condenado a una semana en la cárcel. No dijo que ella le había pagado por lo bajo al futbolista para simular ese reportaje trucado: tan mal le iba al pobre muchacho, que había aceptado la oferta deshonesta de los productores de Chola Necia y, a cambio de un dinero que equivalía a lo que ganaba en medio año, se había bajado los pantalones y orinado, como si no estuviese al tanto de que lo grababan, en una calle del centro de la ciudad.

Minutos más tarde, Chola Necia anunció:

—¡Tenemos fotos de Pecho Frío desnudo! ¡Fotos de alto voltaje erótico! ¡*Selfies* que se tomó el polémico e innombrable candidato al Congreso y que han llegado a nuestra redacción!

Maldición, estoy frito, esto va a destruir mi candidatura, pensó Pecho Frío, y quiso apagar la televisión, pero fue valiente y siguió mirando.

Por suerte para él, Chola Necia pasó las fotos en las que aparecía con calzoncillos y luego con suspensor, todo con una música de fondo truculenta, apocalíptica, como si se avecinara el fin de los tiempos, y luego advirtió de que pasaría fotos en la que Pecho Frío mostraba «su tremenda donación urogenital, su pene del tamaño de un pepino, su culebrón, su rata ciega», y él suspiró aliviado cuando vio que un grueso cintillo negro cubría su verga y la escamoteaba de la exhibición morbosa y privaba a los televidentes de saber con exactitud si la tenía grande, regular o chica, encapuchada o circuncidada, apetecible o deleznable.

—Pecho Frío, ahora que he visto tus fotos calato, ¡votaré por ti, papito! ¡La tienes más grande que mi novio, el notario! ¡Ahora entiendo por qué los del Movimiento Homosexual te adoran!

Esa noche Pecho Frío no se atrevió a salir a comer algo, se quedó encerrado en su apartamento, no quiso contestar llamadas al teléfono fijo y solo dejó un mensaje en el teléfono de la producción de Chola Necia, pidiendo que le devolviesen su celular perdido, y evitando quejarse o hacerles recriminaciones: ya era tarde para hacerse la víctima, mejor era recuperar el celular y agradecerles que hubieran puesto un cintillo cubriendo su verga enhiesta.

Al día siguiente pasó por el canal 9, recogió su teléfono móvil y luego se dirigió al local partidario de Pelele Lelo. Apenas entró, el asesor brasileño Mala Entraña lo recibió con una gran sonrisa y le dijo:

—¡Has subido diez puntos en las encuestas! ¡El voto femenino está contigo! ¡Ha sido una jugada maestra que le des tus fotos íntimas a Chola Necia! ¡Puedo asegurarte que ahora sí entrarás al Congreso!

Pecho Frío se dejó abrazar, se infló de orgullo y se abstuvo de decir que todo había sido fruto del azar.

Periodistas avezados de la Unidad de Investigación del diario *El Comercial* denunciaron, en la primera plana del periódico, que el candidato presidencial Pelele Lelo había plagiado su tesis de maestría, su tesis de doctorado, dos libros de ensayos sobre el Perú y el ochenta por ciento de su plan de gobierno. Pelele Lelo respondió en tono virulento, afirmando que la denuncia era una patraña, una completa falsedad, y que él nunca había plagiado a nadie. Sin embargo, sus números de intención de voto descendieron en forma abrupta en las encuestas: la gente pareció creer que, en efecto, había plagiado casi todo lo que había publicado. A fin de hacer control de daños, el candidato fichó al famoso escritor Cuba Libre, ganador de importantes premios literarios, autor de novelas celebradas por la crítica, para que investigase las acusaciones de plagio y emitiese un dictamen independiente al respecto. Pero Cuba Libre estaba recibiendo dinero de Pelele Lelo y por eso no vaciló en afirmar que las denuncias de plagio carecían de asidero, eran falsas y antojadizas, y obedecían a una sañuda persecución política:

—Puedo dar fe, como intelectual, y como peruano, de que Pelele Lelo no ha plagiado una sola línea en sus tesis de grado ni en su plan de gobierno. La campaña mediática contra él responde a una conspiración de los poderes fácticos, de las grandes corporaciones, de las mineras transnacionales, para cerrarle el camino al poder. Le expreso a Pelele Lelo mi entusiasta y desinteresada adhesión.

Días después los sesudos reporteros de *El Comercial* denunciaron que Cuba Libre había plagiado ciento treinta y ocho artículos de opinión, publicados en ese periódico en los últimos cinco años, de articulistas, columnistas y académicos que publicaban en diarios y revistas de España. Cuba Libre enmudeció ante el tamaño irrefutable de las evidencias, escapó de Lima y se refugió en casa de un amigo en la playa Asia, cien kilómetros al sur, redoblando su consumo de alcohol.

Entretanto *El Comercial* descubrió que el partido de Pelele Lelo había sido inscrito con miles de firmas falsas. Falsificaron esas firmas, en padrones fraguados, espurios, las dos hermanas del candidato, quienes habían copiado, en las actas de inscripción del partido, los nombres de los usuarios de una compañía de celulares, sus documentos de identidad, y sus firmas, tratando de que se parecieran a las originales. Para falsificar tantas firmas, las hermanas de Pelele Lelo, a tenor de la denuncia periodística, habían pasado largos meses encerradas en un galpón abandonado al sur de Lima, que había sido un criadero de gallinas ponedoras de huevos, y que ahora estaba vacío, en quiebra. Cuando la prensa trató de obtener la versión de las hermanas, se supo que se habían fugado a la Argentina.

Sin embargo, Pelele Lelo negó todo: que fuera plagiario, que su amigo escritor fuese igualmente un copión, que sus hermanas hubiesen falsificado miles de firmas para inscribir el partido, y que hubiese una sola mancha ética sobre su candidatura. El Jurado de Elecciones no le creyó, le impuso una cuantiosa multa y falló que su candidatura había cometido irregularidades graves y que por tanto no era viable y quedaba fuera de carrera. Desesperado, el candidato acudió a la casa de los magistrados del Jurado y trató de sobornarlos, pero ellos le dijeron que eran incorruptibles y que la decisión de anular su candidatura era ya irreversible. Le sugirieron, en tono amigable, conciliador, que mantuviese su lista al Congreso y que considerase que alguno de los candidatos de esa lista fuese inscrito, en la hora undécima, pero todavía a tiempo, como candidato presidencial. Deprimido, descorazonado, harto de la política, humillado por el diario *El Comercial*, Pelele Lelo le propuso a Pecho Frío que fuera el candidato presidencial.

—Pero yo no he leído el plan de gobierno —dijo Pecho Frío, aterrado.

—Yo tampoco —confesó Pelele Lelo—. Me lo escribió Cuba Libre. Lo copió de un político mexicano.

Pecho Frío respondió:

—No puedo ser candidato presidencial. Soy públicamente homosexual. Los peruanos no elegirían presidente a un gay fuera del clóset. Para congresista tal vez sí, pero no para presidente.

Acordaron que se tomarían tres días para pensarlo. Pecho Frío lo consultó con cuatro personas de su círculo íntimo: su esposa Culo Fino, su suegra Chucha Seca, su amante Paja Rica y su amigo Boca Chueca.

Tanto Culo Fino como Chucha Seca le rogaron que no cayese en la trampa:

—No estás preparado. Serías un improvisado. Harías el ridículo. No sacarías ni tres por ciento. No pasarías la valla de cinco por ciento. Le anularías la inscripción del partido. Serías un papelón. Por respeto a nosotras, por favor, no lo hagas.

Pero Paja Rica tuvo una opinión bien distinta:

—Lánzate, papito. No tienes nada que perder. Te harás más conocido. Si me necesitas, estaré a tu lado como primera dama. Nos haremos famosos. No ganaremos, pero nos divertiremos como chanchos en la campaña. Y me harás publicidad para el salón de belleza. No tienes nada que perder. Lánzate con todo. Total, en el Perú nunca se sabe y a veces ganan las grandes sorpresas.

Por su parte, Boca Chueca opinó:

—Cuenta con mi voto, compadre. Si ganas, sería cojonudo. Podríamos imprimir millones de soles falsos todos los meses. ¿Te imaginas? Nos haríamos multimillonarios. Tendríamos más plata que Puto Amo. No seas huevón, acepta el desafío, tú puedes, yo sé que harás una linda campaña y ganarás. Lo veo clarísimo. Y cuando estés sentado sobre una fortuna, le compramos el banco a Puto Amo. Y si no quiere venderlo, se lo confiscas, lo estatizas y le quitas la nacionalidad peruana a ese hijo de puta y lo deportas.

Pecho Frío pidió tiempo para pensarlo. En la noche, se puso de rodillas, a solas, en su apartamento, abrió los brazos y dijo:

—Señor de los Milagros, Santa Rosa de Lima, Fray Martín de Porres, les ruego que me digan si debo o no debo ser candidato presidencial. Haré lo que ustedes me ordenen. Soy un soldado de Jesucristo.

Pecho Frío escuchó una voz clarísima que le decía:

—Tu misión es servir a los más pobres. Entrégate a la causa del bien común.

Al día siguiente madrugó y le confirmó a Pelele Lelo que sería candidato, sí, pero no a la presidencia, sino a la vicepresidencia de la república. Luego fue al salón de Paja Rica, se encerraron en el cuarto de masajes y ella le prodigó una mamada llena de amor.

Pelele Lelo no tuvo que pensarlo demasiado para ofrecerle la candidatura presidencial al segundo a bordo de su partido, financista de la campaña, propietario de una poderosa firma de cosméticos, el joven y carismático empresario Churro Chato, quien ya se había postulado en dos ocasiones al Congreso, sin suerte en ambas tentativas, y quien aparecía en las listas de los diez hombres más ricos del país, con una fortuna calculada en trescientos millones de dólares. El negocio de

Churro Chato era simple y eficaz: copiaba las fórmulas de las fragancias, cremas y champús de éxito internacional, las reproducía usando productos baratos, y vendía sus artículos de higiene y belleza a la mitad del precio de los que había imitado tan austeramente, de modo que las señoras peruanas que no podían viajar al extranjero ni comprar las fórmulas originales por ser muy caras, se contentaban con adquirir los perfumes, las cremas, las lociones, los champús de la línea Eternamente Bella.

Tan pronto como se inscribió como candidato presidencial, junto con su compañero de fórmula Pecho Frío, Churro Chato convocó a una rueda de prensa, dio de comer y beber a los periodistas, les obsequió artículos de belleza de la línea Eternamente Bella para sus esposas, hijas, novias y amantes, y luego se despachó con las líneas maestras de su plan de gobierno, que tomó por sorpresa al vetado Pelele Lelo, ni qué decir a Pecho Frío, quien, a su lado, escuchó pasmado los anuncios que Churro Chato enumeró con voz autoritaria, mandona, el timbre de voz de alguien que tenía mucho dinero y no parecía tenerle miedo a nada:

—Si gano, cerraré el Congreso el primer día de mi gobierno. El Congreso debería llamarse «Congrezoo» porque es un zoológico. Es una cueva de ladrones, un nido de ratas y serpientes. Lo fumigaré. No necesitamos un Congreso. Nos ahorraremos ese dinero. Y a los congresistas corruptos los meteremos en la cárcel. Por eso, anuncio que nuestro partido ya no llevará listas al Congreso, y solo yo y mi vicepresidente Pecho Frío seguiremos en carrera.

Sorprendentemente, varios periodistas aplaudieron de modo espontáneo, presagio de la reacción de la población general, que, al enterarse de los planes de Churro Chato, expresó su apoyo entusiasta a la idea de cerrar el Congreso. Luego el candidato anunció:

—Exigiré que Chile nos devuelva el buque de guerra Huáscar. Es nuestro. Es una reliquia de nuestra historia. No es justo que los chilenos lo exhiban en su litoral, humillándonos, jactándose de habernos derrotado en la Guerra del Pacífico. Y si Chile se niega a devolvernos el Huáscar, lo vamos a recuperar a la fuerza, aunque para eso tengamos que ir a una conflagración bélica con nuestro hostil vecino del sur. Señores de Chile: O nos dan el Huáscar por las buenas, o se lo quitaremos por las malas.

Pecho Frío se puso de pie y aplaudió con fervor, y algunos periodistas lo imitaron. De pronto, Churro Chato demostraba unas habilidades naturales como candidato de las que Pelele Lelo adolecía: era agresivo, radical y sorprendía con propuestas nuevas, y excitaba los sentimientos primarios de la población (odio a los congresistas tan bien pagados, odio a los chilenos) y parecía capaz de obtener muy buenos resultados en la contienda electoral. Pecho Frío pensó: este Churro Chato, con toda la plata que tiene, es capaz de hacernos ganar.

Finalmente Churro Chato anunció otra idea central de su candidatura, que tomó por sorpresa hasta al propio Pelele Lelo, disminuido ante la exposición de quien hasta entonces había sido su lugarteniente en el partido:

—A todas las madres de bajos ingresos, a todas las madres peruanas que ganan menos de mil soles mensuales, les daremos una Asignación Universal por Hijo de mil soles mensuales. Tener un hijo es un acto de amor a la patria. Muchas madres son solteras, no tienen cómo criar a sus hijos. Nosotros les pagaremos mil soles por hijo. Y les daremos seguro médico gratuito, educación escolar gratuita de la más alta calidad, y educación universitaria gratuita con enseñanza del idioma inglés. Y a todas las madres del Perú que tengan dos hijos o más, les daremos, además de su estipendio mensual, un viaje pagado a Disney, en vuelos chárter que el gobierno contratará para tal efecto. En mi gobierno no solo los blancos pitucos irán a Disney, también irán, invitados por mí, los cholos, los zambos, los chinos, los morenos, los cojos, los tuertos, los mancos, los ciegos. Les prometo que las madres peruanas recibirán todo nuestro apoyo. Gobernaré para ellas y para sus hijos y les daremos un mejor futuro.

Ese Churro Chato se las trae, pensó Pecho Frío.

Una semana después, Churro Chato se acercaba en las encuestas a Ají No Moto: ella tenía cuarenta y dos por ciento de intención de voto, y él, treinta y tantos por ciento, casi duplicando los números que antes le adjudicaban las encuestadoras a Pelele Lelo. Muy atrás había quedado Flauta Dulce, quien, debido a su avanzada edad, ochenta años, no inspiraba demasiado entusiasmo entre los ciudadanos del Perú, y cuando hablaba, a veces los ponía a bostezar, cuando no a dormir.

En una larga entrevista en vivo que concedió a la rolliza periodista de ojos rasgados Tres al Hilo, Pecho Frío se dejó contagiar por el entusiasmo de Churro Chato y dijo:

—Cerraremos el Congreso. Iremos a la guerra con Chile. Llevaremos a todas las madres peruanas a Disney. Y algo más que todavía no he consultado con mi candidato, pero que es una idea que mi novio Lengua Larga y yo hemos pensado con gran amor a la patria: bajaremos la edad de jubilación a los cincuenta años, de manera que nadie después de los cincuenta se vea obligado a trabajar. Nuestro gobierno fomentará el ocio, el descanso, las vacaciones y la jubilación temprana: cincuenta años para los varones, cuarenta y ocho años para las mujeres, cuarenta y cinco años para los gays y las lesbianas, debido a que sufren mucho por la discriminación homofóbica y están estresados y por tanto necesitan descansar un poco antes que los demás.

Cuando terminó la entrevista, Pecho Frío estaba orgulloso, tomándose fotos con los asistentes y lugartenientes de Tres al Hilo, pero poco después sonó su celular, contestó ya dentro del taxi de regreso a su apartamento, y escuchó la voz contrariada de Churro Chato diciéndole:

—Por favor, no hables huevadas. Te prohíbo que anuncies cosas sin consultarme. Lo de la jubilación temprana es una paja, compadre. Cómo se te ocurre anunciarla sin avisarme.

Pecho Frío se agigantó:

—Mira, Churro Chato, si quieres que sea tu vicepresidente, tienes que respetar mis ideas y mi agenda. Y si no me respetas, te renuncio ahora mismo.

Unos días después los sondeos de opinión confirmaron que la gran mayoría de la población peruana respaldaba la idea de la jubilación temprana expuesta por Pecho Frío. Churro Chato lo llamó, lo felicitó y le dijo:

—Anda haciéndote el fajín de vicepresidente. No nos para nadie, compadre. ¡No nos ganan!

—En el Perú que yo sueño nadie tendrá corona, todos seremos iguales ante la ley, excepto mi exsuegra Chucha Seca, que será inferior ante la ley y a la que nombraremos embajadora en Kabul, Afganistán.

Pecho Frío había ensayado en varias sesiones para el debate, tanto con el depuesto Pelele Lelo como con el brillante Churro Chato: entendió que debía repetir las ideas fundamentales de su candidato, a saber: cerrar el Congreso, recuperar el antiguo buque de guerra Huáscar, regalar dinero a las madres y eventualmente llevarlas al parque temático de Disney, en Orlando, y otorgar jubilación temprana a todo el que quisiera. Sin embargo, y tal vez por timidez, o porque quería sorprender y halagar a sus jefes políticos, se guardó un par de promesas que se propuso anunciar al calor del debate, solo si las circunstancias le parecían propicias.

Bello Púdico, vicepresidente de Ají No Moto, prefirió leer sus intervenciones, lo que lo hizo parecer algo serio y acartonado. Dijo que, si ganaban, triplicarían el sueldo mínimo, construirían diez mil colegios para los pobres, duplicarían el salario de profesores y policías, y regalarían buzos deportivos y pelotas de vóley y fútbol a los jóvenes peruanos. En un momento atacó duramente a Pecho Frío:

—Usted es el candidato de la guerra. Si ustedes ganan, nos llevarán a un grave conflicto con Chile. Yo, en cambio, soy el candidato de la paz. Lo acuso, señor Frío, de estar tocando tambores de guerra y de excitar el odio a los chilenos para ganar votos.

Pecho Frío, preparado para el ataque de su adversario, no se dejó amilanar y respondió con aplomo:

—Y yo lo acuso a usted, señor Bello Púdico, de ser chileno. O en parte chileno. Descendiente de chilenos. Usted lleva sangre chilena en las venas. Su bisabuela fue chilena, nació en Valparaíso. Por eso defiende usted a Chile.

—¡Esa es una infamia! —lo interrumpió Bello Púdico.

—¡La infamia es que usted, siendo mitad chileno, quiera ser parte del gobierno del Perú! —rugió Pecho Frío.

—¡Usted no irá a pelear con los chilenos, si vamos a una guerra irresponsable solo para recuperar un buque chatarra! —le espetó Bello Púdico.

—Yo no puedo ir a la guerra porque padezco de asma, miopía y astigmatismo. No veo un carajo. Con las justas le veo ahora mismo la cara de loco que tiene usted —dijo Pecho Frío, y el público se rio—. Pero, pierda cuidado, si vamos a la guerra, estaré en el Huáscar cuando lo traigamos de regreso a casa.

—¡Usted es un payaso! —gritó Bello Púdico—. ¡Un payaso sin gracia!

—¡Más respeto a los payasos! —exigió Pecho Frío—. ¡Tengo más respeto por un payaso ambulante del centro de Lima, que por usted, que es un judío usurero chupasangre!

Con eso lo ha liquidado: lo ha acusado de ser chileno y judío, lo tiene contra las cuerdas, en la lona, pensó, viendo la televisión, Churro Chato.

En otro momento particularmente tenso del debate de vicepresidentes, Ricas Tetas, vicepresidenta de Flauta Dulce, arremetió contra Pecho Frío:

—¡Cerrar el Congreso es antidemocrático! ¡Equivale a un Golpe de Estado! ¡Usted es un golpista!

Pecho Frío tenía ya la respuesta bien ensayada y la enunció sin alterarse:

—Pues, sí, sería un golpe, pero un golpe a la corrupción, a la mediocridad, a la ociosidad, ¡un golpe a esos vampiros haraganes que son los congresistas! Y entiendo que usted los defienda, porque usted postula al Congreso y sabe perfectamente que su candidato, el anciano Flauta Dulce, no va a ganar, y usted quiere asegurarse su rica curul, ¿no es cierto?

—No, no es cierto —contestó Ricas Tetas—. Pero el Perú necesita contrapeso, equilibrio de poderes. La democracia no es solamente ir a votar, es respetar el contrapeso de los poderes públicos.

—Pues le diré lo que pienso: a mí lo que me gustaría es hacerle un contrapeso a los gloriosos senos que usted se maneja, señora Ricas Tetas.

Mucha gente se rio y aplaudió el piropo inflamado. Eso le dio valor a Pecho Frío para añadir:

—Si todas las mujeres fuesen como usted, tan bien dotadas en sus mamarias, yo, créame, sería heterosexual. Con todo respeto, y en un clima de confraternidad democrática, tengo que decirle que usted y sus pechos majestuosos elevan mucho el nivel de la política peruana, estimada señora. O por lo menos me la elevan a mí, si usted me entiende.

—¡Sexista, machista! —gritó ella, indignada—. ¡No le acepto que me hable de mis pechos!

Al mismo tiempo, Bello Púdico pidió la palabra y dijo, furioso:

—¡Es una falta de respeto hablar de la anatomía o de las bondades físicas de la candidata! ¡Este es un debate sobre ideas, propuestas, planes de gobierno, no sobre tetas y culos!

Pecho Frío sorprendió luego a todo el mundo: bajó de su podio, caminó hacia Bello Púdico, se acercó a él y lo besó en los labios, a pesar de las reticencias de su contrincante, que trató en vano de apartarse y esquivar el beso. Luego caminó hacia Ricas Tetas, la tomó de los brazos y le dio un beso lento y comedido en los labios, sin buscarle la lengua. Tan pronto como regresó a su estrado, en medio de una ovación, dijo, la mirada risueña:

—El Perú necesita más besos, no más insultos. Yo seré el candidato que reparte besos a sus amigos y enemigos. Más me insultas, más rico te beso. Más me odias, más te como la boca.

Es un genio maléfico de la política, pensó Churro Chato, viendo el debate en su casa.

Al día siguiente, el columnista más leído de la prensa peruana, el culto y afilado Caga Tintas, publicó en su columna de *Siglo21*:

«Vi el debate de los vices. Me dio náuseas, arcadas. Patético. Culturalmente estamos al nivel de Haití. En este país de locos cualquiera puede ser presidente. Si se lanza el pato Donald, gana seguro. Si postula Condorito, los tarados lo eligen sin duda. Porque este Pecho Frío es un oligofrénico de cuidado. Prometió cosas ridículas, que no pueden cumplirse. No sabe nada de economía. No conoce de política exterior. Es un asno. Y cree que dando besos a sus rivales va a ganar. Paupérrima impresión. Ojalá pierda y se largue a vivir al extranjero. Es un rojo. Un rojo rabanito. Un rojo de la izquierda caviar. Un caviarón. Uno más de la caviarada. Se da la gran vida con la plata que le sacó a Puto Amo, posa de justiciero social, pero nunca en su vida ha creado un puesto de trabajo, ni siquiera para una empleada doméstica en su casa. Es una nulidad, un cero a la izquierda, un bueno para nada. Hay que ser muy tarado para votar por él».

Por su parte, el influyente columnista Barba Triste, más moderado que su colega y adversario Caga Tintas, con estudios en prestigiosas universidades de los Estados Unidos, y con fama de intelectual y matemático, escribió en su espacio de opinión en el diario *La Republicana*:

«Todos salieron perdiendo del debate. Ricas Tetas fue la más solvente, pero no llegó a convencer. Bello Púdico estuvo más aburrido que un Xanax y nos puso a dormir. Y el innombrable Pecho Frío quiso robarse el *show* y terminó haciendo el ridículo, al besar en la boca a sus rivales. Es una muestra más de la profunda decadencia moral de los peruanos. Un improvisado, un arribista, un sujeto sin educación ni límites éticos como Pecho Frío, entra en la política y cree que está en un circo y nos subestima si piensa que con payasadas de bufón de provincias va a llegar al gobierno. Los peruanos necesitamos, sobre todo, un cambio moral, una refundación del país, y Pecho Frío encarna, probablemente sin darse cuenta, los vicios y defectos más comunes del político peruano: embustero, marrullero, fariseo, charlatán, cree que ganará las elecciones como le ganó el sonado juicio al banquero Puto Amo. Pero se equivoca. Los peruanos merecemos algo mejor, no un candidato acanallado y oportunista como él. En resumen, mi opinión sobre el debate es que fue un adefesio y que Pecho Frío es un mamarracho».

El director de *Siglo21*, el temido Chupa Cirio, un sujeto de carácter agrio y ásperos modales, que tenía fama de gozar cuando le tocaba despedir a un empleado, y que presidía el Tribunal de Ética de la Prensa Peruana, escribió en su columna:

«¿Quién es exactamente el señor Pecho Frío? ¿Un político de derecha, de centro, de izquierda? ¿Un liberal, un socialista, un socialdemócrata? ¿Un populista, un demagogo? ¿Un individuo gris y aburrido, un sujeto peligroso? ¿Un keynesiano, un friedmaniano, un Chicago Boy, un estatista, un anarquista? ¿Un miembro de la Mafia Rosa, un infiltrado en la Mafia del Terciopelo? ¿Un *outsider*, un *underdog*, un *dark horse*, un *lame duck*? ¿Un caviar, un rojo, un rosado? ¿Un príncipe o un sapo? ¿Un hombre subestimado o sobreestimado? Comoquiera que sea, y quienquiera que sea, y dondequiera que se encuentre en el mapa político, y cualesquiera que sean sus ideas, no se puede negar que Pecho Frío es la gran atracción de la campaña electoral, el hombre que nos ha vacunado contra el aburrimiento. Guste o no, caiga bien o mal, resulta tremendamente entretenido, precisamente porque nadie sabe, ni siquiera él, qué hará, qué dirá, a quién besará, con qué locura saldrá. En este periódico somos rigurosamente imparciales, yo no pienso votar ni apoyar a ningún candidato, pero considero que el señor Pecho Frío le hace bien a la política peruana. Le deseo suerte. Y le advierto: gane o pierda, acá en *Siglo21* estaremos siempre vigilándolo, con un ojo fiscalizador».

Finalmente, en el diario *Tremendo,* que vendía medio millón de ejemplares durante la semana, y un millón los domingos, el agudo columnista Búho Alerta, que solía opinar lo mismo de fútbol que de política, cine o literatura, se despachó:

«No soy homofóbico, pero Pecho Frío me pareció asqueroso besando a Bello Púdico en el debate. Mucho daño le habrá hecho a la juventud y a la niñez de nuestra sufrida patria. Si así se portan nuestros políticos, cómo se portarán los delincuentes, los degenerados, los violadores de menores. Un beso entre dos hombres, y peor aún en televisión, y en un debate político, es un hecho escandaloso y abominable por donde se le mire. Insisto:

no soy homofóbico, tengo amigos chimbombos, del ambiente, mi peluquero es chimbombo, mi siquiatra es chimbombo, tengo muchos coleguitas chimbombos, no tengo ningún prejuicio contra los patos, pero soy bien varón y no me gusta nada que un político de mi querida y sufrida patria dé espectáculos deplorables como el que protagonizó Pecho Frío, besando como una hetaira a su contrincante Bello Púdico. Qué asco me dio, qué repugnancia sentí por ese mañoso, qué ganas de darle una buena patada en los huevos para que deje de contaminar las mentes de nuestros jóvenes y nuestros niños, el futuro de la nación. Amigos, no soy homofóbico, pero si me encuentro en la calle con el chimbombo asqueroso de Pecho Frío, mínimo le doy una buena cachetada, y de paso le aviento un rodillazo en los huevos para que sepa que los peruanos tenemos dignidad, y no vamos a elegir a un candidato al que se le quema el arroz y se le chorrea el helado. Señor Pecho Frío, espero que pierda y que se lo monte un burro en primavera».

El Jurado Nacional de Elecciones decidió anular la candidatura de Flauta Dulce, argumentando que había regalado dinero en efectivo en sus mítines. En resolución unánime, recordó que regalar dinero contrariaba las leyes electorales. Flauta Dulce negó haber regalado plata, pero el Jurado desoyó su defensa, declaró improcedente su apelación y, además de sacarlo de la carrera, le impuso una multa draconiana. Herido en su orgullo, Flauta Dulce acudió al consulado de los Estados Unidos, pidió que le devolvieran la nacionalidad de ese país y se marchó a vivir a Miami con su esposa neoyorquina. En las encuestas, pareció confirmarse que el retiro forzado de Flauta Dulce favorecía más a Churro Chato que a Ají No Moto. Todo indicaba que Ají No Moto estaba cerca de ganar en primera vuelta, sin necesidad de ir a un balotaje. Churro Chato estaba subiendo en las encuestas, pero seguía muy lejos de Ají No Moto, la amplia favorita, que sobrepasaba el cuarenta y cinco por ciento de intención de voto. Los representantes de Ají No Moto presentaron una tacha contra Pecho Frío, acusándolo de haber regalado dinero. Churro Chato se apresuró en aclarar que la plata que había depositado Pecho Frío en las cuentas de la campaña era una donación legal, no un regalo caprichoso a sus partidarios. Sin embargo, el Jurado citó a Pecho Frío a que presentara su descargo. En sesión reservada, una reunión a puertas cerradas, lo interpelaron:

—¿Ha donado usted dinero a su partido político?

—Sí —respondió Pecho Frío.

—¿De cuánto estamos hablando?

—Cien mil soles a Pelele Lelo, cuando era el candidato. Y cien mil más a Churro Chato.

—¿Fue una donación obligatoria o espontánea?

—Nadie me obligó. Lo hice porque me dio la gana. Fue un gesto de agradecimiento a los líderes de mi partido.

—¿De dónde sacó la plata?

—Del juicio que le gané a Puto Amo.

—¿Ha declarado ese dinero en sus impuestos? ¿Ha tributado sobre esa plata?

—Sí, sí, cómo no —mintió Pecho Frío.

—¿Ha regalado dinero a sus seguidores?

—No, nunca. Lo desmiento categóricamente.

—¿Ha dado dinero para pagar los mítines o para pagar avisos en la televisión?

—Mítines, no. Pero he comprado *spots* de televisión en canal 5 para mi campaña y la de mi partido.

—¿Cuánto pagó?

—Cien mil soles.

—¿A quién se los dio?

—A Pura Coima, el dueño del canal. Me cumplió. Pasó todos los *spots* que compré.

—Hay el rumor de que usted está repartiendo dinero falso. Los abogados de Ají No Moto, que han presentado la tacha contra usted, aseguran que usted le pagó a Pura Coima con billetes falsificados.

—¡Es una infamia de mis enemigos! —levantó la voz Pecho Frío—. ¡Es una calumnia, una falsa calumnia!

—Si es calumnia, es falsa —lo corrigió un juez electoral.

—Nunca he repartido plata falsificada. El dinero que le entregué a Pura Coima y a los líderes de mi partido es el que me dio Puto Amo cuando le gané el juicio.

—¿Le consta que no es dinero falso?

—Tendrían que preguntarle a él. Yo usé la plata que él me dio.

—Muy bien, señor. Nos tomaremos tres días para emitir nuestro fallo inapelable sobre si procede o no procede su candidatura a la vicepresidencia.

—¿Puedo hacer algo para colaborarles? —propuso con audacia Pecho Frío.

—¿A qué se refiere? —preguntó un juez, con rostro adusto.

—Sería un error gravísimo que me sacaran de la carrera. El pueblo está conmigo. Si respetan mi candidatura, serán sumamente recompensados.

—¿De qué manera? —preguntó otro juez, circunspecto, el ceño fruncido.

—Bueno, por lo pronto puedo ofrecerles que visiten el salón de belleza Cero Piojos, de mi amiga Paja Rica. Hablaré con ella para que les dé masajes completos de hora y media, sin costo alguno para ustedes, señorías.

Los jueces se miraron con una sonrisa pícara de aprobación.

—Les ruego que cuando estén estresados, busquen a Paja Rica. Les aseguro que los va a dejar muy contentos. Es una artista del masaje. Relaja lo que tiene que relajar y pone duro lo que tiene que endurecer.

Se rieron, se despidieron afectuosamente y Pecho Frío les recordó:

—Los espero en los masajes. Y si necesitan algo para sus viáticos o su movilidad, estoy a la orden.

—Lo más probable es que fallemos a su favor —le susurró en el oído uno de los jueces.

Cuatro de los siete jueces pasaron esa semana por el salón Cero Piojos y disfrutaron de las manos expertas de Paja Rica. Cuatro de los cuatro jueces se dejaron masturbar por la bielorrusa. Días después, en votación unánime, el Jurado desestimó la tacha contra Pecho Frío y lo habilitó para seguir en carrera. Luego, dos de los tres jueces que no habían tomado los masajes prometidos fueron al salón y se pusieron al día. Solo uno, muy religioso, fiel a su esposa de toda la vida, no quiso exponerse a tamaña tentación lujuriosa.

—Si pasamos a la segunda vuelta y ganamos, te nombraremos embajadora en Buenos Aires —le dijo Pecho Frío a Paja Rica.

—Pero yo soy bielorrusa —le recordó ella.

—Y la reina de la paja rusa —le dijo él, y la besó con profunda gratitud.

Aunque le invadía el miedo y temía quedar impotente, y no obstante que el seguro médico no le cubriría la operación, pero deseoso de complacer a sus dos mujeres, Culo Fino y Paja Rica, y sentirse en cierto modo rejuvenecido y apto todavía para los combates eróticos, Pecho Frío hizo una cita con el doctor Tío Vivo, en la clínica Mata Sanos, y decidió hacerse una cirugía estética testicular, de tal manera que el huevo derecho no estuviese tan descolgado y no fuese tanto más abultado que el izquierdo. El doctor Tío Vivo, reputado por su conocimiento de la genitalidad masculina, y celebrado porque sus pacientes le atribuían poderes casi milagrosos para hacerles crecer y ensancharles el colgajo viril, le aconsejó que, de paso, se hiciera la circuncisión, y a Pecho Frío le costó mucho trabajo aceptar la idea del doctor, y finalmente se avino a ella cuando le aseguraron que lo dormirían por completo, no sentiría ningún dolor y solo quedaría inhabilitado de tener sexo con otra persona, o incluso de masturbarse, por un período de un mes, no más. Además de esos temores y reticencias, Pecho Frío tenía miedo de que las enfermeras llamasen al programa de Chola Necia y lo delatasen: en plena campaña electoral, a pocas semanas de las elecciones presidenciales, y estando Churro Chato y él en franco ascenso en las encuestas, no podía darse el lujo de protagonizar un escándalo urogenital más, pero el doctor Tío Vivo le aseguró que la intervención quirúrgica sería practicada en estricta confidencialidad y nadie se enteraría de ella. Luego le preguntó:

—Cuando le haga la circuncisión, ¿quiere que use ese pedacito de piel para forrarle el pene y hacerlo más ancho, más gordito?

—Sin ninguna duda —respondió Pecho Frío—. Aprobado. Todo lo que me haga crecer el pene, será bienvenido.

—Haré mi mejor esfuerzo —prometió el doctor Tío Vivo.

Lo que Pecho Frío no sabía es que Tío Vivo era una suma de contradicciones aparentemente insalvables: decía que era demócrata pero pensaba votar por Ají No Moto porque admiraba a su padre, el temido Chino Moto, que había liquidado a centenares de terroristas, sospechosos de terroristas e inocentes que vivían confundidos con los terroristas; estaba casado y tenía tres hijas, pero le encantaban los hombres y solía tener sesiones eróticas con un enfermero de la clínica llamado Glande Grande; militaba en el Opus Dei e iba a misa todos los domingos y era amigo del Cardenal, pero su pasión era la urología masculina porque gozaba secretamente auscultando penes, testículos, tocándolos, masajeándolos, lo mismo que disfrutaba de introducir sus dedos con guantes en los culos de sus pacientes que querían revisarse la próstata; tenía fama de ser el mejor urólogo de la ciudad, y sin embargo se le ponía dura cuando le tocaba un paciente guapo que se bajaba el pantalón frente a él; en el mes de octubre vestía de morado y participaba en la procesión del Señor de los Milagros, y luego se iba a un hotel del centro, el Bolívar, y se la mamaba a un cargador del pueblo sureño de Chincha, Valle Umbrío, de tez aceitunada y verga aventajada; en fin, Tío Vivo era el único urólogo bisexual en el armario que se jactaba, al mismo tiempo, de ser miembro del Opus Dei y admirador de San Escrivá, cuyo mausoleo en Roma visitaba todos los inviernos, y a quien rezaba cada noche y cada mañana, de rodillas, al pie de su cama, mientras su esposa, Beata Ingrata, se ponía en posición perrito, a cuatro patas, encima de la cama, una postura que le favorecía enormemente para la expulsión de gases, lo que el Tío Vivo toleraba sin quejarse, mientras oraba y su esposa se deshacía en flatulencias estrepitosas.

La operación fue un éxito: Tío Vivo le dejó a Pecho Frío dos testículos bien recogidos, replegados, del mismo tamaño, sin caer lánguidos y asimétricos como antaño, y el pene quedó con la cabecita descubierta, y algo más ancho. Todavía en cuidados intensivos, Pecho Frío se tomó varias fotos del pene recién intervenido y se las envió a su esposa Culo Fino y a su amante Paja Rica, pero, por error, la foto a Culo Fino fue copiada también a su suegra Chucha Seca, y como él había escrito al pie de la foto «Mira cómo me quedó el pajarito, ya pronto te lo voy a enterrar hasta el fondo, mi putita, y te voy a saturar bien todos los orificios», la señora Chucha Seca, herida en su honor, le respondió secamente: «Eso no es un pajarito, es un gusanito, una lombriz, y te lo puedes meter en el poto, degenerado».

De visita en su habitación, el doctor Tío Vivo le pidió que tuviese paciencia, le aseguró que quedaría en óptimas condiciones y le recordó que debía hacerse un chequeo prostático más o menos pronto.

—Me lo hace mi novio Lengua Larga —dijo Pecho Frío, y se rieron.

Tío Vivo le confesó:

—Pienso votar por usted.

Era mentira. Pensaba votar por Ají No Moto. Solo quería halagarlo.

—Y me gustaría invitarlo a cenar a mi casa para que conozca a mi esposa Beata Ingrata y a mis tres hijas, que lo admiran mucho por tener la mente tan abierta.

—Y no solo la mente… —bromeó Pecho Frío, y de nuevo se rieron.

El Tío Vivo le dejó unos medicamentos de regalo y le dijo:

—Pruébelos en tres semanas. Son maravillosos. Mejoran mucho la potencia erótica. Le van a encantar.

Sonó el celular del doctor Tío Vivo, él lo puso en altavoz porque decía que los móviles le daban dolor de cabeza, y su secretaria le dijo:

—Ha venido el cantante Pongo Mondongo a que le revise la próstata.

—Que me espere, por favor —añadió Tío Vivo.

—¿El famoso Pongo Mondongo? —preguntó con curiosidad Pecho Frío.

—Sí, es mi amigo, y no me pregunte cómo así somos amigos —sonrió Tío Vivo.

Para celebrar el éxito de la operación, Pecho Frío, Lengua Larga y Paja Rica fueron a tomar el té al hotel Country Club de San Isidro. Paja Rica sabía que Lengua Larga era solo un simulacro de novio, una engañosa pareja mediática para Pecho Frío, no un amante real, y le tenía

251

aprecio y simpatía, al tiempo que Lengua Larga le tenía un poco de celos, pero sabía disimularlos bien, y sabía ser simpático con ella y ganarse su cariño. Los tres querían que Pecho Frío ganase y fuese vicepresidente: ella, para que, con mucha suerte, le diese más plata para el salón Cero Piojos o la nombrase embajadora en Buenos Aires o agregada cultural en esa ciudad («serías más agregada que cultural», le decía Pecho Frío, y se reían, cínicos, desvergonzados, listos para asaltar el Tesoro Público); Lengua Larga, para que, una vez en el poder, su amigo les diese cuantiosas subvenciones a los del Movimiento y los ayudase a defender la agenda gay; y Pecho Frío, para ser, por fin, y sin dudas ni equívocos o malentendidos, un hombre de éxito, más poderoso que su enemigo Puto Amo, más temido que el juez Chato Ñoco, capaz de echar de la televisión a su némesis Mama Güevos, a quien recordaba con alergia y ojeriza, y cuyo programa farandulero quería cerrar apenas pudiese.

Estaban tomando plácidamente el té cuando entró la anciana Beatita Bendita en compañía de su hija Cucu Fatita. Una de las mujeres más ricas y poderosas de la ciudad, heredera de un emporio minero, supernumeraria del Opus Dei, madrina del doctor Tío Vivo, casi octogenaria, plenamente lúcida, íntima del Cardenal, conspiradora política de toda la vida, financista de la campaña de Ají No Moto, enemiga del aborto, los gays, las drogas y los ateos y agnósticos, defensora de la abstinencia sexual hasta el matrimonio, una de las diez personas más poderosas del país según la encuesta anual de la revista *Éxito*, Beatita Bendita no advirtió la presencia de Pecho Frío y sus compinches, pero su hija Cucu Fatita, solterona, sin hijos, jefa máxima del club de oración Altea, del Opus Dei, residente en Lima, Miami y Nueva York, buscando siempre la primavera y el verano, amante en el clóset del escritor y poeta Mamerto Tuerto, le susurró en el oído que allí estaba el famoso, polémico, controvertido Pecho Frío, y entonces Beatita Bendita lo miró, no dudó en ponerse de pie, y su hija la tomó del brazo y se acercaron con paso lento, parsimonioso, y, sin pedir permiso, Beatita Bendita instruyó a uno de los camareros que jalase dos sillas, se sentó al lado de Pecho Frío y se presentó, con la voz suave, una gran sonrisa, el pelo bien teñido de negro azabache, y el cutis del rostro estiradísimo por el doctor Mente Cato, y las mejillas sonrosadas gracias al aceite de cannabis que se aplicaba tres veces al día:

—Buenas tardes, jóvenes. Soy la Beatita Bendita, no sé si me conocen. Soy la dueña de la minera Oro Purito. Esta es mi hija Cucu Fatita.

Pecho Frío no se dio por aludido, no sabía qué cosa era la minera Oro Purito, la principal exportadora de oro y plata del país, la cuarta reserva de oro más grande del mundo, pero Lengua Larga, que era muy listo para olfatear el dinero y conseguir contribuyentes, donantes, financistas, padrinos y madrinas, se puso de pie, hizo una reverencia tal vez excesiva, besó la palma de la mano de la anciana, al tiempo que admiraba sus joyas y pensaba si vendiera estas joyas yo viviría sin trabajar unos diez años, y le dijo:

—Claro, señora Beatita, qué gran honor para nosotros saludarla, es usted una leyenda viva en el país.

Paja Rica sonrió, amablemente, pero tampoco sabía quién era, y Beatita Bendita no perdió tiempo:

—¿Tú has entrado en la política, no, hijito? —le preguntó a Pecho Frío.

—Así es, señora —dijo él—. Soy candidato a la vicepresidencia en la plancha de Churro Chato.

—¿Y esta es tu esposa? —preguntó, señalando a Paja Rica.

—No, no, soy su amiga —dijo ella—. Su socia y amiga. Soy la dueña del salón de belleza Cero Piojos. Puede venir cuando quiera, señora.

Beatita Bendita la miró con cierta condescendencia y dijo:

—Gracias, pero a mí me atiende hace mil años mi peluquero de confianza Sopla Mocos. Viene a mi casa. Es más discreto así. Pero te voy a mandar a mis amigas de la Obra, no te preocupes.

Luego miró detenida y minuciosamente a Pecho Frío y le dijo:

—Mira, hijito, te voy a decir lo que pienso de ti. Primero que nada, tú no eres maricón. A mí no me engañas. Tú eres bien hombrecito. Por algo Dios te ha dado tu pipilín y tus huevitos, ¿me entiendes?

—Sí, señora, cómo no —dijo Pecho Frío, respetuosa, sumisamente.

—Ya sé por mi ahijado, el doctor Tío Vivo, que te has levantado los huevitos. Te felicito. Pero, ¿sabes qué? Tienes que usarlos, hijito. Tienes que ser bien hombrecito. Déjate de mariconadas y payasadas. Tienes esposa. La amas. Debes volver con ella. Cuanto antes. Si te haces el mariconcito, vas a perderla, y además Dios Nuestro Señor te va a castigar.

—Comprendo, señora —dijo él.

—Discrepo, señora Beatita —dijo, muy serio, Lengua Larga—. Dios nos ama a nosotros, sus hijos homosexuales, lo mismo que ama a usted y a su hija. No nos discrimine, por favor. Le ruego respeto. Mucho he sufrido por ser gay para que venga usted a maltratarnos de esta manera tan innoble.

—Perdóname, hijito, no sabía que tú también estabas confundido —le dijo amorosamente Beatita Bendita a Lengua Larga—. No te preocupes, yo te entiendo. Pero escucha bien lo que te voy a decir: no eres maricón. La mariconada no existe. Es una confusión, un problema mental, digamos que una enfermedad mental. Tú piensas que eres maricón porque estás traumado. Seguro que de chico te manosearon o te violaron o no te identificaste con tu papá y por eso ahora crees que eres mariconcito, porque te da miedo ser hombre, crees que no puedes ser hombre. Pero, si me dejas, yo te voy a ayudar. Tienes que ir al club Saeta y hablar con el Padre Ojeras Severas y él en tres meses te va a curar y te vas a reformar y se te acaba la confusión. Y luego mi hija Cucu Fatita te presenta a una de sus amigas y te casas con ella y ya está. Es así de fácil.

—Pues yo no quiero reformarme ni cambiarme —dijo muy serio Lengua Larga—. Yo soy feliz siendo gay. Es usted la que tiene que cambiar su discurso homofóbico y su agenda intolerante, señora —añadió, circunspecto.

—Como quieras, hijito, pero piensa en lo que te he dicho, ¿ya? —dijo Beatita Bendita, con la autoridad de una señora que poseía una fortuna calculada en centenares de millones de dólares.

Luego se dirigió a Pecho Frío y le dijo:

—Si vuelves con tu esposa, y dices que eres bien hombrecito, te regalo un millón de dólares para tu campaña y encima voto por ti y no por mi amiga Ají No Moto.

Pecho Frío miró a Paja Rica y ambos sonrieron extasiados:

—Déjeme pensarlo, señora —dijo él.

—Suena excelente su oferta —dijo ella.

—No lo pienses mucho, que mi oferta dura tres días —sentenció Beatita Bendita.

Luego se puso de pie, sacó su tarjeta, se la dio a Pecho Frío y le dijo:

—Llámame. Quiero que vengas a tomar el té a la casa con tu esposita. Tienes un gran futuro político. Quiero ser tu amiga y consejera. Hasta prontito, chicos. Pórtense bien. Que Dios los bendiga.

Luego regresó a su mesa con una gran sonrisa, mientras su hija Cucu Fatita pensaba: esta noche quiero chuparle bien rico la pinga a mi Mamerto Tuerto.

La candidata presidencial Ají No Moto, hija del dictador Chino Moto, tenía amigos militares y exmilitares que, usando los equipos que en su día había adquirido el gobierno autocrático de Chino Moto al servicio secreto israelí, grababan las conversaciones telefónicas de sus adversarios políticos. Tanto Pelele Lelo como su sucesor Churro Chato sabían muy bien que estaban oyéndoles los teléfonos y por eso se cuidaban de no decir nada importante cuando hablaban por el celular, pero Pecho Frío, bisoño en las lides políticas, subestimó el peligro, pensó que nadie le grabaría sus pláticas y olvidó ser reservado y prudente en el teléfono.

Un domingo a las ocho de la noche, el veterano periodista Puro Ron, conductor de «Punto y Coma», que había sido simpatizante y benefactor del gobierno de Chino Moto, y que se jactaba de ser amigo de Ají No Moto, y que, según las malas lenguas, había amasado una fortuna recibiendo sobornos de la familia de Chino Moto, anunció, con su acostumbrada voz ronca, aguardentosa y sicalíptica, que tenía una primicia de alto poder explosivo, que revelaría la verdadera personalidad del candidato vicepresidencial Pecho Frío. En ese momento, Pecho Frío no estaba viendo el programa de Puro Ron, porque había decidido concurrir a un bingo, acompañado de Lengua Larga, y apagó el celular y solo vino a enterarse de lo que propaló el cuestionado periodista cuando volvió a su casa.

Puro Ron difundió fragmentos de conversaciones telefónicas de Pecho Frío. Antes dijo:

—Hemos recibido estos audios en un paquete enviado anónimamente. No sabemos quién ha hecho estas grabaciones, ni quién nos las ha enviado, ni cuáles son los móviles que animan a quienes han espiado el teléfono de Pecho Frío. Y entendemos que han vulnerado la privacidad del candidato. Pero también pensamos que las conversaciones son de interés público, dado que se trata de un político que se postula a un alto cargo público, y por eso vamos a difundirlas.

Puro Ron se sentía un héroe y hablaba como si creyera que mereciera una condecoración o una estatua. Inflaba el pecho, engolaba la voz, se alisaba las bigotes y posaba como prohombre del periodismo libre. Pero todo era una falsedad, una impostura: las cintas se las había entregado personalmente el hijo de Chino Moto, el popular Peri Cotito Moto, quien, para estimular a su buen amigo Puro Ron, le había pasado, junto con los audios, un soborno de cincuenta mil soles, y un reloj usado (averiado) que había sido de su papá.

La primera conversación que transmitió Puro Ron, asaltando la intimidad de Pecho Frío, y en la que claramente se podía reconocer la voz del candidato a la vicepresidencia, era con su esposa Culo Fino:

—¿Cómo estás, mamita?

—Bien, bien. ¿Y tú?

—Acá, jodido, extrañándote.

—Ven a visitarme esta noche. No seas malito.

—No quiero ver a tu madre. Te he pedido que la mandes de regreso a su apartamento.

—No puedo hacerle eso, Pechito. Es mi viejita. La amo.

—Pues elige: o ella, o yo.

—Ya elegí. Me quedo con mi viejita. Te extrañaré, pues.

—Mira que pensaba cacharte bien rico.

—Si quieres voy al apartamento esta noche, así no ves a mi mami.

—Bueno, ven. Te espero. Estoy bien al palo.

—¿Hasta cuándo vas a seguir con el cuento de que eres gay, se puede saber?

—Hasta que ganemos. Cuando sea vicepresidente, diré que el poder, que es un afrodisíaco, me ha vuelto bisexual. Y volveré contigo. Y serás mi primera dama.

—Pero el vicepresidente no tiene primera dama. Solo el presidente.

—Entonces serás mi primera vice dama.

—No hables huevadas, Pechito. No prometas lo que no vas a cumplir.

—Chau, bebita. Acá te espero a la noche para darte tu rica salchicha de Huacho.

Puro Ron frunció el ceño y gritó como un demente:

—Como podrán advertir, Pecho Frío sigue teniendo relaciones sexuales, heterosexuales, con su señora esposa, y parecería que no es realmente homosexual, como nos quiere hacer creer, y que se hace el gay solo para ganar más votos.

Luego se acercaba a la cámara, miraba fijamente y decía:

—¿Adónde hemos llegado, señor Pecho Frío? ¿Cuánto más bajo se puede caer? ¿Es que somos tan imbéciles los peruanos que, para ganar las elecciones, tiene que hacerse el gay?

Luego Puro Ron pasó otra grabación clandestina al teléfono de Pecho Frío. En ella, el candidato conversaba con Lengua Larga:

—Pechito, quiero convocar a una marcha, o una maratón, o una carrera de bicicletas, un domingo por la mañana, para defender públicamente nuestra agenda homosexual.

—Buena idea, Lengua Larga. Pero mejor convoca a un concurso Miss Perú Gay y te presentas y ganas.

—No digas tonterías. Yo no soy bello. Nunca ganaría un concurso de belleza. Soy más bien de tipo intelectual.

—Lengüita, ¿puedo hacerte una pregunta?

—Sí, claro.

—Si tuvieras plata, te cortarías la tripita.

—¡De todas maneras! ¡Mañana mismo! ¡Iría a Río de Janeiro o Buenos Aires y me haría una vagina nueva nuevita!

—Pues quiero prometerte algo: Si gano, si llego al poder, te pagaré esa operación para que seas feliz.

—¡Gracias, Pechito! ¡Qué lindo eres! Y si me hacen una buena vagina con bastante cavidad, ¿me harías el amor algún día?

—Eso ya lo veo más difícil, amigo. Tú sabes que soy bien varón. Me gustan las hembras ricas como a ti te gusta chupar tus pinguitas. Ya estoy viejo para cambiar.

—Mi sueño es viajar contigo a París. ¡La ciudad de las luces! No tenemos que dormir en la misma cama, sé que no tendríamos sexo, pero ¡qué lindo sería pasear juntos en París!

—Te prometo que iremos después de las elecciones. Por ahora, tranquilo. Tenemos que seguir jugando a que somos novios. Y Churro Chato me ha dicho que salga a defender la marihuana, que eso me dará muchos votos de los jóvenes.

—¿En serio?

—Sí. Mañana voy fumarme un porrito en el parque de Miraflores, ante las cámaras de la prensa nacional. Es idea de Churro. Voy a invitar a la prensa nacional e internacional. Y voy a defender la legalización de la marihuana.

—Genial. Y no te olvides de defender el matrimonio igualitario gay.

—Ni loco me olvido, Lengüita. Nos vemos mañana en el parque.

—Pechito, ¿cómo estás de tu bolsa testicular? ¿Te quedó bien planchadita? ¿Quedaste contento con la operación de Tío Vivo?

—Parezco un chiquillo de dieciocho años. Tengo los huevos como nuevos. Y la pinga antes era una culebrita y ahora es una boa. ¡Maldita boa!

—Cómo me gustaría comérmela doblada.

—Chau, Lengüita. No alucines. Nos vemos en el parque.

Puro Ron se acercó a la cámara, miró con gesto adusto, levantó histriónicamente la voz y dijo:

—¡Pecho Frío es un fraude! ¡No es gay! ¡Y se ha operado el pene con el doctor Tío Vivo! ¡Un escándalo más que sacude a la desprestigiada clase política peruana!

Por último pasó una grabación furtiva que reproducía fragmentos de una conversación entre Pecho Frío y Paja Rica:

—Ya hablé con Churro —dijo él.

—¿Qué dice? —preguntó ella.

—Si ganamos, confirmado: te vas de embajadora en Buenos Aires.

—Pero no soy peruana.

—Qué chucha, Paja Rica. Te damos la nacionalidad la primera semana. Y pasaporte diplomático.

—Pero quiero estar cerca de ti, papito. No me alejes.

—Bueno, te quedas en Lima, mejor para mí. Pero tienes que entender que Culo Fino será mi esposa oficial.

—¿Y yo entonces qué seré?

—Vos serás mi ministra de minas —dijo él, en tono risueño, hablando como argentino—. Porque sos un minón, nena.

Se rieron. Puro Ron gritó, como si estuviera agonizando:

—¡Y peor aún, Pecho Frío le pone los cuernos a su esposa! ¡Qué bajo ha caído, señor Frío! ¡Espero que los peruanos repudien su candidatura mentirosa!

Sin la autorización de Churro Chato, pero seguro de que su idea sería un éxito, Pecho Frío, a través de Lengua Larga, quien oficiaba de asesor de campaña y secretario de prensa, convocó al periodismo a un evento en el parque Kennedy de Miraflores. Apenas llegó, fue rodeado por un enjambre de reporteros y camarógrafos que le pidieron su opinión sobre el escándalo de los audios difundidos la noche anterior en el programa de Puro Ron.

—Son audios trucados —respondió Pecho Frío—. No es mi voz. Es un montaje. Al sicario periodístico de

Puro Ron le han pagado los operadores mafiosos de Ají No Moto para que destruya mi candidatura.

—¿Es usted un heterosexual en el clóset? —preguntó una reportera radial—. ¿Es un gay trucho, un gay bamba, un gay falso?

—Señorita, le voy a decir cuán gay soy: si usted me encierra en un cuarto con la Miss Perú, desnudos los dos, calatos, sin medias tan siquiera, no se me para, no se me pone dura ni media caña —respondió Pecho Frío, para deleite de los periodistas, muchos de los cuales se rieron de la ocurrencia—. Pero si me deja solo en un cuarto con el futbolista Lolo Trolo, ¡se me erecta en un minuto!

Enseguida Pecho Frío les recordó la razón por la que los había citado:

—Hoy voy a fumar marihuana en presencia de ustedes para hacer una manifestación pública a favor de su legalización. Todos ustedes están invitados a fumar conmigo. Mi asesor Lengua Larga, que asimismo es mi novio, les pasará sus sendos porritos. No se corten, por favor. No se repriman. Será más lindo si todos fumamos. Será un *happening* cultural. Y luego les invitaré a todos su rico helado Donofrio para que voten por mí.

La gran mayoría de periodistas se abstuvo de recibir los porritos que repartía Lengua Larga, pero el famoso locutor radial Masca Vidrio aceptó uno de buena gana, lo mismo que el reportero del diario *Tremendo*, Baba Blanca. En cuestión de dos minutos, Pecho Frío y Lengua Larga encendieron sus porros, y luego ayudaron a los periodistas a prenderlos igualmente, y dieron varias pitadas, tragando el humo, a continuación tosiendo, y poco después tenían los ojos rojos, achinados, y la expresión relajada y risueña.

—La marihuana debe ser usada para fines medicinales —dijo Pecho Frío—. Y también para fines recreativos. Y para fines culturales, pues ayuda mucho a la expresión artística. Y para fines sexuales y sensuales, porque cuando estás volado es mucho más rico tener sexo. Y para fines estomacales, pues cura el estreñimiento. Y para todos los fines. En este caso, el fin justifica los medios —añadió, y solo Masca Vidrio, un gigantón de anteojos, lo aplaudió.

—Si votan por Pecho Frío, les aseguro que la marihuana se venderá en farmacias, bodegas, grifos y estanquillos, como ya ocurre, por ejemplo, en Uruguay, o en ciertas ciudades de los Estados Unidos, como Denver o Seattle —precisó Lengua Larga.

—¿Y qué de la cocaína? —preguntó la periodista radial Flor del Orto.

—No, no, la cocaína hace mucho daño —se adelantó Lengua Larga.

—Dejemos eso para más adelante —dijo, ambiguamente, Pecho Frío—. Pienso que en una primera etapa podemos experimentar legalizando la cocaína solo entre los futbolistas, a ver si duros juegan mejor y clasifican al Mundial de Fútbol, la puta madre que los parió.

La gente festejó la humorada. Todos parecían estar pasando un buen rato cuando dos chiquillos lustrabotas los alertaron del peligro:

—¡Batida, batida! —gritaron, y salieron corriendo.

Un grupo de ocho oficiales de la policía bajaron de sus vehículos con las sirenas encendidas y se aproximaron corriendo hacia el lugar donde Pecho Frío, ya volado, conversaba amenamente con la prensa. Masca Vidrio, quizá porque había fumado y se sentía culpable, salió corriendo como un energúmeno, dejando olvidada su cámara de fotos profesional. Baba Blanca, alto, pasmado, bobalicón, con cara de personaje de tiras cómicas, corrió en dirección de la iglesia, subió las escaleras de a dos en dos y se refugió en el templo.

—¡Nadie se mueva! —ordenó un policía, que parecía estar al mando de la operación—. Nos han reportado que están fumando marihuana. ¿Quién de ustedes tiene la hierba?

Pecho Frío respondió con pasmosa calma:

—Yo, oficial. ¿Desea servirse? ¿Nos acompaña en la fumarola cultural?

—¡No se haga el graciosito! —lo recriminó el policía.

—Esta es una marcha pacífica a favor de la legalización de la marihuana —aclaró Pecho Frío—. Yo he traído marihuana. Le puedo ofrecer, si quiere relajarse y sumarse a nuestro petitorio. O se la puedo mandar a su casa. O puedo ofrecerle aceite de marihuana, para que haga sus ricas tortillas de desayuno y quede bien contento.

Como los periodistas se rieron de la osadía del candidato, y el policía parecía sentirse humillado, menoscabado, Lengua Larga quiso apaciguar los ánimos, diciendo:

—No se preocupe, oficial, que ya estábamos retirándonos. La manifestación ya concluyó.

—Me entregan ahora mismo toda la marihuana —exigió el policía.

—¿Para qué? —preguntó socarronamente Pecho Frío, hurgando sus bolsillos—. ¿La vas a fumar con tus compinches?

—¡Queda arrestado por desacato a la autoridad! —le dijo el policía a Pecho Frío.

Y luego ordenó a sus subalternos:

—Me lo esposan, por favor.

—¡Acá la autoridad soy yo, carajo! —gritó Pecho Frío—. Soy el candidato a la vicepresidencia Pecho Frío. A mí nadie me esposa. Y cuando esté en el poder los voy a meter presos por insolentes, igualados, y cholos necios, majaderos.

—¡Me lo esposan, carajo! —exigió el policía.

Pecho Frío lanzó un salivazo en el rostro del agente uniformado. Cuando se lo llevaban esposado en dirección al auto policial, cantó a voz en cuello el himno nacional del Perú:

—¡Somos libres, seámoslo siempre…!

Tras pagar una fianza de mil soles y comprar treinta tickets para la rifa anual de la policía, Pecho Frío recuperó la libertad, después de pasar tres horas bajo arresto. Las imágenes de su detención en el parque de Miraflores, cantando el himno nacional, defendiendo el consumo de marihuana, coparon los telediarios de la noche. Churro Chato lo llamó y lo felicitó por haber tenido la valentía de desafiar a los agentes de orden e imponer el tema de la marihuana en la agenda electoral. Preocupada por la salud mental de su esposo, y por su seguridad física, y esperanzada en volver a ser su pareja pública y oficial, Culo Fino, aconsejada por su madre, Chucha Seca, le llevó unas empanadas de carne y pollo que compró en la panadería del argentino Sos Balín. Por su parte, Lengua Larga siguió fumando marihuana, recogió del parque a un muchacho que ofrecía sus servicios sexuales, lo llevó a su casa, tuvieron sexo y se contagió de ladillas. Una vez que dio cuenta de todas las empanadas que le llevó su esposa, Pecho Frío tomó una larga ducha tibia, se puso un calzoncillo negro, ajustado, que le marcaba la protuberancia del paquete, y comenzó a besar a su esposa, diciéndole al oído:

—¿Quieres que te cache rico? ¿Extrañas mi rica pinga? ¿Te vas a poner en cuatro como una perrita?

Culo Fino se dejó seducir, se quitó la ropa, quedó sentada en la cama y, cuando él se bajó los calzoncillos, ella notó que le había salido un grano hinchado y rojizo en el muslo, cerca de la vagina, y, tal vez sin advertir que él estaba mirándola, decidió que tenía que reventarse el grano allí mismo, en ese momento, antes de que él la poseyera: apretó el forúnculo, lo estrujó con fuerza y minuciosidad, y un minúsculo chorro de pus brotó del abultamiento, manchando su pierna.

—¡Qué asco! —gritó Pecho Frío—. ¡Sos una asquerosa! ¡Cómo podés reventarte un grano cuando vamos a tirar!

—¡No me hables como argentino, idiota! —se enfureció ella—. ¡Tenía que reventarme el granito, es una adicción! ¿Acaso no me conoces?

De pronto Pecho Frío vio cómo su erección se deshacía. No podía ya tener sexo con su esposa. Solo quería alejarse de ella, dejar de verla, que se marchara pronto. Se lo dijo sin rodeos:

—Por favor, vístete y vete cuanto antes. Me das asco.

—¡Tú me das asco por hacerte el maricón y el marihuanero solo para ganar tu puta elección! —bramó ella, poniéndose de pie, vistiéndose.

—¡Nunca más podré hacerte el amor! —dijo él, antes de retirarse al baño y cerrar la puerta con llave—. Has destruido nuestro amor por un solo grano inmundo, repugnante. Siempre que te vea, recordaré el grano reventado y la pus manchando tu pierna.

—¡Te has vuelto una mariquita! —dijo ella, y se marchó, tirando la puerta.

Pecho Frío llamó a Paja Rica y le dijo:

—Por favor, ven a visitarme. Necesito que me metas el dedo. Estoy demasiado estresado.

—¿Querés que te lleve mi consolador? —se ofreció ella.

—Sí, por favor —dijo él—. Y si podés, traéme una banana o un pepino, que tengo una extraña comezón en el orto y necesito que me lo trabajes a *full*.

Media hora después, ella entró al apartamento y lo encontró desnudo, con el orto lubricado.

—Creo que me estoy volviendo puto —dijo él, y se rieron, mientras ella buscaba el pepino en su cartera.

Lo penetró primero con el pepino, luego con el consolador, y se vino dando alaridos, y luego él le dio un delicado servicio de sexo oral, y ella se vino tres veces. Finalmente, extenuados, él le contó el incidente del grano reventado, y ella dijo:

—Esa Culo Fino es una villera, una negra-villera-culo-sucio. Tenés que divorciarte de ella, papá.

—No la veré más —prometió él—. No le perdono que sea tan cochina.

Luego le contó a Paja Rica que, cuando se fueron de luna de miel a Arequipa, Cuzco y Puno, él descubrió que ella tenía la extraña costumbre de hacer caca y olvidarse de jalar el inodoro.

—Y en las noches, le venían crisis de pedos, se ponía en cuatro en la cama y era un festival de pirotecnia —remató—. Sonaban tantas bombardas que parecía un golpe militar o que nos estaban invadiendo los chilenos —añadió, y se rieron.

—Una dama —sentenció ella— nunca comparte sus gases.

El domingo, día de las elecciones presidenciales, Pecho Frío se despertó temprano, acudió a misa de ocho de la mañana en la parroquia de la Virgen de Fátima, le pidió a Dios encarecidamente que lo ayudase a ganar la vicepresidencia, y luego, en compañía de Lengua Larga, su fiel y solícito escudero y confidente, se presentó a votar en una universidad de San Isidro, no muy lejos de su barrio de Miraflores. Llegaron en taxi, mucha gente reconoció a Pecho Frío y le pidió fotos y él se dejó retratar con paciencia y buen humor, y luego se separaron, pues no les tocaba votar en la misma mesa. Cuando caminaba a solas hacia el aula donde se hallaba su mesa de votación, Pecho Frío fue emboscado por un grupo de señoras del Opus Dei, financiadas por la millonaria Beatita Bendita, quienes le impidieron seguir caminando, cerrándole el paso y gritándole:

—¡Inmoral, degenerado, culo roto, vete del Perú! ¡Eres un mal ejemplo para la juventud!

De pronto varias señoras sacaron huevos de sus carteras y se los arrojaron en el rostro, pecho y espalda.

—¡Huevón, huevón, huevón! —gritaron las señoras, enardecidas, en tono flamígero, como si quisieran irse a la guerra.

Todo un caballero, Pecho Frío se abstuvo de golpearlas o insultarlas y hasta sonrió de mala gana, haciendo alarde de paciencia y tolerancia, mientras, más allá, la gente se reía, al verlo embadurnado de yemas de huevo que resbalaban por su frente y sus mejillas, y manchaban la ropa elegante que había vestido aquella mañana.

Pecho Frío no se dejó amilanar, pasó a la cámara secreta, votó por el candidato Churro Chato, elevó una última plegaria al Altísimo, y luego le mojaron el dedo de tinta morada, firmó y salió. Un grupo de partidarios de Ají No Moto, quién sabe si estimulados monetariamente por la candidata, le arrojaron, desde el segundo piso, latas de pintura amarilla, con tan mala suerte para Pecho Frío que le cayeron exactamente en la cabeza, cubriéndolo casi por entero de espesa pintura industrial. Lengua Larga presenció la escena, corrió a socorrer a su amigo y les gritó a los vándalos que se habían apostado en el segundo piso, y que celebraban con carcajadas insolentes la celada:

—¡Imbéciles, intolerantes, son unos salvajes! ¡Repudiamos toda forma de violencia!

Pero Pecho Frío, que ya había aguantado sin quejarse la lluvia de huevos, no pareció hacer suyo el discurso pacifista de Lengua Larga, pues subió a toda prisa las escaleras, encaró a un manifestante de Ají No Moto, se lio a golpes con él y le dio una paliza, mientras algunos fotógrafos y camarógrafos registraban la escena del candidato, desaforado, fuera de sus cabales, dando patadas y puñetes al jovencito díscolo que lo había bañado en pintura.

Después, a la salida de la universidad, Pecho Frío, hecho un guiñapo, bañado en distintos tonos y texturas de amarillo, declaró a la prensa:

—Denuncio que he sido víctima de una cobarde agresión. Hago responsable de todo esto a Ají No Moto. Si algo me pasa, si algo le pasa a mi familia, ella es la culpable de todo.

Desde un ómnibus que pasó por la avenida Arequipa, alguien le gritó:

—¡Buena, Pecho Frío!

Los reporteros se rieron de la ocurrencia, pero Pecho Frío se mantuvo serio, circunspecto, con cara de pocos amigos.

—Cuando sea vicepresidente del Perú, ¡voy a meter presos a los energúmenos que me han agredido! —amenazó.

Luego pasó caminando a su lado el poderoso columnista Caga Tintas, quien lo vio, esbozó una sonrisa torcida como mueca desdeñosa y no se acercó a saludarlo. Qué ingrato Caga Tintas, me ve jodido, bañado en huevos y pintura, y se hace el que no me conoce, pensó, amargado, y luego se dijo a sí mismo: seguro que ha votado por Ají No Moto y por eso me niega delante de la prensa.

En su apartamento, Pecho Frío se quitó toda la ropa sucia en el pasillo, pasó en calzoncillos y, mientras Lengua Larga miraba las noticias, se dio una larga ducha. Recuperado del percance, salió con una toalla amarrada en la cintura, se sentó frente al televisor y vio que Ají No Moto declaraba, luego de votar:

—Hoy comienza el gran cambio moral que reclama este país. Ganaremos en primera vuelta.

Pecho Frío llamó al celular de Churro Chato y le preguntó:

—¿Qué dicen las encuestas?

—Habrá segunda vuelta sí o sí —respondió el candidato presidencial, y luego lo citó en el hotel Sheraton, en pleno centro de Lima, para ver las proyecciones a las cuatro en punto de la tarde.

Pecho Frío miró seriamente a su amigo Lengua Larga y le dijo:

—Si perdemos, creo que me voy a vivir a Buenos Aires.

—¿Me llevarás contigo? —preguntó Lengua Larga, delicadamente, la mirada impregnada de un amor profundo, incondicional.

—Claro —dijo Pecho Frío—. Nos vamos los tres con Paja Rica.

—¿Y tu Culo Fino?

—Que se la monte un burro en primavera. No quiero verla más. Es una asquerosa.

Se hizo un silencio.

—¿Quieres que te dé una chupada? —preguntó Lengua Larga.

—No te equivoques conmigo —respondió Pecho Frío—. Soy varón.

Unas cincuenta personas se habían reunido en la *suite* presidencial del hotel Sheraton, en el centro de la ciudad, frente al palacio de Justicia, para ver los resultados de las elecciones, el anuncio a las cuatro en punto de la tarde de quién presumiblemente se alzaría como ganador de la primera vuelta: si la favorita Ají No Moto, hija del dictador Chino Moto, o el candidato sorpresa Churro Chato, que era visto con simpatía por los jóvenes y los progresistas y, en general, por la gente que se consideraba de izquierda y detestaba a Ají No Moto porque ella evocaba los tiempos autoritarios de Chino Moto. Las últimas encuestas habían revelado que Ají No Moto llevaba entre quince y veinte puntos de ventaja, pero el Perú era un país impredecible, mucha gente decidía el día mismo de los comicios, y en el comando de campaña de Churro

Chato estaban seguros de que darían el gran batacazo y forzarían a Ají No Moto a ir a una segunda vuelta. Todos los líderes del partido se encontraban en la *suite*: el jefe y fundador Pelele Lelo y su esposa; el fogoso Churro Chato, su esposa y sus tres hijas adolescentes, la mayor de ellas ya de dieciocho años, y a la que discretamente Pecho Frío le pidió su correo electrónico, pensando «esta chiquilla ya come con su propia mano»; los financistas del partido, los hermanos Rubio al Pomo, dueños de una empresa pesquera, que habían gastado cinco millones de dólares en financiar la campaña presidencial; los principales candidatos al Congreso, entre ellos la lesbiana en el clóset Gran Caimán, el gay en el clóset Pura Paja, el cantante de música folklórica Pongo Mondongo, y la *vedette* Toda Tuya; los periodistas simpatizantes de la causa progresista Trola y Bola y Masca Vidrio; familiares y amigos de los candidatos; y, por supuesto, Pecho Frío, muy querido por todos los jefes del partido, y su supuesto novio Lengua Larga, encantado de posar como la pareja oficial del candidato a la vicepresidencia. Un tanto achispados o ya bastante borrachos, confiados en que sacarían un alto porcentaje e irían a la segunda vuelta, tanto Pelele Lelo como Churro Chato recibieron con grandes abrazos a Pecho Frío y le expresaron su solidaridad por la agresión de la que había sido víctima. Para relajarse, Pecho Frío se puso a tomar pisco sour, uno tras otro, jactándose de tener una buena cabeza para el trago, mientras Lengua Larga prefirió limonadas. Cuando faltaba media hora para el gran anuncio de *flash* electoral, llegaron Poto Roto y Pelo Malo, altos dirigentes del Movimiento Homosexual, que fueron recibidos como grandes héroes progresistas. Abajo, en la recepción del hotel, un puñado de jóvenes, coreando y vivando a Churro Chato y Pecho Frío, aguardaban, frente a una pantalla gigante, los resultados de las elecciones, y algunos salían del hotel y encendían porros de marihuana en la cochera, como un gesto desafiante de afirmación de la libertad individual. Casi toda la prensa nacional e internacional había preferido cubrir los resultados en el comando de campaña de Ají No Moto, atrincherada en el hotel Miraflores Plaza. Para asegurarse que los periodistas estuvieran a las cuatro de la tarde con ella y no con sus adversarios, les había prometido almuerzo y cena gratis y masajes de cortesía en el spa del hotel, y naturalmente los periodistas habían sido sensibles a dichos estímulos.

A las cuatro en punto de la tarde, el influyente columnista Caga Tintas, y su colega y conductora, la veterana Mamen de Hinojos, anunciaron, casi gritando:

—¡*Flash* electoral! ¡Primicia del canal 2! Anunciamos que gana las elecciones en primera vuelta ¡Ají No Moto! ¡La nueva presidenta del Perú es Ají No Moto! ¡Cincuenta y dos por ciento para Ají No Moto, veintiocho por ciento para Churro Chato! ¡No habrá segunda vuelta! ¡Gran triunfo histórico de Ají No Moto!

De inmediato, un pesado ambiente de velorio o funeral se instaló en la *suite* del hotel Sheraton. Nadie lo podía creer: Ají No Moto había ganado en una sola vuelta gracias a sus argucias, marrullerías y triquiñuelas, a sus promesas embusteras, y a la millonaria campaña que desplegó. Pelele Lelo se confundió en un gran abrazo con Churro Chato y le dijo:

—Habrá que esperar cinco años, compadre.

Churro Chato le respondió:

—Si no hubiesen impugnado tu candidatura, estoy seguro de que tú ganabas.

Pecho Frío se quedó solo, en un rincón, deprimido. Peor aún, escuchó lo que decía Caga Tintas en el canal 2:

—El gran culpable de la derrota de Churro Chato es su vicepresidente Pecho Frío. Ese tipo le hizo muchísimo daño con sus payasadas ridículas. Primero, besando a los candidatos en el debate, que fue una escena francamente lamentable, bochornosa. Luego, prometiendo que iríamos a una guerra con Chile, como si los peruanos fuésemos mamertos o qué. Y finalmente, fumando marihuana en el parque Kennedy de Miraflores, espantando al votante conservador y religioso, que en este país, nos guste o no, es mayoría. Pecho Frío ha sido devastador, catastrófico, para su partido, y ha convertido la elección en un asunto trivial, frívolo, circense, carnavalesco. Bien merecida se tiene la derrota.

Sin despedirse de nadie, y solo acompañado de Lengua Larga, ni siquiera de Poto Roto, Pecho Frío bajó por el ascensor de servicio, salió por una puerta falsa para no encontrarse con los jóvenes progresistas que no daban crédito a la derrota, y tomó un taxi con destino a su apartamento. Estaba derrotado, destruido. Quería emborracharse y dormir. Dejó a Lengua Larga en el local del Movimiento, le dio un abrazo y le dijo:

—Creo que me iré un tiempo a Buenos Aires.

Luego el taxi siguió camino a su apartamento. No quería ver a nadie ni hablar por teléfono con nadie. Le parecía injusto que lo culpasen de la derrota. Pero la política, se dijo, era así: desleal, malagradecida.

Todo en la vida de Pecho Frío cambió radicalmente después de la derrota electoral. Dejó de hablar con los dirigentes de su partido, dejó de ir al local del Movimiento, no respondía las llamadas de Lengua Larga y Poto Roto, se alejó de la causa gay, que, en el fondo, nunca había sentido como suya. Cuando pensaba en Culo Fino, la recordaba reventándose un grano purulento y le daba asco y náuseas y pensaba que no sería capaz de verla más. Por eso contrató a un abogado, el voluminoso y temible Bola de Sebo, famoso por pagar sobornos que los jueces y fiscales encontraban irresistibles, y le encargó que le tramitase el divorcio más expedito, al menor costo posible. No se sentía a gusto saliendo a la calle, pues alguna gente descomedida lo saludaba displicentemente y le hacía bromas cáusticas sobre la derrota electoral. No quería ir al estadio a ver jugar a la U, no tenía ganas de reunirse en el bar con Boca Chueca, se pasaba el día en su apartamento, viendo boberías en televisión o perdiendo el tiempo en internet. Su única ilusión, la llama que lo mantenía vivo, era la pasión que aún le despertaba Paja Rica. Todas las tardes iba al salón, lo confinaban en un apartado discreto para cuidar su privacidad, le recortaban las uñas de las manos y los pies, le daban un largo masaje en la espalda y, a veces, se quedaba dormido en la camilla y despertaba cuando Paja Rica ya había cerrado el salón Cero Piojos. A ella le preocupaba que sus clientas reconocieran a Pecho Frío porque la mayoría confesaba haber votado por Ají No Moto y no quería incomodarlas o generar una discusión política y menos aún que supieran que ella era su amante. Paja Rica tenía una regla de oro y así había instruido a sus empleadas: no hablar de política, religión ni sexo, nunca contrariar a las clientas, darles la razón en todo. Si le preguntaban por quién había votado, decía que era extranjera. De pronto tenía más clientas y le quedaba ganancia todos los días y sintió que, por fin, la fortuna empezaba a sonreírle. Por eso cuando Pecho Frío le propuso ir juntos a Buenos Aires y abrir un salón allá, ella le dio excusas diplomáticas, pues no quería viajar, quería enfocarse totalmente en su salón Cero Piojos y, si seguía ganando dinero, abrir un segundo local en un barrio más popular.

Así las cosas, y sin preocuparse por el dinero, pues el fondo Pirámide de Jabón le daba una suculenta renta mensual con la que podía vivir holgadamente, y sin usar el dinero falso que había impreso Chino Cholo y que él guardaba en una caja fuerte, Pecho Frío, que estaba deprimido aunque no lo sabía, y que estaba convirtiéndose en alcohólico aunque no era consciente de ello, decidió que, para matar el tiempo, se haría un chequeo médico completo, minucioso, exhaustivo. Todo salió bien, salvo la colonoscopía, que fue el examen más humillante e invasivo de cuantos le practicaron. En la víspera defecó tantas veces que se desmayó en el inodoro de su apartamento, y luego durante el procedimiento, una vez que lo durmieron con propofol, le encontraron pólipos posiblemente cancerosos, que le fueron removidos, y tuvieron que someterlo a una delicada operación de reconstrucción anal, pues tenía la vía rectal y las zonas adyacentes devastadas por una feroz hemorroides, probablemente consecuencia de la comida picante que le encantaba ingerir. Tras la operación, tuvo que guardar reposo una semana y quedó aterrado de que los pólipos fuesen el anuncio de un cáncer incurable. Casi no comía, casi no se levantaba de la cama, casi no dormía, casi no miraba sus correos ni los respondía, se sentía un hombre derrotado, sin futuro, sin ilusiones. Peor aún, Paja Rica no pasaba a visitarlo, pues decía que tenía demasiado trabajo, y Culo Fino sí que lo llamaba pero él prefería no contestarle. Tan pronto como pudo ponerse de pie y caminar, decidió irse un tiempo indefinido, quizá un mes, quizá tres, a Buenos Aires, ciudad que le fascinaba por sus paisajes urbanos, las flores de sus árboles, la belleza y simpatía de su gente y la riqueza de su vida cultural. Ya no sería embajador, había perdido la batalla política, pero le gustaba la idea de alquilar un pequeño apartamento y pasar medio año en esa ciudad que tanto lo seducía. Pensó que para alquilar el apartamento, o incluso para comprar uno, podía usar una parte del dinero impreso por Chino Cholo. No le pareció arriesgado meter medio millón de soles en una caja de correo rápido y enviarla al hotel en que se hospedaría en San Isidro, Buenos Aires, frente a la catedral, el tranquilo y acogedor hotel del Casco. Con suerte pasaría los controles aduaneros y allá cambiaría esos soles por pesos argentinos y con esos miles de dólares podía adquirir un inmueble o alquilar uno de alto nivel. Antes de viajar, pensó: Yo debí nacer en la Argentina, soy un argentino frustrado, cuando hablo como argentino soy más feliz que hablando como un pinche puto peruano. Luego hizo maletas, seguro de que, al llegar al hotel del casco histórico de San Isidro, encontraría la caja que había enviado, a su nombre, por correo rápido y certificado, dejando constancia de que en ella solo estaba despachando documentos.

Sonó el teléfono. Era Culo Fino. Harto de que ella llamara constantemente, sin cesar, Pecho Frío hizo acopio de valor y contestó.

—Me ha mandado una carta tu abogado Bola de Sebo —dijo ella—. Dice que quieres divorciarte. ¿Es así?

—Es una posibilidad que estamos evaluando —se acobardó él.

—¿Quiénes la están evaluando? —se enojó ella.

—Mi abogado, mi novio, mi novia y yo —respondió él, en tono desafiante.

—¿Tu novia? —dijo ella, sorprendida—. No me tomes el pelo, por favor. ¿Ahora tienes novia?

—Sí. Y la amo. Y se me pone dura como un fierro apenas la veo. Y me la chupa mucho mejor de lo que nunca me la chupaste tú —dijo él, irritado, agresivo, con ganas de pelear.

—Eres un imbécil, un cretino —dijo ella—. Mi mami tiene razón. Nunca debí casarme contigo. Eres un desleal, un traidor, un malagradecido. Todo lo que te he cuidado, te he engreído en siete años, casi como si fueras mi hijo, y ahora que tienes un billete que ni siquiera mereces, porque se lo sacaste en un juicio tramposo a Puto Amo, te deshaces de mí como si fuera un estorbo.

—Ya no te amo —dijo él, secamente—. Amo a mi novia y a mi novio.

—Mentira —se encolerizó ella—. Tú no tienes novio. Todo era una pantalla para ganar votos. Pero no te resultó. Eres un ridículo.

—Mi novio es Lengua Larga —dijo él—. Nos vamos a casar en Buenos Aires, donde hay matrimonio igualitario y no se nos discrimina como si fuéramos leprosos.

—Pobre diablo —dijo ella—. ¿Y tu novia, se puede saber quién es?

—Paja Rica.

—Siempre supe que esa rusa mañosa no era tu abogada —sentenció ella.

—No discutamos más —propuso él—. Si me firmas el divorcio, seré generoso contigo. Bola de Sebo me ha propuesto que te dé una pensión de tres mil soles. Pero estoy dispuesto a darte cuatro mil.

—¿Tú crees que soy huevona? —gritó Culo Fino—. ¿Crees que te voy a dar el divorcio por esa miseria? ¿Me has visto cara de mendiga, de limosnera?

—No quiero verte la cara —dijo él—. Pienso en ti y se me revuelve el estómago.

—¿Tan mariconcito te has vuelto? —se burló ella.

—No sé —dijo él—. Pero el otro día vi que te reventabas un grano y te brotaba un chorrito de pus y, te soy franco, el poco amor que me quedaba, se fue al tacho, Culo Fino. No puedo recuperarme de esa imagen asquerosa. No puedo besarte ni tocarte. Por tu culpa me he vuelto más puto, creo. Pero la pesadilla del grano me persigue mal, mal.

—Imbécil, ridículo —dijo ella—. ¿Y a ti no te salen granos? ¿No apestas a veces? ¿No te tiras unos pedos asesinos?

—No sé, no sé —dijo él—. Pero yo no me reviento los granos. Me da asco. Y, si lo haces, debes hacerlo a solas, en el baño, y no compartir esas asquerosidades conmigo.

—¿O sea que te quieres divorciar de mí por un maldito grano? —se exasperó ella—. ¿Porque me salió un grano?

—Sí —dijo él—. Quiero el divorcio. Ese grano rebasó el vaso de agua de mi paciencia.

—Si quieres el divorcio, quiero esta casa nueva de Villa y el apartamento de Miraflores y la mitad de todo lo que tienes en el fondo Pirámide de Jabón, de tu amiguito Mala Uva Verde —reclamó ella, con indignación.

—Ni en pedo —dijo él—. Ni en pedo. Mi plata es mi plata. La gané yo en el juicio. No es tuya. No seas boluda, por favor.

—¡Deja de hablar como argentino, idiota! —gritó ella—. ¡Te odio cuando te haces el argentino!

—Andá a cagar, boluda —dijo él, y cortó.

Luego llamó a su abogado Bola de Sebo y le dijo:

—Quiere la casa nueva y el apartamento. Ni loco le voy a dar todo. Hay que pelear en los tribunales.

—Tranquilo, hermanito, no te sulfures —dijo Bola de Sebo—. Vamos a ganar. Te va a costar un dinerito, pero yo me ocuparé de romperles las manos a los jueces para que la sentencia sea a tu favor.

A las nueve y media de la noche Pecho Frío puso el programa de Chola Necia en canal 9 cuando de pronto sintió un sobresalto parecido a la angustia: allí estaba Culo Fino, dando una entrevista. Me jodí, pensó, me va a destruir.

—¿O sea que te ha pedido el divorcio? —preguntó Chola Necia, en tono histriónico, engolando la voz, agitando ampulosamente las manos, con una colorida pecera detrás de ella.

—Sí —respondió Culo Fino, en tono afligido—. Me ha pedido el divorcio. Y no quiere darme ni un centavo, después de siete años de casados.

—¡Es un perro! —chilló Chola Necia—. ¡Todos los hombres son iguales: unos perros miserables!

—Pero los perros son leales, en cambio Pecho Frío es un desleal —observó Culo Fino.

—¿No quiere darte plata? —preguntó Chola Necia.

—No, nada. Y tú sabes que es millonario. Le sacó una fortuna a Puto Amo.

—¿Y tú qué le pides?

—La mitad de todo. Y la casita modesta en la que vivo con mi señora madre. Nada más. Lo que es justo.

—¿Y no le pides además una pensión mensual, que es lo que corresponde?

—Sí, él no quiere darme nada, pero yo creo que lo justo es que el juez determine cuánto me tiene que dar mensualmente. Yo trabajo como profesora, no soy una mantenida, no quiero ser un parásito, pero él ahora es millonario y si me quiere echar a la calle, tiene que pagarme lo que por ley es mío, Chola Necia.

—¡Claro que sí! ¡Sácale todo lo que puedas! ¡Por mí, déjalo quebrado! ¡Es lo que se merece ese perro malagradecido!

Exasperada, contagiada de la animosidad de la anfitriona, Culo Fino dijo, levantando la voz:

—Dice que tiene un novio y una novia, ¡pero es mentira! ¡No es gay! ¡Se hizo el gay para ganar las elecciones y le fue fatal! ¡Y cree que yo me chupo el dedo, pero él no es mariquita, Chola Necia, no es del otro equipo, él tiene una novia, solo que están en el clóset!

—¿Quién es su noviecita para mandarle una cámara mañana mismo y seguirla hasta el baño? —preguntó la más temida periodista de la farándula.

—Paja Rica —respondió Culo Fino—. La masajista rusa Paja Rica. Ahora es dueña del salón Cero Piojos, que abrió con plata de mi marido.

—¡Es un perro, un degenerado, una rata! —bramó Chola Necia.

Luego añadió, con la mirada llena de odio:

—Paja Rica, ¡te vamos a destruir por romper un hogar cristiano, solo por codiciosa y angurrienta!

Las señoras presentes en el estudio aplaudieron a Chola Necia, que solía posar como una defensora implacable de las mujeres engañadas, humilladas, asaltadas en su buena fe.

—¿Y qué causal de divorcio alega tu marido? —preguntó—. ¿Incompatibilidad de caracteres?

—No —respondió Culo Fino—. Hábitos de higiene. Hábitos insalubres de higiene. Hábitos inmundos de higiene, según me comunicó su abogado Bola de Sebo.

—¿Hábitos de higiene? —repitió teatralmente Chola Necia—. No entiendo, ¿a qué se refiere?

Culo Fino no quiso mentir, estaba dispuesta a despellejar vivo a su marido, y por eso fue despiadada:

—Dice que quiere divorciarse de mí porque me salen granos.

—¡Qué! —chilló Chola Necia—. ¿Porque te salen granos?

—Sí —dijo Culo Fino, en tono de víctima—. Y porque me reviento los granos.

Un abucheo general invadió el estudio, indignadas las señoras que se solidarizaban con Culo Fino.

—Pecho Frío, eres un asco, una vergüenza para la especie humana —sentenció Chola Necia, mirando a la cámara.

Luego añadió, displicente:

—Tú mismo eres un grano, papito. Nada más que un grano.

Hacia la medianoche, tocaron el timbre del apartamento de Pecho Frío. Era Lengua Larga. Estaba borracho. Había estado bebiendo cerveza en un bar de Barranco, solo. Se sentía desdichado. No podía reprimir más sus sentimientos.

—Por favor, déjame subir —le pidió a Pecho Frío por el intercomunicador.

Pecho Frío vestía ropa de dormir: una camiseta crema de la U, un pantalón de buzo, dos pares de medias polares y una vincha de la selección peruana de fútbol. No se daba cuenta, pensaba que olía bien, pero sus medias apestaban porque hacía dos semanas no las lavaba y dormía siempre con ellas.

—Pechito querido —dijo Lengua Larga, con fuerte aliento a alcohol, y se confundieron en un abrazo largo, sentido, entrañable.

Luego a Lengua Larga le dio un ataque de hipo y Pecho Frío fue a la nevera, sacó dos cervezas, las abrió y se sentó en la sala frente a su amigo.

—¿Es cierto que te vas a vivir a Buenos Aires y te divorcias? —preguntó Lengua Larga, en tono triste, afligido.

—Sí —respondió Pecho Frío, sin dudarlo—. Me voy por una temporada. Después no sé si volveré o me seguiré quedando allá.

—No te vayas, por favor —imploró Lengua Larga.

Estaba a punto de llorar. Vestía traje y corbata, pero su aspecto era desastroso, parecía venir de una riña callejera: la corbata desanudada, la camisa manchada de kétchup y mostaza, el rostro sudoroso.

—Nada me ata acá —dijo Pecho Frío—. Y Paja Rica no quiere venir conmigo.

—¿Y yo? —preguntó Lengua Larga, poniéndose de pie—. ¿Y yo, qué? —preguntó, retóricamente, teatralmente, como si los dioses se hubiesen conjurado contra él.

Pecho Frío se quedó mudo, sin saber qué decir.

—¿Me vas a abandonar? —siguió Lengua Larga, que parecía desolado—. ¿A mí, que soy tu mejor amigo, tu confidente, tu escudero? ¿Me vas a dejar botado, después de todo lo que he hecho por ti?

—Son solo unos meses, Lengüita —dijo Pecho Frío, en tono cordial, afectuoso—. Necesito tomarme unas vacaciones. Estoy muy estresado.

—Llévame contigo —rogó Lengua Larga—. Por favor, llévame contigo.

Visiblemente incómodo, Pecho Frío no supo qué decir.

—¿No te das cuenta? —dijo Lengua Larga, poniéndose de rodillas, frente a su amigo—. ¿No te das cuenta?

Pecho Frío solo atinó a decir:

—¿De qué?

—De que te amo —sentenció Lengua Larga—. Estoy enamorado de ti.

Un silencio extraño, inquietante, se instaló en el ambiente.

—Ya no puedo vivir sin ti, Pechito. Por favor, no me dejes. Tú eres todo para mí.

Lengua Larga puso su cabeza tiernamente entre las piernas de Pecho Frío, quien lo acarició y le dijo:

—Gracias, flaco. Es un honor que me quieras tanto. Pero tú sabes que….

—No sigas— lo interrumpió Lengua Larga—. Ya sé que no eres gay. No importa. No tenemos que hacer el amor. Solo quiero vivir contigo, cuidarte, engreírte. No necesito sexo. Me basta con tocarme pensando en ti, Pechito.

Pecho Frío no sabía cómo salir del embrollo en que se había metido.

—¿Puedo darte un beso? —preguntó Lengua Larga, ya recuperado del ataque de hipo.

—No, mejor no —dijo Pecho Frío, amigablemente.

De nuevo el silencio pareció tensar el ambiente. Lengua Larga se sentó al lado de su amigo y preguntó:

—¿Te la puedo chupar? ¿Y tú cierras los ojos y piensas en tu Pajita Rica?

Pecho Frío soltó una risa nerviosa y dijo:

—No, flaco, mejor no. Estás pasado de tragos. Te conviene ir a dormir.

—¡No quiero dormir! —se enojó Lengua Larga—. ¡Solo quiero estar contigo, pasar la noche contigo!

Pecho Frío pensó: y ahora cómo lo saco de acá.

—¿Puedes hacerte una pajita y yo te miro y me la corro, mirándote? —propuso, desesperado, Lengua Larga.

—Flaco, no sigas, estás zampado —dijo Pecho Frío, poniéndose de pie—. No quiero nada de sexo. Entiéndeme, soy varón.

—¡Es que no me quieres! —se quejó Lengua Larga—. ¡No me amas como yo te amo!

Pecho Frío no encontró palabras para defenderse.

—¡Ya te olvidaste cómo te ayudé cuando te habías quedado sin trabajo! ¡Eres millonario gracias a mí, al Movimiento! ¡Por lo menos deberías dejarme que te dé un besito, mal amigo!

—Lengua Larga, por favor, anda a dormir —dijo Pecho Frío, seco, cortante.

—¡No me amas! —se lamentó Lengua Larga—. ¡Así no tiene sentido vivir!

Luego caminó hacia la ventana y saltó desde el segundo piso, con tan mala (o buena) suerte que cayó encima del portero del edificio, un señor de sesenta y ocho años que en ese momento estaba piropeando a una chica que pasaba corriendo, escuchando música:

—¡Qué rico tu culito, mamita!

Lengua Larga le cayó encima. El portero quedó con tres vértebras rotas. Lengua Larga no sufrió lesiones de consideración. La ambulancia tardó media hora en llegar. Pecho Frío no quiso ir a la clínica Mata Sanos a acompañar a su amigo. Menos mal que vivo en un segundo piso, y no en el ocho, pensó.

Pecho Frío llegó al aeropuerto a las cinco de la mañana, facturó tres maletas pesadas de veinte kilos cada una, pidió un asiento en primera fila, ventana, clase ejecutiva, y llevó rodando su maletín de mano hasta los controles migratorios. Nadie lo reconoció ni le pidió una foto, lo que fue un alivio. ¿Habría llegado ya la caja con dinero? ¿Le permitirían cambiar esos soles por pesos argentinos y abrir una cuenta bancaria, siendo tan solo turista? ¿Podría obtener una visa de residente o inversionista, comprando un inmueble o abriendo un pequeño negocio, digamos una cafetería? Todas esas preguntas lo inquietaban, mientras hacía una larga fila de decenas de personas para presentar su pasaporte y, una vez autorizado a salir del país, dirigirse a la puerta de embarque. No estaba triste de irse, quería reinventar su vida en Buenos Aires, aun si eso lo apartaba de Paja Rica. Pensaba que si se instalaba en la capital argentina y le ofrecía dinero, ella finalmente se ablandaría y viajaría a acompañarlo. Cuando por fin llegó su turno, entregó el pasaporte de color rojo.

—El famoso Pecho Frío —le dijo el funcionario de migraciones, mirándolo de soslayo, con poca o ninguna simpatía, quizá porque estaba fatigado o porque tenía otras ideas políticas o porque era homofóbico o quizá simplemente porque a las cinco y veinte de la mañana le resultaba imposible sonreír y ser simpático en modo alguno.

—A sus órdenes, mi estimado —dijo Pecho Frío.

El controlador ingresó unos datos a la computadora, tecleó con abulia rutinaria, se alisó el bigote canoso, miró fijamente al viajero que tenía a su lado y le dijo:

—No puede viajar.

—¿Cómo? —se sorprendió Pecho Frío—. ¿Por qué?

—Tiene orden de captura —le informó secamente, bajando la voz, el funcionario, a la vez que lo miraba no con hostilidad, pero sí con desdén o una cierta displicencia.

—¿De captura? —bajó prudentemente la voz Pecho Frío—. ¿Por qué?

—El banquero Puto Amo lo ha denunciado por defraudación tributaria —dijo el funcionario—. También le ha abierto juicio por latrocinio.

—¿Latrocinio? —repitió Pecho Frío, perplejo—. ¿Qué carajo es eso?

—Robo —dijo el funcionario—. Está acusado de no pagar sus impuestos correctamente y de robarle al banco de Puto Amo. La fiscalía ha acogido la denuncia. Y ha ordenado su detención y dictado impedimento de salida por temor a que usted se fugue.

Pecho Frío sintió un ramalazo helado estremeciéndole la espalda.

—¿Tú crees que puedes hacerte el loco y dejarme pasar y nadie se entera? —le propuso.

El funcionario lo miró por encima de sus lentes gruesos, sucios, con ojos de ave rapaz.

—No puedo hacerme el loco, caballero —respondió—. Mi deber es cumplir la ley. Tengo que llevarlo a la oficina, proceder a su detención y llamar a la fiscalía.

—La concha de la lora —musitó Pecho Frío, hablando consigo mismo.

Luego le propuso:

—¿Podemos llegar a un arreglo amigable, que te deje satisfecho, y me dejas viajar?

—¿A qué se refiere exactamente? —preguntó el funcionario.

—Bueno, si te parece, te dejo algo para tus viáticos, ahora mismo, con absoluta discreción, y me dejas pasar, y viajo tranquilo y nadie se entera de que salí del país —se aventuró a decir Pecho Frío.

—Imposible, señor —dijo el funcionario—. Y no insista, por favor. Mi deber es impedirle la salida, retenerle el pasaporte y llevarlo a la oficina para proceder a su detención.

—¿Me dejas ir un segundo al baño? —pidió Pecho Frío.

—Mejor vaya al baño, una vez que estemos en la oficina —replicó el burócrata, con gesto adusto.

Pecho Frío se acercó y le dijo, susurrando:

—Puedo darte cien mil soles en efectivo, esta misma tarde, donde me digas, si no me arrestas.

El funcionario lo miró con curiosidad o interés, en todo caso sin animosidad.

—Solo me das mi pasaporte, voy al baño, no viajo y a la tarde te llamo y me dices dónde te dejo la plata.

Al mismo tiempo que le devolvía el pasaporte, el burócrata obeso y bigotudo, que parecía harto de su trabajo y su vida, le dijo:

—Vaya al baño, señor. Lleve su pasaporte. Acá le dejo mi tarjeta.

Pecho Frío caminó al baño, se encerró en un inodoro y pensó: Y ahora, ¿qué carajo hago?

Aquella noche no pudo dormir. De regreso en su apartamento, se sintió tenso, angustiado. Puto Amo, el banquero más rico del país, no era un enemigo desdeñable. La justicia seguramente estaría subordinada a él. Tenía, por lo visto, orden de captura. Debía entregarle el dinero prometido al oficial de migraciones y luego pasar a la clandestinidad, y encontrar la manera de salir furtivamente del país, burlando los controles migratorios. Era un secreto a voces que cruzar la frontera con Bolivia, cerca del lago, los domingos, día de la feria artesanal, era bastante sencillo. Pero él quería llegar, como sea, contra viento y marea, a Buenos Aires, y luego convencer a Paja Rica para que fuese a acompañarlo, y comenzar una nueva vida allá. Todo esto me pasa por meterme en política, pensó. Si hubiésemos ganado, o al menos pasado a la segunda vuelta, nadie se atrevería a detenerme ni impedirme salir del país, y yo podría ordenar la captura del cabrón de Puto Amo. Recordó lo que siempre le decía su amigo Boca Chueca, cuando tomaban unos tragos y hablaban de política, fútbol y mujeres: el Perú, hermanito, es un país africano, con la desventaja de que acá las hembras no andan con las tetas al aire.

Tomó pastillas para dormir, dos cápsulas de un ansiolítico suave, pero no le hicieron efecto, y se quedó viendo una antigua serie cómica cubana, *La Tremenda Corte*, con Tres Patines. No podía reírse: pensaba que pronto lo llevarían a La Tremenda Corte peruana, y que él haría de Tres Patines, y que lo condenarían a pasar varios años en prisión, solo porque el poderoso Puto Amo lo acusaba de evasor de impuestos y ladrón. Tengo que escapar, tengo que huir del Perú, pensaba: si el antiguo dueño del canal 5 logró escapar a Chile, y el antiguo dueño del canal 4 logró huir a la Argentina, ¿por qué yo no podría evadirme de la justicia, pagando coimas si fuera necesario? Para calmar los nervios, abrió una botella de vino y, mientras veía a Tres Patines, la fue tomando del pico, sin servirla en una copa o un vaso, y acercándose a la ventana constantemente, para espiar que no hubiese nadie abajo, en la calle, vigilándolo, aguardando.

La decisión no era fácil: ¿se quedaba en el apartamento y esperaba a que se presentase el oficial de migraciones para darle el soborno prometido, dejando abierta la posibilidad de que, una vez entregado el dinero, lo dejara salir del país, o escapaba por tierra ahora mismo, y no se arriesgaba a que el oficial lo delatase inmediatamente después de cobrar el soborno, o incluso sin cobrarlo? ¿Cómo sé que puedo confiar en él, que vendrá solo, que no traerá a la policía ni me arrestará aquí mismo? Y si me dice que puedo viajar, y que él me dejará salir, ¿cómo sé que puedo confiar en su palabra y que no me detendrán en el aeropuerto? Porque es viejo, gordo y sudoroso y con cara de mañoso, pensaba, no tiene buena pinta, y es capaz de coger su plata y enseguida traicionarme. Tengo que escapar, no puedo terminar en la cárcel, y a Puto Amo no volveré a ganarle un juicio nunca más, porque el juez Chato Ñoco ahora me odia, no le cumplí con su comisión, tengo a todos los poderes en contra: el próximo gobierno de Ají No Moto, el Congreso dominado por ella, la justicia en la que manda a su antojo Puto Amo, ¿cómo carajo podría ganarles y no ir a la cárcel?

Desesperado, llamó a Lengua Larga. Era tarde, pasada la medianoche. Lo despertó. Pecho Frío le contó en detalle lo que había ocurrido y le dijo que necesitaba un auto para, si fuera necesario, manejar con rumbo al sur, hasta cruzar la frontera con Chile. No tenía un auto, Lengua Larga tampoco, pero su plan era alquilar uno. Lengua Larga se asustó, dijo que era peligroso ser cómplice de un prófugo de la justicia, pero más pudo el amor y prevaleció el sentimiento de profundo afecto y devoción que sentía por Pecho Frío. Salió de la cama, alquiló un auto, y fueron manejando hasta el apartamento de Pecho Frío. Se dieron un abrazo largo, sentido, entrañable, y Lengua Larga rompió a llorar y le pidió irse con él, pero Pecho Frío le prometió que, una vez que estuviese en Buenos Aires y tuviese un apartamento, le mandaría el pasaje aéreo y se reencontrarían en esa ciudad. Lengua Larga volvió a su cama, a seguir durmiendo entre sollozos, y Pecho Frío cargó el auto alquilado con casi todo el dinero que le había dado Chino Cholo, escondido en dos maletines deportivos. Hacia las cuatro de la mañana, se echó en su cama y repitió mentalmente el plan: esperaría en su apartamento la visita del oficial de migraciones, le daría el soborno prometido, y, a solas con él, viéndole la cara, tomaría la decisión de tratar de salir por el aeropuerto, en el turno del burócrata ya coimeado, o lo despistaría, le diría cuándo saldría, digamos una semana después, y aprovecharía esa semana para huir por tierra a Chile, en el auto alquilado, de modo que si el plan del oficial era traicionarlo y capturarlo en el aeropuerto, él estaría un paso adelante y ya se encontraría en Chile el día en que supuestamente se presentaría en el aeropuerto de Lima para tomar el vuelo a Buenos Aires. Es mejor tener un plan A y un plan B, se dijo. Luego tomó dos ansiolíticos más y consiguió dormir unas horas. Lo despertó el ladrido de un perro neurótico que vivía en el piso de arriba y que parecía enloquecer cuando sus dueños se iban a trabajar y lo dejaban solo.

Cuando por fin sonó el timbre, Pecho Frío llevaba un par de horas esperándolo. Había mitigado la ansiedad de la espera tomando vino. El oficial de migraciones se identificó por el intercomunicador:

—Buenas, qué tal, soy Concha Tumay, su amigo del aeropuerto, vengo por lo que conversamos.

—Pase, adelante.

Pecho Frío le abrió la puerta del apartamento, al pie del ascensor, y lo observó minuciosamente: era un hombre gordo, con aire exhausto, sudoroso, mal vestido, con traje y corbata. Parece un buen tipo, pensó: corrupto, mañoso, pero, sobre todo, un hombre de palabra.

—Cómo está, amigo Concha Tumay —lo recibió amablemente.

—Acá, arrastrándome, sobreviviendo —dijo Concha Tumay.

Se sentaron en la sala, Pecho Frío le invitó un vino, brindaron.

—Yo voté por usted —dijo Concha Tumay—. Lástima que perdió.

—Muchas gracias, amigo.

—Le aconsejo que se vaya un tiempo. Ají No Moto es una desgraciada. Ese china no va a parar hasta meterlo en la cárcel, señor Frío.

—Es el problema de meterse en política —observó Pecho Frío—. Si ganas, ganas todo; si pierdes, pierdes todo.

—Pero usted es joven —lo animó Concha Tumay—. Puede lanzarse nuevamente en cinco años.

—No creo —zanjó Pecho Frío—. He quedado asqueado de la política. Y muy decepcionado del Perú. Somos un país de mierda. Acá, al que destaca un poco, lo muelen a palos. Hay demasiada envidia.

—Es que a usted lo odian porque se hizo millonario cuando le ganó el juicio a Puto Amo —opinó Concha Tumay—. Pero, ¿qué pensaba? ¿Que el gran pendejo de Puto Amo no le iba a declarar la guerra? Déjeme decirle una cosa: Ají No Moto es un pericote inofensivo al lado de Puto Amo. Su problema, don Frío, es Puto Amo. No va a parar hasta arruinarle la vida.

—Por eso quiero largarme cuanto antes —dijo Pecho Frío, poniéndose de pie—. Pero usted no me dejó salir. No me colaboró.

—No se sulfure —lo calmó Concha Tumay—. Compréndame. Tenía que cuidarme. No puedo arriesgarme a que me boten. Tengo seis hijos.

—¡Seis! —se impresionó Pecho Frío—. ¿No sabe usar un condón?

—Sí sé —respondió Concha Tumay, relajado, acomodándose en el sillón—. Pero cuando estoy arrecho me vuelvo bruto y me olvido.

Pecho Frío entró en su habitación, sacó el maletín deportivo, regresó a la sala y lo puso sobre una mesa baja, de vidrio, donde había una colección de revistas *Máscaras* y *Lola*. Uno de sus grandes sueños había sido aparecer en la portada de *Lola*, pero, por lo visto, ya no se le cumpliría.

—Cien mil soles —dijo—. Lo convenido. Cuente, si quiere.

Concha Tumay abrió el maletín, echó una mirada rápida, olisqueó el dinero, hizo un gesto aprobatorio, y dijo:

—¿Cuándo quiere que lo ayude a salir?

Pecho Frío ganó tiempo, pues no había decidido si trataría de escapar por vía aérea o terrestre:

—En una semana —dijo—. El próximo domingo, en el vuelo de las seis de la mañana.

—¿Este domingo? —preguntó Concha Tumay.

—No, este no, el siguiente —precisó Pecho Frío.

—El siguiente domingo no me toca trabajar. Estoy de franco. Me voy de retiro espiritual.

—¿En serio? —se sorprendió Pecho Frío—. ¿De retiro espiritual?

—Sí, amigo Frío —respondió con orgullo Concha Tumay—. Soy del Opus Dei. Nos vamos a Chosica a orar tres días.

—Entonces el sábado, ¿le viene bien?

—El sábado, perfecto.

Brindaron. Se pusieron de pie. Se dieron un abrazo. Concha Tumay cargó el maletín y le dijo:

—Nos vemos en el aeropuerto. Rezaré por usted. Le aseguro que Diosito lo protegerá para llegar hasta Buenos Aires.

—Gracias, Tumay.

Cuando lo vio entrar en el ascensor del piso dos y cerró la puerta, Pecho Frío pensó: sí puedo confiar en él, es un gran huevón, es religioso, no creo que me vaya a cagar, si es del Opus Dei debe ser un tipo de palabra, que cumple lo que promete. Me iré en avión, se dijo, optimista, y luego regresó a la cama y se hizo una paja pensando que se tiraba a la esposa de Pelele Lelo.

De pronto tenía miedo de salir a la calle. Se había vuelto paranoico. Se sentía rodeado de enemigos. Pensaba que si salía, los matones de Puto Amo podían darle una paliza, o secuestrarlo, o entregarlo a la justicia. Tenía pavor de acabar preso en las hediondas cárceles de Lima. Necesitaba protegerse hasta escapar del país. No tenía un arma de fuego, solo los cuchillos de la cocina. No quería hablar con sus antiguos amigos del Movimiento. Ni siquiera se atrevía a caminar hasta la bodega de la esquina. Se sentía solo, miserable, perseguido, acechado por peligros inminentes. No se le ocurría cómo ponerse a buen recaudo, salvo escapar, pero eso entrañaba también sus riesgos, pues Concha Tumay podía traicionarlo o, si trataba de eludir los controles por vía terrestre, quién sabe si podían reconocerlo y arrestarlo. Desesperado, tomando vino y pastillas todo el tiempo para relajarse dentro de lo posible, llamó a la oficina de Ají No Moto y le pidió una cita para plantearle un asunto «de suma urgencia». La secretaria de Ají No Moto, la intrigante Viuda Muda, lo citó a medianoche, en las oficinas de la lideresa política, un búnker altamente fortificado de San Isidro. Pecho Frío llegó una hora antes, esperó pacientemente, hasta que fue llamado. Lo recibieron la presidenta electa Ají No Moto, su vicepresidente Bello Púdico y sus asesores de confianza, Cara de Trapo y Guano Noble.

—Felicitaciones por la excelente campaña que hiciste —le dio Ají No Moto, y le estrechó la mano amablemente—. Fuiste muy ingenioso en instalar ciertos temas en la agenda de la campaña que nunca se nos habrían ocurrido.

Se sentaron. Viuda Muda ofreció té y café. Pecho Frío pidió un whisky con hielo. Se lo alcanzaron sin demora. No podía ocultar su nerviosismo. Habló. Le contó todo a Ají No Moto: que ya no militaba en el partido de Pelele Lelo y Churro Chato, que estaba decepcionado de ellos, que estaba divorciándose de Culo Fino, que no tenía trabajo ni una fuente de ingresos, que el banquero Puto Amo quería vengarse por el juicio que le había ganado, que no podía salir del país por culpa de Puto Amo. Luego dijo:

—Necesito hacer una alianza con ustedes. Necesito que me den protección. A cambio les prometo contarles todo lo que sé de Pelele Lelo y Churro Chato.

Hablaron largamente. Pecho Frío dijo que podía conseguir una lista de los donantes a la campaña de Pelele

Lelo y Churro Chato. Ají No Moto se entusiasmó y le pidió que fotografiase las agendas privadas de esos políticos o que las robase y que con esas pruebas ella los hundiría y se encargaría de mandarlos a la cárcel por recibir dineros para la campaña que no declararon ni gastaron y terminaron escondiendo en sus cuentas privadas para vivir de esa plata si, como ocurrió, perdían las elecciones y se quedaban sin trabajo los próximos cinco años. Pecho Frío se comprometió a conseguir toda la información confidencial, usando a sus amigos del Movimiento Homosexual y a sus secretarias amigas en el partido del que se había alejado. Luego dijo:

—Si les doy toda la información de la plata que se han tirado Pelele y Churro, quiero que me nombren embajador en Buenos Aires.

Ají No Moto fue tajante:

—Embajador, lo veo difícil. Pero podemos nombrarte agregado comercial, o turístico, o incluso agregado cultural.

—¿Y qué hace el agregado cultural? —preguntó Pecho Frío, con curiosidad.

—Nada —respondió Ají No Moto—. Lee los periódicos. Huevea todo el día.

Se rieron. Se pusieron de pie. Se dieron la mano. Pecho Frío prometió que cumpliría su misión. Ají No Moto le dijo:

—Si cumples con nosotros, cuando estemos en el gobierno frenaremos todos los juicios de Puto Amo, a pesar de que él es un buen amigo y contribuyente de nuestro partido.

Lo miró a los ojos con el aplomo de una mujer que había conocido las glorias y también las miserias de la vida pública y le dijo:

—Y si tu sueño es irte a Buenos Aires, te dejaremos salir y te conseguiremos un puestito diplomático allá.

A Pecho Frío le molestó que ella dijera «puestito» en tono condescendiente, pero no dijo nada. Salió contento.

No se sentía un desleal, un traidor. Tenía que protegerse, sellar una alianza con Ají No Moto. Ahora tenía que conseguir la lista de los donantes que había prometido. Lengua Larga me ayudará, pensó.

Aterrado de que las cosas salieran mal, pero más asustado de las represalias que tomaría contra él Puto Amo, y de la posibilidad de que terminase en la cárcel, Pecho Frío invitó a almorzar a Pelele Lelo, pero este declinó, alegando que tenía una agenda muy recargada y que estaba viajando fuera del país. Tras la derrota, Pelele Lelo había ganado poder y se había convertido, en la práctica, en el jefe del partido, el que tomaba las decisiones políticas importantes. Por estar casado con la gringa Rubia al Pomo, hija del magnate hotelero tejano Uña de Gato, podía darse el lujo de vivir sin trabajar, dedicándose a las intrigas y las conspiraciones del mundo chato de la política, que era, y no lo ocultaba, su gran pasión. Tenía una oficina en San Isidro, auto blindado con chofer, casa en la playa y otra en Los Cóndores, y vivía en un apartamento con vista al campo de golf de San Isidro. Rubia al Pomo ocupaba un puesto en la empresa hotelera transnacional de su padre, pero, en rigor, tampoco trabajaba realmente, pues vivía de un tinglado que armaron su padre y el alcalde del Cuzco, quienes vendían inescrupulosamente a los turistas «pedazos auténticos de piedras de Machu Picchu», cuando en realidad eran solo piedras negruzcas que sacaban de los ríos del Valle Sagrado y embolsaban para esquilmar a los turistas más incautos, y lo que más le gustaba era viajar todos los meses para correr en maratones y triatlones. Por eso, para estar en forma, Rubia al Pomo y Pelele Lelo salían a correr todas las mañanas, a las cinco en punto, antes de que amaneciera. Soñaban con ser la pareja más poderosa del Perú, y no dudaban de que llegarían a serlo, y cuando corrían hablaban en inglés. Había sido un tropiezo perder las elecciones, tener que nominar como candidato a Churro Chato cuando impugnaron su candidatura por plagiario y falsificador de firmas, pero estaban seguros de que en cinco años ganarían. Por ahora había que hacer oposición firme, intransigente, sin concesiones, al próximo gobierno de Ají No Moto.

Pecho Frío llamó entonces al carismático empresario de los cosméticos Eternamente bella, Churro Chato, y lo invitó a almorzar para «evaluar las razones de nuestra derrota y trazar un plan para reinventarnos políticamente». Aunque estaba decepcionado de Pecho Frío y lo consideraba uno de los grandes causantes de su debacle en las urnas, Churro Chato, quien, al igual que Pelele Lelo, no trabajaba demasiado, y pasaba el día en el teléfono, complotando políticamente, esparciendo chismes insidiosos contra sus enemigos, hiperventilándose cuando leía las críticas venenosas de sus adversarios en la prensa, aceptó la reunión, más por pena que por curiosidad o interés. Pensaba que Pecho Frío era un idiota sin futuro político. Se citaron en un restaurante del Cuy Gordo, el filósofo de la cocina. Pecho Frío insistió en que él invitaría. Llevó dinero en efectivo impreso por Chino Cholo, todo con la misma numeración. Poco a poco empezaría a gastar esa plata que le permitiría vivir largo tiempo sin trabajar ni por pagar las cuentas. Entre cebiches, tiraditos y conchas a la parmesana, le echaron la culpa de todo a Pelele Lelo:

—Ese huevón nos cagó —dijo Churro Chato—. Por culpa de sus plagios, manchó completamente la imagen de nuestro partido. Por eso perdimos.

—Deberíamos fundar nuestro propio partido —propuso Pecho Frío.

—Imposible —lo interrumpió Churro Chato—. Hay que recabar miles de firmas. ¿Quién carajo va a firmar por ti, Pechito? Ni siquiera tu esposa o tu machucante.

Se rieron.

Pecho Frío le preguntó quiénes habían sido los principales donantes de la campaña presidencial. Churro Chato respondió:

—Los venezolanos mafiosos enchufados en el gobierno de Pasmarote. Y los brasileros coimeros de la empresa constructora Mermeladas Anónimas.

—¿Cuánto aportaron? —preguntó Pecho Frío—. ¿De cuánto estamos hablando?

—Los emisarios de Pasmarote trajeron varios maletines en avionetas de la compañía Oro Negro. En cada maletín trajeron un millón de dólares. En total nos dieron ocho millones.

—Carajo —musitó Pecho Frío.

—Y los de Mermeladas Anónimas nos bajaron cuatro millones en efectivo. En total, doce millones.

—Pero ni cagando gastamos esa plata en la campaña, ¿no es cierto?

—¡No, claro que no! Gastamos máximo cuatro millones. Quedaron sobrando ocho palos.

—¿Se los guardó Pelele Lelo?

—Afirmativo. A mí me dio dos milloncitos para que me quede tranquilo y aguante estos años que toca estar en la oposición. Y en la cuenta del partido metió un par de millones. Y él se peló fácil unos cuatro millones.

—¿Los tiene en bancos peruanos? —preguntó Pecho Frío.

—No sé —dijo Churro Chato—. No creo. Debe tenerlos en efectivo, en cajas fuertes, en su casa, o en cajas de seguridad de bancos. Pero ni loco los ha depositado en cuentas bancarias. No puede blanquearlos. Iría preso.

—La concha de la lora —dijo Pecho Frío—. Hizo un negocio de puta madre. Se levantó en peso cuatro millones. Y te hizo perder. Y en unos años la gente, que es bruta, se habrá olvidado del escándalo de los plagios, y Pelele Lelo será candidato.

—Y fácil gana —opinó Churro Chato.

Luego se puso de pie y fue al baño. Dejó el teléfono celular sobre la mesa. Pecho Frío sacó el suyo, que era exactamente del mismo modelo, y los intercambió. Cuando salieron del restaurante, Churro Chato no se había dado cuenta de que Pecho Frío le había cambiado el teléfono. Se dieron un abrazo y prometieron verse pronto. Pecho Frío subió a un taxi y le indicó al chofer la dirección de las oficinas de Ají No Moto. Acá en este celular debe de estar toda la información para hundirlos, pensó, y se sintió, al mismo tiempo, una mala persona y un hombre feliz, con una misión en la vida: vengarse de los jefes políticos que ahora lo veían como un apestado.

Pecho Frío dormía a las dos de la mañana cuando sonó el intercomunicador. Era el portero.

—Vienen a arrestarlo —le dijo, en voz baja, conspirativa—. Escóndase rápido.

Pecho Frío saltó de la cama en medias y calzoncillos, salió por la puerta de servicio, subió a toda prisa las escaleras del piso dos al piso ocho, hasta llegar a la azotea, y se metió al tanque calentador de agua, que por suerte para él estaba tibio. Acá no me encontrarán, pensó. Permaneció allí poco más de una hora. Al escuchar las voces del portero buscándolo en el techo y asegurándole que ya había pasado el peligro, salió. Se encontraba mojado, temblando. Seguía asustado.

—Ya se fueron —le dijo el portero—. Le revisaron todo.

Bajaron discretamente, Pecho Frío se cubrió con dos toallas, le dio una generosa propina al portero, cerró la puerta y examinó los daños provocados por la policía: se habían llevado la computadora, la tableta, el celular y la agenda telefónica, pero, para su fortuna, no habían

296

encontrado el dinero impreso por Chino Cholo, pues él lo había escondido en el auto alquilado que se encontraba abajo, en la cochera. Me salvé por un pelo, pensó, aliviado. Si encontraban la plata, me jodía más. Tengo que pasar a la clandestinidad, se resignó. Luego se dio una larga ducha en agua caliente, se metió al auto que había alquilado Lengua Larga y salió manejando sin saber adónde ir. Ni siquiera tenía su billetera: se la habían llevado los policías. No debí pelearme con Puto Amo, pensó. Lo subestimé. No va a parar hasta vengarse, el muy hijo de puta.

Le tranquilizaba recordar que en la maletera había un par de bolsos con dos millones y medio de soles, el equivalente de casi un millón de dólares. Tenía que manejar hacia al sur, si quería irse a Chile, o al norte, si le parecía menos riesgoso cruzar la frontera con Ecuador. Tratar de salir por el aeropuerto con toda esa plata le parecía imposible. Decidió que pasaría a despedirse de Paja Rica y haría un último intento de persuadirla para que se fuese con él. No tenía que abandonar el salón Cero Piojos. Podía manejarlo desde Buenos Aires, nombrando a una administradora de confianza. Y podía abrir un salón allá, que era uno de sus grandes sueños. Paja Rica dormía cuando llegó. Le abrió la puerta en calzón y sostén. Le sirvió un vaso de limonada. Pecho Frío le contó el susto que acababa de pasar. Ella lo abrazó. A pesar de que todavía estaba nervioso, o precisamente por eso, se le puso dura y se quitaron la ropa y tuvieron sexo. No fue necesario que ella le metiera el dedo, él se vino dando gritos como una bestia. Había olvidado lo rico que era tirar con ella. Pensó que era divina en la cama, sin duda la mejor amante que había tenido. No podía irse sin ella. Intentó convencerla:

—Por favor, ven conmigo. Te compraré un lindo apartamento en Buenos Aires. Lo pondré a tu nombre.

Y abrirás tu gran peluquería. Puedes pasar medio mes allá, medio mes acá. Vas y vienes. Te prometo que serás feliz conmigo.

Paja Rica se quedó pensativa y dijo:

—Prefiero que vayas solo, te instales, y luego yo voy a visitarte. Hagamos las cosas prudentemente. No quiero salir corriendo como una loca.

Pecho Frío se puso de pie, contrariado, buscó sus calzoncillos en la alfombra y dijo:

—Te da miedo venir conmigo. Crees que me van a arrestar. No te juegas por mí.

Paja Rica se enojó:

—¿Y qué quieres, tonto? ¿Que vaya a la cárcel por ti?

Pecho Frío se quedó en silencio.

—Ni en pedo —dijo ella—. Yo te quiero, pero soy una mujer independiente, una empresaria, y estoy saliendo adelante, y tus enemigos no son mis enemigos, y tus líos políticos son tuyos y solo tuyos, cariño. No me metas a mí en tus problemas, hazme el favor.

Derrotado, Pecho Frío se vistió, le dio un beso en la mejilla y le dijo:

—Nos vemos en Buenos Aires.

Cuando subió al auto alquilado, pensó que no la vería en un largo tiempo. Tengo que pedirle ayuda a Lengua Larga, pensó, y arrancó, todavía de noche, a las cinco de la mañana.

Lengua Larga recibió a Pecho Frío con todo el gran afecto que sentía por él. Lo calmó, le hizo masajes en la espalda, le quitó los zapatos y las medias, lo tendió en su cama, le hizo masajes en los pies. Luego le dio tres pastillas para dormir.

—No fallan —le dijo—. Dormirás doce horas seguidas.

Eran unos hipnóticos potentes que conseguía en una farmacia amiga. En efecto, Pecho Frío quedó profundamente dormido. Lengua Larga se echó a su lado y tuvo un sueño errático, superficial, entrecortado, pues a menudo despertaba y se quedaba contemplando el cuerpo de su amigo, en calzoncillos, descalzo, a su lado, salivando sus deseos por él. Se tocó un par de veces, terminó con gemidos ahogados, sintió que lo amaba. Pecho Frío no se enteró de nada. Cuando despertó, Lengua Larga le había hecho un gran desayuno con huevos revueltos, jamones, quesos y cereales con leche.

No soy puto, pero podría vivir con él, pensó Pecho Frío. Hay que ver lo rico que me engríe.

Tanto alegó Lengua Larga que era peligroso tratar de escapar esos días, sea por el aeropuerto o manejando, que Pecho Frío se convenció de quedarse una semana. Lengua Larga tenía una casita en la playa, cien kilómetros al sur, en primera fila, frente al mar, que había heredado de sus padres. Ya había pasado la temporada de invierno, no había nadie en la playa, le parecía el lugar perfecto para que Pecho Frío se escondiera de la policía y sus poderosos enemigos.

—Si no te gusta, te vas cuando quieras —le dijo—. Pero te aseguro que allí no te encontrará nadie. Y podrás descansar y comer rico.

—¿Cómo voy a comer rico si estaré solo? —preguntó Pecho Frío.

—Yo iré todas las tardes llevándote comida deliciosa, y dormiré contigo, y tempranito por la mañana vendré a Lima a trabajar —se comprometió Lengua Larga.

Pasado el mediodía, partieron. Lengua Larga manejaba y Pecho Frío iba echado en el asiento trasero, canciones de Aspiradora Humana sonaban en el auto, pues Lengua Larga se declaraba fanático del músico argentino. La casa era austera, tres cuartos, tres baños, una decoración minimalista, pero no carecía de las comodidades básicas: televisión por cable con doscientos canales, buena conexión de internet, aire acondicionado y calefacción con mando a distancia para fijar la temperatura exacta, una buena nevera, piscina climatizada bajo techo por si el mar estaba demasiado frío.

—Esta casa es mi refugio —dijo Lengua Larga—. Nadie te va a encontrar. Y, como ves, la playa está desierta.

Para sorpresa de Pecho Frío, Lengua Larga tenía una provisión de marihuana escondida en el botiquín del baño principal. Acordaron que fumarían antes de dormir. Para comprar la comida y las bebidas, había que manejar al pueblo más cercano, a pocos kilómetros. Por temor a que lo reconocieran y dieran aviso a la policía, Pecho Frío dijo que prefería quedarse en casa y que Lengua Larga le comprase las cosas en la bodega. Insistió en algo que no podía faltarle: helados de lúcuma, muchos litros de helado de lúcuma, y botellas de Inca Kola.

Esa noche se ducharon en baños separados, se pusieron ropa de dormir, fumaron marihuana (Lengua Larga parecía un fumador avezado, con pleno dominio de la inhalación y exhalación, pero Pecho Frío colapsó en una tos escandalosa y se puso chino y tonto como un niño) y se echaron a ver televisión. Vieron las noticias, riéndose. Vieron el bloque deportivo, riéndose. Vieron a un cura al filo de la medianoche, riéndose. Todo les parecía ridículo, pintoresco, risible: el Perú era un país de opereta, carnavalesco, chiflado: un manicomio, una casa de orates, lunáticos y dementes: una cantina, un meretricio, un cabaret. Luego pusieron una película porno que eligió Pecho Frío y se tocaron: Pecho Frío mirando la película, y Lengua Larga mirándole la verga a su amigo inconquistable. Terminaron como buenos amigos, Lengua Larga le dio un beso recatado en la mejilla, Pecho Frío le pidió las pastillitas para dormir. Hicieron efecto pronto. Roncaba como un oso y eso a Lengua Larga le parecía tremendamente erótico, perturbador. Es el hombre de mi vida, no lo dejaré ir, pensó, maliciando cosas sexuales con él.

Nadie debe saber dónde estoy, solo Lengua Larga, que es de absoluta confianza, pensó Pecho Frío. No me comunicaré con Paja Rica ni con Culo Fino. No llamaré a Boca Chueca. Ni siquiera los jefes del Movimiento, principalmente Poto Roto, deben tener idea de mi paradero. Tampoco Ají No Moto, sabe Dios si usará la información que conseguí para perseguir a Pelele Lelo y Churro Chato. Viviré en la clandestinidad. Escaparé apenas pueda. Compraré otra identidad, un pasaporte nuevo. No vendré a Lima por mucho tiempo, hasta que la gente me olvide. Seré un fantasma, una sombra. El cabrón de Puto Amo no sabrá dónde encontrarme. Tampoco darán conmigo los ladrones de Pelele y Churro, en mala hora me alié con ellos, par de bandoleros, par de malandros. Solo tengo una meta y no descansaré hasta conseguirla: llegar a Buenos Aires con el dinero que llevo en los maletines, y recuperar la plata que envié por correo metida en una caja. Cómo llegaré, no lo sé, no tengo puta idea. Pero huiré del Perú. No dejaré que me atrapen, que me humillen, que me encarcelen. Soy un perseguido político. Soy un chivo expiatorio. No soy un chivo, aunque tengo esa fama. Soy bien varón. No tengo los huevos de adorno. Con la plata que tengo, si llego a Buenos Aires me conseguiré una rica minita y un par de gatos brasileros para hacer un trío de vez en cuando. Solo extrañaré a Paja Rica. Extrañaré su dedito en mi culo mientras le fondeo la rata hasta que queda bizca, virola. Amo a Paja Rica, sí, pero, si ella no me ama, sé que hay un montón de otras Pajas Ricas en Buenos Aires. El único que a estas alturas me puede cagar feo es Lengua Larga. Si me delata, si se va de boca, si le cuenta dónde estoy al pendejo de Poto Roto, vendrá la policía, o vendrán los matones de Puto

Amo, o vendrán las cámaras de Chola Necia, o vendrá Culo Fino a agarrarme a cachetadas con la loca de su vieja Chucha Seca. No sé en qué estaba pensando cuando compré la casa de Villa. Fui un huevón. Me atrasaron. Debí resistir como un varón a las presiones de Culo Fino. Esa pendeja cuando huele plata se moja. Ya está, ya perdí, tengo que irme. Pero me salvará todo el dinero que he invertido en el fondo de Mala Uva Verde y el que mandé a imprimir al pelotas de Chino Cholo. Ahora me voy a hacer una pajita rica antes de darme un baño en el mar. He encontrado este consolador a pilas en la mesa de noche de Lengua Larga. Qué rico es estar solo en esta casa de playa, primera fila, una casa a todo dar, como las de las familias más pitucas. No sé si es muy gordo este vibrador, espero que no me duela. Me lo voy a deslizar suavecito, así, así. Solo la puntita, mientras pienso que es Pajita Rica la que me mete el dedo, mientras ella y Culo Fino se besan, se comen las tetas. Qué grande soy, qué fantástico sería hacer un trío con las dos, cómo me arrecharía corromper a la beata de Culo Fino, emputecerla, que Paja Rica le coma el coñito, le meta el dedito al poto, le mida el aceite. Qué rico sería tener a las dos en cuatro, en posición perrito, y le doy a una, y la otra me ruega que le sature el coñito, y luego le doy a la otra, así, por turnos, sin que se engolosinen demasiado. Ay, qué rico. Ay, me vengo, me vengo. Ábrete, Paja Rica, dame tu poto rico, Culo Fino, me las voy a coger a las dos, me la van a chupar por turnos. Ay, qué rico, ay, ay, ay, te voy a terminar en la cara, Culo Fino, abre la boca, saca la lengua, sé mi puta, cómete mi leche de coco, mamona. Sí, sí, Paja Rica, méteme el dedito, dale duro, muévelo, mídeme el aceite. Sí, sí, sí, me vengo, me vengo. Uf, estuvo buenísimo. Qué delicia. Ahora a sacar el vibrador. Chucha, no sale. A ver de nuevo. Nada. Está atracado. Le echaré una cremita para que afloje. Cremita, más cremita, ahora sí tiene que salir. Nada. La concha de la lora, la concha de su hermana, ¿y ahora quién me saca el vibrador del culo? Manejaré hasta la posta médica del pueblo. Alguna enfermera apagará el consolador y me lo sacará despacito. Ay, chucha, qué raro es caminar con un vibrador en el culito. Ay, ay, ay. Duele, duele, pero igual es rico, es un dolor placentero, extraño. Quién dice que el ano es solo para defecar: qué ignorante y estrecha es esa gente, si supieran lo que se pierden. Yo soy bien varón, y estoy manejando el carrito que me alquiló Lengua Larga, y tengo metido como un supositorio su tremendo consolador. Paciencia, paciencia. Toma aire. Inhala, exhala. Relájate, relaja las esfínteres, no te pongas tenso, machito. Ya falta poco. Ya vamos llegando al pueblo. Ahí está la posta médica. Buenas, buenas, qué tal, ¿me pueden atender? No tengo seguro, no, pagaré en efectivo. Es una emergencia, señorita. Sí, sí, soy Pecho Frío, qué suerte que me reconoció. ¿Podría por favor ayudarme a sacarme del recto este aparatito que no sé cómo se metió allí? Parece que se prendió solo y se metió cuando yo estaba durmiendo o alguien me lo ha metido para hacerme una broma pesada. ¿Me echo acá, en esta camilla? Perfecto. ¿Boca abajo? Lo que usted diga, señorita. A sus órdenes. Vaya despacito, por favor. No lo saque de un tirón, no quiero quedarme con el poto roto, usted me entiende. Estoy invicto y quiero morir invicto, señorita. No vaya a pensar que soy del otro equipo, no, para nada. Ya sé que es la fama que me han hecho, pero, aunque no me crea, señorita enfermera, soy varón, bien varón, y esta cosita seguro que me la ha metido mi novia cuando yo dormía para hacerme una broma pesada. Ay, ay, ay, despacito, por favor, no jale tan fuerte. ¿Podría ponerme anestesia, la epidural? Porque siento que esto va a ser un parto, señorita.

Recuperado de la intervención anal, debidamente lubricado en el conducto posterior, preocupado porque la enfermera de la posta médica lo había reconocido, con ganas de llamar por teléfono al agente de migraciones Concha Tumay al que había sobornado para tantear si podía huir por avión, Pecho Frío se puso un traje de baño que sacó del clóset de Lengua Larga, una tanga negra extremadamente ajustada, de hechura brasilera, que le marcaba de un modo conspicuo la protuberancia de su entrepierna, y bajó a la playa a darse un baño de mar. Estaba tendido en la arena cuando vio que se acercaba caminando el famoso Niño Terrible, un cincuentón que en sus años mozos había conducido un programa de televisión llamado «El Tirador». Estaba gordito, panzón, los brazos flácidos, las tetillas hinchadas, y caminaba con aire distraído, hablando solo, mirando a un punto incierto, la frente cubierta por un cerquillo frondoso, excesivo, que le daba un aire entre ridículo y juvenil, a pesar de que los años se le habían venido encima. Pecho Frío había sido admirador y hasta fanático de las locuras, las insolencias, las bravuconadas y las bufonerías del Niño Terrible. Siempre había tenido la ilusión de conocerlo en persona. Hacía ya unos años que Niño Terrible estaba retirado de la televisión. Se había peleado escandalosamente con todos los canales de Lima, con todos los jefes políticos, con todos los gobiernos de turno, y lo habían condenado a una prematura jubilación, al ostracismo, a la irrelevancia pura. Echado de la televisión como un perro sarnoso, y con ganas de volver a la palestra pública, Niño Terrible pasaba todo el año en una espaciosa casa de playa, donde decía estar escribiendo sus memorias en tres gruesos volúmenes, en las que se vengaría de todos sus enemigos reales e imaginarios. Soñaba, y no lo escondía, con ser presidente del Perú, pero ningún partido político había querido recibirlo como afiliado o militante, y ninguna empresa quería donarle dinero, y él no quería gastar en campañas políticas el dinero que tenía invertido en la prestigiosa banca privada de Puto Amo, que le daba seis por ciento de interés anual. Cuando caminaba por la playa, improvisaba largos discursos encendidos, vitriólicos, y daba ruedas de prensa imaginarias, y hablaba lo mismo en español que en inglés y en francés, y a veces se imaginaba conversando en inglés con el presidente de los Estados Unidos, o en francés con el primer ministro de Francia, y se sentía redimido, esperanzado, en la gloria que él sentía que merecía. Caminando a paso lento, ensimismado, hablando consigo mismo cosas que nadie más entendería, el rostro embadurnado de un color blanco espeso del protector de sol, Niño Terrible no advirtió que un hombre echado en la playa, Pecho Frío, lo miraba con gran curiosidad, se ponía de pie y se acercaba a él. Pecho Frío pudo oír a lo lejos lo que Niño Terrible decía con voz impostada, teatral:

—Compatriotas, he venido a anunciar la disolución, repito, la disolución, del Congreso, porque son una manga de haraganes, una gavilla de hampones, un nido de ratas. Y he venido a anunciar la disolución de las Fuerzas Armadas porque los militares son una partida de necios, ignorantes, ladrones, buenos para nada, que no le ganarían una guerra ni a la Marina de Bolivia. Y he venido a anunciar que mi gobierno le hará la guerra legal, diplomática, financiera y protocolar a la Iglesia Católica, la institución más siniestra, tóxica y perniciosa del país, aun peor que las Fuerzas Armadas, aun más nociva que el Congreso. Y he venido a anunciar que a partir de hoy se venderá marihuana, cocaína y heroína en todas las farmacias, bodegas, supermercados y grifos de la nación. ¡Viva el Perú, carajo! ¡Viva la libertad, el libertinaje! ¡Vivan los libertinos!

Pecho Frío se aproximó al Niño Terrible por detrás, sorprendiéndolo, y le dijo:

—Disculpe, señor, ¿es usted el Niño Terrible, el que salía en televisión, el que hacía el programa «El Tirador», que yo veía en mi juventud?

Niño Terrible volteó y lo miró con espanto, como si mirase a una cucaracha trepando sus piernas, o una tarántula caminando por su barriga, y le dijo:

—Sí, soy yo.

Se detuvo, lo miró a los ojos con cara de pocos amigos, y le dijo:

—¿Qué chucha quieres?

Pecho Frío no se amilanó:

—¿Podríamos tomarnos una fotito? Yo a usted lo admiro desde niño. Siempre quise conocerlo. Y mire dónde vengo a encontrarlo.

—¿Una fotito? —preguntó Niño Terrible, sacando la panza con orgullo.

Pecho Frío le sintió el olor claro, poderoso, inequívoco a marihuana, y recordó que Niño Terrible se jactaba de fumar hierba todos los días.

—Sí, por favor —rogó Pecho Frío.

—Ni cagando —dijo Niño Terrible—. Yo estoy retirado de la vida pública, hermanito. Volveré para ser presidente del Perú, pero por ahora, nada de fotos, espero que me entiendas.

—Claro, cómo no —dijo Pecho Frío.

—¿Y tú quién eres, que tu cara me es conocida? —preguntó Niño Terrible.

—Soy Pecho Frío. Fui candidato a la vicepresidencia en la plancha de Churro Chato.

—Ya, ya. Ahora me acuerdo de ti. Me cagué de risa cuando los agarraste a besos en pleno debate. Estás mal de la cabeza, hermanito.

—Me inspiré en usted, Niño Terrible. Recordé cómo le gustaba besar a los invitados en su gran programa «El Tirador».

—No, hermanito, estás confundido. Eso no fue en «El Tirador». Fue en otro programa que se llamó «Virgen es la Noche».

—Claro, claro, me confundí.

Niño Terrible siguió caminando y Pecho Frío no hizo el ademán de retirarse, caminó a su lado y preguntó:

—¿Y cuándo vuelve a la televisión? Lo estamos extrañando. Los domingos sin sus locuras en «El Tirador» son aburridos.

—Gracias, hermanito —dijo Niño Terrible—. Pero no volveré más a la televisión. Volveré a la vida pública como político. Seré presidente. Disolveré el Congreso, las Fuerzas Armadas, la Iglesia Católica. Nacionalizaré las empresas chilenas. Cambiaré la Constitución. Seré presidente y luego dictador y enseguida dictador vitalicio. Y moriré en el poder. Tal es mi destino. Tal, mi cita con la historia.

Chucha, este huevón está más loco que yo, pensó Pecho Frío, y siguieron caminando por la orilla, mojándose los pies.

Los días parecían todos iguales. Tenía los teléfonos apagados, desconectados. La conexión a internet era tan lenta que se desesperaba y desistía de intentar leer sus correos. El vigilante de la playa le dejaba tres periódicos del día: *El Comercial, La Republicana* y *Tremendo*, además de una bolsa con seis panes crocantes. Dormía hasta mediodía, arrullado por el eco del mar. Desayunaba seis panes con mantequilla y azúcar y dos tazas de café de lata. Perdía peso. No sabía si era el estrés o la dieta descuidada, pero había bajado cinco o seis kilos desde que se mudó a la casa de playa. Veía todos los partidos de fútbol que pasaba la televisión: los de la liga española, italiana, inglesa; los de los grandes torneos europeos, especialmente la Champions; los de la liga argentina, brasilera, peruana; los que jugaba la selección peruana y casi siempre perdía; y viéndolos se sentía desdichado de ser peruano y no haber nacido en Cataluña o en Buenos Aires. Sin embargo, se consideraba hincha a morir del Barça y de

Boca. Extrañaba jugar fulbito con sus amigos del banco, los sábados a la mañana, en las canchas de cemento de la Costa Verde. Se consideraba un jugador regular, tirando a bueno. En el colegio jugaba realmente bien. Era lento, pero hábil y certero en los pases. Nada era más importante en su vida que el fútbol, ver buenos partidos de fútbol. Por eso también quería mudarse un tiempo a Buenos Aires, para ir a la Bombonera a ver jugar a Boca, para hinchar a gritos por la selección argentina. Decía que en los Mundiales era argentino, y enseguida español, y luego colombiano, y nunca, en ningún caso, brasilero. Perú no asistía a los Mundiales hacía casi cuarenta años, y cuando recordaba eso se sentía abatido y descorazonado y pensaba que era una maldición ser peruano, haber nacido en un país donde perder parecía la costumbre nacional. A media tarde, y solo si no echaban juegos de fútbol por la tele, bajaba a la playa. Le hacía ilusión encontrarse con Niño Terrible, a quien tenía como un gran conversador: chismoso, maléfico, ocurrente, divertido. Se reía con sus cuentos envenenados, y nunca sabía si eran verdaderos o inventados, pero daba igual. A veces aparecía Niño Terrible oliendo a marihuana, y se bañaba en el mar, y hasta se quitaba el traje de baño, pero en ocasiones no aparecía y entonces Pecho Frío se quedaba en la playa, echado en la arena, los ojos cerrados, dormitando, buscando una siesta. No iba al supermercado, solo caminaba a la pequeñísima bodega que atendía al condominio, y allí compraba plátanos, manzanas, huevos y latas de atún. Comía solamente eso, una dieta franciscana: panes con mantequilla y azúcar de desayuno, huevos revueltos con atún al caer la tarde, y un par de frutas antes de dormir. Estaba inapetente. Quizá se encontraba deprimido, no lo sabía bien. No tenía ganas de ver a Lengua Larga, pero él llegaba sin falta los viernes por la tarde y se volvía a Lima los lunes temprano. A veces, durante la semana, cuando se encontraba en la playa con Niño Terrible, le pedía su celular y caía en la tentación de llamar a Paja Rica. Tenía ganas de verla. Le proponía un encuentro clandestino. No le decía dónde estaba, solo que estaba escondido, en casa de un amigo, lejos de Lima. Y le pedía una cita, un encuentro furtivo. Pero ella sabía que la policía lo perseguía y le daba miedo y ganaba tiempo y le daba largas o ponía excusas diplomáticas. Era evidente que no quería verlo. Estaba contenta con el éxito de la peluquería y tenía temor de enredarse con un prófugo de la justicia. Entretanto, y leyendo los periódicos, él se había enterado de que Ají No Moto había acusado de coimeros a Pelele Lelo y Churro Chato, divulgando el contenido de los mensajes de texto y correos electrónicos que obtuvo del celular de Churro Chato que él robó, y ambos políticos también se hallaban escondidos, viviendo a salto de mata, en la clandestinidad, y la prensa especulaba que habían huido a Bolivia y estaban en Santa Cruz, protegidos por el dictador cocalero de ese país. Una noche que Niño Terrible lo invitó a comer a su casa (platos que el chofer de la exestrella de televisión compraba en un restaurante de Cuy Gordo), luego de bajarse juntos cuatro botellas de vino, achispados ambos, más visiblemente alicorado Pecho Frío, Niño Terrible le enseñó el escondite que había ordenado construir detrás de la pantalla gigante de televisión: un doble fondo detrás de la pared, que se abría electrónicamente, pulsando un control del televisor, y en el que cabían fácilmente dos personas: allí había un colchón, botellas de agua, comidas en lata, una computadora portátil, un celular con la batería recargada, todo listo por si llegaban los enemigos de Niño Terrible a darle una paliza, a secuestrarlo, a llevárselo preso por evasor de impuestos y hacer apología del consumo de drogas. Niño Terrible tenía poderosos enemigos: los jefes del Clero, ciertos empresarios acaudalados, miembros de su familia, estrellas de la televisión malquistadas con él, casi todos los gobiernos de turno. Amablemente le dijo a Pecho Frío que si algún día llegaba la policía y tenía que esconderse, bastaba con que entrase a su casa sin tocar el timbre y se metiese en el doble fondo detrás de la pantalla de plasma.

—Acá no te encuentran ni la Interpol ni tu suegra —le dijo, y se rieron, pero Pecho Frío comprendió que no bromeaba y que ese refugio podría sacarlo de apuros y salvarle la vida.

Tal vez porque estaba borracho y por tanto desinhibido, le dijo:

—No sabes cómo te admiro, Niño Terrible. Me hubiera gustado ser como tú, vivir tu vida. Eres el tipo más inteligente que he conocido.

Niño Terrible se rio y dijo:

—Eso es porque has conocido poca gente.

Tras desayunar seis panes con mantequilla y azúcar, escuchando las noticias en la radio, Pecho Frío se sentó en la terraza con los diarios del día, y se entretuvo leyendo su periódico favorito, el *Tremendo*, hasta que llegó a las páginas centrales:

«Culo Fino: Mi esposo Pecho Frío es un miserable. Quiere dejarme en la calle».

En tono amigable y hasta condescendiente, el intrépido reportero Baba Blanca reproducía una conversación con Culo Fino, en su casa de Villa, la casa que Pecho Frío había comprado para ambos, pensando en que, después de las elecciones, volverían a vivir juntos. En las fotos aparecía Culo Fino con su madre Chucha Seca, ambas con expresiones tristes, afligidas, como si hubiesen sufrido una pérdida irreparable. Y Culo Fino hablaba como una víctima de los abusos y las trapacerías de su esposo.

—¿Dónde está Pecho Frío? —preguntaba el reportero Baba Blanca.

—No lo sé —respondía Culo Fino—. Desconozco su paradero.

—¿Se ha comunicado con usted? ¿La llama por teléfono?

—No. No sé nada de él. No sé si está en el Perú o si ya fugó al extranjero. Me parece que quiere irse a Buenos Aires.

—¿Sigue casada con él?

—Sí, pero su abogado Bola de Sebo ya me pidió el divorcio.

—¿Y va a firmarle el divorcio?

—No. De ninguna manera.

—¿Por qué? ¿Aún lo ama? ¿Sueña con volver con él?

—Lo amo, sí. Estoy furiosa con él, decepcionada, pero lo sigo amando. Y por mis principios morales y mis convicciones religiosas, no puedo divorciarme. Me casé para toda la vida. Y así moriré.

—Muy bien dicho, hijita —intervenía Chucha Seca—. El divorcio es para los ateos. Y para los flojos. El amor es una pelea que no termina nunca. Hay que pelearla hasta el final.

—Yo estoy casada con Dios, no con Pecho Frío. Me casé ante Dios, juré que sería para toda la vida, y así será —decía Culo Fino.

—¿Qué condiciones le ofrece el abogado Bola de Sebo para que firme el divorcio?

—Unas condiciones leoninas, humillantes para mí. Una pensión de cuatro mil soles mensuales.

—Pero eso es mucho dinero, señora.

—No lo es. No para Pecho Frío, mi marido, que es millonario.

—¿Cuánta plata tiene?

—A Puto Amo le sacó tres millones.

—¿Dónde tiene la plata? ¿En un banco?

—No lo sé. Nadie lo sabe. Sospecho que la tiene escondida en efectivo. Debe de haber huido con esa plata.

—Pero si él ya no la ama, y quiere vivir en otro país, ¿por qué no le firma el divorcio y lo deja irse a donde él quiera?

—Porque, ya le dije, soy una mujer recta, moral, cristiana. Mi matrimonio está en crisis, pero lo voy a arreglar.

—¿Por qué está en crisis?

—Por la ambición política de mi marido. Por su codicia. Por su deshonestidad para hacerse el gay cuando no lo es. Y por culpa de la mañosa de Paja Rica, que es una destructora de hogares. Esa mujer me ha hecho mucho, muchísimo daño.

—¿Qué siente por ella?

—Desprecio. Asco. Repugnancia.

—¿No la perdona? ¿No se supone que perdonar es cristiano?

—Que la perdone la concha de su madre —intervino inopinadamente Chucha Seca.

—No, no la perdono. Es una desgraciada, una degenerada —sentenció Culo Fino.

—¿Su esposo ama a Paja Rica?

—No lo sé. No creo. Él está confundido, deprimido. No está en condiciones de amar a nadie. Ni siquiera se ama a sí mismo. No lo reconozco. Está muy venido a menos. La política y las malas juntas lo han corrompido. No es mi Pechito que conocí en la universidad.

—¿Es cierto, como le dijo a Chola Necia en su programa, que el abogado Bola de Sebo quiere echarla a la calle?

—Sí. Totalmente. Me dice que la casa y el apartamento son de su cliente Pecho Frío. Y a mí solo quiere darme una pensión mensual, nada más. Es completamente injusto.

—Tú eres dueña de la casa y el apartamento, hijita —observó Chucha Seca—. De acá no nos sacan ni con grúa. Yo de acá salgo en posición horizontal, muerta, directo al cementerio.

—Mami, no hables de cosas feas, vas a vivir hasta los cien años.

—No sé, hijita, porque los escándalos de tu maridito, el innombrable ese, me están matando. Estoy muy estresada. Necesito un viajecito a Miami para recuperarme.

—Señora Culo Fino, ¿usted votó por su marido Pecho Frío en las pasadas elecciones?

—No. No voté por él. Voté por Ají No Moto.

—¿Por qué?

—Porque mi marido no está preparado para gobernar. Es un improvisado. No sabe de política. Solo le gusta la figuración. Se ha vuelto un adicto a la fama. Hubiera sido una catástrofe para el Perú que él y Churro Chato ganaran. Dios nos salvó de esa desgracia.

—¿Cree que Dios quería que ganara Ají No Moto?

—No creo: estoy segura. Esa mañana, antes de votar, paré en la parroquia y recé y Dios me habló clarito, me dijo: vota por Ají No Moto, hija, porque tu marido es un mitómano de cuidado y me tiene abandonado.

—¿Se ha vuelto ateo su esposo?

—No lo sé. No creo. Pero sus malas influencias del Movimiento Homosexual lo han alejado de Dios. Ya no reza, ya no va a misa, no es devoto como lo era cuando nos casamos hace siete años. Ahora solo le interesa la plata. Y por eso ha terminado como ha terminado: siendo un prófugo de la justicia.

—Por último, señora Culo Fino, si su esposo está leyendo esta entrevista, ¿qué mensaje le daría?

—Entrégate, papito. Entrégate a la justicia. No huyas. No sigas escapando. Confiesa tus faltas, tus pecados, arrepiéntete, pídele perdón a Dios, y vuelve conmigo, con nosotras, y volverás a ser el Pecho Frío recto y virtuoso que yo conocí y del que me enamoré.

—Cuando estés preso, te vamos a llevar comida rica y calentita a la cárcel —añadía Chucha Seca.

El reportero del *Tremendo* cerraba la nota, sentenciando:

—Ya nadie sabe quién es en realidad el señor Pecho Frío. Ni su esposa ni su suegra lo reconocen. ¿Es gay, es bisexual, es heterosexual? ¿Es de izquierda, de derecha? ¿Ama al Perú o ama más a la Argentina? ¿Es un hombre serio o un payaso sin gracia? ¿Quién eres, Pecho Frío, quién eres? Sé hombre, sé viril, y dame una entrevista. Tú fijas lugar, día y hora, y allí estaré.

Sonó el timbre de la casa de playa. Pecho Frío se asomó. Era Niño Terrible:

—¿Quieres salir a montar moto por la playa? —le preguntó.

Niño Terrible le explicó cómo funcionaba. Era todo muy sencillo. Pecho Frío se sintió seguro de poder maniobrar la máquina sin dificultad.

—Sígueme —dijo Niño Terrible, y salió a velocidad moderada.

Era evidente que, como todos los días, había fumado marihuana. No hace un carajo, es un vago de campeonato, pero parece un hombre feliz, que no se cambiaría por nadie, pensó Pecho Frío. Lo envidio: cómo me gustaría ser tan libre como él, se dijo. Pero yo estoy jodido, tengo que vivir escondido, tengo que escapar pronto.

Niño Terrible aceleró y gritó:

—Métele con todo, huevón. Pareces una señora. Dale más rápido.

Pecho Frío no quiso quedar como un pusilánime y aceleró la moto de playa. Corrían por la orilla, allí donde la arena no tenía tantos altibajos, así daban menos tumbos. Fue un momento de gran euforia para él. Se sentía libre. Podía ser un joven rebelde nuevamente. Quizá debería quedarme a vivir acá como Niño Terrible y no irme al extranjero, pensó. Qué felicidad era manejar la moto tan rápido, como dos chiquillos díscolos, picapleitos, indomables. De pronto Niño Terrible bajó la velocidad y se detuvo.

—Hay alguien ahogándose —dijo.

A lo lejos, detrás de la rompiente, más allá de las olas, un hombre agitaba el brazo. Niño Terrible no lo dudó. Sin decir nada, entró a toda prisa, se arrojó de cabeza al agua, dio poderosas braceadas hasta llegar al bañista en apuros, lo socorrió y lo sacó lenta y laboriosamente, hasta llegar a la orilla. El hombre se tendió en la arena, extenuado, y le agradeció a Niño Terrible. Luego se identificó:

—Soy el salvavidas.

Niño Terrible dijo, como hablando consigo mismo:

—Chucha. Solo en el Perú se ahogan los salvavidas.

El hombre sonrió con una mueca forzada y dijo:

—Es que me tomé muchas cervezas en el almuerzo. Y me vino un calambre jodido cuando entré al mar.

Pecho Frío no quiso intervenir, por temor a que lo reconociera.

—¿Te llevamos a la posta médica? —se ofreció Niño Terrible.

—No, gracias, ya estoy bien —dijo el salvavidas, y se quedó tirado en la arena, como un mamífero enfermo que el mar ha varado.

Niño Terrible subió a su moto y salió manejando a toda velocidad. Pecho Frío lo siguió, todavía sintiendo un júbilo de adolescente que ha escapado del colegio y no quiere comportarse como una persona normal.

Hacia el final de la playa, tres o cuatro kilómetros más allá, Niño Terrible bajó la velocidad y le hizo señas a Pecho Frío para que hiciera lo mismo. Niño Terrible desmontó de su veloz y ruidoso aparato y se acercó hacia una sombrilla debajo de la cual se hallaban tendidas dos mujeres muy guapas, en sus cuarentas, con sombrero, bebiendo vino blanco, leyendo la última novela del gran Nalgas Mozas, héroe civil del Perú. Pecho Frío no supo si acompañarlo, se quedó a medio camino, pero Niño Terrible le hizo señas para que se acercara a las dos mujeres, quienes, al verlos, se pusieron de pie, luciendo sus figuras esbeltas, torneadas, sin grasa, apenas cubiertas por diminutos trajes de baño: ambas eran muy atractivas, y lo sabían, y parecían contentas en sus cuerpos, seguras de su poderío erótico. Eran guapas, guapas en plena madurez, y Pecho Frío se relamió mirándolas, mientras Niño Terrible las saludaba con un beso en la mejilla, como si fueran sus amigas de toda la vida. Luego se las presentó a Pecho Frío:

—Te presento a mi exesposa Seco y Volteado, y a su amiga Salud Por Eso.

—Encantado, mucho gusto —dijo Pecho Frío, y les dio un besito comedido, y luego retrocedió, pensando: ojalá no me reconozcan.

Pero ellas no parecieron reconocerlo y se quedaron hablando unos minutos con Niño Terrible, en los términos más cordiales y amigables, celebrando las bromas que él hacía, comentando los últimos chismes políticos y sociales: quién había peleado con quién, quién quería quedarse con la plata de quién, esas cosas. Antes de irse, Niño Terrible les dijo con la mirada pícara, risueña:

—Si quieren que juguemos un todos contra todos, esta noche, las esperamos en mi casa.

Se rieron. Seco y Volteado dijo:

—Ni locas, hijito. Antes que volver a la cama contigo, prefiero la abstinencia.

Niño Terrible se rio de buena gana y se alejó en su moto, y Pecho Frío, intrigado, lo siguió. Cuando llegaron a casa de Niño Terrible, metidos ya en la piscina, tomando vino blanco helado, él le contó a Pecho Frío:

—Seco y Volteado fue mi primera esposa. Estuvimos casados seis años. Era un hembrón. Todavía se conserva, ¿no?

—Está en punto de caramelo —dijo Pecho Frío.

—Fui muy feliz con ella —prosiguió Niño Terrible—. La quise como he querido a pocas mujeres. Te diría que ha sido el gran amor de mi vida.

—¿Y por qué terminaron?

—Ella me dejó. Me pidió el divorcio. Se quedó con la mitad de todo lo que yo tenía. Y se volvió lesbiana.

—¿Lesbiana? —se sorprendió Pecho Frío—. No parece. ¿Sigue siendo lesbiana?

—Claro, ¿no te diste cuenta?

—No, para nada. Si es tan guapa, ¿cómo va a ser lesbiana?

—Pues así te vas educando y eres menos huevón, Pechito: hay lesbianas riquísimas, no todas son feas, masculinas o marimachas, ¿entiendes?

—Nunca había visto a una lesbiana tan rica.

—Guapa, ¿no? A veces todavía me hago una paja pensando en ella. Pero sé que Seco y Volteado no se calienta conmigo ni con los hombres en general. Está enamoradísima hasta los huesos de Salud Por Eso.

—¿La que estaba con ella?

—Esa misma. Están juntas hace años. Son pareja. No lo esconden. Y no trabajan. Viven de la plata que me sacó Seco y Volteado.

—No me importa que sean lesbianas —dijo Pecho Frío—. Yo me las tiraría bien tiradas.

—Yo también —dijo Niño Terrible, y se rieron—. Pero más fácil será que hagamos un trío con tu Culo Fino, huevón.

Lengua Larga llegó con varios platillos deliciosos que había comprado en uno de los restaurantes de Cuy Gordo, el filósofo de la cocina, además de varios litros de helado de lúcuma, el preferido de Pecho Frío, y dos cajas de vino blanco chileno. Preparó la cena, conversaron amenamente sin deslizarse a los temas espinosos, tomaron café en la terraza, mirando al mar de noche, y Lengua Larga, quizá desinhibido por el vino, se permitió una confidencia:

—Soy feliz a tu lado.

Pecho Frío le sonrió amablemente, y sin embargo pensó: no seas tan feliz, papito, porque cualquier día me arranco, pongo primera y no paro hasta Buenos Aires. Pero no se lo dijo. Sintió que tenía que ser agradecido con su anfitrión y por eso le dijo:

—Eres un gran amigo. Sé que puedo confiar en ti. Me has ayudado en los momentos más jodidos de mi vida.

Pecho Frío le contó el incidente del salvavidas que casi se ahoga y se rieron. Lengua Larga contó que cuando era joven había tenido un encuentro sexual con un salvavidas en otra playa, en Villa, en el sauna del club, y Pecho Frío se sintió levemente incómodo pero no dijo nada.

—Me gustan los hombres muy hombres —dijo Lengua Larga—. Me gustan los machos viriles, recios. No me gustan los hombres afeminados, vanidosos, arregladitos.

Pecho Frío se abstuvo de hacer comentarios. Lengua Larga no se cortó:

—Lo que me gusta de ti es que eres bien descuidado con tu apariencia. Te pones cualquier cosa. Tienes barriguita y no te importa. Eres atractivo sin darte cuenta.

Suave, suave, no te embales, pensó Pecho Frío. Luego dijo:

—Alguien tiene que comer rico. Que hagan dieta mis enemigos.

Se rieron. Lengua Larga era flaco, esbelto, delgadísimo, sin un gramo de grasa. Se había vuelto vegetariano y luego vegano y luego anoréxico. Comía poco, poquísimo, como un pajarito. Pero no tenía hambre.

Pecho Frío se puso de pie, se estiró, lanzó un grito gutural y dijo:

—Me voy a meter al mar.

—¿Ahora? —se sobresaltó Lengua Larga—. ¿De noche?

—Ahora mismo —dijo Pecho Frío, resueltamente, y empezó a quitarse la ropa—. Y calato.

Lengua Larga lo miró, relamiéndose, sin disimular lo mucho que lo deseaba.

—¿Me acompañas? —lo invitó Pecho Frío.

—Me muero de ganas —dijo Lengua Larga—. Pero el agua va a estar helada. Me voy a resfriar. Mañana vamos a estar enfermos, con fiebre. No nos conviene, Pechito.

—Tú te lo pierdes —dijo Pecho Frío, y se bajó los calzoncillos, y Lengua Larga lo miró ahí abajo, y no embozó las ganas que tenía de chupársela allí mismo, en la terraza, frente al malecón desierto, pero fue un señorito y se contuvo, ya sabía bien que esas cosas incomodaban a su amigo y que a él no le provocaría enredarse en juegos sexuales.

Bajaron a la playa, Pecho Frío desnudo, gritando como un mono, y Lengua Larga bien abrigado, sonriendo. Desde su casa de playa, Niño Terrible, bien espoleado por tres porros al hilo, los observaba con unos binoculares y se reía solo.

Pecho Frío entró corriendo al mar, se tiró de cabeza, se zambulló y gritó:

—¡La puta madre que me parió! ¡La concha de mi hermana! ¡Está helada!

Mientras tanto, Lengua Larga pensaba: Es mi hombre ideal, todo mi tipo de hombre.

Desde su casa, Niño Terrible disparaba fotos con una cámara profesional que permitía capturar imágenes a pesar de la noche. Se reía solo. Pecho Frío le parecía un idiota, pero un idiota entrañable, querible, al que debía proteger.

Lengua Larga se animó a hacer una confidencia:

—Cuando era joven y todavía no había debutado en el sexo anal, y era virgen, me gustaba ponerme en cuatro y que las olas me golpeen suavecito en el culito.

—Pero si serás marica —dijo Pecho Frío, chapoteando como un pato.

—Es delicioso, sobre todo si te sacas la ropa de baño y dejas que el mar te coja rico por detrás —explicó Lengua Larga.

—Bien por ti —dijo Pecho Frío—. Pero yo no me animo.

—Por miedo a que te guste —dijo Lengua Larga.

—A ver, enséñame cómo es la cosa —lo retó Pecho Frío.

Esperanzado en que los juegos pudiesen terminar en algún tipo de revolcón erótico, y venciendo sus temores al frío y a enfermarse, Lengua Larga se quitó la ropa, se sintió humillado por la pequeñez de su dotación genital, entró dando saltitos al mar y dijo:

—Mira, así.

Se puso de rodillas, en posición perrito, a cuatro patas, levantó el culo y esperó gozosamente a que la pequeña ola que venía deshaciéndose le golpeara las nalgas con suavidad.

—Ay, qué rico —dijo, como hablando consigo mismo.

Pecho Frío pensó: qué carajo, me chupa un huevo lo que piensen de mí, voy a probar. Se puso en cuatro al lado de su amigo y cuando una olita les golpeó el culo se rieron y Pecho Frío dijo:

—No me arrecha un carajo. Pero siento que estoy haciéndome un buen cambio de aceite.

Se rieron. A lo lejos, Niño Terrible los espiaba y pensaba: este par de huevones están más locos que yo.

Era un día de semana, a media mañana, nublado, tan nublado que no podía verse allá, a lo lejos, recortando el mar, el islote abandonado donde las aves y los lobos marinos se confundían para alimentarse. Pecho Frío, fiel a su costumbre, dormía a pierna suelta, los teléfonos apagados. Golpearon las ventanas de su cuarto, con vista al mar, y lo despertaron bruscamente. Era Niño Terrible. Pecho Frío se puso de pie, sorprendido, y abrió la ventana.

—Ven conmigo —le dijo Niño Terrible—. Apúrate.

—¿Qué pasa? —preguntó, amodorrado, Pecho Frío.

—Parece que han venido a buscarte.

En ropa de dormir, y sin ponerse los zapatos, Pecho Frío saltó por la ventana, corrió agazapado por la arena, entró en casa de Niño Terrible y se escondió en el doble fondo, detrás del televisor.

—No te muevas, no hagas ruido, acá no te van a encontrar —le dijo Niño Terrible.

Poco después salió a caminar por la playa, se aproximó a la casa de Lengua Larga y observó con aire distraído que dos mujeres y dos hombres se hallaban en la terraza, conversando. Se acercó a ellos.

—Buenas —les dijo—. ¿Puedo ayudarlos?

—Soy Culo Fino, esposa de Pecho Frío —dijo la mujer más joven, en sus treintas, todavía atractiva, vestida de falda larga.

—Y yo Chucha Seca, su suegra o exsuegra —dijo la mujer mayor.

—¿Quién es Pecho Frío? —preguntó Niño Terrible.

—¿No lo conoce? —preguntó Culo Fino—. ¿No lo ha visto en esta playa?

—No sé quién es —mintió con aplomo Niño Terrible, que había mentido toda su vida en la televisión, y estaba entrenado en ello.

—Somos de la policía —dijo uno de los dos hombres, ambos vestidos de civil, con el vientre abultado—. Las señoras nos dieron el dato de que en esta casa estaría escondido el señor Pecho Frío. Por eso hemos venido a buscarlo. Está pedido.

—¿Pedido por las señoras? —preguntó irónicamente Niño Terrible.

—No —aclaró uno de los policías—. Pedido por la justicia. Se le acusa de evadir impuestos.

—No sé, no lo conozco —dijo Niño Terrible—. Pero yo vivo acá todo el año, y no he visto a nadie extraño estos últimos días. Me parece que les han dado un dato falso.

—Qué raro —dijo Culo Fino, frunciendo el ceño, mirándolo con desconfianza—. Porque nuestra fuente es muy seria, confiable. No nos mentirían así porque sí.

—¿Qué le dijeron? —preguntó Niño Terrible.

—Que esta casa es de un activista homosexual, llamado Lengua Larga, íntimo amigo de mi marido, no sé si su amiguito o amante —dijo Culo Fino, contrariada—. Y que mi esposo estaba escondido acá.

—No sé, revisen bien la casa, por las dudas —dijo Niño Terrible—. Pero, ya les digo, no he visto nada raro o sospechoso en la playa.

Los policías fueron a revisar la casa una vez más.

—¿Quién les dio el dato? —preguntó Niño Terrible.

—El curita de la parroquia que nos confiesa —dijo Chucha Seca—. Porque él confiesa también al jefe de los mariquitas, un tal Poto Roto. Y Poto Roto se sinceró con él y le dijo que estaban escondiendo al desgraciado de mi yerno, que no tiene sangre en la cara, y nos quiere dejar tiradas en la calle, como dos perras chuscas, y él largarse al extranjero con todos sus cochinos millones que debería repartir con nosotras.

—Comprendo —dijo Niño Terrible—. Bueno, las dejo, les deseo buena suerte.

Luego se fue caminando por la playa los tres kilómetros hasta llegar al final. Regresó, fastidiado por el sol, pues no se había puesto protector, fumó un porrito y se dirigió al supermercado a comprar frutas y jugos. Cuando volvió, se echó a dormir y se olvidó de que Pecho Frío estaba escondido en el doble fondo detrás del televisor. Niño Terrible era tan vago, tan despistado, que se olvidaba de todo, y cuando despertó de una larga siesta, a media tarde, no recordó que Pecho Frío estaba escondido en su casa, y salió a dar un paseo por la playa.

Mientras se daba una larga ducha tibia, Niño Terrible oyó los gritos y recordó que Pecho Frío seguía encerrado. Se secó, vistió deprisa y abrió el doble fondo.

—¿Cuándo pensabas sacarme de acá? —le increpó, a gritos.

—Mil disculpas —dijo Niño Terrible—. Me fumé un porro y me olvidé. Tengo la memoria muy frágil.

—¡Eres un gran huevón! —dijo Pecho Frío, reprimiendo las ganas de darle una bofetada.

—No seas malagradecido —dijo Niño Terrible—. Te salvé de que te arreste la policía.

—Bueno, gracias —dijo secamente Pecho Frío, y se retiró deprisa, caminando por la playa.

De inmediato hizo maletas, caminó media hora hasta el parqueo público, se aseguró de que los bolsos con dinero estuvieran en el baúl del auto alquilado, estacionado prudentemente en una cochera discreta a dos kilómetros de la playa, cerca del pueblo, y salió manejando con cierta crispación o premura, malhumorado, con hambre, pero harto de esconderse en esa playa, y a sabiendas de que la policía ya sabía que él se hallaba escondido allí: tenía que fugarse antes de que volvieran, no convenía que Lengua Larga supiera su paradero, tenía que ser el chismoso de Lengua Larga quien lo había delatado, de otro modo ¿cómo sabría la policía que estaba allí, o acaso la exesposa de Niño Terrible, la lesbiana Seco y Volteado, lo había reconocido, se había hecho la distraída y le había jugado una mala pasada? En cualquier caso, había que huir rápidamente y lejos. Pecho Frío enfiló por la autopista Panamericana rumbo al sur, y se dijo que no pararía a comer ni a dormir, hasta cruzar la frontera con Chile. Tenía miedo, tenía nervios, presagiaba que algo podía salir mal, pero más miedo le daba quedarse en la playa, donde lo podían pillar en cualquier momento. Una hora más tarde, a la altura del kilómetro doscientos, muy lejos todavía de la frontera, el auto se descompuso, se averió y el motor se apagó lentamente. Por mucho que trató de encenderlo, fracasó. Se había quedado sin gasolina. Qué tonto soy, soy un tarado, un estúpido, cómo me olvidé de echarle gasolina, pensó, devastado, humillado por su propia idiotez. Y ahora qué hago, a quién llamo, pensó. Le parecía demasiado peligroso tirar dedo con los maletines de dinero en efectivo. Por ese tramo desolado de la autopista no pasaban taxis. Cada tanto pasaba silbando como una flecha o un relámpago un bus interprovincial. Caminó varios kilómetros cargando los dos maletines hasta encontrar una estación de servicio, pidió prestado el teléfono y llamó a una empresa de taxis de lujo para que lo recogieran. Cuál es el destino, le preguntaron. Chile, dijo él. Imposible, le dijeron, hasta Chile no lo llevamos, solo cubrimos Lima y alrededores. Váyanse a cagar, les dijo Pecho Frío, furioso. Luego, siguiendo la recomendación de uno de los jóvenes que atendían en la gasolinera, esperó a que se detuviese un ómnibus interprovincial en ese grifo. Vienen cada hora, espérelo acá y si hay sitio se sube y lo llevan hasta Arequipa por lo menos, y ya en Arequipa toma otro bus a Arica, le aconsejaron. Comió algo al paso, tomó varias latas heladas de cerveza, se sentó sobre los maletines y esperó pacientemente. Una hora y media después, llegó un ómnibus enorme, de dos pisos. Habló con el chofer. Tenía sitio solo arriba, en primera clase. Tenía que pagar en efectivo, allí mismo, y lo llevarían hasta Arequipa. Pagó, lo dejaron entrar, no quiso despachar sus bolsos en la zona de carga del bus, los llevó consigo al piso de arriba, los colocó bajo sus pies, comprobó con alivio que nadie lo había reconocido y se acomodó para dormir a pierna suelta hasta llegar a Arequipa, unos quinientos kilómetros al sur de aquella estación de gasolina. Si alguien me reconoce y me tira dedo, estoy jodido, pensó. Luego rezó para que todo saliera bien, nadie lo reconociera y pudiera llegar sano y salvo, y con los billetes en los que cifraba su futuro, a la noble ciudad blanca de Arequipa, donde había nacido su suegra Chucha Seca. No tardó en quedarse dormido.

En Arequipa, se alojó en un hotel de tres estrellas, en plena plaza de Armas, y se recuperó a duras penas del cansancio del viaje. Tenía miedo de cruzar la frontera con Chile, pero había que escapar de alguna forma. No sabía si hacerlo en bus, en un auto alquilado, o en avión. Se tomó unos tragos a media tarde, se relajó y llamó a Concha Tumay, el agente de migraciones al que había sobornado.

—No se te ocurra tomar un avión a Chile desde el aeropuerto de Arequipa —le dijo el agente—. Tienes orden de captura. Te van a detener sí o sí. Te van a meter preso en Arequipa.

—¿Y entonces qué carajo se supone que debo hacer? —se enojó Pecho Frío—. ¿Tú no puedes hablar con un colega tuyo para que me deje salir por acá?

—No, imposible —dijo Concha Tumay—. Tienes que venir a Lima. Yo te digo a qué hora es mi turno. Vienes a mi cabina. Yo te dejaré salir. Es una promesa. Te lo juro por mi viejita, que está en el cielo.

—Déjame pensarlo y te llamo —dijo Pecho Frío.

No sabía si podía confiar en Concha Tumay. No sabía qué hacer, y lo peor era que no sabía a quién pedirle consejo. A esas alturas, no confiaba siquiera en Lengua Larga. Pasó un par de noches en Arequipa, comprobó con alivio que nadie parecía reconocerlo, comió con abundancia y deleite en el restaurante de Cuy Gordo, el filósofo de la cocina, rezó en la Catedral para que Dios lo protegiera de sus sañudos perseguidores, y decidió que confiaría en Concha Tumay y saldría por el aeropuerto de Lima.

—Llega a Lima en el último vuelo, de noche. Y toma el vuelo a Buenos Aires que sale a la una de la mañana. Mi turno comienza a las diez de la noche. Llegas de Arequipa, te metes al baño para que nadie te reconozca, te encierras en un inodoro, y cuando yo te llame, vienes, haces tu cola tranquilo, pasas por mi control y te dejo salir. No te preocupes, que todo estará bien. Si alguien te reconoce, no te pongas nervioso, actúa tranquilo, como si todo estuviera bien.

—¿Cómo hago con la plata? —preguntó Pecho Frío.

—No se te ocurra despacharla como equipaje, que se la van a tirar toda —dijo Concha Tumay—. Tienes que llevarla contigo, en dos maletines de mano que no abulten mucho.

—Así será.

Pecho Frío necesitaba desesperadamente salir del Perú, llegar a la Argentina, reinventarse, comenzar una nueva vida. Soñaba con vivir tranquilo, viendo buen fútbol, invitando a Paja Rica a que lo visitara con frecuencia. Tenía que llegar a Buenos Aires: esa ciudad encerraba una promesa de felicidad para él. Tanto había nadado que no podía morir ahogado en la orilla. Solo tenía que confiar en Concha Tumay, subir al avión y ya. Todo va a salir bien, se dijo. Y si algo sale mal, abro discretamente el maletín, aceito a quien tenga que aceitar, le rompo la mano a quien se la tenga que romper, y viajo como sea. No caeré preso. No les daré el gusto a mis enemigos hijos de mil putas.

Aterrado, compró el billete a Lima y tomó el último vuelo, que salía de Arequipa pasadas las ocho de la noche. Se sentó en la última fila, acomodó sus bolsos debajo del asiento, de modo que sus pies estuviesen sobre ellos, tocándolos en todo momento. No se levantó una sola vez, no fue al baño, nadie para su fortuna lo reconoció. Cuando la azafata le ofreció una bebida, no contestó, se hizo el dormido. Si me reconocen, y me toman fotos, y llaman al teléfono chismoso de Chola Necia, estoy frito, pensó. Por eso no se quitó el antifaz en todo el vuelo, simuló estar dormido y esperó a que bajaran todos los pasajeros para, recién entonces, con aire distraído, sin hacer contacto visual con nadie, salir lenta y perezosamente, los bolsos uno en cada brazo, y meterse en el baño más cercano, y encerrarse en el inodoro. Enseguida llamó a Concha Tumay:

—Ya estoy acá —le dijo, en voz baja.

—Espérate a que yo te llame y te dé luz verde. Todavía no vengas. Te llamaré cuando baje la marea y la cola esté suave para que pases rápido.

Pecho Frío comenzó a rezar el rosario. Necesito que la Virgen me proteja, pensó.

Una hora después, sonó el celular.

—Ya puedes venir —dijo Concha Tumay.

—Voy ya mismo —dijo Pecho Frío.

—Si alguien te reconoce y te pide foto, no pares, hazte el loco —le aconsejó Concha Tumay.

—Ya, hermanito. Gracias.

Salió del baño cargando los bolsos, caminó despacio, la cabeza gacha, la mirada hundida en el suelo, apenas espiando de soslayo dónde estaba su amigo, el agente de migraciones. Lo vio a lo lejos, haciéndole señas discretas para que se acercase. Caminó sin mirar a nadie, oyendo las voces en los parlantes del aeropuerto, anunciando salidas, llegadas, vuelos demorados, pasajeros buscados, advirtió que Concha Tumay estaba tecleando su computadora, mirando la pantalla, sin nadie que hiciera cola frente a su cabina, que correspondía a la línea reservada para tripulantes y diplomáticos.

—Pase, señor —dijo Concha Tumay—. ¿Diplomático?

—Sí, diplomático —mintió Pecho Frío.

Concha Tumay examinó el pasaporte, fingió buscar datos policiales en la computadora, se apresuró en sellar el pasaporte y dijo, bajando la voz:

—No vayas al salón VIP, ahí te pueden agarrar. Anda de frente a la puerta de embarque. Espera allí tranquilo.

—Gracias, hermanito —dijo Pecho Frío—. Dios y la Virgen te bendigan. Quedo en deuda contigo.

Concha Tumay le guiñó el ojo discretamente, no sonrió para no llamar la atención y lo dejó pasar.

—No hables con nadie —le aconsejó—. Buen viaje.

Pecho Frío cargó sus bolsos y se fue caminando sin mirar a nadie. Lo peor había pasado ya, pensó.

Había comprado un asiento en primera clase, primera fila, fila A, ventana. Esperó pacientemente a que llamaran a abordar. Nadie lo reconoció. Cerrados los ojos, respirando profundamente para controlar la ansiedad, pudo ver, como destellos o fogonazos o relámpagos, como luces nítidas, preclaras, las imágenes que su cerebro le exhibía arbitrariamente, recapitulando su vida, acaso los momentos fundacionales o divisorios de su existencia: la primera vez que su padre lo llevó al estadio a ver jugar a la U, un partido de noche que el club de sus amores perdió por goleada; la primera paja que se hizo pensando en una prima dos años mayor que él, a la que nunca se atrevió a tocar; cuando lo cambiaron de colegio porque a sus padres no les alcanzaba la plata y lo pasaron a un colegio público; el domingo que su padre amaneció muerto, intoxicado de vodka; el primer viaje en avión que hizo con su madre a la selva de Iquitos; las mudanzas todos los años, achicándose, empobreciéndose, ajustando más y más el presupuesto que a su madre, secretaria del ministerio de Transportes, no le alcanzaba para nada; la fiesta de promoción en la que no tuvo plata para comprar una orquídea y tuvo que regalarle una rosa robada a su chica; los primeros polvos con condón, la sensación de que lo mejor de la vida podía ser el sexo y para eso no hacía falta dinero; las dos veces que postuló sin éxito a la universidad, entrando recién en el tercer intento, cuando ya nadie daba un peso por él; las borracheras, las peñas criollas, los clásicos en el estadio, las pichangas con los amigos; los años pobres, paupérrimos, como estudiante de la universidad y practicante en el banco; la euforia cuando fue contratado formalmente en la empresa bancaria, entró a planilla, con seguro médico y vacaciones; el cáncer al pulmón que se llevó a su viejita en menos de seis meses, sin que él pudiera comprarle el apartamento que tantas veces le prometió; el día en que conoció a la mujer que sería su esposa: ella pasando a recoger la limosna en la iglesia, él lloroso porque su madre había muerto hacía pocos días; el matrimonio austero en una parroquia del centro, la luna de miel ajustadísima en un hotel de Chosica, el carro usado que se compró endeudándose con el banco; la felicidad que sintió cuando compró, financiado a veinte años, un apartamento de Miraflores, calle Palacios, en el que solo les alcanzó para echar un colchón en el piso; todas las platas infinitas que contó como cajero, pensando qué fantástica sería su vida si él fuese el dueño del banco y no el miserable cajero; los siete años tranquilos, predecibles, moderadamente felices con su esposa, cumpliendo la rutina, trabajando para honrar las deudas, soñando con terminar de pagar el carrito viejo y el apartamentito ínfimo; el día que el doctor les dijo que no podían tener hijos porque ella era infértil; el partido que la U perdió en la final de la Libertadores; los años horribles del terrorismo y la hiperinflación y los coches bomba y el agua de la ducha que salía marrón y apestando a caca; los libros que trató de leer y no pudo porque siempre había un partido de fútbol que tenía que ver; la ira ciega que le provocaba compartir los almuerzos de los domingos con la malparida de su suegra; el éxito que aspiró a tener en el banco y nunca conquistó; los ascensos y las promociones que creyó que le darían y nunca llegaron; el estancamiento como señal inequívoca de su mediocridad; la sensación agobiante de que había tocado techo, hasta que aquella tarde lo llevaron a un programa de televisión y su vida cambió para siempre.

Llamaron a abordar. Entró antes que nadie al avión de bandera argentina. Colocó sus maletines en el compartimento arriba de su asiento. No quiso mirar a nadie. Los pasajeros fueron entrando lentamente. La espera se le hizo eterna. Oyó cómo los operarios se despedían de la tripulación, cómo sellaban herméticamente la puerta, cómo las azafatas repasaban los manuales de seguridad. Sintió cómo el avión empezaba a carretear. Ya está, ya me fui, en un momento estaremos en el cielo, volando a setecientos kilómetros por ahora, pensó. Una sensación de júbilo bien disimulado se apoderó de él. Lo mejor estaba por venir, todo lo bueno estaba esperándole cuatro horas después, en la gloriosa Buenos Aires. Yo no he nacido para ser un miserable perdedor como mi padre, ahora por fin seré un ganador, se dijo, saboreando una felicidad hasta entonces desconocida. Sonreía a solas, para sí mismo, cuando por los altoparlantes, la voz metálica e inexpresiva del capitán anunció que debían regresar a la puerta de embarque por razones de seguridad, pues había un pasajero requerido por las autoridades peruanas. No serán más de quince minutos, dijo el capitán.

EL NIÑO TERRIBLE Y LA ESCRITORA MALDITA

Jaime Baylys, periodista, escritor, niño terrible de la televisión, bisexual, divorciado, padre de dos hijas, con novio fuera del clóset, se enamora repentinamente de Lucía Santamaría, una estudiante de psicología de apenas veinte años que sueña con ser una escritora maldita. Nadie parece entender a Baylys: ¿cómo es posible que un cuarentón casi gay, con novio desde hace años y dos hijas encariñadas con este, anuncie de pronto en televisión que se ha enamorado de una joven de la que podría ser el padre y poco después haga alarde de que está embarazada? Nadie parece entender a Lucía: ¿cómo es posible que una joven de veinte años, la más bonita del colegio, la más bonita de la universidad, perseguida por los chicos más guapos, con aires de niña mala, se enamore de un hombre con fama de gay que podría ser su padre? Esta novela cuenta la historia de un amor improbable y escandaloso, el del niño terrible y la escritora maldita, que parecen padre e hija, viejo verde y lolita insaciable, quienes, nadando a contracorriente, están dispuestos a dinamitarlo todo (los afectos familiares, los intereses económicos, la reputación, el poder, los amores convenientes) para entregarse, suicidas, al abismo de una pasión que no se espera ni se entiende, y que, al mismo tiempo, no parece posible evitarse.

Ficción

VINTAGE ESPAÑOL
Disponibles en su librería favorita
www.vintageespanol.com